1ª edição - Setembro de 2024

Coordenação editorial
Ronaldo A. Sperdutti

Capa
Juliana Mollinari

Imagem Capa
123RF

Projeto gráfico e diagramação
Juliana Mollinari

Revisão
Alessandra Miranda de Sá

Assistente editorial
Ana Maria Rael Gambarini

Impressão
Gráfica Santa Marta

Proibida a reprodução total ou parcial desta obra sem prévia autorização da editora.

© 2024 by Boa Nova Editora.

Av. Porto Ferreira, 1031 | Parque Iracema
CEP 15809-020 | Catanduva-SP
17 3531.4444

www.**lumeneditorial**.com.br
www.**boanova**.net

atendimento@lumeneditorial.com.br
boanova@boanova.net

Dados Internacionais de Catalogação na Publicação (CIP)
(Câmara Brasileira do Livro, SP, Brasil)

```
Marius (Espírito)
   Os sete medos da alma / pelo espírito Marius,
[psicografia de] Bertani Marinho. -- Catanduva,
SP : Lúmen Editorial, 2024.

   ISBN 978-65-5792-106-7

   1. Espiritismo 2. Psicografia 3. Romance espírita
I. Marinho, Bertani. II. Título.

24-221425                                    CDD-133.9
```

Índices para catálogo sistemático:

1. Romance espírita psicografado : Espiritismo   133.9

Tábata Alves da Silva - Bibliotecária - CRB-8/9253

Impresso no Brasil – Printed in Brazil
01-09-24-3.000

OS SETE MEDOS DA ALMA

BERTANI MARINHO
pelo espírito **MARIUS**

LÚMEN
EDITORIAL

Prefácio

A presente obra de Bertani Marinho, inspirada pelo espírito Marius, retrata com fidelidade aspectos importantes da nossa vida. Trata-se de medos existenciais que frequentemente causam graves transtornos à caminhada evolutiva de quem é por eles assolado.

Os 7 Medos da Alma é um alerta profundo a todos os que se deixam envolver pelas miragens que, mesmo falsas, prejudicam e impedem o bem-estar e a satisfação pela vida.

Nesta obra, Marinho consegue sintetizar com maestria várias fobias que obscurecem o viver de pessoas que, embora procurem honestamente construir uma existência positiva, se veem presas pela força incontrolável de um passado inoportuno.

Contudo, o livro, além de mostrar os medos irracionais que constrangem a plenitude da vida, também apresenta, com segurança e exatidão, os modos de se livrar deles.

Trata-se de mais uma inspiração sublime do espírito Marius para a concretização de uma vida livre das amarras forjadas pelos medos infundados aqui expressos numa linguagem simples e cativante.

Esperamos que os leitores possam usufruir das lições libertadoras expressas nos sete casos que constituem esta obra de estudo e aplicação da Doutrina Espírita codificada por Allan Kardec.

Boa leitura e bom aproveitamento!

Vera Andrade

SUMÁRIO

Prefácio 5

Introdução 9

I - A morte não é o fim 13
Medo da morte

II - Hipocondria 58
Medo da doença

III - O Magnata 104
Medo da pobreza

IV - A professora 156
Medo da solidão

V - O remorso 202
Medo de castigo por um erro do passado

VI - A luz é para todos 240
Medo do escuro (do desconhecido)

VII - A juventude é eterna 273
Medo da velhice

Introdução

Inspirado pelo espírito Marius, escrevi este livro com o intuito de apontar alguns problemas que podem causar medos irracionais na vida de certas pessoas como se fossem a sua frustrante realidade.

Há tanto medo racional quanto irracional. O medo de se aproximar de um animal feroz, por exemplo, é racional. Também o medo de atravessar uma avenida com o semáforo de pedestres fechado é racional. Já o medo do espocar de fogos à distância é irracional, pois não oferece perigo. A fobia caracteriza-se como um medo irracional, persistente, de objeto ou situação específicos, ocasionando intenso desejo de evitá-lo. Nesta obra, estamos tratando de medos irracionais, e não daqueles que sejam racionais.

Por outro lado, quando se fala em emoções básicas, de acordo com estudiosos, são elencados diferentes números, tais como:

• Eric Berne, criador da análise transacional, aponta cinco emoções básicas: medo, ira, tristeza, alegria e afeto;

• o psicólogo norte-americano Paul Ekman indica como emoções básicas ou biológicas universais: raiva, nojo, tristeza, alegria, medo e surpresa;

• já o escritor norte-americano Gregg Braden, apoiando-se nos manuscritos do Mar Morto, datados estimativamente do século IV a.C., aponta duas emoções básicas: o amor e o medo. O amor resulta em nos sentirmos bem, ao passo que o medo resulta em nos sentirmos mal.

De qualquer modo, nota-se a importância da emoção "medo". E, quando nos referimos aqui aos "7 medos da alma", estamos nos reportando ao medo irracional ou neurótico.

No capítulo I, tratamos de um medo bastante difundido entre as pessoas, particularmente as que optaram pelo materialismo: o medo da morte.

No capítulo II, abordamos outro tipo de medo bastante comum: o medo da doença, habitualmente conhecido como hipocondria.

No capítulo III, apresentamos o medo da pobreza, o temor que sentem certas pessoas de cair na miséria, perdendo tudo o que possuem.

No capítulo IV, discorremos sobre outra modalidade de medo que assalta muitas mentes hoje em dia: o medo da solidão, o sentimento de desconexão com o meio que cerca o indivíduo.

Desenvolvemos, no capítulo V, o tema do medo de castigo por um erro do passado. Sabemos de pessoas que, já nos oitenta ou noventa anos, ainda remoem um erro cometido em plena juventude, desperdiçando assim toda uma existência.

No capítulo VI, apontamos o medo do escuro, que simboliza o temor do desconhecido e assola a alma de pessoas capazes de se expressar muito bem em diversas áreas, mas que ficam tolhidas pela irracionalidade desse medo.

Finalmente, no capítulo VII, apresentamos outro tema recorrente em nossa sociedade: o medo da velhice, que gera sentimentos de tristeza, amargor e depressão.

Com Os 7 Medos da Alma, propomos mostrar a realidade que desanuvia as trevas dos temores infundados e irracionais, incrustados nas mentes de quem sofre as suas consequências nefastas. E isso sob a ótica da Doutrina Espírita, codificada por Allan Kardec e apresentada sobretudo nos cinco textos fundamentais do Espiritismo (Pentateuco Espírita): O Livro dos Espíritos, O Livro dos Médiuns, O Evangelho segundo o Espiritismo, A Gênese e O Céu e o Inferno.

Esperamos que os leitores possam ampliar seus conhecimentos e prevenir-se ou corrigir-se da eclosão de medos irracionais, disparatados e absurdos, por meio de lições expostas pela psicologia e pela Doutrina dos Espíritos.

Bom estudo!

Bertani Marinho

I
A morte não é o fim

Medo da morte

*Temer a morte não é outra coisa
que parecer ter sabedoria, não a tendo.*
Sócrates (citado por Platão — *Apologia de Sócrates*)

1 – Com a morte na alma

Lucas abriu a janela e a luz do sol atingiu diretamente os seus olhos. Fechou-os imediatamente. Era uma ensolarada manhã de verão. A véspera de Ano-Novo prometia muita luz e muito calor. Passaram-se alguns segundos até que tornasse a olhar para a rua. Logo lembrou-se de uma reportagem que vira na tevê a respeito de um grupo de mineiros que haviam ficado soterrados devido à queda do teto de uma galeria escavada a muitos metros do solo. Ali permaneceram por dois dias em situação precária. Quando, finalmente, foram libertados, ao saírem do subterrâneo, a luz do sol quase os cegou. Porém, passado algum tempo, a visão foi perfeitamente recobrada e puderam ver e abraçar com muito amor e alegria os familiares que os aguardavam.

Ao recordar-se do ocorrido, Lucas sentiu um peso na alma. Afinal, os mineiros soterrados tinham conseguido sair das trevas para a luz da felicidade, mas ele, apesar do clarão do novo dia, continuava envolto nas trevas da morte. Beatriz, a sua querida Bia, falecera há vários meses e as feridas ainda permaneciam abertas e doloridas com intensidade extrema. Olhando para algumas pessoas que passavam lá embaixo, talvez indo à padaria, a fim de tomar um café completo; talvez ao supermercado, com o propósito de comprar os últimos ingredientes para a ceia da noite, pensou nos convites que recebera para passar o *réveillon* com parentes ou amigos. Recusara todos eles. Não havia clima em seu coração para a alegria e a esperança de um ano melhor. Reinava apenas a dor profunda de ter perdido quem mais amara em toda a sua vida.

"Existe em mim apenas um vazio, um nada", pensou, enquanto fechava a cortina, voltando lentamente para a cama e estatelando-se no colchão. Levantar-se para quê?

◆ ◆ ◆

Eram três horas da tarde quando o celular tocou. Lucas olhou para o número da chamada. A ligação era de seu irmão Dante.

— E aí, Lucas? A que horas você vem para cá?

— Eu não vou, Dante.

— Não me diga isso. Contamos todos com a sua presença. Sempre passamos o *réveillon* juntos, não é mesmo?

— Claro! Mas os tempos são outros. Já não tenho mais o que festejar.

— E quem disse que vamos festejar? Vamos apenas entrar juntos num novo ano. Vamos conversar e estreitar a nossa amizade.

— Eu sei, eu sei, mas...

Lucas manteve-se firme. É verdade que sempre tinham ceado juntos no dia 31 de dezembro. Entretanto, nos anos anteriores, Bia estivera junto, com toda a sua alegria e amizade pelos parentes. Agora, com sua ausência, qual era a motivação para brindar com todos eles?

Dante desligou o telefone determinado a ir buscar o irmão à noite, sem se importar com a decisão que ele havia tomado.

— Não podemos deixá-lo sozinho nesta época de festas — disse à esposa.

— É verdade. Mas vá com jeito. Não force demais.

— Serei bem convincente. Esteja certa de que ele participará da nossa ceia esta noite.

Decisão tomada, Dante não pensou mais no caso. Já Lucas sentou-se no sofá, abriu um livro, leu algumas linhas, mas não pôde evitar que a imagem da esposa atravessasse a sua mente. Pensamentos soturnos começaram a se fazer presentes: "Deus não poderia ter levado Bia, quando vivíamos os melhores momentos da nossa vida. Foi tanto tempo de convivência amorosa. Fazíamos tudo juntos, a nossa união era visível aos olhos de todos. E agora? Ela se foi. Desapareceu. E eu aqui estou, sem justificativa para viver. Afinal, viver sem ela não é viver. Tornei-me um morto-vivo, um fantoche, um autômato". Depois de assim refletir, Lucas caiu em si ao lembrar que sempre tivera pavor da morte. Não gostava de conversar sobre isso, nem mesmo ia a velórios e enterros, encontrando invariavelmente uma desculpa para ficar longe de tais eventos. Agora, de uma hora para outra, lá estava ele convivendo com aquilo de que mais queria distância. Todavia, o pensamento da morte não saía da sua mente. "O que vem depois?", perguntou, respondendo em seguida: "O breu, o vazio, o nada. Morrer é desaparecer para nunca mais tornar à vida". Ao pensar assim, sentiu um arrepio estranho. Era exatamente isso que lhe dava medo: a ausência de tudo após a vida, o nada após a morte. E isso viera agora a acontecer justamente com a sua esposa... Não pôde conter o choro desesperado, o que vinha ocorrendo com muita frequência, desde que Bia desencarnara.

Esses ainda eram os pensamentos de Lucas quando a campainha soou. Limpando as lágrimas, espiou pelo olho mágico e viu o rosto do irmão. A contragosto, abriu a porta e foi logo dizendo que não iria à ceia no apartamento de Dante.

— Fique tranquilo, Lucas. Estaremos lá apenas eu, Lucinha e um casal que você admira muito: Rui e Vânia.

— É verdade. Já tivemos longos papos noite adentro. Mas a esta altura não tenho nada a conversar. Justamente numa noite de muita alegria, estarei levando para vocês tristeza e desconsolo. Não é justo que estrague os seus bons momentos.

— Lucas, você precisa se distrair. Não pode ficar aqui entocado, remoendo a tristeza.

— Não é só tristeza. É medo, é horror diante do que mais temi em toda minha vida e que agora bateu à minha porta, entrou e não quer mais sair. Acho que também já morri, Dante.

— Eu imagino o que deve estar passando. Mas tenho certeza de que Rui e Vânia terão boas palavras para você. Não estamos lhe pedindo alegria nem satisfação, apenas queremos a sua presença conosco. Você é muito importante para nós, de modo que não podemos promover este encontro sem a sua companhia.

Não houve mais como recusar. Ainda sem vontade, Lucas barbeou-se, tomou um banho, trocou-se e foi ao apartamento do irmão.

◆ ◆ ◆

Lucinha estava preocupada. Não sabia se Dante conseguiria convencer Lucas a seguir com ele para o apartamento. Rui e Vânia, que já haviam chegado, estavam decidindo ligar para o apartamento do amigo, quando a porta se abriu e Dante anunciou com alegria:

— Vejam quem veio comemorar conosco.

— Comemorar, não — corrigiu Lucas —, apenas rever bons amigos.

— Você fez bem em vir — aparteou Rui. — O encontro não seria o mesmo sem você.

Ao escutar isso, Lucas teve certeza de que agira corretamente quando decidira participar do *réveillon* com parentes e amigos. Sentiu mesmo o ar mais leve e uma energia incomum.

— Seu aspecto está muito bom — falou Vânia para animá-lo.

— É só por fora. Aqui dentro, apenas sofrimento, Vânia.

— Aos poucos tudo vai mudando. Esteja certo de que a luz ainda vai brilhar no seu íntimo.

— Sei não. Perdi o prazer até do teatro e do cinema. Sabe que não assisti mais a nenhum filme depois que Bia me deixou?

— Isso é normal, Lucas — disse Rui, olhando bem para o amigo. — Afinal, vocês realmente se amavam.

— Isso é verdade.

— Mas quero corrigir-me: vocês ainda se amam. E com a mesma intensidade.

Lucas não quis prosseguir com esse assunto e desconversou, falando sobre o trabalho do amigo. A morte ainda era um mistério para ele. Mais que isso: era o que mais lhe infundia medo, pavor mesmo. Melhor falar sobre a vida.

— Já foi promovido, Rui?

— Ainda não. Mas o gerente-geral já teve uma conversa comigo. É apenas questão de tempo. E você? Quando volta ao trabalho? Que férias são essas que nunca terminam?

Lucas riu e respondeu:

— Depois de amanhã. Preciso espantar um pouco os pensamentos de morte, que não querem me deixar em paz. Ficar fechado em casa tem me levado a afundar-me em meu sofrimento.

— Retomar o trabalho vai lhe fazer muito bem, tenho certeza — falou Lucinha, tocando o ombro do cunhado.

— Concordo plenamente — completou Vânia, acrescentando: — Enclausurar-se em casa não faz bem. O trabalho revigora e traz boas ideias.

Lucas escutava atentamente o que diziam os parentes e amigos, mas não conseguia deixar de pensar em Bia. Tudo seria diferente se ela estivesse ali, como nos anos anteriores. A saudade pela ausência da esposa soava-lhe como a espada afiada de um inimigo bárbaro a atingir-lhe o fígado no campo de batalha. Se isso de fato acontecesse, nada mais restaria ao valente guerreiro. A morte seria imediata. Com ele, Lucas, parecia acontecer o mesmo. A espada da morte o atingira em plena alma. Nada mais havia a fazer. Tudo estava perdido. Assim pensando, uma onda de melancolia banhou o seu coração. Vânia, notando o que ocorria, disse, procurando animá-lo:

— Lucas, temos um presente para você.

Mergulhado em seus pensamentos soturnos, demorou um pouco para que ele perguntasse:

— Um presente?

— Pense em algo que você estava querendo comprar.

— Um novo terno para o trabalho?

— Passou longe.

— Eu lhes disse outro dia que iria comprar camisas sociais.

— Você está cada vez mais longe.

— Sapatos?

— Não. Você estava querendo comprar uma cafeteira. Ou estamos enganados?

— Não, mas...

— Aqui está uma cafeteira para capucino.

— Pelo tamanho da caixa, deve ter custado caro.

— Você disse que adora capucino, não é verdade?

— Sim, o sabor do capucino é fora de série.

Lucas abriu o presente, agradeceu ao casal de amigos e pôs de lado os pensamentos lúgubres que vinha alimentando. Pelo menos naquele encontro. Como ele se esquivava de conversar sobre a morte, que era o que mais temia, Rui marcou um encontro em seu apartamento na semana seguinte. Lucas aceitou, por tratar-se de seus melhores amigos. Fosse outra pessoa qualquer e ele teria recusado. Dante e Lucinha forçaram-no a dormir ali mesmo, assim ele teria menos chance de voltar às ideias que o vinham aniquilando. A contragosto, ele aceitou, indo tarde para a cama e adormecendo imediatamente. Levantou-se quase ao meio-dia.

— Dormiu bem, Lucas?

— Meu irmão, fazia tempo que não conseguia dormir tão bem.

— É preciso recuperar-se. Amanhã você volta a trabalhar.
— É verdade. E, para ser sincero, estou ansioso por poder retomar as minhas tarefas. Preciso espantar o fantasma da morte, que vem rondando a minha vida.
— Você falou a palavra certa: vida! É a vida que nos interessa. A morte... bem, a morte não passa de uma quimera.
— Seja ela o que for, ainda não tenho forças suficientes para enfrentá-la, nem sequer para pensar nela.
— Há uma frase que ouvi de um professor nos tempos de faculdade e que vem a calhar nesta situação. É mais ou menos assim: "Não rir nem chorar, mas compreender".
— Será que entendi?
— Tomemos o tema da morte. Segundo aquele professor, de nada vale rir dela. Também chorar ou temê-la não vai ajudar em nada. O que precisamos, Lucas, é compreendê-la. Quem a compreende deixa de temê-la.
— E deixa de chorar desesperadamente pela ausência de um ente querido?
— É onde eu queria chegar. Também isso.
Lucas deu um sorriso forçado e perguntou:
— Aí é que está o problema. Como compreender a morte, se ainda não passamos por ela? Você pode compreender a conduta moral de uma pessoa que nunca viu e a respeito da qual nada sabe?
— Certamente não.
— Então, como compreender a morte se a desconhecemos e se nada nos disseram sobre ela?
— Há quem saiba dizer muito sobre a morte, meu irmão. E você deveria escutar tais pessoas.
— Eu o faria com prazer, mas quem são elas? Melhor dizendo: elas existem?
— Existem, sim. E já marcaram um encontro com você.
Lucas olhou incrédulo para o irmão.
— Você está falando de...
— Rui e Vânia.

— Ah! Eles sempre foram um tanto amalucados, mas gente fina, sem dúvida. Grandes amigos.

— Pois eles poderão lhe dar uma visão da morte bem diferente daquela que você tem. E muito consoladora.

Lucas fez um longo silêncio, enquanto pensava sobre o que estava ouvindo.

— Dante, você sabe como respeito meus amigos...

— Sim.

— Mas eles não devem saber mais da morte do que eu mesmo.

— Perdoe-me, mas você está sendo muito orgulhoso, agora. Por que Rui e Vânia não podem saber mais sobre a morte do que você?

— Eles nunca morreram, Dante. E, se não morreram, não podem conhecer a morte melhor que eu.

Estava difícil convencer Lucas de que deveria escutar atentamente as palavras de seus amigos. Mas ele os respeitava, e foi por aí que Dante resolveu conduzir a conversa.

— Bem, isso é o que você só saberá depois de escutá-los, certo?

— Talvez.

— Mas você os respeita: sim ou não?

— Sem nenhuma dúvida.

— Nesse caso, por respeito a essa bela amizade que existe entre vocês, vá escutar o que eles têm a dizer. Ou estou errado?

— Não está não, Dante. Pela nossa amizade, eu irei até Rui e Vânia e vou escutar quietinho o que eles tiverem a dizer.

— Também não precisa ficar quietinho o tempo todo. Faça perguntas, quando forem razoáveis. Procure eliminar dúvidas. Enfim, participe ativamente da conversa. Tenho certeza de que você só terá a lucrar.

◆ ◆ ◆

Já em casa, Lucas ficou refletindo sobre o diálogo que tivera com seu irmão. Talvez ele estivesse mesmo certo. Era preciso deixar o orgulho e escutar com humildade o que Rui e Vânia tinham a dizer. Num dado momento da conversa, Dante havia dito que a morte é aquilo em que o homem livre menos pensa, e a sua sabedoria é uma meditação, não sobre a morte, mas sobre a vida. Nesse caso, ele deveria dali para frente dedicar-se mais ao seu trabalho, que era sua vida, do que a pensamentos soturnos sobre a morte. "Uma coisa é certa", pensou, "Bia não volta mais. Não existe mais. Dela sobrou apenas a doce lembrança dos bons momentos que vivemos juntos. Tenho passado meus dias pensando nela e sentindo o pavor da morte. Agora, de qualquer modo, terei de dedicar-me à vida. É o que vou procurar fazer". Fechou os olhos e disse mentalmente: "A sabedoria está em meditar sobre a vida".

Assim refletindo, Lucas adormeceu. Na manhã seguinte, levantou-se pensando apenas na repartição pública onde trabalhava. Voltaria a atender o público, alimentado de renovadas esperanças. Foi com tal pensamento que entrou no carro e partiu em direção à avenida Paulista, onde ficava a repartição. Seguiu escutando canções interpretadas por Frank Sinatra, e, quando chegou ao estacionamento, o que se ouvia era a célebre "My Way". "Este é o meu caminho", pensou, completando: "O caminho da minha vida".

Quando passou pela porta da repartição, foi logo cumprimentado pelos colegas:

— E aí, Lucas, tudo bem?
— Bem-vindo, meu velho!
— Fico feliz de vê-lo reassumindo o seu posto.

Houve, no entanto, uma frase infeliz, que ele gravou na memória:

— Quem é vivo sempre aparece!

"Sim, eu estou vivo", falou para si mesmo, "mas a minha esposa, não. Eu ainda estou aparecendo, ela já desapareceu". Foi o que bastou para uma nuvem pesada pousar sobre sua cabeça. Entrou rapidamente na cabine e olhou pelo guichê. Várias pessoas esperavam sentadas à sua frente com a senha na mão. Fez todos os preparativos e acionou o primeiro número. Uma senhora levantou-se e foi ao seu encontro.

Assim passou todo o dia. Não quis almoçar. Preferiu um lanche vegetariano. Às seis em ponto, deixou a repartição, fazendo o caminho de volta. O trânsito não estava nada bom, mas, no rádio, o piano de Pedrinho Mattar relaxou-o o suficiente para chegar são e salvo ao seu apartamento.

Depois de breve jantar, Lucas ficou a assistir ao jornal televisivo para distrair-se. Já ia para a cama quando aquela frase funesta voltou à sua memória: "Quem é vivo sempre aparece". Com ela chegou também a lembrança de Beatriz. "Bia sempre chegava em casa depois de mim", pensou. "Eu a esperava para jantarmos juntos e conversarmos sobre o dia que tivéramos. Era uma boa fórmula para exorcizarmos tudo de ruim que porventura houvesse acontecido em nossos trabalhos. Agora não posso mais fazer isso. Afinal... só quem é vivo aparece." Assim refletindo, caiu em estado de prostração. Desligou seus pensamentos do televisor e ficou a remoer lembranças do passado recente.

Naquela noite, foi difícil conciliar o sono, de modo que na manhã seguinte ele se levantou mais tarde, quase chegando atrasado ao trabalho. Só foi tomar um cafezinho às dez horas, porém, logo voltou à cabine para dar continuidade aos atendimentos. Foi um dia cansativo, mas teve o seu lado positivo, pois, com tantas pessoas para atender, ele não teve tempo de pensar no falecimento da esposa nem no temor contínuo da morte.

Quando chegou ao apartamento, estava tão cansado que dormiu enquanto assistia à televisão. Antes de ir para a cama, lembrou-se de que na noite seguinte iria ao apartamento de Rui e Vânia. Certamente, eles iriam querer conversar sobre o tema do qual ele fugia sempre: a morte. Mas a amizade entre eles era tão grande, que não havia escapatória. Afinal, ele conhecia Rui desde a infância, quando moravam na mesma rua e estudavam na mesma escola. A sua mãe era grande amiga da mãe de Rui. Às vezes, quando se encontravam e os garotos haviam feito alguma traquinagem, ambas os chamavam até elas para, juntas, os repreenderem e castigarem, proibindo-lhes, por exemplo, a *matinê* de domingo no cinema. Acontecendo isso, eles não poderiam assistir ao seriado *Flash Gordon*, de que tanto gostavam. Por isso, passavam o restante da semana como verdadeiros santinhos. A consequência lógica era o cancelamento do castigo, e eles não perderiam mais um emocionante capítulo da aventura espacial. Mais tarde, ambos tinham feito parte do time de futebol de salão, conhecido como Mandrake. Iam juntos para suas casas, comentando os melhores lances da partida. Que ele se lembrasse, haviam brigado raras vezes. Pelo contrário, um sempre defendia o outro de qualquer língua ferina que se atrevesse a falar mal de qualquer um deles.

Com tais pensamentos, Lucas chegou à conclusão de que não havia nenhum meio de cancelar o encontro. Ele teria mesmo de ir. Teria de enfrentar o assunto que mais lhe causava arrepios: a temível morte.

Vencido pelos próprios pensamentos, caiu num sono profundo, levantando-se no horário habitual. O trabalho nesse dia foi um pouco mais leve, de modo que teve tempo até de escutar algumas piadas de um colega que, a cada dia, apresentava novas anedotas à sua pequena plateia. Quando à noite, já trocado, seguiu para o apartamento do casal amigo, sentia um frio na boca do estômago. Resolveu escutar Frank Sinatra. Ao parar o carro num estacionamento, Sinatra cantava "Fly Me to the Moon" ("Leve-me para a Lua"). Rindo forçadamente, Lucas pensou: "É para lá que eu preferiria voar agora: para a lua".

2 – Mas o que é morrer?

Quando a porta do apartamento foi aberta, surgiu Rui, ostentando um belo sorriso. "A sorte está lançada", falou mentalmente Lucas, e abraçou efusivamente o amigo. Após também receber os cumprimentos, Vânia pediu que ele entrasse. Já instalados no sofá e na poltrona, a conversa inicial girou em torno do trabalho de Lucas, que afirmou estar muito satisfeito por voltar a atender o público na repartição. Logo, porém, a conversação tomou outro rumo, aquele mais temido por Lucas: a morte.

— E como você tem se sentido em relação ao desencarne de Bia?

"Desencarne? Que palavra estranha", pensou Lucas, mas procurou responder com naturalidade:

— Quando se perde um ente querido, Rui, o mundo todo desaparece, como se um buraco negro o tragasse implacavelmente.

— É sobre isso que gostaríamos de conversar com você, Lucas — aparteou Vânia.

— Devo dizer que pode haver consolo para tudo, menos para a morte. Mas podem dizer o que quiserem. Prometo ser um bom ouvinte.

Rui fez um sinal para Vânia, que continuou:

— Lucas, a morte não é o que você pensa.

— Ainda não sei o que vocês vão dizer, mas uma coisa é certa: ninguém que tenha morrido voltou para contar o que realmente ela seja.

— Voltou, sim — aparteou Rui. — E continuam voltando.

— Perdão. Eu disse que iria escutar e já comecei a defender o meu ponto de vista. Comecem do princípio, didaticamente. O que é a morte?

— Você sabe que somos espíritas, não é mesmo?

— Não consigo compreender, mas sei que vocês são adeptos do Espiritismo de Allan Kardec.

— Kardec foi o grande codificador da Doutrina Espírita, Lucas. Ou seja, ele reuniu muitas mensagens recebidas dos espíritos superiores e as ordenou logicamente. Ele não foi o seu fundador. Não foi da mente dele que nasceram os princípios espíritas. A autoridade da Doutrina Espírita está no controle universal dos espíritos.

— Não entendi.

— Kardec mesmo diz que, se o Espiritismo fosse uma concepção puramente humana, não teria outra garantia além das luzes daquele que o houvesse concebido. Mas ninguém, por si só, pode pretender a posse da verdade absoluta. Também os espíritos superiores não revelaram a doutrina a um só homem. Se assim fosse, apenas um número limitado de pessoas admitiria as suas verdades. Mas a fonte da Doutrina Espírita não está na Terra. São os próprios espíritos que fazem a propagação do Espiritismo, com o auxílio de inúmeros médiuns em diferentes pontos da Terra. Assim, a força do Espiritismo está na maneira universal com que os espíritos passam os seus ensinamentos.

— Vocês estão dizendo que a Doutrina Espírita não foi concebida pela mente de Allan Kardec, e sim transmitida em vários pontos da Terra por diferentes espíritos, certo? E isso atesta a veracidade dos seus ensinamentos?

— Exatamente.

— Mas como saber se o que eles transmitiram era mesmo verídico e confiável?

Rui pigarreou e respondeu:

— O que estamos dizendo foi afirmado pelo próprio Kardec. Pois bem, o primeiro exame a que deve ser submetido tudo o que provém dos espíritos é o da razão. Toda teoria que esteja em notória contradição com o bom senso, com a lógica rigorosa e com os conhecimentos já adquiridos deve ser rejeitada, por mais respeitável que seja o autor da mensagem. O Espiritismo não pede de seus seguidores uma fé cega, mas sim uma fé raciocinada, aquela que se apoia na inteligência e na compreensão das coisas. Fé raciocinada é a que não rejeita a razão e prende-se à verdade, sem jamais compactuar com a mentira. Kardec chegou a afirmar que "fé inabalável só é a que pode encarar a razão, face a face, em todas as épocas da humanidade".

— Estou entendendo.

— E tem mais, Lucas. A única garantia séria do ensino dos espíritos está na concordância das revelações recebidas, em lugares diferentes, de modo espontâneo e por um grande número de médiuns, desconhecidos uns dos outros. Kardec apenas aceitou os ensinamentos que tivessem a concordância de vários espíritos, rejeitando o que fosse de caráter individual. Um espírito chamado Erasto nos adverte que, qualquer opinião que nos pareça duvidosa, devemos fazer passar pelo crivo da razão e da lógica, rejeitando resolutamente o que a razão e o bom senso reprovarem. "Melhor é repelir dez verdades", diz ele, "do que admitir uma única falsidade, uma só teoria errônea".

Lucas refletiu um pouco e comentou:
— Eu não sabia disso.

Vânia, notando a reação de surpresa do amigo, ainda completou:
— Kardec repetia as mesmas questões a diferentes médiuns, em diferentes ocasiões e em localidades diversas, além de manter contato com pesquisadores estrangeiros, sempre a fim de encontrar elementos comuns e de certificar-se da veracidade das comunicações espíritas. Como homem de elevada cultura, fazia uso da observação e do método experimental, tendo sempre por fundamento a razão. Não podemos nos esquecer também de que, na segunda metade do século dezenove, o positivismo, fundado por Augusto Comte, tinha enorme influência na Europa. Segundo essa corrente de pensamento, o conhecimento verdadeiro só é possível por meio da observação e da experimentação. Portanto, Kardec, ao espelhar-se na ciência, buscava verdades irrefutáveis.

— Realmente, tudo isso é novidade para mim — respondeu Lucas, desfazendo-se lentamente de suas defesas contra a Doutrina Espírita.

A partir desse momento, a tensão que vinha sentindo desapareceu e, com maior desenvoltura, considerou:
— Se vocês não me tivessem esclarecido, eu não daria muito valor ao que me dirão em seguida, mas, sendo assim,

passarei a escutá-los atentamente. Essa introdução foi de fato importante.

Aproveitando a ocasião, Rui procurou explicar com clareza e realismo o que pensava o Espiritismo sobre a morte:

— Bem, você nos perguntou inicialmente o que é a morte na visão espírita. Para responder a essa pergunta, é necessário que antes definamos o que é o ser humano. Considera o Espiritismo que o homem é essencialmente um espírito imortal. Espírito é um ser inteligente, dotado de vontade e de moralidade. Contudo, o ser humano é constituído de espírito e de um corpo material transitório, portanto mortal. O laço semimaterial que une o corpo ao espírito é chamado perispírito. Portanto, o homem é constituído de um *espírito*, elemento essencial; de um *corpo material*, análogo ao dos animais e animado pelo mesmo princípio vital; e *perispírito*, uma substância fluídica que envolve o espírito e o une ao corpo material.

— O materialismo desconsidera o espírito e o perispírito, considerando apenas o corpo material. Assim, quando este morre, já não existe mais nada — aparteou Lucas.

— Exatamente. Entretanto, para o Espiritismo, como eu disse, o espírito é imortal. E isto não é apenas uma teoria. É fruto da revelação dos espíritos superiores, cujos ensinamentos foram sistematizados por Kardec. Ora, se o espírito é imortal, o que vem a ser a morte?

— Estou abismado por estar aqui, curioso, a escutar sobre o que mais temo, Rui. Mas, por favor, continue. O que é a morte para os espíritas?

— Todos os seres vivos passam pela destruição do corpo físico, não é mesmo? E isso ocorre pelo esgotamento dos órgãos. Com o ser humano, dá-se o mesmo. Portanto, a morte não passa do esgotamento dos órgãos do indivíduo. O espírito permanece, pois é imortal. Lembra-se do que falei sobre a composição do ser humano? Somos um espírito revestido de um corpo físico. A união entre um e outro se faz por um laço semimaterial, chamado perispírito. Quando ocorre a chamada morte, é apenas o corpo físico que se esgota. Já o espírito permanece revestido pelo perispírito. Morte refere-se, portanto, ao corpo físico. Em relação ao espírito, chamamos desencarne. Desencarnar é o espírito deixar o corpo físico e partir para o mundo espiritual. Como o perispírito é o revestimento do espírito, ele também permanece.

— Estou entendendo.

Vânia aproveitou o pequeno intervalo para acrescentar:

— A morte, Lucas, é apenas uma transição, e não o ponto-final, como pensam os materialistas. A morte é simplesmente uma passagem.

— Se o que vocês dizem for verdadeiro, não resta dúvida quanto a isso.

— Os espíritos superiores que responderam às perguntas de Kardec afirmaram que se pode comparar a morte à cessação do movimento de uma máquina. Isto é, se a máquina não está bem montada, a mola se parte; se o corpo está muito doente, a sua vitalidade se extingue.

— É isso mesmo — concordou Rui, prosseguindo: — Quando acontece a morte do corpo físico, ocorre também o desprendimento final do espírito, que se desliga desse corpo e segue para o plano espiritual, onde ficará até nova reencarnação. Deixe-me dizer mais uma coisa — acrescentou —: quando o espírito ainda está encarnado, é chamado alma; e, quando desencarna, é chamado propriamente espírito. Mas, no dia a dia, as pessoas acabam por usar as duas palavras como sinônimos.

— Bem, devo dizer que estou um tanto confuso, pois a minha mente acaba de receber informações que batem de frente com o que sempre foi minha crença sobre a morte. Penso que deveríamos parar por aqui. Preciso meditar muito sobre o que vocês me disseram.

— Tudo bem — respondeu Rui. — E quando daríamos continuidade ao diálogo?

— Sugiro o seguinte: na próxima sexta-feira vocês vão ao meu apartamento e, com certeza, eu estarei equipado de

muitas perguntas que ficaram no ar. Até lá, estarei em condições de escutar mais.
— Plenamente de acordo, não é, Vânia?
— Será um prazer poder ajudá-lo a perder o medo da morte, Lucas.

♦ ♦ ♦

O encontro com os amigos fez com que Lucas pusesse de lado preconceitos antigos sobre o espiritualismo e, particularmente, sobre o Espiritismo. Então, tinham sido feitas pesquisas a respeito da continuidade da vida, como lhe haviam dito Rui e Vânia? Se assim fosse, uma grande dúvida seria desfeita, pois a morte seria mesmo apenas uma passagem. Mas o corpo físico seria apenas uma vestimenta da alma? Também isso teria sido pesquisado por pessoas sérias e competentes? Isso ainda teria de ser discutido. Não estava muito claro para Lucas. Todavia, o simples fato de ter conversado com o casal de amigos e ouvido coisas que desconhecia fizeram com que se acalmasse um pouco, tanto em relação ao falecimento de Beatriz quanto ao pavor que tinha da morte. Na visita que lhe fariam, ele poderia talvez eliminar as incertezas que ainda alimentava na alma.

O transcorrer da semana foi de uma certa tranquilidade que parecia novidade para Lucas, dadas as circunstâncias do desencarne recente da esposa. No trabalho, tudo lhe pareceu mais simples e mais fácil. Não perdeu a paciência com nenhuma das pessoas que atendeu e teve um relacionamento sereno com os colegas. Nesse meio-tempo, também aproveitou para, numa noite de calor um pouco mais ameno, jantar no apartamento de seu irmão. Contou sobre a conversa que tivera com Rui e Vânia e sobre a calma incomum que surgira em sua mente.

— Nossos amigos, Lucas, têm o poder de levar a serenidade a todas as pessoas com quem se relacionam — disse Lucinha.

— Rui, já na infância e adolescência, era uma pessoa tranquila. E acabou por se casar com uma pessoa muito semelhante a ele.

— É a lei da atração — disse Dante. — Os semelhantes se atraem. Mas o que você achou da explicação deles sobre a morte?

— Devo dizer, antes de qualquer coisa, que essa conversa abrandou o meu preconceito sobre o Espiritismo. Em primeiro lugar, pelo conhecimento que eles demonstraram, e, em segundo, por eu ficar sabendo da maneira como surgiram os princípios espíritas. Eles disseram também que foram feitas pesquisas sobre a vida além da morte, pesquisas conduzidas sob o rigor da observação dos fenômenos. A respeito disso ainda pretendo conversar melhor, mas deu para notar que não se trata apenas de meras crendices e misticismos. Pelo contrário, como tomei conhecimento, o Espiritismo prega o que eles chamam de "fé raciocinada". Não se deve ter fé cega, aquela que tudo aceita sem verificação, levando à crença tanto no verdadeiro como no falso. Repudiando a fé cega, os espíritas dizem que a verdadeira fé, a raciocinada, não rejeita a razão e prende-se à verdade, sem jamais compactuar com a mentira. Segundo ouvi, a verdadeira fé não entra em choque com a razão, o que pode acontecer quando a fé é cega.

— Aprendeu bem, hein? — brincou Lucinha.

— Pois é. E foi isso que começou a derrubar a minha descrença e os meus preconceitos. Mas isto é apenas o princípio. Necessito de outros esclarecimentos para realmente me convencer sobre a veracidade da explicação espírita relacionada à morte.

— Bem, Lucas, nós não somos frequentadores de nenhum centro espírita — explicou Dante —, mas posso dizer que somos simpatizantes.

— Já lemos alguns livros espíritas — completou Lucinha — e não encontramos realmente nada que fosse contrário à razão. Creio que Rui e Vânia ainda têm muito a dialogar com você, pois eles são voluntários de uma casa espírita, como você bem sabe.

— É verdade, mas nunca me interessei por esse assunto, de modo que também não havia perguntado nada sobre a crença que eles professam. E nesse ponto eles foram sempre corretos, pois nunca procuraram me converter para a Doutrina Espírita. Somente agora, ao me verem num estado lamentável, é que se ofereceram para me ajudar. Se estou escutando coisas novas para mim, é porque aceitei ajuda.

— Eles costumam dizer que cada um tem o seu momento. Pode ser hoje, amanhã ou muito para a frente. Todavia, sempre chega o instante em que somos impelidos à busca da verdade. Parece que o seu chegou agora, Lucas.

A conversa com seu irmão e sua cunhada deixou Lucas tranquilo para retomar, em seu apartamento, o diálogo interrompido na semana anterior. Na verdade, ele estava mesmo ansioso para escutar os amigos e tirar as dúvidas a respeito da morte.

◆ ◆ ◆

Era uma noite de calor menos intenso quando Rui e Vânia adentraram o lar de Lucas.

— Estou sentindo uma energia mais suave por aqui — falou Vânia, assim que entrou.

— E a sua fisionomia está mais serena — completou Rui.

— É porque tenho bons amigos — respondeu Lucas com um breve sorriso.

O jantar transcorreu sereno, com a conversa girando sobre temas variados. Após o cafezinho, o casal fez questão de lavar e guardar todos os utensílios utilizados naquela noite. Em seguida, sentaram-se no sofá. Lucas acomodou-se numa cadeira e aguardou o assunto principal da noite.

— E então, Lucas, como passou estes dias? — perguntou Rui.

— Tenho de ser honesto, dizendo que estive muito melhor. Em alguns momentos, senti ainda a dor da separação; noutros, o medo da morte. Mas o que prevaleceu foi a serenidade ou, pelo menos, uma certa calmaria. Porém, ainda não estou plenamente convencido a respeito do que vocês disseram. Não que eu esteja duvidando da palavra de vocês. Isso não, mas o que às vezes me ocorre é a pergunta: será que eles estão certos ou apenas pensam que estão? Peço-lhes desculpas, mas a pergunta surge algumas vezes em minha mente.

— Não há de que se desculpar — disse Vânia. — O Espiritismo não exige concordância de ninguém sem que a pessoa tenha racionalmente concluído pela veracidade do que lhe foi dito.

— Não exige fé cega, não é mesmo?

— Exatamente. É preciso raciocinar para poder concluir pela veracidade ou falsidade do que esteja sendo escutado ou lido.

— O que realmente está *pegando*, Lucas? O que o faz duvidar? — perguntou Rui.

— Vocês falam em espíritos que revelaram os princípios da Doutrina Espírita. Mas espíritos existem mesmo? Não pode ser alucinação de quem diga estar recebendo um espírito?

— A pergunta é se existem espíritos. Pois bem. Diz Kardec, num de seus escritos,[1] que os atos inteligentes do ser humano provam a existência da alma, visto que eles hão de ter uma causa inteligente e não uma causa inerte. Que a alma independe da matéria, diz ele, está demonstrado de modo evidente pelos fenômenos espíritas que a mostram por si mesma. Além disso, o que demonstra com mais força a existência da alma é a experiência do seu isolamento durante a vida terrena, que lhe permite manifestar-se, pensar e agir sem o corpo.

— Você pode explicar um pouco mais, Rui?

— De acordo com a Doutrina Espírita, há no homem um princípio inteligente, chamado alma ou espírito, que é independente da matéria e que lhe dá o senso moral e a faculdade de pensar. Kardec pondera sobre isto, concluindo que, se o

---

1 *Obras póstumas*, lançado em janeiro de 1890.

pensamento fosse propriedade da matéria, teríamos a matéria bruta a pensar. Como não se tem notícia de matéria bruta inerte dotada de faculdades intelectuais, e como, ao morrer, o corpo não pensa, é imperioso concluir que a alma independe da matéria e que os órgãos, os hemisférios cerebrais, são apenas instrumentos pelos quais o homem manifesta o seu pensamento. O conhecido fisiologista Franz Gall, entre o final do século XVIII e o início do século XIX, afirmava que os hemisférios cerebrais são a "sede" de todas as faculdades intelectuais e morais. São a sede, mas as faculdades intelectuais não são geradas pelos hemisférios cerebrais, e sim pela alma, que os tem como seus instrumentos. A alma é o agente do pensamento.

— Creio que esteja entendendo, Rui. Parece que, pelo lado filosófico da questão, é difícil contestar o que você afirmou. Não consigo negar a validade desse raciocínio. Mas, já que você citou um cientista, surge a pergunta: algum cientista já tratou deste assunto de acordo com métodos científicos?

— Não um, mas vários. Vânia pode falar melhor sobre isso.

Com muita calma e segurança, a esposa de Rui sintetizou o lado científico do Espiritismo:

— É verdade, vários pesquisadores debruçaram-se sobre os fenômenos espíritas. Por exemplo, Alexander Aksakof, que fotografou espíritos. O pesquisador Gabriel Delanne[2] também narra um caso de fotografia espírita. Diz ele que o dr. Thomson, de Clifton, subúrbio de Bristol, na Inglaterra, obteve uma fotografia em que, ao lado da sua imagem, encontrava-se a de uma senhora desconhecida. Remeteu essa fotografia para a Escócia, ao seu tio, apenas lhe perguntando se ele notava semelhança entre essa senhora e alguma pessoa da família, já falecida. A resposta foi que essa imagem era a da própria mãe do dr. Thomson, assemelhando-se muito às feições dela na época em que este nascera. Já que a falecida

---

2 O caso aqui narrado está inserido em: DELANNE, Gabriel. *O fenômeno espírita*: testemunhos dos sábios. Rio de Janeiro: Edições Léon Denis, 2006, p. 200.

não havia deixado retrato, o doutor não podia ter ideia dessa semelhança. O tio naturalmente observou que não podia compreender como o fato se tinha dado. Mas este é apenas um entre variadíssimos casos de fotografia de espíritos. Por outro lado, Paul Gibier, médico e psicólogo francês, diretor do Laboratório de Patologia Experimental e Comparada do Museu de História Natural de Paris, além de aluno predileto de Louis Pasteur, pesquisou cientificamente os fenômenos espíritas, tendo obtido em seu próprio laboratório, em Nova Iorque, materializações de espíritos na presença de várias testemunhas, particularmente dos funcionários que o assistiam em seus estudos de biologia. Ele começou as suas pesquisas pensando que estava diante de uma grande mistificação, porém, depois de muita análise e observações, atestou a veracidade dos fenômenos que vinha pesquisando. Posso citar também Fredrich Myers, que, em sua conhecida obra *A Personalidade Humana*, fala de duzentos e trinta e um casos de aparições de pessoas mortas.

— Eu desconhecia esses fatos.

Vânia pensou um pouco e continuou:

— Há outros pesquisadores sérios que trataram cientificamente dos fenômenos espíritas e concluíram pela veracidade da existência da alma. Posso citar de memória Johann Zölnner, astrônomo e físico alemão que fez observações sobre a escrita direta, tendo verificado a sua autenticidade.

— Escrita direta?

— É aquela produzida diretamente pelo espírito sem nenhum intermediário, também chamada pneumatografia. Outro pesquisador de que me lembro foi Ernesto Bozzano, que efetuou suas pesquisas com mais de setenta médiuns, tendo registrado suas conclusões em diversos livros. Sem falar no reconhecido físico-químico inglês William Crookes, que fez observações científicas com o médium Daniel Dunglas Home, com a médium Katie Fox e com a médium Florence Cook. É interessante notar que, assim como ocorreu com outros pesquisadores, ele iniciou suas investigações pensando em desmascarar, encontrar fraudes, porém acabou constatando que os casos eram verídicos. Tanto assim que declarou com convicção: "Não digo que isto é possível; digo: isto é real!".

— William Crookes eu conheço. Foi ele quem descobriu o elemento tálio e os raios catódicos.

— Ele mesmo. Apenas para encerrar, no Brasil temos o engenheiro Hernani Guimarães Andrade, fundador do Instituto Brasileiro de Pesquisas Psicobiofísicas, que realizou pesquisas sobre a reencarnação, tendo reunido os seus resultados num livro bastante conhecido[3]. Segundo ele, a própria psicobiofísica tem como um dos seus princípios a existência do espírito como realidade positiva e demonstrável. Poderia ainda citar outros nomes consagrados e respeitáveis, mas ficaria cansativo. Se quiser, eu lhe faço uma pequena lista de livros. Alguns nós temos aqui.

— Eu agradeço. Saibam que eu não estava duvidando de vocês. Apenas queria confirmar se foram realizados estudos e pesquisas de acordo com o método científico. Vejo que a resposta é positiva.

— Tudo isso — completou Rui —, todas essas pesquisas levam à conclusão de que o espírito ou alma existe. Mais que isso, nós somos espíritos. E, nos casos de comunicações com os espíritos através de médiuns, nos casos de materializações, como Crookes observou, assim como nos casos de reencarnação pesquisados por Guimarães Andrade no Brasil e pelo psiquiatra canadense Ian Stevenson, também concluímos pela vida sucessiva, isto é, pela reencarnação. A morte do corpo material, Lucas, não é a morte do espírito. Este permanece e continua a sua caminhada rumo à perfeição.

Lucas ficou pensativo. Não encontrava palavras para dizer alguma coisa. Não sabia mesmo o que dizer. Depois de alguns momentos emudecido, concluiu:

— Se tudo isto que vocês estão dizendo for verdade, o meu conceito sobre a morte será completamente outro. Quando

---

[3] ANDRADE, Hernani Guimarães. *Reencarnação no Brasil*. 2. ed. Matão (SP): O Clarim, 1998.

aqui cheguei nesta noite, após o trabalho, eu me perguntava: o que é a morte? Vocês me responderam. Relataram-me pesquisas sobre a existência da alma e a continuidade da vida após a morte do corpo. Agora, Vânia; agora, Rui, só me resta digerir tudo o que aqui foi ouvido. E depois dizer a vocês qual foi a minha conclusão.

3 – Reflexões

Após as explicações de Rui e Vânia, Lucas viu-se envolto em reflexões. Sentia-se mais leve, mais tranquilo. Será que tudo aquilo em que ele acreditava sobre a morte era mesmo falso? Seria realmente a morte apenas a falência dos órgãos corporais? O espírito permaneceria? Lembrou-se de que, alguns anos atrás, um colega de trabalho chegara à repartição a comentar sobre um livro que estava lendo. Ele perguntara:
— Que livro é esse de que você está falando tanto?
O colega, entusiasmado, lhe dissera:
— É um dos melhores livros que já li.
— Sim, mas qual é o título?
— *E a Vida Continua...*
— ...?
— É uma psicografia de Chico Xavier. O autor espiritual é André Luiz.
Lucas rira alto, dando um tapinha no ombro do colega.
— E você me diz que é um dos melhores livros que já leu? Vai mal de leitura, hein?
Agora, lembrando-se do fato, sentiu vergonha. E se isso fosse mesmo verdade? E se a morte fosse o que Rui e Vânia haviam dito? Eles tinham explicado mesmo que a vida começa para o espírito com a sua criação e nunca vai terminar. O espírito é imortal.
— Deus cria o espírito simples e ignorante — havia dito Rui. — Ele vai adquirindo conhecimento de encarnação para encarnação. O espírito acerta, erra, cai, levanta-se, mas

sempre prossegue rumo à perfeição. Isso está assegurado pela lei divina do progresso. Todos estamos caminhando rumo à nossa autorrealização.

Nesse ponto, lembrou-se Lucas de que um psicólogo norte-americano[4] havia dito algo semelhante. Segundo ele, todo organismo era animado por uma tendência própria a desenvolver todas as suas potencialidades, de modo a favorecer a sua conservação e aperfeiçoamento. Tratava-se de uma tendência para o crescimento. "Lembra o que Rui denominou 'lei do progresso'?", pensou Lucas. Recordou também o que aprendera na faculdade sobre uma psicanalista alemã.[5] Segundo ela, o ser humano tem uma tendência inata para a autorrealização. Se os obstáculos forem removidos, o indivíduo se desenvolverá e se transformará num adulto maduro plenamente realizado, tal como a semente que se transforma numa grande árvore. Lembrava também, em termos materiais, a lei do progresso. Com uma grande diferença: de acordo com o Espiritismo, o progresso, o autoaperfeiçoamento continua além desta simples existência, entrando pela eternidade afora.

Lucas estava realmente confuso. E se a vida, de fato, continuasse? Bem, se isso fosse verdade, melhor para ele, pois resolveria dois problemas: o medo da morte e a tristeza avassaladora pelo falecimento da esposa. O certo é que depois de saber que, tanto filosófica quanto cientificamente, as conclusões pendiam para o lado da Doutrina Espírita, não havia mais como dizer que tudo não passava de crendice e superstição. William Crookes, químico e físico de credibilidade mundial, afirmara, depois de muitas observações, que o fenômeno espírita era não uma possibilidade, mas uma realidade. Ele começou essas investigações com a finalidade de desmascarar, de encontrar fraudes. Todavia, acabou por testemunhar que os casos eram verídicos, irrefutáveis, o que o levou a afirmar: "Não digo que isto é possível; digo: isto é real". A sua convicção fora tão profunda que ele se tornara espírita.

---

[4] Carl Ransom Rogers (1902-1987).
[5] Karen Horney (1885-1952).

Agora, tendo tomado conhecimento desse fato, Lucas ficou num beco sem saída. Resolveu dar um tempo. Assim, passou os dias seguintes sem pensar no diálogo que tivera com os amigos. Dedicou-se plenamente ao trabalho, escolhendo à noite filmes para assistir e manter a mente fora do problema que tinha por resolver.

No fim de semana, foi passar o domingo no apartamento do seu irmão. Queria conversar sobre tudo, menos a respeito de morte, vidas passadas, reencarnação e qualquer assunto que levasse ao tema que o colocava em desequilíbrio. Mas Dante e Lucinha, que não sabiam da intenção de Lucas, logo foram perguntando:

— E então, como tem passado?
— Bem. Muito bem.
— A conversa com Rui e Vânia foi boa?
— Foi. Foi sim.
— Convenceram-no sobre a inexistência da morte para o espírito?

Era exatamente sobre isso que não queria conversar, mas não podia ser indelicado, de modo que respondeu à pergunta de Lucinha:

— Há muita coisa a considerar.
— O que, por exemplo?
— Para dizer a verdade, estou mesmo desorientado. Há momentos em que fico otimista diante da vida e penso que tudo que ouvi de meus amigos é verdadeiro. Porém, noutros instantes, voltam as emoções depressivas e acho que é tudo ilusão de quem também tem medo da morte.

— Rui e Vânia não temem a morte, Lucas — disse Dante, olhando seriamente para o irmão.

— Estão vendo? É tudo obscuridade em minha mente. Vamos mudar de assunto?

A conversa rumou para outros temas, mas o próprio Lucas, em dado momento, retornou ao ponto que desejava evitar:

— O que escutei de Rui e Vânia faz muito sentido. Pesquisadores sérios como William Crookes e, no Brasil, Hernani

Andrade concluíram pela existência do espírito e pela reencarnação, o que significa dizer que a vida continua. Aliás, estou de posse de um livro com esse título. Ainda não tive coragem de lê-lo, mas está em casa, esperando o momento certo.

— Penso que seria muito bom para você ler essa obra, Lucas — disse Lucinha. — Eu já li e gostei.

— Pois é. Aos poucos meu edifício de crenças vai sendo desmoronado.

— E não é bom? — perguntou Dante. — Não é bom perder o medo da morte e ter a certeza de que Bia continua viva?

— Em certo sentido, sim. Mas, se ela está viva, por que não se manifesta?

— Ainda é cedo, mas depois de algum tempo você pode pedir uma mensagem dela.

— Como assim?

— Há centros espíritas que realizam o que se chama psicografia, isto é, o espírito dita uma mensagem, que é recebida e escrita por um médium.

— Psicografia? Médium? Vocês estão indo além do que eu poderia imaginar.

— Já que você passa por instantes em que julga verdadeiro o que dizem os espíritas, por que não tentar? O máximo que pode acontecer é você não receber mensagem nenhuma ou descrer do seu teor.

Dante deixou que Lucas refletisse um pouco e sugeriu em seguida:

— Ligue para Rui e converse sobre isso com ele.

— Vamos ver... vamos ver.

Quando retornou a seu apartamento, Lucas estava decidido a esquecer tudo o que conversara antes e a dormir mais cedo, pois na manhã seguinte teria de ir logo ao trabalho. Depois de um banho relaxante e de uma sopa de legumes, deitou-se. Pousou, porém, os olhos no livro que estava sobre o criado-mudo. Não pôde deixar de soletrar: "*E a Vida Continua...*". Quase maquinalmente pegou-o, abrindo-o e lendo as primeiras linhas do capítulo inicial: "O vento brincava com as folhas secas das árvores, quando Evelina Serpa, a senhora Serpa, decidiu sentar-se no banco que, ali mesmo, parecia convidá-la ao repouso". Continuou a leitura e, uma hora depois, já havia lido quatro capítulos. Foi quando se lembrou de que havia prometido ao irmão que ligaria para o amigo Rui.

— O que você manda, caro Lucas?

Um tanto sem jeito, Lucas iniciou a conversa:

— Não sei como dizer, mas Dante e Lucinha me *intimaram* a perguntar a você sobre psicografia. Melhor dizendo, é verdade que há centros espíritas que recebem mensagens de espíritos a seus familiares?

— Sim, é verdade. Na casa espírita que frequento, isso ocorre todas as semanas.

— Você pode me explicar melhor?

— Você faz o pedido de uma mensagem e na reunião semanal pode receber por intermédio de um médium a mensagem do espírito a quem você a solicitou. Pode ser um filho que já desencarnou, um marido, uma esposa, um irmão.

— Mas isso é verdade, mesmo? Quero dizer: primeiro precisamos crer que esse parente continua vivo no mundo espiritual, não é verdade?

— Você está certo.

— Bem, conversei sobre isso com meu irmão e... e por que não tentar, não é mesmo?

— Você está querendo receber mensagem da Bia?

Lucas sentiu vergonha por estar falando a respeito disso. "Por que fui me meter nessa encrenca?", pensou.

— Lucas, você está ouvindo?

— Sim. Só estou muito confuso. Afinal de contas, nunca falei sobre isso nem mesmo acreditei numa coisa dessas. Aliás, nem sabia que isso existia.

— Existe, sim, e tenho visto muita gente sensibilizada com o teor da mensagem recebida.

— Você acha que vale a pena eu tentar?

— Sem dúvida nenhuma. Há uns poucos requisitos, um deles é o tempo decorrido do desencarne. Quanto a Bia, ainda é cedo. Você precisará esperar mais. Mas, futuramente, poderá ter a grande oportunidade de ler alguma comunicação da sua esposa.

Lucas esperou pacientemente. Decorrido o tempo necessário, voltou a falar do assunto com Rui.

— E o que eu devo fazer para receber a suposta mensagem de Bia?

— Venha até meu apartamento amanhã por volta das sete da noite. Iremos ao centro espírita solicitar a mensagem. É possível que receba o que espera.

— Bem, na verdade não estou esperando nada. É mais por insistência de Dante.

— Tudo bem. Então, até amanhã à noite. Não vá desistir, hein?

— Eu irei. Pode estar certo.

Na noite seguinte, foram os dois amigos ao centro espírita. Lá, foi esclarecido que nem sempre é possível receber uma mensagem do plano espiritual, seja porque o espírito ainda não tenha condições para isso, seja porque esteja desenvolvendo algum tipo de trabalho, que o impede temporariamente de estabelecer a comunicação. Lucas deveria comparecer ao centro na terça-feira seguinte, quando se realizaria uma sessão de evangelização, e, ao final, os solicitantes aguardariam a comunicação psicografada.

Com um cartãozinho na mão, Lucas voltou para casa, arrependido da decisão que havia tomado. "Eu nunca imaginaria que alguma vez na vida pudesse fazer uma coisa dessas. Mas agora já é tarde. Como costumam dizer, *quem sai na chuva é pra se molhar.* Vamos em frente!"

No dia seguinte, foi para o trabalho pensando no que iria acontecer à noite. Em seu carro, ouvia, na voz de Frank Sinatra, uma canção muito conhecida: "As Time Goes By" (Com o Passar do Tempo). Em dado momento, a letra da música dizia: *The fundamental things apply as time goes by.* Maquinalmente, ele traduziu: "As coisas fundamentais acontecem com o passar do tempo". De repente, caiu em si, fazendo a ligação com a situação que vinha vivendo. "O que ocorrerá hoje à noite será uma coisa fundamental?", perguntou-se. E continuou: "Já se passou tempo suficiente para que eu tenha uma boa notícia. Até hoje isso não aconteceu". Depois, desligou o rádio e prosseguiu na sua caminhada para a repartição. Durante o dia, não teve tempo para voltar a pensar no assunto. Havia muita gente para ser atendida. Apenas por volta das cinco da tarde ele sentiu um friozinho na altura do estômago. Pensou em largar tudo aquilo e desistir de ir ao centro espírita. Um pensamento assomou em sua mente: "Tudo não passa de bobagem e de crendice de pessoas ignorantes. Eu tenho uma certa cultura, por que agir como um crédulo? Por que suplicar por uma mensagem que nunca poderá acontecer? Afinal, a minha querida Bia já não existe: morreu. Por que insistir nessa *conversa fiada*?". Decidiu que entraria logo mais em contato com Rui e encerraria de vez com isso.

Às cinco e trinta, ligou para o amigo. Mas nesse momento, sem saber por que, uma força incomum torceu suas palavras.

— Lucas, espero você às sete. Não se atrase.

Ia dizer que não iria, mas tomou consciência de que respondia de modo bem diferente:

— Estarei aí, Rui.

Depois de desligar o celular, arrependeu-se novamente, mas não teve coragem para desfazer o combinado. Foi assim que às cinco para as sete já estava no apartamento do amigo.

— Coma alguma coisa antes de seguirmos para o centro.

Não estava com fome. A sua cabeça girava como se tivesse bebido uma garrafa de vinho. Já não sabia se estava certo ou errado em pedir aquela absurda mensagem. Apenas entregou-se à situação e minutos depois seguia com Rui para a casa espírita. Chegaram a tempo de ele entregar a solicitação de mensagem à voluntária, que a recebeu com um sorriso acolhedor. Entrou num amplo salão e acomodou-se numa cadeira. À frente, bem no centro, havia uma mesa grande, coberta com uma toalha alva sobre a qual repousava um vaso ornamentado por belíssimas flores amarelas. De cada lado das flores postavam-se quatro pessoas que, de olhos fechados, pareciam meditar. Num velho piano, uma jovem executava composições clássicas. Ao chegar, ela tocava o "Noturno Opus 9, Número 2", de Chopin, que ele bem conhecia por ser uma das composições preferidas de sua esposa. Essa "coincidência" tocou o seu coração, que ficou apertado dentro do peito. Poucos minutos depois, tinha início a reunião da noite. Após os cumprimentos e uma oração, um senhor de seus setenta anos iniciou a leitura de um trecho do Evangelho. Tratava-se da passagem registrada pelo evangelista João no capítulo dezoito, quando, diante do prefeito da província romana da Judeia, Pôncio Pilatos, Jesus afirma: "Meu reino não é deste mundo". Após a leitura, disse o expositor:

— Kardec, ao comentar esta passagem, lembra-nos de que Jesus se refere claramente à vida futura que, nas mais variadas circunstâncias, ele apresenta como a meta a que se destina a humanidade. Sendo assim, deve tornar-se também o objeto das principais reflexões do homem na Terra. Nada mais certo, nada mais justo, pois sem a vida futura a maior parte dos princípios e valores morais não teria razão de ser. Essa afirmação, por tal motivo, constitui-se no ponto central do ensinamento do Cristo. A vida futura deve, portanto, constituir-se no alvo de todos nós.

Novamente Lucas ouvia falar na continuidade da vida, e agora de um modo diferente. Não apenas a vida futura era importante, como deveria ser o objeto maior da reflexão dos homens.

— O mundo terreno — disse também o expositor — é para nós uma escola. Em cada uma de nossas existências, temos presentes as lições que nos tornam cada vez mais aperfeiçoados.

Tudo se encaixava perfeitamente no que lhe haviam dito Rui e Vânia. Quanto mais Lucas se lembrava dos diálogos que havia tido com eles, mais notava como os seus pensamentos se afinavam com o que estava a dizer aquele senhor, com grande convicção. Ele afirmava ainda que mesmo as inteligências mais simples conseguiam imaginar a vida futura sob seu verdadeiro aspecto, da mesma maneira como conseguimos imaginar um país do qual lemos uma descrição detalhada. E completava, afirmando com Kardec que a descrição da vida futura feita pelos espíritos desencarnados, fosse feliz ou infeliz, era relatada de um modo tão verdadeiro e tão racional, que cada um de nós era obrigado a reconhecer que não podia ser de outra forma e que ela bem representava a justiça de Deus.

Lucas ficou a meditar sobre o que fora dito, quando ainda escutou a leitura final do expositor, que dizia:

— Aquele que se identifica com a vida futura é semelhante ao rico que perde sem emoção uma pequena quantia. Aquele que concentra seus pensamentos na vida terrena é semelhante ao pobre que perde tudo o que possui e se desespera.

Outro expositor, falando sobre as mensagens que vários dos presentes na reunião iriam receber, afirmou que pessoas há que temem a morte por não saber o que ocorre depois. É a dúvida e o medo que levam ao pânico e ao desespero. No entanto, a morte é apenas do corpo, cujos órgãos se esgotam. O espírito que realmente somos continua a sua trajetória rumo à perfeição. O desencarne é o rompimento dos laços que retinham o espírito ligado ao corpo. Quando ocorre a falência dos órgãos físicos e o espírito se desliga completamente do corpo carnal, retorna ao mundo espiritual, que havia deixado momentaneamente, conservando a sua individualidade. Assim, quando se fala em morte, deve-se ter em mente que se trata apenas de uma simples mudança de estado.

— Como já se disse — afirmou o expositor —, a morte é tão somente mais uma etapa da vida, que nunca termina. A morte é apenas uma passagem para o verdadeiro mundo, o mundo espiritual. Os entes queridos, de quem alguns de vocês receberão mensagens, estão continuando a sua trajetória evolutiva, aprendendo para ter uma próxima reencarnação mais positiva e proveitosa. Daí não devermos entrar em desespero diante da ausência física deles. Se há amor entre vocês, algum dia se reencontrarão, a fim de que, juntos, retomem os passos para a caminhada da perfeição. Quem parte tem novas tarefas a cumprir e não pode ser impedido pelas lágrimas desesperadas dos que ficaram. A desesperança pelo desencarne dos entes queridos demonstra apenas a ignorância diante do natural fenômeno da morte. Não importunemos aqueles a quem dizemos amar. Lembremo-nos, sim, deles, mas com o coração repleto de amor e de paz. Oremos por eles e confiemos na compaixão divina, que a ninguém desampara. Recebam, pois, as mensagens, reflitam serenamente sobre elas e permitam que esses entes queridos prossigam a sua jornada evolutiva no mundo espiritual.

Lucas sentia-se agora mais calmo e confiante. A energia que circulava pelo salão parecia ter aquietado os seus pensamentos e a sua ansiedade. Foram realizadas algumas psicofonias, em que espíritos falavam pela boca dos médiuns ali presentes. Quando a sessão evangélica terminou, começaram a anunciar os nomes de quem havia recebido mensagem do plano espiritual. Lucas olhou para Rui e aguardou em silêncio. Quase ao final, ele escutou o seu nome e se levantou para recolher a mensagem. Voltou a seu lugar e abriu a folha de sulfite, lendo mentalmente:

De Beatriz / Para Lucas
Meu querido Lucas,

A minha jornada na Terra já havia terminado. Tive de deixá-lo no meio do caminho, mas continuo em pensamento junto de você. Posso dizer-lhe que você permanece no fundo do meu coração. E assim continuará para sempre.

Chegamos algum dia a conversar sobre a morte. Pois bem, ela é apenas uma mudança de estado. Aqui, continuamos vivos, mais vivos ainda que antes. E, neste lugar, temos muito a aprender. É o que estou fazendo, desde que acordei, após a passagem para este plano. Não se aterrorize, não se desespere. Continuamos ambos vivos e com o mesmo amor que tínhamos quando eu aí estava. Posso até dizer-lhe que o meu amor está mais refinado, mais purificado.

Creia, um dia nos reencontraremos e nos veremos num nível mais elevado. Ore pelo nosso desenvolvimento espiritual e pela serenidade sua e de todos cujos entes queridos para aqui vieram. Acima de tudo, pacifique o seu coração. Espere com fé e amor o momento de nos revermos. Mantenha sempre a paz em seu coração.

De quem o ama,
Beatriz.

Lucas ficou estático, olhando para a parede à sua frente. De seus olhos verteram lágrimas de pura emoção. Rui, respeitosamente, deixou que o amigo desse vazão ao nobre sentimento do amor, que se revelava nas lágrimas grossas que ele deixou cair. Após algum tempo, Lucas secou as lágrimas com um lenço e passou o papel para as mãos de Rui, que o leu silenciosamente.

Já entrando no estacionamento, Rui pousou a mão no ombro do amigo e perguntou:

— E então? Qual é o seu parecer?

Lucas, diminuindo os passos, pensou um pouco e respondeu:

— De início, tive certa dúvida, mas uma onda de serenidade se apossou de mim e pude sentir, se posso dizer assim, a presença de Bia. A partir desse momento, me emocionei e não pude conter as lágrimas.

— E o que fazia você duvidar?

— A letra e o modo de escrever, que eram diferentes.

— Os médiuns do nosso centro espírita, Lucas, são os chamados "médiuns intuitivos", ou seja, eles recebem a ideia do espírito comunicante e escrevem com sua própria letra, suas próprias palavras e seu próprio estilo. O conteúdo, este sim, é do espírito. No seu caso, o conteúdo da mensagem é de Bia, já a letra, as palavras e o estilo são do médium que recebeu essa mensagem.

— Entendo, e devo confessar que a ternura e a singeleza com que foi escrita a mensagem lembram de perto quem foi Bia quando estava junto de mim. O estado confuso que assomou em minha mente foi desaparecendo à medida que comecei a ler a mensagem, e em seu lugar senti uma serenidade que jamais tinha conhecido. Até agora, enquanto conversamos, estou envolvido por essa aura de bem-estar.

Já em seu apartamento, Lucas releu várias vezes a mensagem recebida na casa espírita. E, a cada vez, sentia novamente que uma energia serena penetrava todo o seu ser. Adormeceu lentamente, com a mensagem na mão...

4 – A morte é uma ilusão

Na manhã seguinte, Lucas quase perdeu a hora para se levantar. Deixou de tomar o costumeiro capucino feito em casa e seguiu logo para a repartição. No caminho se lembrou do pensamento que um dia Dante lhe expusera: "O homem livre, no que pensa menos é na morte; a sua sabedoria é meditar sobre a vida". Agora ele parecia compreender melhor o seu significado. Assim, raciocinou: "Não devemos pensar na morte como o fim, como a porta aberta para o nada. Mas precisamos compreendê-la sem medo e sem ilusão. Mais que isso: precisamos estar preparados para o dia da partida, que não sabemos quando se dará. A morte deve ser mesmo o que disse o expositor espírita: um acesso para o mundo verdadeiro, o mundo espiritual. Mas, para fazer bem essa transição, também é preciso viver bem". E concluiu: "Vivendo bem, realizamos da melhor maneira a passagem inevitável".

Lucas mudara muito no último mês, e a mensagem recebida no centro espírita completou essa transformação. Ele fez questão de, durante a semana, levar o recado recebido até o apartamento de Rui, para que Vânia o pudesse ler. Após a leitura, ela comentou:

— Você recebeu uma mensagem de amor e esperança, Lucas. Bia não só continua viva, como prossegue a amá-lo e aguarda o momento do reencontro entre vocês.

— Bem, parece que eu estava errado. Não posso mais me desesperar. Agora sei que ela continua viva e que está muito bem. Sei que ela continua a amar-me. Se é assim, por que o desespero?

— Você tem razão. Agora é preciso viver. Viver e crescer espiritualmente, a fim de que o seu reencontro com Bia possa ser feito num nível muito elevado.

— Ela disse isso, ao pedir que eu ore para o nosso desenvolvimento espiritual.

— É o que você tem a fazer. Ela também pede que você ore pela sua serenidade e a de todos cujos entes queridos já partiram para o mundo espiritual.

— Esse é um problema, Vânia. Não sei orar. Quase nunca pensei em fazer isso.

Rui, ao lado, esclareceu:

— A oração é um ato de comunicação com o plano espiritual superior. É a invocação a Deus por meio do pensamento. A oração é vibração, energia, poder. Assim, orar em nosso favor é atrair a Força Divina para a restauração de nossas forças humanas. E orar pelos outros é assegurar-lhes a possibilidade de cada um melhorar a si mesmo. Orar a Deus é pensar Nele; é aproximar-se Dele; é pôr-se em comunicação com Ele.

— Mas como orar? De que maneira?

Desta vez foi Vânia quem explicou:

— A finalidade da prece é elevar o espírito a Deus, portanto, vá buscar no fundo do seu coração o pedido que tem a fazer ao Criador. Faça-o com fé, respeito e amor. Faça-o com as suas próprias palavras. O sentimento é o que prevalece, e não palavras bonitas ou difíceis. Se a oração é comunicação, você deve comunicar-se com Deus da maneira como dialoga com um amigo ou com o seu próprio pai. Afinal, Deus é nosso Pai. E agradeça antecipadamente a resposta que com certeza virá por meio de algum mensageiro celestial.

Lucas agradeceu e, ajeitando-se melhor na poltrona, perguntou:

— Vocês sabem por que eu tive certeza de tratar-se realmente de uma mensagem da Bia?

Sem esperar resposta, ele prosseguiu:

— Não sei como explicar, mas eu senti a presença dela diante de mim. Foi como se ela tivesse tocado o meu rosto. Naquele momento, tudo mudou. Senti-me profundamente bem e com o coração apaziguado. Mesmo assim, ainda titubeei por causa da letra e da maneira de falar, que não eram semelhantes à sua letra nem à maneira como ela conversaria comigo. Mas Rui me deu uma explicação razoável a esse respeito, de modo que voltei a crer que a mensagem era mesmo dela e que eu a deveria guardar com todo respeito, carinho e amor. É o que venho fazendo.

— Quer dizer que você perdeu o medo da morte? — perguntou Rui, sorrindo.

— Eu tinha pavor da morte. Mas hoje, sabendo que a vida continua mesmo, por que temê-la? Venho pensando seriamente que aquilo de que mais preciso hoje é viver de modo correto, cumprindo à risca as minhas obrigações, doando mais de mim aos outros e, com isso, me preparando para o que vocês chamam de desencarnação.

Vânia falou com satisfação:

— Você não sabe, Lucas, como é bom ouvir isso. O que mais desejávamos era que você voltasse a ter equilíbrio interno e paz de espírito.

— Eu me sinto outra pessoa depois da mensagem. Ontem visitei Dante e Lucinha, que também notaram a diferença na minha maneira de ser.

Lucas saiu do apartamento de seus amigos ainda mais tranquilo e confiante na vida. Já em seus aposentos, tomou um banho refrescante e foi para a cama, onde leu os dois últimos capítulos do livro *E a Vida Continua...* Após a leitura, permaneceu por algum tempo relembrando todas as passagens da obra, depois agradeceu mentalmente a Dante, Lucinha, Rui e

Vânia por terem contribuído para a mudança que se instalava em todo o seu ser. Adormeceu fazendo uma oração de agradecimento a Deus que saiu do íntimo da sua alma, do fundo do seu coração.

◆ ◆ ◆

Haviam se passado duas semanas que Lucas recebera a mensagem da esposa, quando lhe chegou a notícia de que um dos seus primos mais próximos havia desencarnado. Habitualmente, ele teria telefonado para os familiares, dando os pêsames e dizendo da impossibilidade de ir ao velório ou ao enterro do corpo. Isso ele fazia com todo amigo ou conhecido que falecesse. Era fruto do temor da morte. Ele costumava mesmo dizer:

— Não suporto ver o rosto cadavérico de quem quer que seja, assim como não aguento o ar pesado do velório e do cemitério.

Nesse dia, porém, saiu mais cedo da repartição e foi diretamente ao cemitério onde estava sendo velado o corpo do primo. Ali permaneceu por volta de uma hora, quando teve início o enterro. Passou por entre os túmulos até a cova já pronta para receber o caixão. Permaneceu nesse local até que a cerimônia se completasse. Depois, se despediu da viúva, dizendo-lhe palavras de consolo. Deixou calmamente o cemitério e foi para casa. Somente durante o banho tomou consciência do que fizera. "Eu já não temo a morte", pensou eufórico. "Eu já não acredito na morte." E riu, sabendo que acabara de vencer um dos mais temíveis medos que sempre o atormentara. Lucas estava realmente mudado.

Passados uns dez meses, ele sentiu que precisava de mais algumas palavras reconfortantes de Bia e foi ao centro espírita solicitar nova mensagem. Desta vez, não precisou da companhia do amigo. Seguiu confiante até o local e fez os preparativos de acordo com as regras da casa. Na noite seguinte, voltou ao centro, esperando receber notícias da esposa desencarnada.

Assim como da primeira vez, uma jovem preparava energeticamente o salão por meio da música erudita. Entre as composições, ela executou "Arabesque nº 18 em Dó Maior", de Robert Schumann. Nessa música, o compositor expressa grande tristeza por ter sido separado de sua amada, pois o relacionamento entre ambos fora desaprovado pelo pai da moça. Lucas, por seu turno, estava mais triste naquela noite, sentindo saudade da presença física da esposa, de modo que se emocionou ao ouvir a composição. A tristeza de Lucas, porém, não continha nada que se pudesse chamar de desespero, como acontecia antes. Era apenas fruto da saudade em relação à pessoa que ele amara na Terra e continuava a amar, ainda que ela se encontrasse na dimensão espiritual.

O salão estava lotado, quando tiveram início as atividades da noite. Feita a prece inicial, o preletor leu um trecho do espírito Santo Agostinho, inserido em *O Livro dos Espíritos*. Depois da leitura, comentou:

— O progresso é uma das leis da natureza. Pela bondade de Deus, estamos todos submetidos a ele. Isto porque deseja nosso Pai que cresçamos e prosperemos. Nada permanece estacionário na natureza. Assim como não pode o ser humano retroceder ao estado de infância na mesma encarnação, também não pode regredir ao estado natural. Regredir ao estado natural seria negar a lei do progresso. Tendemos todos para a perfeição. Não somos perfeitos, mas perfectíveis, isto é, caminhamos necessariamente para a perfeição.

Nesse ponto, Lucas refletiu sobre o modo como se recordava da esposa até pouco tempo atrás: sempre com amargura, abatimento e desespero. Porém, ele dera um passo em direção ao crescimento interior, uma vez que agora, quando batia a saudade, já não se desesperava, pois sabia que a sua esposa continuava muito viva no mundo espiritual. Apenas fazia-lhe falta algumas vezes a presença física de Beatriz. No mais, ele procurava viver da melhor maneira possível, fosse no trabalho, em casa ou no convívio com os amigos. "Venho subindo devagar a escadaria do progresso e da autorrealização", pensou com otimismo, enquanto o preletor dizia:

— Todas as almas são perfectíveis e suscetíveis de educação. Todas caminham da vida inferior à plenitude do conhecimento, da sabedoria e da virtude.[6] Não são todas igualmente adiantadas, mas todas hão de subir, cedo ou tarde. Tudo se transforma e se renova mediante o ritmo incessante da vida e da morte.

"Estou me renovando aqui", pensou Lucas, "e preciso deixar que Bia se renove na dimensão onde se encontra". Quando esse pensamento assomou em sua mente, chegou a arrepender-se de ter pedido uma mensagem. Depois, concluiu que esse pedido, por si mesmo, não poderia ser um fator de desequilíbrio para a esposa. Assim concluindo, voltou novamente a atenção para o expositor.

— Como diz Kardec, todos os espíritos tendem à perfeição, e Deus lhes proporciona os meios de consegui-la com as provas da vida corpórea. Mas, na Sua justiça, permite-lhes realizar, em novas existências, aquilo que não puderam fazer ou acabar numa primeira prova.[7]

A cada nova consideração do preletor, mais Lucas notava em si mesmo mudanças que denotavam a sua própria evolução. Todavia, ele tinha consciência de que estava ainda nos degraus iniciais dessa escadaria e deveria ter muitas mudanças pela frente.

— Nos comentários à questão 785, em *O Livro dos Espíritos*, Kardec diz ainda que há duas espécies de progresso que mutuamente se apoiam e, entretanto, não marcham juntas: o progresso intelectual e o progresso moral. Por que, pois, a marcha ascendente da moral deveria interromper-se mais que a da inteligência? Por que não haveria entre o século décimo nono e o vigésimo quarto tanta diferença nesse terreno

---

6 DENIS, Léon. *Cristianismo e Espiritismo*. 10. ed. Rio de Janeiro: FEB, 1994, p. 232.
7 KARDEC, Allan. *O Livro dos Espíritos*. 4. ed. Catanduva (SP): Edicel, 2021, q. 171.

como entre o décimo quarto e o décimo nono? Duvidar disso seria pretender que a humanidade tivesse atingido o apogeu da perfeição, o que é absurdo, ou que ela não é moralmente perfectível, o que a experiência desmente. A dimensão moral e a dimensão intelectual são duas forças que apenas se equilibram com o passar do tempo. Isto, porém, não serve de desculpa para que usemos o nosso intelecto para praticar o mal. Cabe a cada um de nós a busca incessante desse equilíbrio.

Lucas era uma pessoa de nível intelectual elevado, de modo que se propôs naquele momento a esforçar-se para elevar o nível moral de sua conduta, na busca ininterrupta do equilíbrio entre ambos.

O encontro daquela noite prosseguiu com outras preleções voltadas ao desenvolvimento moral e espiritual dos participantes. Finalmente chegou o instante do recebimento das mensagens. Lucas estava ansioso, até ouvir claramente na voz de uma médium:

— De Beatriz para Lucas.

Foi buscar a sua mensagem, mas, diferentemente da outra vez, guardou-a na maleta e foi para casa. Somente ao deitar-se abriu o papel e começou a lê-lo:

Meu querido Lucas,

Sinto-me feliz por poder entrar em contato com você. Já estou muito melhor do que estava anteriormente. Venho aprendendo muito aqui, onde me encontro. Tenho recebido o apoio e a orientação constantes da minha avó Isaltina e do meu avô Lauro. Com isto, tenho aproveitado melhor os ensinamentos que venho recebendo.

Às vezes, sinto a sua falta, mas confio no Senhor e sei que nos reencontraremos um dia. Isto me dá alívio e consolação. Espero que você pense e sinta da mesma forma.

A saudade é natural, mas não pode dominar a nossa mente e o nosso coração. A ausência é apenas física, pois permanecemos um no coração do outro. É bom, portanto, que tenhamos sempre em mente que a separação é momentânea e o reencontro acontecerá se nos mantivermos no amor mútuo e seguindo a lei divina.

Espero que você cumpra as tarefas que assumiu ainda aqui, no mundo espiritual, executando bem o seu trabalho, amando a si próprio e ao semelhante, como Jesus nos ensinou. Tenho aprendido muito a este respeito, meu querido, e vejo como descuidei do que é mais importante enquanto estive aí na Terra. Você ainda tem a oportunidade de viver o que esqueci de realizar. Sempre é tempo de transformação e eu confio em você.

Seja fiel à sua consciência, trabalhe em benefício do próximo e viva num clima de amor e paz.

Aceite a ternura e a devoção de quem o ama,

Beatriz.

Lucas sentiu alívio, mas, mais que isso, uma serenidade incomum. A imagem de Bia surgiu em sua mente com um brilho suave. O seu sorriso dava-lhe o equilíbrio e a harmonia de que necessitava para continuar cumprindo os seus deveres num patamar de competência e comprometimento. Ele sentia-se alegre e feliz. O que não sabia era que, de fato, o espírito da sua amada ali estava, junto de um mentor que o envolvia num passe dulcificante e restaurador. Foi assim que adormeceu e, em desdobramento, conversou por poucos minutos com Beatriz, que lhe infundiu mais uma vez a serenidade de que precisava.

Nunca mais Lucas solicitou mensagem de Bia. Por um motivo maior: "Já não preciso de mais nenhum indício de que a vida continua, como comecei a aprender um dia na leitura do livro com esse título. Hoje tenho certeza absoluta dessa verdade. Apenas procuro pôr em prática a orientação que recebi na segunda mensagem. Isto é suficiente para mim".

Beatriz teria respondido a novas solicitações de mensagem que o marido lhe fizesse, mas ficou radiante por notar a confiança de Lucas na continuidade da vida. Ele realmente havia mudado e persistia paulatinamente na sua transformação.

◆ ◆ ◆

As estações foram passando e com elas as dúvidas e incertezas de Lucas. Agora, anos depois do desencarne da esposa, ele já não temia a morte nem duvidada da sobrevivência do espírito após a falência dos órgãos do corpo físico. O que comandava os seus atos era a constância em fazer o bem aos semelhantes, assim como a si mesmo. Ele usava o seu próprio trabalho de atendimento ao público na repartição para executar esse plano de benevolência. Ia muito além do atendimento frio e distante de alguns dos seus colegas. Em vez disso, abria o coração e buscava prestar todas as informações necessárias, além de outras suplementares. Quando alguém chegava carregando angústia ou desânimo no coração, sempre ouvia uma palavra de conforto, saindo dali com a aura mais leve pela energia recebida daquele servidor incomum.

Num final de tarde, porém, aconteceu o inesperado. Voltava Lucas para casa dirigindo o seu carro quando, num cruzamento, um motorista bêbado passou pelo sinal vermelho em alta velocidade, ocasionando um choque violento. A colisão foi tão forte que Lucas desmaiou. Transportado para o hospital, ali permaneceu desacordado por cinco semanas. O médico responsável pelo atendimento confessou a Dante que o cérebro e a coluna do paciente tinham sido tão afetados que, se voltasse a viver, ele poderia ter sérias sequelas, incluindo perda da memória e tetraplegia. E, na sexta semana, ele despertou do estado letárgico em que se encontrava, demonstrando, porém, memória perfeita. A fala era um tanto pastosa, mas racional. Diante de Dante, Lucinha, Rui e Vânia, ele começou a conversar:

— Foi uma batida violenta, não é mesmo?

— É verdade — falou Dante —, mas você já está em franca recuperação, Lucas. Agora é só descansar e aguardar a alta médica, que virá em breve.

Lucinha completou dizendo:

— Você dirigia corretamente. O acidente somente aconteceu porque o outro motorista, um irresponsável, estava bêbado.

— Ele está doente, Lucinha — respondeu Lucas. — Doente da alma. Já está perdoado e precisa das nossas orações.

Um olhou para o outro, confirmando o bom senso expresso pelo pensamento de Lucas. Rui apressou-se em dizer:

— Você está certo. Ele está doente da alma, caso contrário não seria vítima do álcool e não dirigiria embriagado. Você faz bem em perdoá-lo. Deixemos que a justiça humana cumpra com o seu dever.

— O que você tem a fazer agora — argumentou Vânia — é repousar, enquanto é medicado, e aguardar o momento de retornar à sua vida diária.

— Poderia ser assim, Vânia — respondeu Lucas —, e eu até gostaria de poder ainda desfrutar da companhia de vocês, que me tiraram do fundo do poço. Mas Deus tem os seus próprios planos. A minha presente caminhada termina aqui. Não voltarei mais para a casa terrena, mas para a casa espiritual.

O irmão e os amigos tentaram contrariar a sua afirmação, mas ele apenas sorriu e continuou:

— Fiquem tranquilos. Hoje sou outra pessoa. Antes eu tinha pavor da morte, hoje sei que ela não passa de uma ilusão. Meu corpo físico já não se presta a esta vida, meus amigos. Minha alma, porém, que sou eu mesmo, está preparada para a continuidade da jornada no mundo dos espíritos. Tenho ainda muito a aprender e muito a trabalhar. E fico grato a cada um de vocês, pois o que sei hoje é o que vocês me ensinaram ontem. Devo esta convicção às orientações que me transmitiram. Parto saudoso, pois gostaria ainda de conviver com amigos tão leais; todavia, também sigo feliz por saber que continuo a tê-los em meu coração.

Cansado de falar com dificuldade, fez silêncio e, depois, ainda disse:

— Um dia, Rui, você me disse que o homem voltado para a matéria está constantemente preocupado e angustiado pelas mudanças que ocorrem na vida. A morte o assusta, porque desconhece e duvida do futuro e porque é obrigado a deixar no mundo todas as suas afeições e esperanças. Todavia, o homem espiritualizado, por crer na continuidade da vida, asserena a sua alma e sabe que parte sem desligar-se de quem aqui permanece. Pois saibam vocês, meus amigos, que apenas sigo para outra cidade, mas os guardo no fundo da minha alma e, mais dia, menos dia, poderemos nos reencontrar e prosseguir com a nossa real amizade.

Nova pausa, e Lucas encerrou as suas palavras:

— Não há mais tempo para confabulações. Agora, tenho de partir. Bia me chama para a pátria espiritual, como vocês costumam dizer. Até breve, meus irmãos.

O médico, chamado às pressas, entrou no quarto. Tentou, com outros dois colegas, reanimar o paciente, que não respondeu às suas intervenções. Lucas vencera o medo da morte e já se dirigira, com sua amada, para o mundo espiritual, onde iria continuar o seu aprendizado e o seu serviço...

II
Hipocondria

Medo da doença

Hipocondria é a perturbação mental que se caracteriza pela preocupação mórbida do indivíduo pelo seu estado de saúde e medo de doenças.
Álvaro Cabral; Eva Nick (*Dicionário Técnico de Psicologia*)

1 – Um caso sério

— Todos estão bem, mas Nelci é um caso sério — disse Julinha, irmã de Nelci, a uma amiga que perguntava sobre os membros da família Bernardes. — Tem medo de qualquer tipo de doença, mesmo que não exista no Brasil. Basta tomar conhecimento de uma doença, para temer contraí-la.

— Mas isso é muito ruim para ela, Julinha.

— É péssimo, dona Assunta. Vou lhe contar um caso ocorrido há um ano, mais ou menos. Nelci assistia a um programa de televisão que falava de viagens marítimas do passado. Lá pelas tantas, o apresentador disse que, até o século dezoito, uma doença, hoje rara, era bastante comum entre os marinheiros: o escorbuto.

— Escorbuto? Que palavrão é esse?

— Escorbuto é uma doença que ocorre por falta de vitamina C no organismo. Quando a pessoa está com essa doença, passa a ter alterações nas gengivas, hemorragia, queda dos dentes, enfraquecimento e redução da resistência às infecções.

— E por que Nelci ficou com medo de contrair esse tipo de doença?

— Deixe-me explicar-lhe. O programa mostrou que o escorbuto era uma séria doença para os marinheiros, porque eles passavam meses em alto-mar sem poder alimentar-se de frutas e verduras frescas, que são ricas em vitamina C. A doença era tão séria, que alguns marinheiros chegavam a morrer pela ausência dessa vitamina. Mas, já no final do século dezoito, na Inglaterra, teve início a distribuição de suco de lima entre os marinheiros. Com o passar do tempo, foram sendo estocadas nos navios outras frutas cítricas, como a laranja e o limão. Com isso, esse grave mal deixou de ser o terror dos marujos.

— Interessante. Mas por que Nelci passou a temer o escorbuto?

— Sabe-se lá. O certo é que, na manhã seguinte, ela falou que estava com a boca esquisita. Com o passar do dia, queixou-se de inflamação nas gengivas.

— Não acredito.

— O pior veio em seguida. Ela saiu de casa, foi até uma quitanda e comprou quase um saco repleto de limões. No restante da semana, ela tomou suco de limão cinco ou seis vezes por dia.

— E depois?

— Depois ela se esqueceu dessa doença e passou a temer outra.

— Coitadinha.

— Não sei quem é mais coitadinha, dona Assunta, ela ou a família.

Conversas desse tipo eram comuns entre Julinha e suas amigas, sempre com novidades nada alvissareiras sobre Nelci.[1] De acordo com um médico, ela sofria de hipocondria, ou seja, um estado mental em que a pessoa tem medo excessivo e não realista de portar uma doença, ainda não diagnosticada, que pode pôr em perigo a sua vida. Trata-se da preocupação, do medo ou mesmo da convicção de estar passando por uma doença grave, ainda que isso seja totalmente irreal.

Nelci era uma senhora solteira, de seus quarenta anos, mas tinha ainda muitas reações de adolescente, como a desproporção entre um evento e a sua reação emocional. Se diziam, por exemplo, que uma pessoa que ela desconhecia havia falecido numa cidade longínqua, arregalava os olhos e dava sinais de que iria chorar. Mesmo que a referida pessoa portasse uma doença crônica e tivesse noventa e oito anos, Nelci dizia com grande emoção:

— Meu Deus, ela poderia ainda viver muitos anos. Por que foi acontecer isso?

Dada a desequilíbrios emocionais, Nelci era vista com certa reserva pelos conhecidos. Sem se aperceber do incômodo que causava, ela não procurava conter-se nem fazer um tratamento, fosse psicológico, fosse psiquiátrico. Desconhecendo a importância da terapia mental e seus benefícios, ela considerava:

— Eu, fazer tratamento psicológico? Vocês acham que sou louca?

— Nelci, o atendimento psicológico tem a finalidade de favorecer o crescimento, o amadurecimento emocional...

— E eu sou criança, por acaso?

— ... Serve também como uma espécie de educação para a vida. Diante de um psicólogo clínico, você pode descarregar suas angústias, pode desabafar e principalmente pode aprender a lidar com tais angústias, eliminando-as ou, ao menos, tornando-as mais suportáveis. Ao participar das sessões de

---

1 Hoje, a psiquiatria usa mais as expressões *sintomas somáticos* e *transtorno de ansiedade de doença*, dependendo de cada caso. Aqui, preferimos usar o conceito do senso comum: *hipocondria*.

terapia, você vem a sentir-se mais leve, podendo viver com mais tranquilidade e equilíbrio.

A senhora olhava bem para quem assim falava e respondia:

— Está me chamando de desequilibrada? Pois eu posso muito bem tomar conta dos meus problemas sem que nenhum desconhecido se intrometa em minha vida.

Mas bastava passar algum tempo e ela começava a se queixar de alguma dor ou alguma doença, dizendo que ninguém fazia coisa alguma para ajudá-la a encontrar o fim de seus sofrimentos. Na verdade, ela não queria ser ajudada, adotando uma atitude sadomasoquista em que sofria e fazia os outros sofrer.

Algum tempo depois do encontro de Julinha com sua amiga Assunta, Nelci assistiu a um programa de televisão que era sobre enxaqueca e insônia. Depois falou por muito tempo a toda a família a respeito do que ouvira de um especialista. A ideia de enxaqueca e insônia persistiu longamente em sua memória. Ela chegou a ter um sonho em que seguia num táxi para algum lugar de que não se lembrava. A rua estava coberta por uma neblina espessa, prejudicando a visão do motorista, que, mesmo assim, seguia em frente sem pôr os pés no freio. Nelci ficou temerosa, tão temerosa que passou a sentir uma dor aguda na cabeça. Pediu para descer do carro, mas o taxista não a ouvia e seguia em frente sem reduzir a velocidade. Num dado momento, ela gritou: "Pare esse carro! A minha cabeça está estourando". Foi quando acordou e sentou-se na cama. Sentia uma forte dor de cabeça, que se prolongou durante todo o dia. Ao contar a Julinha o que estava ocorrendo, ouviu como resposta:

— Mais um transtorno para a sua vida, Nelci?

— Mas o que posso fazer?

— Tudo aconteceu porque você assistiu àquele programa sobre cefaleia.

— Não fale assim.

— É a verdade nua e crua. Milhares de pessoas assistiram ao mesmo programa e continuaram a sua vida normal. Mas com você as coisas não acontecem desse modo. Basta ouvir o nome de uma doença e já começa a sentir os seus sintomas. É preciso parar com isso. Nós não estamos aguentando mais.

— Você não me entende; mas, depois que eu morrer de qualquer doença contagiosa, vai se arrepender de me tratar assim. Todos vão se arrepender.

A cefaleia de Nelci prolongou-se por algumas semanas, até ter de ir ao médico. Dr. Nogueira, clínico geral, era velho conhecido da família Bernardes. Na juventude, o pai de Nelci começara a estudar Medicina, sendo colega de turma do pai do dr. Nogueira. Em meio ao curso, desistiu para estudar Engenharia. A amizade entre ambos, porém, persistiu, de modo que o dr. Nogueira conhecia bem cada membro da família Bernardes, pois acompanhara o pai em muitas visitas e agora era o médico preferencial da família. Ao receber Nelci em seu consultório, ele já previu que ela iria se queixar de mais uma doença no rol de outras de que já dissera estar sofrendo.

— E então, como estamos, dona Nelci?

— Ah! Doutor, as coisas não vão bem para o meu lado.

— Diga-me o que está acontecendo.

— Assim do nada, fui acometida por uma cefaleia que não me dá trégua.

— Quando começou?

— Há três semanas.

— E o que aconteceu nesse momento que possa ter causado a cefaleia?

— Nada, doutor, nada.

— Dona Nelci, um transtorno como esse não surge do nada. Há sempre uma causa. É como se diz: "Nada acontece por acaso". Algum desentendimento, algum desagrado, alguma contrariedade deve ter sido o estopim de sua dor de cabeça.

— Agora me lembro. No dia em que comecei a sentir dor de cabeça, tive um sonho esquisito.

— Conte-me, por favor.

— Sonho é bobagem. Não tem nada a ver com a vida real.

— Não é bem assim. O sonho tem no seu interior algum significado, fruto da vivência anterior do sonhador. Pode ser também resultante de um desdobramento.

Nelci riu, pois sabia que o dr. Nogueira era espírita.

— O senhor fala em viagem astral?

— Pode chamar assim, ou projeção astral, projeção da consciência, como quiser. Isso é uma realidade, dona Nelci.

— Se há uma pessoa que respeita o senhor, sou eu. Afinal, o seu pai foi amigo íntimo do meu, não é mesmo?

— Sem dúvida.

— Pois bem, eu tenho todo o respeito pelo senhor, mas acho estranha essa conversa sobre desdobramento. Sonho é sonho. Não significa nada. É uma bobagem do nosso cérebro. Só isso.

— Tudo bem. E a senhora pode me contar essa bobagem? — disse rindo dr. Nogueira.

Nelci também riu, descontraindo-se mais e resolvendo contar todo o sonho ao médico. Após ouvi-la, dr. Nogueira ponderou sensatamente:

— Bem, não sou psicólogo, de modo que não posso falar como profissional, mas creio ter entendido alguma coisa desse sonho.

— É mesmo? E o que o senhor entendeu?

— Não me leve a mal, dona Nelci. Apenas quero ajudá-la.

— Claro, claro.

— Parece-me, pelo conteúdo do sonho, que a senhora está sem um rumo certo na vida. Tudo está nublado, coberto por espessa neblina. E a senhora continua caminhando, sem pôr o pé no freio nem refletir sobre a própria conduta perante a existência. Isso é perigoso, pois pode acontecer algum desastre, não é mesmo? Nós temos de ter um objetivo e caminhar claramente até ele. Quando a neblina surge, precisamos eliminá-la por meio da autoanálise. Ou seja, temos de conhecer a nós mesmos. Precisamos saber quais são os nossos defeitos e as nossas virtudes. Precisamos fazer uma viagem interior para, tomando conhecimento de nós mesmos, continuar caminhando firmemente rumo à nossa meta de vida.

Dona Nelci nunca pensara que de um sonho pudessem ser retiradas tantas reflexões. Ficou perplexa, principalmente porque tudo o que o médico dissera estava realmente acontecendo na sua vida, ou deixando de acontecer. Depois de um prolongado silêncio, ela concluiu:

— Doutor Nogueira, eu sei que o senhor tem de atender ainda outros pacientes, de modo que gostaria de pedir-lhe um favor: o senhor pode num dia destes passar na minha casa e continuar com essas reflexões?

— Já lhe disse que não sou psicólogo, mas leio muito e a filosofia de vida que adotei também me tem ensinado várias coisas. Dessa maneira, dona Nelci, irei com muito prazer à sua residência.

— Eu pago a consulta, doutor.

— De modo algum. Irei como amigo da família. Pode ser na sexta-feira à noite?

— Pode, sim. Estaremos aguardando.

— Por enquanto, receitarei um remédio para a senhora, mas creio que o mais importante é o diálogo que teremos.

Nelci voltou pensativa para casa. Foi logo contando a Julinha tudo o que acontecera durante a consulta.

— Escute bem o que o doutor Nogueira disser. Ele é um homem culto e vai além da generalidade médica.

— Vou escutar, Julinha, mas ele que não me venha com palavras e frases tiradas de algum livro espírita.

— Isso também é importante. Não oponha resistência, como sempre faz. Escute as palavras dele, Nelci. E coloque-as em prática.

— Tudo bem, vou escutar.

— Para que você possa estar à vontade, receba-o na sala, enquanto nós outros permaneceremos no dormitório. Somente receberemos o doutor e, depois, deixaremos vocês à vontade.

— Tudo bem.

Na sexta-feira, lá pelas vinte horas, chegava dr. Nogueira à residência dos Bernardes. Nelci esperava-o com certa impaciência. A explicação do sonho feita por ele a impressionara.

— E então, dona Nelci, está melhor?

— Mais ou menos. Ainda sinto dores de cabeça e tenho insônia. Mas eu gostaria de ouvi-lo falar mais sobre o meu sonho. Lembra-se dele?

— Lembro-me, sim.

— O senhor pode repetir o que disse e até acrescentar mais alguma coisa, se for necessário?

— Sugiro que a senhora repita a narração do sonho e, juntos, passaremos a tecer algumas considerações. O que acha?

— Tudo bem. Eu sonhei que estava no interior de um táxi e seguia para algum lugar de que não me recordo. Na rua havia uma neblina escura e cerrada, que prejudicava a visão. Apesar disso, o motorista seguia em frente com a mesma velocidade, sem cogitar pôr o pé no freio. Fiquei aflita, pois poderia acontecer o pior. Foi quando comecei a sentir uma dor de cabeça aguda. Imediatamente pedi para descer do veículo; o taxista, porém, não me escutava e continuava na sua caminhada insana. Desesperada, gritei: "Pare o táxi! Pare o táxi. A minha cabeça está estourando". Nesse momento, acordei com a mesma dor de cabeça que estava sentindo durante o sono.

— E o que a senhora pensa sobre este sonho?

— Sempre achei sonho uma bobagem. Quando contava um sonho a alguém era para distração, nada mais. Todavia, depois que o senhor analisou o sonho que acabo de recordar, procurei ler alguma coisa a respeito e comecei a mudar o meu ponto de vista.

— Fale-me um pouco mais sobre isso, dona Nelci.

— Começo a crer que o sonho mostra simbolicamente aquilo que precisamos enxergar. Ele nos esclarece a respeito da nossa vida psíquica. Dá-nos mensagens sobre como estamos vivendo no momento.

— E o sonho que a senhora acaba de me contar, o que lhe diz?

— Fico um tanto descontente, mas tenho de ser honesta comigo mesma, não é verdade? Pois bem, este sonho parece mostrar que, neste momento da minha vida, não estou enxergando alguma coisa importante. A neblina espessa não me deixa ver, isto é, a minha fixação em determinados pensamentos impede que enxergue algum aspecto importante da minha vida. Seria isso?

— Alguns pensamentos fixos a impedem de enxergar aspectos essenciais da sua vida?

— É isso. Deve ser isso.

— Então...

— Mas será que tudo isso não é mesmo uma bobagem?

— O que a senhora acha?

— Não sei. No tempo em que comecei a cursar Letras, o professor de Psicologia falou bastante a respeito da interpretação de sonhos. Porém, até hoje não analisei sonho algum e venho vivendo muito bem.

— A senhora vem vivendo muito bem...

— Quero dizer, bem mesmo, não, mas vou levando a vida.

Quando começava a ver mais claramente o que ocorria em seu próprio interior, Nelci deu vazão a uma resistência, que a impedia de enxergar o que mal começara a vislumbrar.

— Levando a vida como?

— Como todo mundo: com acertos e erros, com alegrias e tristezas, enfim, como todo mundo.

— Então, está tudo bem?

— Tão bem assim, não. Mas eu pensei que iríamos conversar sobre a minha dor de cabeça, e não sobre sonhos, doutor Nogueira.

— O sonho que você teve não envolve a dor de cabeça?

— Envolve, e foi ele o causador dessa cefaleia que não tem fim.

— Se ele é o causador, não seria melhor entendê-lo, para sabermos o que fazer?

— Eu gostaria de tomar algum remédio mais forte que esses comprimidos que o senhor me receitou. São bem fraquinhos...

— Dona Nelci, foi a senhora que quis conversar sobre sonhos, não?

— O senhor tem razão, mas esse assunto me parece esquisito, misterioso, sei lá. Como é que um sonho pode fazer alguém ficar com cefaleia? O sonho tem tanto poder assim?

— O que a senhora pensa?

— Penso que foi outra coisa que me fez contrair essa miserável cefaleia: um programa a que assisti na televisão.

— A senhora pode esclarecer?

— Dias atrás, eu assisti a um programa de televisão que refletia sobre a cefaleia. Depois disso, comecei a sentir fortes dores de cabeça. Minha irmã Julinha não teve dúvida. Disse que me deixei influenciar pelo programa. Mas eu já devia estar com cefaleia, sem ter notado.

— A gente consegue ter cefaleia sem notar, dona Nelci?

— Não sei, doutor Nogueira, mas creio que a gente deva ater-se à realidade. E esta é uma só: estou com cefaleia. Preciso de remédio.

Nelci já se achava totalmente dominada por um pensamento que a impelia a afastar-se do caminho que ela mesma escolhera. Agora queria buscar no uso de medicamentos o alívio de suas dores de cabeça. Se continuasse a discutir com o médico sobre o sonho, poderia encontrar na compreensão de sua simbologia uma chave para a resolução dos problemas que a corroíam no próprio interior. Todavia, o pensamento intruso de tomar remédio mais forte acabou por dominá-la por completo, de modo que, educadamente, recusou continuar o diálogo sobre o sonho, como ela mesma propusera ao médico. Assim, para não ofendê-lo, mentiu:

— A minha dor de cabeça está muito forte neste momento, doutor, por isso lhe peço desculpas, mas não posso continuar tentando decifrar o significado do meu sonho. Prometo voltar ao tema numa outra oportunidade. Agora, preciso mesmo é de remédio.

Dr. Nogueira teve de abandonar o seu intento de devassar a alma de dona Nelci, com o fito de libertá-la de problemas mais profundos que a cefaleia, e deixar para outra ocasião o diálogo que, a qualquer custo, queria completar.

Em sua conversa, o médico não mencionou que fizera um curso de especialização em Psicologia Clínica, de modo que sabia muito bem o que estava fazendo ao buscar interpretar o sonho que dona Nelci tivera e outros que porventura viesse a ter. Por conseguinte, pacientemente, aguardou por nova ocasião de ver-se frente a frente com ela.

Como lhe dissera certa vez a sua irmã, Nelci continuava um caso sério.

2 – Nos labirintos da alma

Julinha, ao tomar conhecimento da despedida do dr. Nogueira, convidou-o a voltar na semana seguinte, a fim de continuar o diálogo interrompido. O convite foi imediatamente aceito. Nelci, acuada, fingiu:

— Vai ser um prazer, doutor Nogueira. Estarei aguardando a sua visita.

Mal a porta se fechou e Nelci interpelou Julinha:

— Por que você o convidou a voltar?

— Pensei que quisesse ver-se livre da cefaleia e outros males que povoam a sua imaginação.

— Imaginação? Então você não acredita que venho sofrendo com essa dor de cabeça que parece não ter fim?

— Acredito, sim. Por esse motivo é que solicitei a volta do doutor. Mas que tudo começa na sua mente influenciável, não tenho dúvida. Você parece esponja, Nelci: absorve tudo por onde passa. Primeiro foi a visita à sua amiga amalucada, que lhe falou de uma forte gripe que vinha assolando a África e... você ficou gripada. Depois a conversa com nossa vizinha

Eulália. Bastou que ela dissesse estar sofrendo de dores na coluna que você passou a tê-las também. Em seguida...

— Chega, Julinha. Você nunca vai me entender. Porém, quando eu partir para outra vida, você irá chorar lágrimas de arrependimento. Mas aí não haverá mais nada a fazer. Já não estarei mais aqui.

Era sempre assim: quando Nelci se achava acuada, apelava para sua futura morte, que, como ela dizia, estava bem próxima, pela falta de compreensão de seus familiares.

Ernesto, marido de Julinha, preferia abster-se de qualquer intervenção, de modo que saía de perto toda vez que a cunhada começava a falar em doença. Quem tinha de aguentar os relatos longos e desagradáveis era a sua esposa, que procurava a todo custo encontrar a melhor solução para o triste caso de hipocondria apresentado pela irmã.

No meio da semana, Nelci teve um sonho que a deixou intrigada. Sonhou que estava caminhando por um corredor escuro, um longo corredor com o teto muito baixo. Não conseguia enxergar quase nada, precisando tatear as paredes ásperas. À medida que mais andava, também mais estreito se tornava o corredor. Num dado momento, uma luz acendeu-se e ela pôde notar que havia uma porta mais à frente. Continuou a andar, mas a luz se apagou de um momento para o outro. Novamente no escuro, ela chegou até a porta e colocou a mão na fechadura, mas não encontrou nenhuma chave. Já estava com dificuldade para respirar, quando a porta pela qual entrara no corredor fechou-se atrás de si com grande estrondo. Desesperada, Nelci soltou um grito muito alto, que ecoou por todo o corredor. Acordou com falta de ar e suor por todo o corpo. Quase maquinalmente, tomou de uma folha de papel e anotou todo o conteúdo do sonho, antes que desaparecesse de sua memória. Mas não havia como esquecer um sonho tão forte, que a deixara aterrorizada.

Já pela manhã, após o café, Nelci tentou dizer para si mesma que era um simples pesadelo sem nenhum significado. Mas por que insistia em voltar-lhe à mente? E por que, cada vez que o recordava, revivia a situação aflitiva e desesperadora de não saber para onde ir em meio às trevas e à falta de ar? Nesse momento, ela pensou no dr. Nogueira. Certamente, ele poderia ajudá-la não só a interpretar o sonho, como também a livrá-la de pesadelos semelhantes. Aguardou ansiosamente pelo final de semana, enquanto amargava um agravamento da sua dor de cabeça, quase insuportável.

◆ ◆ ◆

Na sexta-feira à noite, como combinara com Julinha, dr. Nogueira chegava pacientemente à casa dos Bernardes. Ernesto, antes de sair para um compromisso imaginário, havia dito à esposa:

— Na família de meus pais não há maluquinho nenhum. Isso é coisa da sua família, Julinha. Eu não aguento mais ouvir falar em doença. Perdoe-me, mas tenho mais o que fazer.

E saiu apressadamente, antes de escutar qualquer resposta. Julinha, só, armou-se de coragem e aguardou a chegada do médico, que tocou a campainha às vinte horas em ponto.

— Que bom tê-lo aqui, doutor Nogueira.

— Eu não faltaria, dona Julinha. E o Ernesto, como está? Os garotos?

— Ah! Os garotos estão estudando no quarto, já Ernesto teve de sair a negócios, mas fez questão de agradecê-lo por tudo o que tem feito à nossa família.

— É meu dever, dona Julinha. É meu dever. Mas onde está dona Nelci?

— Acamada. As dores de cabeça aumentaram.

— Vamos vê-la.

Nelci fez a melhor cara de sofrimento que pôde e cumprimentou sem muito ânimo o médico, que respondeu com grande solicitude:

— E então, dona Nelci, que se passa?

— É a cefaleia, doutor. A cefaleia que me vai levar ao túmulo.

— Pois me conte como passou a semana.

Para deixar a irmã mais à vontade, Julinha disse que tinha de fazer alguma coisa e saiu do quarto, fechando a porta.

— Venho tomando os remédios que o senhor receitou, mas não estão adiantando nada. A dor de cabeça aumenta a cada dia.

— Não bastam os remédios, dona Nelci. É preciso mais que isso. É necessário ir ao cerne do problema. Como costumo dizer: "Tratar os efeitos é insuficiente. Temos de ir às causas. Cessadas as causas, cessam os efeitos".

Nelci ficou calada. Tinha algo a dizer, mas estava em dúvida. Por fim, olhando fixamente para o médico, disse com rapidez, para não se arrepender no meio da frase:

— Nesta semana tive um pesadelo que me deixou intrigada, doutor.

— Pode narrar-me?

— Ainda tenho certa resistência em revelar um sonho que pode não ter significado algum, como pensam certas pessoas.

— O sonho expõe de modo simbólico aquilo que o sonhador precisa ver. Ele carrega informações sobre a vida psíquica da pessoa. Daí sua importância, dona Nelci.

— Bem, vou então narrar-lhe o pesadelo que tive.

Nelci repetiu para dr. Nogueira o sonho que já relatara à irmã. Ao final, perguntou:

— E então? O que é que este sonho está querendo me dizer?

— Como a senhora sentiu-se durante a ocorrência desse sonho?

— Angustiada, muito angustiada.

— O que mais?

— Eu senti muito medo. Quem é que não temeria uma situação como essa? Já pensou? Eu estava no escuro, num corredor muito estreito, não tinha a chave da porta que estava fechada à minha frente e, ainda por cima, a porta de trás fechou-se com um grande estrondo. Apavorei-me, doutor. Ainda agora, quando me recordo dessa estranha situação, fico num grande desconforto.

— O que lhe sugere o corredor que se estreita cada vez mais?

Nelci pensou, pensou e respondeu, um tanto indecisa:

— A minha vida?

— É isso que lhe vem à mente?

— Isso mesmo. E, quando relato essa passagem, fico me perguntando por que a minha vida está se estreitando.

— O que a senhora acha?

— Não sinto nenhum prazer nesta vida. Isso é um estreitamento, não é? Vejo pessoas alegres, felizes, e eu sempre sofrendo de alguma doença ou temendo contrair infecção. O corredor da minha vida permanece no escuro, está fechado de ambos os lados, e eu não tenho as chaves para abrir as portas. Que situação terrível, doutor. O que se passa comigo?

Nesse momento, Nelci olhou para dr. Nogueira com uma expressão de pavor e perguntou em estado de grande abatimento:

— Onde encontrar as chaves? Onde encontrar a luz que se apagou?

O médico nada respondeu, esperando que ela mesma encontrasse a solução. Nelci tornou-se pensativa e depois de alguma reflexão falou, como se conversasse com ela mesma:

— Que chaves são essas? Qual é a luz que deve iluminar o corredor da minha vida?

Mais um tempo de silêncio, e a resposta surgiu clara e com vagar:

— A luz, doutor, é sem dúvida a verdade que ainda não consegui absorver. As chaves são as ações que devo praticar quando estiver iluminada pela luz da sabedoria e da verdade.

— Como agir agora, dona Nelci, para sair dessa situação, encontrando a luz e as chaves que a levarão para outro patamar da sua existência?

— Neste momento não encontro a solução, mas dedicarei de agora em diante o meu tempo para encontrá-la.

Médico e paciente ainda conversaram por mais alguns minutos, depois Nelci lembrou-se de que iria pedir para trocar o medicamento receitado. Mas foi nesse momento que falou, quase inconscientemente:

— Doutor, a cefaleia me deu uma trégua. Não lhe vou pedir mais nenhum remédio. Pelo menos por hoje.

Encerrara-se a consulta. Dr. Nogueira estava exultante por ver diante de si a mudança que se operara na alma de sua paciente. Sabia, porém, que ela poderia ter recaída. Era preciso muita paciência e tato dali para frente.

◆ ◆ ◆

Animado com o que acontecera na sua última visita a dona Nelci, dr. Nogueira procurou rever seus apontamentos sobre o sonho e, particularmente, sobre os pesadelos. No tocante aos pesadelos, ratificou aquilo que já sabia: são manifestações de medos e angústias pelos quais a pessoa já passou ou está vivenciando no seu cotidiano. Algo devia estar reprimido no inconsciente de Nelci. Algo que ela precisava saber, mas que temia, daí o terror que assomou quando se viu naquele corredor apertado que se afinava cada vez mais, em plena escuridão, com as portas fechadas e as chaves desaparecidas. Certamente, fora por isso que ela sentira falta de ar e gritara, numa crise de terror.

O futuro diria que caminho tomar com a pessoa de Nelci, mas havia outro fator que preocupava dr. Nogueira. Ele era espírita e, como tal, sabia que o sonho, além de fruto de conteúdos encerrados no inconsciente, também podia ser a lembrança do que o espírito vira ou vivera durante o período de sua emancipação ou desdobramento ocorrido durante o sono. Segundo a Doutrina Espírita, a alma, durante o sono, liberta-se do corpo físico, permanecendo ligada a ele apenas pelo cordão fluídico, também chamado cordão de prata. Nesse momento, ela toma parte na vida do plano espiritual, quando convive com espíritos afins, encarnados e desencarnados. Fora do corpo, a alma se encontra com entes queridos desencarnados, parentes amigos, instrutores espirituais e até com inimigos com os quais entre em sintonia. Nos pesadelos podem ocorrer encontros com inimigos de vidas anteriores que estejam agora obsidiando o sonhador, quando em vigília, e o perseguindo durante os sonhos. Obsidiar significa influenciar maleficamente alguém. Obsessão é a ação persistente que um mau espírito exerce sobre um indivíduo, apresentando diferentes características, desde a simples influência moral, sem sinais exteriores sensíveis, até a perturbação completa do organismo e das faculdades mentais.

Ao rever esse conceito, dr. Nogueira conjecturou: "Creio que toda a perturbação por que passa dona Nelci tem por causa a obsessão espiritual. Investigarei melhor isso".

Quanto à própria Nelci, passou dois dias sem qualquer sinal de cefaleia. Porém, no terceiro escutou de uma vizinha o relato de certa senhora que tivera cefaleia e "do nada" ela desaparecera. A referida mulher ficara muito contente. Tinha contado a todas as amigas que se livrara do mal que estava pondo fim à sua vida. Entretanto, poucos dias depois, houvera uma recaída. As dores de cabeça tinham voltado ainda mais fortes. Notando o olhar irônico da vizinha quando relatara a recaída daquela senhora, Nelci passou a temer uma possível volta da sua cefaleia. Não contou nada a ninguém, nem mesmo à sua irmã Julinha. Mas passou o dia temerosa. Afinal, se essa mulher, que ela nem conhecia, tivera recaída, poderia ocorrer o mesmo consigo. E passou a tarde toda a repetir para si mesma: "Não quero ter recaída. Não quero ter recaída". Todavia, quanto mais repetia para si mesma essa frase, mais passava a temer a reincidência da doença. Na verdade, ela não falava na cura da cefaleia, mas na possível recaída, ficando essa palavra impregnada em seu subconsciente. Autores do Novo Pensamento assinalam que devemos mentalizar o que desejamos, e não o que queremos afastar de nossa vida. Orientam a bloquearmos qualquer alusão a nossos males e a deixarmos de expressar o nome deles. Dona Nelci, porém, a cada vez que falava a sua frase, reforçava a palavra *recaída* e logo pensava que a cefaleia poderia voltar a atormentá-la. Pois bem, não demorou muito e uma dorzinha de cabeça começou a surgir. Concentrada nessa dor, dona Nelci temeu pela volta maciça da cefaleia, o que de fato ocorreu.

— A tormenta voltou — disse para Julinha.
— Qual tormenta?
— A cefaleia.
— Mas você estava tão bem, Nelci.
— É verdade. No entanto, fiquei sabendo que é assim mesmo. Ela vai e volta depois, ainda mais forte. Tanto assim que aqui estou eu, sofrendo novamente.
— Nelci, Nelci, nem sei mais o que lhe dizer...
— E o pior é que os remédios que o doutor Nogueira receita não fazem absolutamente nada para acalmar o meu sofrimento. Sabe de uma coisa? Eu nasci mesmo para sofrer. Ouvi dizer que há dois tipos de criatura: as que nasceram para ser felizes e as que vieram ao mundo para padecer. Com certeza eu estou entre as segundas. Mas, mesmo assim, vou consultar-me com outro médico. Aqui entre nós: o doutor Nogueria é *bananeira que já deu fruto*.
— Nelci, entenda: o seu problema está na cabeça.
— Claro: na dor de cabeça.
— Desculpe-me, mas tenho mais o que fazer.

Quando a irmã saía do quarto, Nelci ainda falou em voz baixa:

— Ninguém tem pena de mim. Ninguém me entende. Mas, quando eu morrer de alguma doença virulenta, todos vão dizer que eu estava certa.

No dia seguinte, Julinha ainda tentou mais uma vez explicar para a irmã que a doença que a estava acometendo era fruto dos pensamentos que vinha alimentando.

— Nelci, grande parte das doenças tem origem na mente das pessoas que se fundamentam em falsas crenças. Quando alguém crê estar com determinada doença, cria a situação propícia para que tal doença se instale efetivamente. E mais: as doenças se alimentam do nosso medo e da atenção que lhes dispensamos.

— Eu sou assim, por acaso?

— Você tem um medo terrível de contrair qualquer tipo de doença de que ouça falar.

Nelci quis retrucar, mas preferiu escutar o que sua irmã tinha para lhe dizer.

— Você tem uma crença muito forte na enfermidade, não acontecendo o mesmo com a saúde. Em sua ficha médica, há várias modalidades de doenças que já contraiu por ouvir falar, por dar ouvidos a qualquer pessoa que se aproxime de você. Basta alguém citar o nome de uma doença e você fica com medo de contraí-la. Um medo terrível, às vezes. E o que acontece? Logo a doença surge em seu corpo. Por quê?

Nelci não se conteve e respondeu amuada:

— Porque sou fraca. Porque minha saúde é instável.

— Não é verdade. Você é muito forte, Nelci, mas acredita numa suposta debilidade que não possui. É por isso que lhe digo: a doença tem origem na mente. Você crê, de modo errôneo, que está propensa a contrair tal doença, fica temerosa e, em questão de dias, a doença, que se instalou em sua mente, reflete-se no seu corpo. É preciso que você mude o conteúdo do seu pensamento e das suas crenças. Onde está a sua espiritualidade, Nelci? Não a vejo mais orar, não sinto mais a sua fé no poder de Deus. O que aconteceu com a sua vida interior?

Nelci não sabia o que responder. Fora pega de surpresa, de modo que precisava de algum tempo para forjar respostas que mostrassem o erro de Julinha a seu respeito. Para encerrar a conversa que a estava incomodando, disse apenas:

— Você está exagerando, mas pensarei no que me falou — e foi rapidamente para o seu quarto.

Fechando-se no dormitório, ficou a refletir: "Para os outros é fácil dizer o que se passa comigo, mas ninguém sente o que sinto, nem pensa o que penso. Desde a adolescência, escutei minha mãe falar com as amigas a respeito da minha fragilidade física. Tive todas as doenças da infância, o que tornou as minhas defesas muito enfraquecidas. Lembro-me bem de que passei a juventude a contrair todas as doenças de época. Ninguém conheceu o desejo que eu tinha de dançar no clube social, como faziam as minhas amigas e colegas de classe. Mas a fragilidade da minha compleição física não o permitia. No meio de diversas pessoas, algumas infectadas, eu poderia pegar algum vírus nocivo e contrair alguma doença perniciosa. Ficava no escuro do quarto remoendo a minha triste sina: as outras jovens haviam nascido para se divertir, e eu, para sofrer. Parece-me que a situação não se modificou. Estou aqui, também fechada no quarto, com o temor de que a cefaleia não se afaste mais da minha vida, enquanto minha irmã está se divertindo com a família à frente da televisão. Que posso fazer diante deste quadro sombrio? Infelizmente, nada...".

Imbuída de tais pensamentos, Nelci resolveu dormir. Cansada de um dia em que se viu mais de uma vez acuada pela irmã, adormeceu rapidamente. Passadas, porém, algumas horas, acordou com as dores de cabeça robustecidas. O remédio receitado pelo dr. Nogueira não conseguiu minimizar o enorme desconforto provocado pela cefaleia intensa. Desconsolada, Nelci falou para si mesma: "Eu já sabia que esta droga não faria efeito nenhum!".

◆ ◆ ◆

No dia seguinte, Julinha teve de resolver alguns problemas particulares, saindo pela manhã e avisando que só voltaria no final da tarde. Nelci aproveitou para visitar uma amiga que não via há muito tempo. Tratava-se de Amélia, que se casara com um comerciante bem-sucedido e que, para passar o tempo, pintava telas, cujos temas eram habitualmente paisagens e flores.

Quando a empregada abriu a porta e Nelci foi convidada a entrar na sala, pensava encontrar a amiga diante de uma tela, a pintar rosas exuberantes ou uma paisagem luminosa. Mas, para sua surpresa, o ambiente estava deserto. A ampla janela estava quase toda cerrada e a luminosidade deixava a desejar. Depois de alguns minutos, surgiu no *living* a figura pálida de sua antiga colega de classe, amparada por uma enfermeira. Os olhos pareciam apagados na fisionomia sem maquiagem alguma, e o sorriso insosso estampava falta de vivacidade. Nelci teve um sobressalto, mas procurou disfarçar.

— Boa tarde, Amélia. Há quanto tempo.

— Boa tarde, Nelci. Que bom você ter vindo. Estou mesmo precisando de alguém para conversar. Faz alguns dias que estou acamada. Levantei-me agora para sair um pouco do quarto.

— Mas qual é o problema, amiga?

— Fui atacada pela esquistossomose. Você acredita?

— Esquistossomose?

— Pois é. Meu marido foi convidado por um cliente a passar o domingo em sua fazenda. Acompanhei-o até na pesca em uma lagoa. Foi nesse local que acabei contraindo a esquistossomose. Depois de um mês e meio aproximadamente, comecei a ter febre, sentir calafrios e perder o apetite. Mais tarde veio a dor de cabeça intensa.

— Eu não acredito.

— Eu também poderia pensar em qualquer tipo de doença, menos nesta. O pior é que passei a ter problemas com o fígado. Já me livrei da esquistossomose, mas as complicações hepáticas continuam. Passei também a sentir grande fraqueza, motivo pelo qual continuo acamada.

— Cada qual com a sua cruz, Amélia.

— Por quê? Você parece tão bem de saúde.

— É só aparência. Tenho uma constituição física muito fraca. É hereditária, minha mãe também vivia adoentada. Atualmente sofro de cefaleia muito forte. Vivo sob efeito de remédios e mesmo assim não passa. A vida é uma tristeza, Amélia. Acho que nascemos para sofrer.

— Pode ser. Mas eu sempre fui muito forte. O que me derrubou foi essa doença inesperada. Como fico muito tempo sozinha devido ao trabalho de meu marido, aprendi a pintar e passava as tardes diante da tela com muito prazer. Mas agora perdi o gosto por tudo, até pela pintura. Veja o meu rosto. Pareço dez anos mais velha.

— A vida é assim. Mas tudo passa, Amélia. Tanto as coisas boas como as ruins. Logo você estará fazendo uma nova exposição de pintura e recebendo muitos elogios. Para mim, porém, a doença não passa. É crônica. Perdura por toda a vida.

— Não fale assim, Nelci. Você está ótima perto de mim. Está corada, viva, bonita... Mas eu estou parecendo defunto em velório.

Nelci riu alto. Para ela o que Amélia dissera não passava de um absurdo, um desvario, de modo que respondeu pensativa:

— Eu agradeço os seus elogios, mas devo estar com os dias contados. De doença em doença, estou chegando ao fim.

O tom da conversa não mudou, até Nelci achar que era hora de voltar para casa. Já no táxi, ela repassava tudo o que sentira na casa da amiga. "Meu Deus, Amélia está acabada. E tudo porque contraiu a esquistossomose. O tempo todo em que lá estive, um medo terrível de contagiar-me tomou conta de mim. Foi por isso que recusei o suco que ela me ofereceu. Mas cometi a estupidez de aceitar água antes de sair. Será que já contraí a doença? Foi pela água que ela adoeceu. Também pela água da sua casa poderei ter a mesma sina. Estou apreensiva. Não. Estou aterrorizada. O que será de mim? Não pretendo voltar a visitá-la tão cedo. Ali é um foco de esquistossomose."

Em casa, comentou com Julinha tudo o que ocorrera durante a visita, principalmente o medo terrível de ter contraído a doença.

— Não exagere, Nelci. A água que você bebeu é filtrada e a água em que Amélia se banhou era da lagoa de uma fazenda, a muitos quilômetros dali.

— Isso é verdade, mas a própria Amélia contamina tudo em que toca.

— Não é dessa forma que se contrai esquistossomose.

— Além de cefaleia, agora só me faltava essa doença horrorosa.

— Fique tranquila. Você está bem. Neste final de semana, quando o doutor Nogueira nos visitar, conte a ele o que ocorreu.

— Está bem, mas estou muito aflita. Logo comigo, que sou tão limpa, vai acontecer uma coisas dessas?

O restante da semana foi um martírio para Nelci, que, ao sentir qualquer desconforto, logo era atacada pela ideia de ter contraído esquistossomose. Lá nos labirintos de sua alma, aquela mulher permanecia sofrendo, mesmo sem causa aparente. E, se a possibilidade de ter contraído a doença era fictícia, o sofrimento que sentia era muito real.

3 – Sonhos e obsessão

Para dr. Nogueira, visitar Nelci era uma experiência proveitosa, pois vinha ampliando seus conhecimentos sobre a hipocondria. Entretanto, as visitas eram muito mais um gesto de caridade, de serviço ao próximo. Por tal motivo, na sexta-feira à noite, chegou com muito boa vontade à casa dos Bernardes, sendo recebido por Ernesto e Julinha.

Havia na mente do médico grande preocupação, pois pensava que as doenças de Nelci eram alimentadas por um fator de natureza espiritual. Era preciso muito tato para abordar o problema, por isso, iniciou o diálogo perguntando sobre os sonhos que Nelci tivera naquela semana.

— Lembro-me de dois, doutor Nogueira.

— A senhora pode narrá-los?

— Claro. O primeiro aconteceu assim: era uma tarde, logo após o almoço, e eu estava nesta sala junto da família. Todos conversavam. Meus sobrinhos viam televisão, ao passo que Julinha e Ernesto confabulavam animadamente. Quanto a mim, estava sentada na poltrona, amargando uma forte dor de cabeça. Passado algum tempo, os garotos saíram, dizendo que iriam fazer um trabalho escolar em casa de um colega. Minha irmã e meu cunhado também deixaram o aposento para fazer visita a uns amigos. Fiquei sozinha na sala, que, a essa altura, estava dominada por forte escuridão. Quis sair também, mas a porta estava fechada. Haviam levado a chave. Irritada, sentei-me novamente na poltrona e comecei a prestar atenção no noticiário da tevê. Um médico vestido de preto falava sobre uma doença estranha que estava matando muita gente. Fiquei tão assustada que dei um grito misturado com um choro convulsivo. Nesse momento, acordei.

— E o segundo sonho, dona Nelci?

— O segundo foi ainda pior, doutor. Teve a ver também com televisão. Era noite e eu assistia a uma novela. Não havia mais ninguém na sala. Não sei onde estavam todos. Mas o ar era pesado e havia no ambiente uma opressão estranha e assustadora. De repente, sem mais nem menos, a novela foi interrompida e apareceu na tela um homem esquisito, vestido de preto e olhando ferozmente para mim. Em seguida, saiu da tela, postou-se à minha frente e apontou o dedo em minha direção, dizendo com ódio: "Você acabou com a minha vida. Agora eu é que vou acabar com a sua. Não, você não escapa das minhas garras. Espere para ver". Quando assim falou, seus dedos transformaram-se em garras com longas unhas apontadas para mim. Acordei chorando intensamente. Passei o dia com aquela fisionomia em minha memória. Agora mesmo, enquanto relatava esse pesadelo, tive um calafrio que percorreu toda a minha espinha.

Dr. Nogueira ainda nada disse a Nelci sobre a conclusão a que chegara. Assim, perguntou-lhe:

— Quanto ao primeiro sonho, o que lhe sugere?

— Não sei. Talvez signifique que estou presa, enquanto os outros gozam de liberdade. Vivo no escuro, ao passo que os demais vão buscar a luz.

— Como você se sente diante dessa situação?

— Triste, doutor Nogueira, muito triste, pois, enquanto os outros aproveitam a vida, cada um a seu modo, eu sempre tenho algum tipo de dor, algum gênero de sofrimento.

— O que fazer para mudar essa realidade?

— Não sei, não sei mesmo. Penso às vezes que nasci para sofrer. E ainda me vem esse pesadelo em que um homem perverso me ameaça com uma perseguição sem fim. O que pode ser isso, doutor?

— Como você se sentiu nesse pesadelo?

— Fiquei paralisada. Ao lembrar-me dele, me sinto muito mal. Tenho até calafrios. Esse pesadelo foi muito mais real que o primeiro sonho. Dá-me a impressão de que realmente alguém me ameaçou, querendo pôr fim à minha vida. Não sei como reagir. Não quero mais ter pesadelos como esse. Estou com muito medo.

— A que a senhora associa cada um desses sonhos?

— Cada um dos dois me faz sentir confusa, perdida e sem saída. Se quiser uma imagem, direi que se trata de um tornado que vem estraçalhando a minha vida e me tirando o prazer de viver. Afinal, doutor, o que são os sonhos, já que tanto nos afetam?

— Os sonhos, dona Nelci, podem ser a repercussão de nossas disposições, sejam físicas ou psicológicas. Podem também ser a exteriorização de impressões e imagens arquivadas na memória. Freud, por exemplo, afirmava que o sonho é o desejo realizado. Trata-se de um desejo que o sonhador realiza à noite e que não pode realizar durante o dia. Para ele, só existem sonhos de desejo. Jung pensava que o sonho é uma autorrepresentação, espontânea e simbólica, da situação atual do inconsciente. Segundo Jung, é necessário descobrir a finalidade do sonho, as possibilidades que ele anuncia e as partes irrealizadas da personalidade de que ele se torna testemunho.

— Que coisa confusa, doutor Nogueira. O senhor acha que eu tenho desejo de ficar perdida, confusa e sofrendo?

— Digamos, dona Nelci, que cada pessoa vive um momento próprio da sua existência, de modo que a simbologia do sonho deve ser analisada individualmente.

— Ainda bem. Eu julgava o sonho apenas uma bobagem, agora penso mesmo que ele revela o que se passa em nosso interior. Mas tenho dificuldade em analisá-lo.

— A minha presença é também para ajudá-la a descobrir o real significado de seus sonhos e permitir que a senhora se livre dos seus males.

— Agora gostei.

— Só queria dizer-lhe mais uma coisa.

— Fale, doutor.

— É sobre os pesadelos. Eles manifestam os medos e as angústias por que passou ou passa o sonhador. Mas o conteúdo vivido no sonho pode também ser algo real.

— Não entendi.

— A senhora pode ter estado diante de um espírito desencarnado que a ameaçou realmente. Nesse caso, se trata de um caso de obsessão.

Nelci ia rir, mas notou que, se fosse verdade o que escutara, o caso era muito sério.

— O senhor está pondo medo em mim, doutor Nogueira?

— Não. Estou querendo livrá-la do medo e da angústia.

— Então, explique-me melhor esse negócio de espírito desencarnado e obsessão. Estou ficando arrepiada.

— Eu falei de dois tipos de sonho. Falta um terceiro, que é muitas vezes chamado sonho espiritual ou espírita. Nessa modalidade de sonho, há uma atividade real e efetiva do espírito, do sonhador, durante o sonho. Ao acordar, a pessoa se lembra de partes do que efetivamente ocorreu durante o seu desdobramento.

— O senhor quer dizer que eu me encontrei mesmo com um homem que me ameaçou?

— Isso pode ter acontecido. Na verdade, quem a pode ter ameaçado é um espírito desencarnado.

— Mas eu nem sei quem é esse homem horroroso.

— Pode ser um inimigo de outra encarnação, dona Nelci. Alguém a quem talvez a senhora tenha, de algum modo, prejudicado.

— Desculpe-me, doutor, mas agora o senhor deixa de ser médico para ser um espírita.

— De certo modo, a senhora está com a razão, mas eu prefiro dizer que sou um médico espírita.

— Tudo bem. Mas o que tem tudo isso a ver com obsessão? O que é mesmo obsessão?

— Deixe-me dar-lhe uma resposta bem clara. Nós vivemos numa dimensão material, terrena, mas somos influenciados por espíritos que estão constantemente à nossa volta.

— E isso é ruim?

— Depende dos espíritos que estamos atraindo, isto é, depende da sintonia vibratória que estabelecemos com eles e da afinidade moral que haja entre nós e eles. Quando atraímos os bons espíritos, a influência deles sobre nós é benéfica; porém, se atraímos espíritos perversos, a influência será nefasta.

— O senhor quer dizer que estou atraindo um mau espírito? E por que eu faria isso? Sou uma pessoa de moral elevada, doutor Nogueira.

— Não duvido disso, dona Nelci. Entretanto, como já lhe disse, o espírito em questão pode ser um inimigo de reencarnação passada. Nesse caso, ele estaria aqui para vingar-se.

— Que horror! A coisa é bem pior do que eu pensava. Mas, se tudo isso não for uma besteira, o que posso fazer para me livrar desse inimigo que nem conheço?

— Se estiver ocorrendo o que penso, a senhora não o conhece porque, ao reencarnar, passa pelo esquecimento de reencarnações passadas. Todavia, o espírito obsessor, estando ainda no mundo espiritual, consegue reconhecê-la e passa a arquitetar e executar um plano de vingança. Para livrar-se desse espírito, a senhora precisa...

— Desculpe-me, doutor Nogueira, mas me explique antes o que é obsessão.

— Chamamos de obsessão a ação persistente ou o domínio que alguns espíritos exercem sobre uma pessoa. Só praticam a obsessão espíritos inferiores, que procuram dominar, pois os espíritos elevados não impõem nenhum constrangimento. A obsessão é sempre o ato de exercer influência negativa sobre alguém.

— Bem, se isso for verdade, estou recebendo influência destrutiva sobre mim. Talvez por isso me veja perdida e submetida a todo tipo de doença.

— A senhora falou corretamente.

— Agora, sim, gostaria de saber como livrar-me disso. O que preciso fazer?

— O primeiro ponto para a cura da obsessão, dona Nelci, é a autocura. Vou explicar: como adulta e responsável pela sua conduta, a senhora precisa inicialmente mudar seus sentimentos e pensamentos. Fiscalize as suas ideias, abandone os pensamentos inferiores e nocivos, desperte as suas boas tendências, recusando as más. É necessário que a senhora controle a sua conduta com base nos pensamentos que alimenta e nos sentimentos que expressa. Não seja simplesmente um joguete de espíritos inferiores, tenha autocontrole, escolhendo as próprias ações. Como nos aconselhou um dia Herculano Pires, diga para si mesma, mentalmente: "Sou uma criatura normal, dotada do poder e do dever de dirigir a mim mesma. Conheço os meus deveres e posso cumpri-los. Deus me ampara".[2] Repita este pensamento com firmeza e persuasão.

— Vou anotá-lo.

— Mas não é só. Aconselho-a a ir até um centro espírita para tomar passe.

— Não vou dizer que nunca tenha entrado num centro espírita. Estaria mentindo, mas esse não é o meu hábito, doutor. Nunca dei muita importância à religiosidade e sempre tive algum tipo de preconceito contra o Espiritismo. Minha mãe

---

2 Apresentação de J. Herculano Pires. *In*: KARDEC, Allan. *A Gênese*: os Milagres e as Predições segundo o Espiritismo. 2. ed. São Paulo: FEESP, 2007.

era católica, de modo que às vezes ainda assisto à missa, principalmente de Sétimo Dia. Mas também não sou de frequentar igreja.

— Entendo e creio que a melhor maneira de perder o preconceito seja conhecer um pouco a Doutrina do Espiritismo, começando pelo passe. Não pretendo, porém, forçá-la a isso. Também não estou falando agora como médico, e sim como espírita e principalmente como amigo da família, dona Nelci.

— Sim, eu compreendo e agradeço a sua ajuda. Apenas uma pergunta: por que tomar passe?

— O passe é uma transmissão de fluidos, tanto do passista quanto da Espiritualidade Superior que o assiste. São fluidos para o reequilíbrio do atendido e cuja finalidade é o reconforto físico, psíquico e espiritual. O passe é uma transmissão de fluidos magnéticos, provenientes do encarnado, e de fluidos espirituais, oriundos dos benfeitores espirituais. Simplificando: o passe é uma transfusão de energia. E a senhora está precisando dela, a fim de fortalecer-se.

— Devo dizer-lhe, doutor Nogueira, que a minha irmã Julinha costuma tomar passe pelo menos a cada quinze dias. Sempre achei isso uma bobagem, mas, após escutar as suas palavras, talvez tenha de reconsiderar.

— Como lhe disse, não pretendo pressioná-la. Converse um pouco com a sua irmã e tome a própria decisão.

— Farei isso, doutor.

— Um bom começo de mudança é a senhora deixar de pensar em esquistossomose, dona Nelci.

— Entretida com a nossa conversa, até me esqueci disso.

— Ótimo. Continue assim. Mas há uma outra coisa. Para completar esse tratamento, sugiro que converse sobre desobsessão no primeiro dia em que for tomar passe. Creio que seja necessário.

Estava encerrado o diálogo. Nelci ficou a meditar sobre tudo o que ouvira e esperou até o dia posterior para conversar com Julinha.

◆ ◆ ◆

Na manhã seguinte, assim que se viu a sós com a irmã, Nelci puxou conversa sobre a visita do dr. Nogueira.

— Ele está achando que estou sofrendo de obsessão, Julinha.

— Pois eu já lhe havia dito isso, mas você deu de ombros, não acredita.

— É verdade, mas agora estou ficando com medo.

— Você não precisa ficar com medo. O que precisa é passar por um tratamento de desobsessão.

— O doutor Nogueira disse-me que preciso tomar passe e consultar algum trabalhador de centro espírita para me orientar.

— Vamos agir rapidamente? Hoje à noite eu a levo ao centro em que tomo passe.

Nelci titubeou e não respondeu.

— Você quer ou não livrar-se do seu sofrimento?

— É claro que quero.

— Então, às sete horas, você me acompanhará ao centro espírita.

Acuada, Nelci fez um sinal positivo com a cabeça e aguardou até a hora combinada.

Já na casa espírita, indicaram um senhor de meia-idade, chamado Magalhães, de quem Nelci deveria receber orientação espiritual. Tratava-se do médium dialogador do centro. Chama-se dialogador ou esclarecedor o médium que, na desobsessão, conversa com o espírito obsessor e, conduzido e inspirado pelos benfeitores espirituais, orienta esse espírito.

Magalhães recebeu com um largo sorriso as duas irmãs. Julinha explicou o caso de Nelci e deixou que ela conversasse com o médium. O conselho recebido foi o mesmo dado pelo médico: passes e desobsessão. Nelci pensou que fosse apenas isso, todavia, Magalhães olhou profundamente nos olhos dela e esclareceu:

— Isso é o que nós faremos, dona Nelci. Mas há também a sua parte. O que lhe cabe é modificar os seus pensamentos, os seus sentimentos e, sem dúvida, a sua conduta. Esta é a sua parte. Sem ela, não é possível completar a desobsessão.

— Como assim?

— Para haver obsessão, é necessário que o espírito obsessor e a pessoa obsidiada estejam em sintonia vibratória e afinidade moral. Quando a senhora mantém pensamentos e sentimentos negativos, destrutivos e deletérios, atrai, pela lei de similaridade, espíritos que vibram nessa mesma faixa inferior. Atrai, portanto, espíritos inferiores e, entre eles, obsessores. Quando a senhora mantém o comportamento negativo, como reclamar da vida, falar de fatos negativos, temer doenças ou julgar-se vítima, atrai obsessores. O que a senhora tem de fazer é, portanto, mudar seus pensamentos, seus sentimentos e sua conduta. Somente desse modo a obsessão tem fim.

Nelci não gostou muito do que escutou, mas prometeu ao médium que faria isso a partir daquele momento. Na mesma noite tomou o primeiro passe e foi marcada a sessão de desobsessão, da qual ela não participaria.

Mais serena, Nelci ainda ouviu uma última exortação:

— No dia e horário da desobsessão, permaneça em seu quarto, orando e lendo uma obra de elevação espiritual. Mantenha-se tranquila e confiante. Estaremos trabalhando pela senhora.

No dia agendado, exatamente às vinte horas, Nelci deitou-se e abriu o livro que havia tomado emprestado da irmã. Procurou concentrar-se na leitura e assim fez pelos minutos seguintes. Já no centro espírita, o médium dialogador, às vinte horas e poucos minutos, iniciava o colóquio com o espírito obsessor. Dr. Nogueira havia acertado: Nelci estava sendo obsedada por um espírito inferior, que se colocou agressivamente diante do médium esclarecedor:

— Aqui estou, meu senhor — disse com arrogância, por meio do médium psicofônico, prosseguindo —, mas não pense que vou deixar de atormentar a mulher que manchou a honra do meu nome. Aliás, pode tratar-me por Vítor.

— Fale-me mais, Vítor, por favor.

— Você não sabe de nada. Ela foi minha esposa no início do século dezoito. Eu era um comerciante de tecidos finos, passando grande parte do tempo no trabalho. Isto a desgostava, pois queria estar permanentemente cercada de mimos. Não que eu fosse um homem seco. Longe disso. Cortejava-a constantemente. Oferecia-lhe presentes caros. Rendia-lhe todas as homenagens. Mas ela era insaciável. Sempre queria mais. Exigia a minha presença contínua a seu lado. Não lhe passava pela cabeça que tudo o que possuía era devido ao meu desmedido trabalho.

— Entendo.

— Então, vai também compreender o restante. Cansada de pedir que eu voltasse mais cedo para casa e não sendo atendida, pois que o trabalho era o nosso sustento, Iolanda, esse era o seu nome, zangou-se de tal modo que passou a me evitar por todos os meios. Mas não foi só. Não satisfeita com a sua vingança, começou a engraçar-se com o farmacêutico, que lhe preparava os remédios. Ele era mais jovem que eu e, devo dizer, mais bonito. Galanteador por excelência, chamou logo a atenção de Iolanda. Da atenção passou-se ao interesse e deste à pouca-vergonha. Sendo claro: ela começou a ter um caso com ele. Eu, na minha santa ignorância, não sabia de nada. No entanto, os encontros eram no meu próprio lar. Aproveitando-se do fato de entregar os remédios, ele tinha à sua disposição o meu leito e foi ali que Iolanda me profanou o nome honrado. Foi um vizinho amigo quem me alertou para o que vinha ocorrendo.

" — A sua esposa recebe remédios duas vezes por semana, Vítor?

"Estranhei a maneira como ele falou e perguntei:

"— O que você quer dizer com isso?

"— O farmacêutico entrega religiosamente às quartas e sextas à tarde uns pacotinhos que se assemelham a remédios.

"— Não pode ser. Você está brincando comigo?

"— Sou seu amigo, Vítor. Fiz apenas o que devia. O restante é com você.

"Minha cabeça parecia girar rapidamente naquele momento. Uma dor forte tomou conta do meu coração. É verdade que minha esposa estava sempre com algum tipo de queixa e solicitava a presença do farmacêutico. Porém, daí para uma traição era muito para a minha cabeça. Todavia, assim mesmo, voltei para casa e procurei fingir tranquilidade. O dia seguinte seria uma sexta-feira, por isso engendrei um plano muito simples: voltaria pelo meio da tarde, a fim de verificar se tinha fundamento o que me havia dito o vizinho. Não gosto de reviver o que passei naquele momento.

"Entrei rapidamente em casa, subi a escada que levava à parte superior e... quando cheguei à porta do meu quarto, flagrei minha esposa em delito pecaminoso. Fiquei paralisado. O jovem aproveitou-se disso e, empurrando-me, saiu às pressas. Fui até o criado-mudo e retirei o revólver que ali guardava carregado. Iolanda agarrou-se em minhas pernas suplicando perdão e jurando-me amor. Desvencilhei-me de seus braços e segui pelo corredor com a arma engatilhada. Não tive coragem de matá-la, pois ela fora sempre o meu amor verdadeiro. Cheguei até a escada, onde parei e atirei em minha própria cabeça. Dali para frente não vi mais nada. Não sei quanto tempo se passou, mas, quando dei por mim, estava num lugar que nunca havia imaginado que existisse. Era uma espécie de descampado com raras árvores retorcidas e de folhas escuras. O céu era tenebroso. Não havia luz solar, apenas um tênue raio de luz que me permitia ver vultos se aproximando de mim. Corri tanto quanto pude e entrei numa caverna escura, onde escutei gemidos lancinantes e vultos espalhados pelo chão. Aqueles que me perseguiam não demoraram a chegar. Fui aprisionado, ouvindo palavrões e ameaças várias. Fui levado a uma espécie de vila, onde casebres estranhos pareciam ocultar seres que esbravejavam ou lançavam gemidos pavorosos no ar. Tornei-me um dos prisioneiros, sendo torturado várias vezes até conseguir fugir com a ajuda de um outro prisioneiro. Cada um seguiu para um lado e nunca mais pude vê-lo. Passou-se muito tempo, durante o qual fui aprendendo a sobreviver nesse ambiente de horror que vocês desconhecem. Praguejava contra Deus e contra todos. E ainda tenho escárnio por vocês que pregam o perdão. Bem, para resumir, tenho vivido do pão que o diabo amassou. Mas, há certo tempo, consegui descobrir o paradeiro de Iolanda, a traiçoeira que acabou com a minha vida. As doenças que ela teme e aquelas que ela de fato abriga na alma são frutos da minha vingança. Insuflo-lhe pensamentos daninhos, nocivos, nefastos, que ela acolhe e transforma em sua realidade. Mas ela merece mais. Vou levá-la ao suicídio mais cedo do que vocês pensam. Ela é minha agora. E ninguém vai tirá-la de mim. Muito menos vocês, que não passam de carolas abobalhados."

Não foi fácil para o médium dialogador prosseguir na conversa com o espírito Vítor, que se recusava terminantemente a aceitar qualquer sugestão de perdão pelo erro cometido por Nelci em sua última existência, como Iolanda. Todos os meios foram tentados, sem que o coração de Vítor demonstrasse qualquer arrependimento pelo mal que vinha causando e que esperava causar no futuro à sua ex-esposa. Ele só ficou de pensar em voltar na próxima semana, mas — como afirmou — apenas para provar que estava certo. Depois deixaria a casa espírita para não mais comparecer a qualquer tipo de encontro.

Magalhães, o médium dialogador, orou muito durante a semana, a fim de que pudesse convencer o obsessor a desvincular-se do ódio que acalentava contra Nelci e que levava ao gesto de vingança que buscava cumprir.

4 – Um novo caminho

Nelci teve um início de semana tranquilo. Porém, na quarta-feira, após assistir a uma entrevista concedida por um médico otorrino, passou a dizer que estava com problemas de audição.

— Sempre temi a surdez — disse a uma vizinha — e agora começo a ter dificuldade para escutar, quando a outra pessoa não está bem próxima de mim. Só essa me faltava. Como se não bastasse o temor da esquistossomose, que me rondou por vários dias.

Daí em diante, começou a reclamar da vida, achando-se uma injustiçada. Com as reclamações, também passou a queixar-se de dor num dos ouvidos. Entretanto, depois de algumas semanas, algo inusitado aconteceu. Ela se levantou sentindo-se perfeitamente bem. A cefaleia cessara, os ouvidos não a incomodavam e a dor na coluna de que vinha se queixando também havia desaparecido. Tudo ocorreu depois de um sonho confuso de que não se lembrava bem. Apenas se recordava de uma voz a lhe dizer algo como: "A partir de agora vou deixá-la em paz, Iolanda. Mas você precisa arrepender-se e mudar de vida". Após ouvir essas frases, ela acordou e por todo o dia sentiu-se muito bem. Como deveria tomar passe naquela noite, resolveu conversar com o médium dialogador, ocultando, entretanto, o sonho.

Já no centro espírita, antes de tomar passe, procurou o médium, que lhe disse:

— Dona Nelci, por enquanto a senhora está livre do assédio espiritual. Após vários diálogos, o espírito obsessor resolveu seguir o próprio caminho junto a espíritos benfeitores.

— Por que o senhor diz "por enquanto"? A obsessão pode voltar?

— O obsessor, inimigo de existência passada, a perdoou, mas, se a senhora não mudar de conduta, poderá estar em sintonia com outros espíritos inferiores, que retomarão a obsessão.

— Não estou entendendo. O que significa "mudar de conduta"? Afinal, sou uma pessoa de bem.

— Creio nisso, todavia a senhora precisa a partir de agora seguir o conselho de Jesus: orar e vigiar.

— Orar, tudo bem. Mas vigiar o quê?

— Os seus pensamentos, as suas palavras, as suas emoções. Pelo que a senhora mesma me disse, seus pensamentos estão diariamente voltados para a doença. Pensamentos caminham lado a lado com emoções. Quando a senhora pensa em doença, como é que se sente?

— Muito mal. Às vezes não tenho nem coragem para levantar-me da cama. E, quando isso acontece, fico irritadiça. Em casa dizem que sou avinagrada, neurastênica e... o pior: hipocondríaca! Até o meu médico chega a dizer que vivo temendo doenças e, com isso, acabo por sentir os seus sintomas.

— Pois é, dona Nelci, a senhora precisa vigiar seus pensamentos, suas emoções e suas palavras. Fazendo isso, a sua conduta geral também se modifica, não permitindo que haja sintonia vibratória nem afinidade moral com espíritos inferiores, que poderiam obsedá-la.

— Agora começo a compreender.

Não fora fácil o processo de desobsessão, pois Vítor, o obsessor, estava imbuído do desejo de vingança contra a esposa de sua última reencarnação.

— Você não sabe o que é ser traído. Você desconhece a dor que sente o homem sério e fiel que, sem mais nem menos, se vê diante da infidelidade da esposa — dissera várias vezes o espírito Vítor a Magalhães, o esclarecedor. — Não me venha com essa história de perdão. Quem pratica o crime tem de ser condenado, para sofrer as suas consequências. A justiça tem de ser feita.

— Eu entendo a sua dor. Eu entendo o seu desapontamento — respondera-lhe Magalhães no último trabalho de desobsessão. — Também compreendo que a justiça tem de ser feita. Mas para isto existe a lei divina. Deixe a solução desse caso a Deus. A justiça dos homens é falha, a do nosso Criador é perfeita. Não se faça de juiz nem de carrasco, que você não é. Siga o seu próprio caminho e deixe que a sua esposa trilhe o dela. Ela passará pelos próprios percalços, independentemente do que você possa fazer.

— Quer dizer que eu paro de fazer justiça e continuo remoendo o sofrimento que ela me impingiu? E quanto a ela?

Vai desfrutar da vida como se nada tivesse acontecido? Essa é a lei divina?

— Essa não é a lei divina, Vítor. Sem dúvida, ela passará pelas consequências do seu gesto impensado, se já não passou. Quanto a você, tem direito a uma vida melhor e à transformação, prosseguindo na sua caminhada para a perfeição. Você merece momentos de paz, alegria e aprendizado. Há um local próprio para o seu refazimento, se você o quiser.

— Mas como esquecer a mulher que tanto amei? Como passar a borracha no sofrimento que venho amargando desde que me tornei um mísero suicida?

— Ouça o que lhe diz o mentor que aqui o trouxe. Atenda a suas orientações. Você ainda tem a chance de uma vida renovada. Perdoe quem errou, como você também está sendo perdoado pelo mal cometido. Jogue as pedras que tem nas mãos e aprenda a viver com paz e amor no coração. Você merece uma nova chance, Vítor. Não a deixe passar.

Nesse momento, Vítor começara a chorar convulsivamente, permitindo que saísse do peito toda a dor, todo o sofrimento e toda a mágoa que acumulara durante tanto tempo. O dialogador esperara pacientemente que o choro fosse diminuindo e, antes que pudesse dizer alguma coisa, o espírito havia falado, ainda soluçando:

— No fundo, eu ainda amo Iolanda. Apesar de tudo, ainda existe amor no meu coração despedaçado. Com grande dificuldade, eu a perdoo. Com aperto no coração, eu vou deixá-la. Sim, vou deixá-la em paz. Espero estar fazendo a coisa certa.

— Você está agindo para o seu próprio bem e para o bem daquela que também o amou um dia. Siga com seu mentor, Vítor. Ele o encaminhará para uma nova oportunidade de aprendizado e trabalho. Siga em paz, meu irmão, sob as bênçãos de Deus.

Não se ouvira mais nada. Estava encerrado mais um caso de obsessão. Dali para frente, tudo dependeria da conduta de

Nelci, que fora um dia Iolanda e que amara um comerciante de tecidos chamado Vítor.

♦ ♦ ♦

Nelci saiu do centro espírita aliviada. Voltou para casa conversando com a irmã.

— Quer dizer que havia mesmo um espírito me prejudicando, não é, Julinha?

— É verdade. O doutor Nogueira estava com a razão.

— Isso explica a paz que tomou conta de mim.

— Mas não se esqueça de que é preciso vigiar pensamentos, sentimentos, palavras e atos. Isto agora é fundamental.

— Vou agir assim, Julinha. É para meu próprio bem.

Na sexta-feira seguinte, o médico, amigo da família Bernardes, chegava com o mesmo bom ânimo de sempre para o diálogo, que seria o último em torno da hipocondria de Nelci.

— E então? Como estamos?

— Muito bem. E muito obrigada, doutor Nogueira. O senhor tinha razão. Eu estava sendo obsidiada, mas tudo terminou, graças a Deus. O médium me informou que o espírito obsessor comprometeu-se a deixar-me em paz e até me perdoou.

— Fico feliz por ouvir isso.

— Recebi, entretanto, a orientação de que devo, a partir de agora, tomar todo o cuidado com o que penso, com o que sinto e falo, caso contrário, a minha conduta volta a ser o que era e um outro espírito de condição inferior poderá dar continuidade à obsessão.

— A sua vida depende da senhora, não é mesmo? Depende do seu livre-arbítrio. Isto é, a senhora tem a liberdade de sentir, pensar, falar e agir de acordo com a sua vontade. É a senhora quem escolhe os seus pensamentos, quem escolhe as suas ações.

— O médium me disse isso. Ele esclareceu que o livre-arbítrio é uma das faculdades do ser humano, mesmo tendo por limites as leis da natureza, que ninguém pode transpor. Nós somos livres para escolher a nossa conduta.

— Perfeito.

— Houve, porém, uma coisa que eu não disse ao médium. Agora, vou contar ao senhor.

— Esteja à vontade, dona Nelci.

— Na madrugada posterior à noite em que foi realizada a última reunião de desobsessão no centro espírita, eu tive um sonho muito confuso. Acordei sem me lembrar bem do que sonhara, mas me recordei de uma voz que me disse em tom bastante forte: "A partir de agora vou deixá-la em paz, Iolanda. Mas você precisa arrepender-se e mudar de vida". Depois de escutar essa voz, acordei e durante todo o dia senti-me muito bem. Aquela voz ficou repercutindo em minha mente durante muito tempo e com grande nitidez. Será que tem a ver uma coisa com outra, isto é, será que existe alguma relação entre o sonho e o fim da obsessão?

— Tem tudo a ver, dona Nelci. Lembra-se do que lhe disse há algum tempo? Quando dormimos, o corpo está em repouso, entretanto, a alma se afasta, percorre o espaço e entra em relação mais direta com outros espíritos. Há igualmente sonhos que são a repercussão de nossas disposições físicas ou psicológicas, assim como há aqueles que são a exteriorização de impressões e imagens arquivadas na mente. Chamamos de "sonhos comuns" os primeiros e de "sonhos reflexivos" os segundos. Todavia, quando se trata da lembrança de uma atividade real e efetiva da alma durante o sono, chamamos de "sonhos espíritas" ou "sonhos espirituais".[3] Dada a clareza com que repercutiram em sua mente essas palavras, o impacto que lhe causaram e a sua ocorrência logo após a noite em que o espírito obsessor prometeu que não mais a importunaria, creio que se tratou de um "sonho espírita", um desdobramento. Nesse caso, foi um desdobramento semiconsciente, dado que a senhora não se lembrou de tudo o que ocorreu, apenas mantendo na memória as frases ouvidas.

---

3 Vide: PERALVA, Martins. *Estudando a mediunidade.* 17º ed. Brasília: FEB, 1994, p. 96-100.

— Desculpe-me, doutor Nogueira. Eu havia duvidado quando o senhor me falou pela primeira vez a respeito dos desdobramentos. Agora, não posso mais duvidar.

— Não há de que se desculpar. Cada um tem o seu momento de assimilar as verdades que ainda desconhece.

— Mas, me permita, restaram-me ainda algumas dúvidas. Por que fui chamada de Iolanda? Por que preciso mudar de vida? E por que o obsessor me perdoou se nem sequer o conheço? O que exatamente quer dizer isso?

— Muito provavelmente, após comprometer-se com seu benfeitor a não perturbá-la mais, o espírito obsessor pediu permissão para dizer-lhe isso, enquanto você estivesse em desdobramento. O fato de chamá-la de Iolanda me faz pensar que ele a conheceu noutra existência, em que a senhora tinha esse nome. Trata-se de alguém que a conheceu muito bem e que foi, de algum modo, prejudicado pela senhora, motivo pelo qual a vinha obsidiando e por que a perdoou agora. Quanto ao fato de dizer-lhe para mudar de vida, significa que ele lhe pediu que não mais o prejudicasse, modificando, pois, a sua conduta em relação a ele. Numa outra interpretação, ele quis dizer que, se a senhora continuasse com os mesmos sentimentos, pensamentos e atos, outro espírito em desequilíbrio poderia, por meio da sintonia vibratória e da afinidade moral, vir a obsidiá-la.

— Agora tudo ficou claro para mim, doutor Nogueira.

— Posso fazer-lhe uma sugestão, dona Nelci?

— Claro, claro. Por favor.

— Ore pelo seu antigo obsessor.

— Mas ele só me fez mal.

— Dona Nelci, certo dia Jesus disse a seus seguidores: "Ouvistes que foi dito: 'Amarás teu próximo e odiarás teu inimigo'. Pois eu vos digo: *Amai vossos inimigos e orai pelos que vos perseguem para serdes filhos de vosso Pai que está nos céus*".[4] Eu sei que isso não é nada fácil. Não podemos, porém, alimentar o ódio no coração. Mas, no seu caso, o espírito

---

4 Mateus, 5:44-45.

deixou de importuná-la quando a perdoou. Não o considere mais seu inimigo. Neste momento, ele já foi enviado à esfera onde deverá prosseguir a sua caminhada espiritual. A oração é para ajudá-lo a persistir na mudança que deverá fazer em sua vida. Depois continue a senhora também com o propósito de purificar os seus sentimentos, pensamentos e intenções, a fim de poder colher os bons frutos desta existência.

— Não é fácil orar por quem nos prejudicou.

— Perdoe-o antes, assim como ele já a perdoou. Em seguida, ore por ele. Deve ter havido alguma situação, em existência passada, em que ele foi prejudicado, de algum modo, pela senhora. Daí a obsessão pela qual passou. Mas ele já não está mais ligado a isso. Há mesmo casos em que um obsessor não só deixa a sua vítima em paz como, ao modificar-se, acaba por se tornar seu amigo, passando a orar por ela.

— Está bem. O senhor me convenceu. Assim o farei. E, ademais, creio que eu também mereça, daqui para frente, ter uma vida melhor.

Nelci ainda afirmou ao médico que as dores de cabeça haviam diminuído bastante e que perdera o medo de adquirir doenças. Já não estava tendo uma preocupação mórbida por seu estado de saúde. Entretanto, duas semanas depois, os noticiários de tevê passaram a anunciar que uma forte gripe estava disseminando-se entre a população. Os hospitais e postos de saúde estavam sendo muito procurados, havendo mesmo casos de pessoas internadas na UTI.

Assim que ouviu a notícia, um medo muito grande tomou conta de Nelci. "Eu já não sou novinha e as pessoas mais velhas estão também mais sujeitas a se tornarem gripadas. O vírus está por toda parte. Como posso me defender?". A primeira medida tomada por Nelci foi comprar uma grande quantidade de cápsulas de vitamina C. E, quando soube que uma vizinha havia ficado gripada, imediatamente fechou-se no quarto, de onde apenas se afastava poucas vezes por dia. Depois de uma semana, queixou-se de febre e dor no peito.

— Pronto! — disse ela a Julinha. — Sou a nova vítima dessa gripe mortal.

Dr. Nogueira foi chamado e, à noitinha, já estava no quarto de Nelci.

— O que aconteceu, dona Nelci?

— Doutor, fui vitimada pela gripe mortal.

— A gripe ainda não matou ninguém, dona Nelci.

— Ainda? Por quê? Vai matar?

— Nada indica que isso venha a acontecer. Mas vamos ver o seu caso.

A temperatura de Nelci estava normal.

— A senhora não está com febre.

— Como assim? Sinto queimar-me por dentro. E a dor no peito?

Depois de alguns exames, ficou constatado que, de fato, Nelci não adoecera. Mas o médico, amigo da família, aproveitou a ocasião para, mais uma vez, conversar com aquela senhora, que já passara por isso inúmeras vezes.

— Como tem sido a sua vida, dona Nelci?

— A minha vida? Normal. Como a de todo mundo, tirando o fato de que sofro mais que os outros.

— Quais são os seus sofrimentos?

— O senhor já os conhece, doutor Nogueira...

— Mas eu gostaria de escutá-los de sua boca.

Nelci ficou em silêncio, como a meditar profundamente. Depois falou envergonhada:

— Muitas vezes, eu exagero os meus sintomas e meus sofrimentos. De outras vezes, não. De qualquer modo, fico muito preocupada com a minha saúde, temendo todo tipo de doença. Passo o tempo mais com medo do que com alegria. Penso muito em mim quase o tempo todo.

— A senhora pensa também naqueles com os quais convive? Em sua irmã, em seu cunhado, em seus sobrinhos?

Novo silêncio de Nelci, que remoía seus pensamentos. Dr. Nogueira continuou:

— Não podemos fechar-nos em nós mesmos. Quando nos preocupamos exageradamente com a nossa própria pessoa, caímos no egoísmo. E o egoísmo é aquele estado de alma em que a pessoa se converte em alguém insensível aos sofrimentos, às necessidades e às dificuldades dos outros. A pessoa egoísta, dona Nelci, tem seus interesses dirigidos para ela mesma, esquecendo-se dos demais.

— Mas, se eu não pensar em mim, quem o fará?

— Eu não disse para a senhora não pensar em sua própria pessoa. Afirmei que não deve fechar-se em si mesma, desconsiderando os demais. Ao nos encerrarmos numa cápsula, perdemos o contato com todos que nos rodeiam. E é assim que age o egoísta. Quando Allan Kardec indagou dos espíritos superiores qual o vício que podemos considerar radical, recebeu como resposta que é o egoísmo. Dele deriva todo o mal. No fundo de todas as imperfeições está o egoísmo. Para vencer nossos defeitos e vícios, temos de extirpar primeiramente o egoísmo, que é a raiz deles.

— Isso é um tanto duro de ouvir, doutor Nogueira.

— Dona Nelci, com todo o respeito que lhe tenho e a toda a sua família, é preciso que lhe diga isto, para o seu próprio bem. Ou sofrimentos maiores ainda virão.

— Tudo bem. Então, continue.

— Disseram ainda os espíritos da Codificação a Kardec que a pessoa interessada em aproximar-se da perfeição moral, já nesta existência, deve extinguir do seu coração todo sentimento de egoísmo, pois o egoísmo é incompatível com a justiça, o amor e a caridade. Ele neutraliza todas as outras qualidades.

— Bem, se estou sendo mesmo uma egoísta, o que devo fazer para eliminar essa imperfeição, como o senhor diz?

Dr. Nogueira sorriu de satisfação, pois percebeu que suas palavras começavam a fazer efeito.

— Permita-me apenas que eu termine o meu pensamento e terei o prazer de responder-lhe.

— Esteja à vontade.

— O egoísmo caminha de mãos dadas com o orgulho, que é um sentimento em que a pessoa se julga em posição de superioridade em relação aos demais. O orgulho está carregado de arrogância e menosprezo no tocante aos outros. Assim como o egoísta, o orgulhoso despreza, por palavras e atos, as outras pessoas, desqualificando-as, menosprezando-as. É a exaltação da personalidade que permite ao homem considerar-se acima dos outros. Supondo possuir direitos superiores, magoa-se com tudo que julgue ser ofensa a tais direitos. A importância exagerada que, por orgulho, admite para si converte-o naturalmente em egoísta. Agora, respondendo à sua pergunta: para eliminar o egoísmo, e com ele o orgulho, é necessário que a senhora introduza em sua conduta as virtudes que lhes são contrárias.

— E que virtudes são essas?

— O oposto do egoísmo, dona Nelci, é o amor expresso em atos, isto é, a caridade; o contrário do orgulho é a humildade. A caridade não se esgota em doar esmola, alimento e roupa. Ela também se expressa pelo amor ao próximo. São exemplos: ouvir pacientemente o outro; dizer-lhe palavras de bom ânimo quando se acha abatido; consolá-lo quando sofre os reveses da vida; dar-lhe a mão quando cai no caminho da existência. A caridade abrange, enfim, a benevolência constante para com o próximo. Ela pode ser resumida na orientação de Jesus: "Amemo-nos uns aos outros e façamos aos outros aquilo que quereríamos que nos fosse feito".[5] Humildade é a virtude que nos encaminha à consciência das nossas limitações. O humilde não se deixa lisonjear pelos elogios ou pela situação de destaque em que se encontre. Quem cultiva a humildade tem consciência do que pode, dos erros que comete e dos acertos que pratica, sem desesperar-se com os erros nem envaidecer-se com os acertos. O grande pensador Sócrates, quando os discípulos o informaram de que a sacerdotisa do templo de Apolo, Lício, havia afirmado que ele era

---

5 KARDEC, Allan. *O Evangelho segundo o Espiritismo*. São Paulo: Petit, 1997, p. 151, cap. 13, item 9.

o homem mais sábio do mundo, apenas respondeu: "Só sei que nada sei". Ele conhecia muito bem os seus limites. Desse modo, o humilde está sempre inclinado a aprender, não para orgulhar-se de seus conhecimentos, mas para alcançar a sabedoria, que irá derramar-se sobre os que menos sabem.

— Doutor Nogueira, nunca ouvi palavras tão elevadas, principalmente vindas de um médico.

— Antes de ser médico, dona Nelci, eu sou espírita. Mas gostaria ainda de dizer, com minhas palavras, o que Kardec já expressou num de seus livros.[6] Nós não podemos ser felizes se não vivermos em paz, isto é, se não nos animar um sentimento de benevolência, de compreensão e de tolerância recíprocas. A caridade e a fraternidade resumem todas as condições e todos os deveres sociais. A senhora já pensou como o mundo seria diferente se nós exercêssemos de fato a caridade e a fraternidade?

— É verdade.

— Pois bem. Nós vivemos um período de transição entre um mundo de provas e expiações, onde prevalece o mal, e um mundo de regeneração, em que a humanidade estará isenta das paixões desordenadas que hoje nos escravizam. Mas, para podermos habitá-lo, é necessário que cresçamos em bondade e inteligência.

— O senhor já me falou a esse respeito, e, ouvindo novamente, fico assustada, pois tenho de melhorar muito.

— Eu também, dona Nelci. Mas não precisamos ter medo, o que temos de fazer é arregaçar as mangas e buscar melhorar-nos. Ainda temos oportunidade de fazer isso.

A conversa chegava ao fim. Dr. Nogueira, para testar Nelci, perguntou se ela ainda precisava de algum remédio. A resposta foi rápida:

— Não, doutor, não. Sabe que já estou me sentindo melhor?

Essa foi a última conversa de Nelci com o médico da família. Alguns dias depois, ela recebeu a notícia de que dr. Nogueira

---

6 KARDEC, Allan. *Obras póstumas*. 40. ed. Rio de Janeiro: FEB, 2007, p. 250.

havia desencarnado. Isto a abalou muito, pois se lembrou de que ele havia falado da oportunidade para nossa transformação. "A oportunidade dele", pensou, "já estava no fim. E a minha? Não posso mais permanecer como sempre fui, tenho de mudar. Já pensou se eu tiver pouco tempo de existência? O que será de mim?". Esse pensamento teve um efeito maravilhoso em sua vida. Ela mudou da água para o vinho. É claro que teve ainda algumas recaídas, mas houve em sua personalidade uma transformação que deixou os familiares boquiabertos. Julinha estava feliz, pois agora podia conviver com Nelci como boas amigas. Às terças-feiras, quando ia tomar passe, Nelci fazia questão de levar Julinha e os sobrinhos. Ernesto, marido de Julinha, não se rendeu ao Espiritismo, mas também mudou o seu relacionamento com a cunhada. Agora, depois que voltava do trabalho, ficava a conversar muito com ela, dando largas gargalhadas das histórias engraçadas que ela contava.

Nelci viveu até os cinquenta e três anos e conseguiu deixar para trás a vida insípida e frustrante que havia tido. Mais que isso: ela passou a ajudar pessoas que viviam num estado crônico de reclamação ou temerosas de qualquer tipo de doença, como acontecera com ela própria. E, quando alguém lhe perguntava: "E a hipocondria?", ela respondia com um grande sorriso:

— Hipocondria? Essa palavra não existe mais em meu dicionário...

III
O Magnata

Medo da pobreza

A pobreza é para uns a prova da paciência e da resignação; a riqueza é para outros a prova da caridade e da abnegação.
Allan Kardec *(O Evangelho segundo o Espiritismo, cap. XVI, item 8)*

1 – Uma vida difícil

Sandro Rinaldo nasceu no ano de 1881, em Livorno, na região da Toscana, Itália central, banhada pelo Mar Mediterrâneo. Filho de um pequeno agricultor falido, veio para o Brasil em 1896, época de acentuada explosão demográfica naquele país. O navio fez uma parada no Rio de Janeiro, onde muitos imigrantes seguiram para seus destinos; os demais aportaram em Santos. Os pais de Sandro rumaram para o subúrbio paulistano. Com o pouco dinheiro que tinha em mãos, seu pai, Pietro, conseguiu alugar uma casinhola malconservada e montar uma vendinha, com poucas mercadorias.

Os primeiros meses foram muito difíceis, havendo momentos em que a família se arrependia profundamente de ter deixado a sua terra natal. Porém, não havia a mínima oportunidade de voltar à Itália, de modo que procuravam acostumar-se com o minguado dinheiro, que mal dava para pagar o aluguel e prover a família.

Após dois anos de sua abertura, o pequeno negócio ia tão mal, havia tantas dívidas e clientes maus pagadores, que a vendinha foi fechada e Pietro, com sua família, teve de mudar-se rapidamente para outra localidade de São Paulo, tendo sido aconselhado a procurar o bairro da Barra Funda, onde poderia conviver com outros imigrantes italianos e — quem sabe? — arranjar algum trabalho. Já com pouquíssimo dinheiro, conseguiu o emprego de ajudante numa pequena fábrica. Falido, teve de contentar-se com um pequeno cômodo num cortiço frequentado por todo tipo de pessoas. Entristecido e com o sistema imunológico abalado, Pietro, um ano depois, veio a falecer em consequência de grave pneumonia. Completamente aflita e totalmente desorientada, Diletta, a mãe de Sandro, cometeu suicídio poucos dias depois, bebendo veneno para ratos. Nessa época, o filho estava com dezoito anos e fazia "bico" na feira. Sem dinheiro para pagar o aluguel do cortiço, numa fria madrugada, saiu com sua pequena trouxa de roupas sem rumo fixo. A única coisa que tinha em mente era afastar-se daquela região, para não ser visto pelo velho locatário, a quem ficara devendo o aluguel. Encontrando-se com um morador do cortiço, este lhe indicou o bairro do Cambuci, onde se formara uma colônia de imigrantes italianos.

Sem ter onde morar, Sandro passava as noites numa casa parcialmente demolida e, com a experiência anterior, passou a trabalhar para um feirante, conseguindo um pouco de dinheiro, cujas pequenas sobras depositava numa lata de biscoitos, enterrada na demolição.

Certa noite, enquanto se preparava para dormir, ouviu um ruído entre os escombros. Levantou-se, saiu do pequeno cômodo em que se abrigava e viu um vulto diante de si. Sob a luz da lua cheia, notou que se tratava de um homem idoso. Instintivamente, pegou do chão um tijolo e se preparava para atirá-lo contra o intruso, quando este gritou:

— Calma, meu jovem. Sou de paz.

— Saia daqui — vociferou Sandro. — Este lugar é meu.

O homem riu e disse com bom humor:

— É seu, do proprietário e principalmente de Deus, que está me concedendo um pedacinho deste paraíso.

— Não avance ou atiro este tijolo na sua cara!

O velho parou de rir e disse com voz macia:

— Você está certo. Ainda não me apresentei. Sou Jesuíno, baiano e velho de guerra. Vi que tem um cômodo aqui do lado do seu quarto e vim buscar um pouco de paz nele. Não vou fazer nenhuma estripulia. Esteja certo.

— E como vou ter certeza disso? — perguntou Sandro, ainda desconfiado.

— Tenho setenta e cinco anos. Minha força já se foi há muito tempo. Com um braço você acabaria comigo.

Refletindo se não estaria cometendo nenhum erro e, ao mesmo tempo, vendo aquela figura franzina à sua frente, o jovem cedeu.

— Está bem. Mas só por hoje. Amanhã você arruma outro lugar.

Jesuíno agradeceu e entrou no cubículo ao lado. Sandro ainda ficou acordado por alguns minutos, refletindo sobre o que acontecera. Depois, levantou-se com cuidado e colocou a cabeça no vão da parede por onde entrara o idoso. Notou que ele ressonava. Mais tranquilo, voltou para sua coberta rala e também adormeceu.

O sol ainda não nascera e o rapaz já estava de pé. Foi até a lata com água que sempre deixava recostada na parede e bebeu um pouco, lavando o rosto com o restante. Ao virar-se para trás, viu o velho, que, sorridente, se aproximou dele:

— Bom dia, meu jovem. Você foi muito generoso comigo. Quero agradecer a hospitalidade.

Sandro, não habituado a tanta fineza, apenas respondeu:

— Tudo bem.

— Desculpe-me, mas ainda não sei o seu nome.

— Sandro.

— Seus pais souberam escolher bem. Sandro, um belo nome.
— É.
— Noto que você fala com sotaque italiano.
— Meus pais eram italianos. Eu nasci em Livorno, na Itália.
— Então você escolheu o bairro certo para morar. Há muitos italianos no Cambuci.
— É verdade.
— Eu vim da Bahia há algum tempo. Como adoeci e faltei vários dias ao emprego, acabei sendo mandado embora. Dali pra frente, vivo da caridade alheia, sem eira nem beira. Qualquer cantinho serve pra deixar o corpo cansado repousar. Mas você disse que seus pais *eram* italianos. Já morreram?
— Faz pouco tempo. Sem dinheiro, vim parar por aqui. Trabalho na feira. Daqui a pouco estarei lá, ajudando a montar a barraca.
— Ainda bem que você tem um emprego. Não o perca. Hoje em dia quem consegue um trabalho tem de agradecer a Deus.
— Faço o que posso. Ganho uma miséria, mas pelo menos tenho o que comer e onde dormir.
Jesuíno fitou bem o rosto de Sandro e disse, muito convicto:
— Você tem uma bela vida pela frente. Vai ganhar muito dinheiro. Muito dinheiro. Mas quero dar-lhe um conselho: ao se tornar rico, não se esqueça dos pobres, como você é agora.
Sandro riu e falou, em seguida, com amargura:
— Já estaria muito bom se eu conseguisse um emprego fixo, podendo comprar no futuro uma casinha simples, bem simples.
— Você terá muito mais que isso, meu filho.
Conversaram mais alguns minutos, até Jesuíno despedir-se:
— Chega de prosa. Agora você tem de trabalhar. Quanto a mim, agradeço a sua hospitalidade. Vou procurar algum cantinho para passar a próxima noite. Fique com Deus, Sandro. E não se esqueça nunca das minhas palavras.
Assim dizendo, deu um tapinha no ombro do jovem e virou-se para a rua, dando alguns passos lentos. Sandro olhou

bem para a figura frágil do idoso e sentiu no peito uma compaixão, que lhe era desconhecida. Imediatamente gritou para o velho, que já sumia entre os escombros:

— Jesuíno! Jesuíno! Volte aqui. A casa é sua também.

Jesuíno virou-se para trás e perguntou:

— O que você disse?

— A casa é sua também. Acho que você é um cara legal. Vou mostrar um lugar onde pode deixar a sua trouxa.

Começou aí uma grande amizade entre Sandro e aquele senhor que parecia ter a sabedoria na mente e o amor no coração. Todos os dias, quando voltava do trabalho na feira, era um prazer para o rapaz escutar as histórias que Jesuíno contava sobre o Nordeste e as lições de vida que aprendera. Em certo entardecer, quando chegava à casa semidestruída com os restos da feira que conseguira juntar, encontrou o novo amigo todo sorridente.

— Venha aqui, Sandro. Tenho boas notícias pra você.

— Boas notícias? Isso é raro. Diga logo.

— Deus não se esquece dos seus filhos. É preciso crer na Providência Divina.

— Providência Divina? O que é isso?

— Já vou explicar, mas antes ouça bem a notícia que lhe vou passar.

Fez uma pausa, olhou no fundo dos olhos de Sandro e continuou:

— Ainda não lhe havia dito, mas conheci um segurança da fábrica Ramenzoni. Chama-se Januário e nasceu em Feira da Mata, mesma cidade de onde vim. Às vezes ele me oferece um prato feito na hora do almoço. Pois bem, hoje me encontrei com Januário e, conversa vai, conversa vem, ele me falou que abriram novas vagas para ajudantes na fábrica.

— Então você arrumou emprego?

— Não, meu amigo, não. Com a minha idade, quem iria empregar-me? Falei de sua pessoa e ele pediu pra você ir lá amanhã. Ele o acompanhará até a seção que contrata novos empregados. Hoje mesmo ele iria conversar com a moça da seleção.

— Você está falando sério, Jesuíno? Não é coisa da sua cabeça?

— Ainda não fiquei maluco, Sandro. É a pura verdade.

— Mas com que roupa eu iria? Veja o estado em que me encontro.

— Meu amigo vai arrumar um macacão velho. Afinal, é assim vestido que você irá trabalhar. Você se troca no banheiro da pensão onde ele almoça e segue com ele pra uma entrevista com a moça de que lhe falei.

— Jesuíno, você é um anjo!

— Pare com isso, Sandro. Ah! Você quer saber o que é Providência Divina, não é?

— Isso mesmo.

— Bem, não sou letrado, mas posso dizer que se trata da bondade de Deus em relação às Suas criaturas. Deus está em todo lugar, vê todas as coisas e tudo governa. E, como Deus tem todo o poder, sempre nos ajuda, protegendo a nossa vida. E você, que com certeza merece, está sendo agora ajudado por Deus. É a Providência Divina auxiliando uma de suas criaturas.

— Você fala bonito, Jesuíno. Se isso for verdade mesmo, já estou empregado. Passei por muito sofrimento nesta curta existência. Acho que mereço uma ajudazinha agora.

Sandro quase não dormiu naquela noite. Estava ansioso e temeroso em relação à entrevista da tarde seguinte. Pensou no que Jesuíno lhe dissera, na Providência Divina, e, pela primeira vez na vida, fez uma oração. Pediu a Deus que o ajudasse a conseguir aquele emprego, que poderia tirá-lo da rua. Depois, exausto, adormeceu profundamente.

À tarde, após o término do serviço na feira, Sandro foi se encontrar com Jesuíno na rua Eulália Assunção, seguindo para a fábrica. A fábrica de chapéus Ramenzoni já era tradicional no Cambuci. Fora fundada em 1894 pelo Italiano Dante Ramenzoni, que, como Sandro, imigrara para o Brasil.

Como combinado, Januário, amigo de Jesuíno, deu um macacão a Sandro, que o vestiu na pensão onde o segurança almoçava. Dali seguiram para a entrevista. Sandro estava trêmulo, pois nunca passara por essa situação. Avisada por Januário, a selecionadora já aguardava o jovem. Depois de preencher uma ficha de emprego e ter passado pela entrevista na área de seleção de pessoal, ele foi encaminhado para uma sala onde um supervisor fez-lhe várias perguntas sobre sua vida e explicou o trabalho que realizava um ajudante de produção naquela fábrica. Por fim, deu-lhe a notícia mais esperada: fora aprovado. Deveria preparar documentos e voltar dias depois para o início do trabalho. Januário se dispôs a ajudar Sandro, que não sabia nem onde deveria solicitar a documentação. Depois de dias, com tudo pronto, finalmente o jovem começou a trabalhar na fábrica. Ninguém sabia que Sandro não tinha residência fixa. Com a concordância de Januário, ele mentiu, dizendo morar na pensão onde trocara de roupa. De fato, alguns meses depois, ele foi mesmo residir naquele local.

Jesuíno ficou feliz quando recebeu a notícia de que seu amigo havia conseguido emprego.

— Eu não lhe disse? Tinha certeza de que você iria conseguir um trabalho na fábrica.

— Devo agradecê-lo, Jesuíno. Não fosse por você e Januário, jamais eu estaria com um bom emprego agora.

— Você venceu pela própria competência. E digo mais: esse é apenas o começo. Você está pisando no primeiro degrau da escada para o sucesso. Outros patamares ainda serão transpostos.

O jovem não entendeu bem a premonição de seu amigo e continuou dialogando alegremente sobre o seu novo emprego.

As tarefas realizadas por Sandro como ajudante geral eram simples, mas ele as realizava com todo empenho, pois não queria perder o emprego. Fez logo amizades no chão de fábrica, tornando-se conhecido no seu setor de trabalho. Passado o período de experiência, foi efetivado com um pequeno aumento de salário, que o deixou eufórico. Tendo conseguido guardar algum dinheiro, três meses depois, mudou-se para a pensão, percebida por ele como um palacete. Quando Jesuíno chegou à casa semidestruída onde se abrigava há meses, foi recebido festivamente por Sandro:

— Meu grande amigo, aluguei um quarto na pensão próxima da Ramenzoni.

Jesuíno o abraçou comovido:

— Fico feliz por você. Eu sabia que você iria começar a crescer na vida. Seja feliz. Mas não se esqueça deste velhote que muito o estima.

— O quê?

— Você não vai mudar hoje?

— Vamos.

— Não estou entendendo.

— Jesuíno, você acha que eu o deixaria aqui? O quarto que aluguei tem duas camas. Você vai comigo.

Completamente emocionado, Jesuíno, que não tinha mais a esperança de colocar a cabeça num travesseiro, ao pensar em poder tomar banho tranquilamente e alimentar-se à mesa com outras pessoas, caiu num choro profundo, abraçando o amigo a quem já considerava um filho.

Depois de muitos agradecimentos e alegria desmedida, antes de saírem, o idoso tirou da cabeça o chapéu que ganhara do amigo e fez uma oração a Deus, agradecendo em primeiro lugar pelo abrigo que dera a ele e Sandro, durante algum tempo, e pelo quarto que agora iriam habitar. Um tanto sem jeito pela falta de hábito, ficou o jovem em silêncio ao lado de Jesuíno, aguardando o final da prece. Em seguida, pegando suas poucas coisas, seguiram com destino à pensão nas cercanias da fábrica Ramenzoni.

Era início de inverno, de modo que a mudança para a pensão foi uma bênção na vida dos dois amigos. Na noite do primeiro dia em novo ambiente, Jesuíno conversou longo tempo com Sandro, falando sobre a gratidão.

— Eu não posso deixar de agradecer mais uma vez o seu gesto nobre de abrigar este velho que já não sonhava mais com uma moradia como esta em que estamos. Sei que logo você deixará este lugar por um mais acolhedor, mas para mim será o derradeiro conforto nesta existência. Muito obrigado, meu amigo. Muito obrigado, meu filho.

— Ei, parece que você vai morrer! O que fiz foi por nossa amizade.

— Sei disso. Mas agradecer é reconhecer o bem que o outro nos fez. O agradecimento, Sandro, é um privilégio para quem recebe ajuda, pois significa um grande passo no seu aprimoramento moral. Quem não agradece um gesto nobre demonstra o baixo nível moral em que se acha. Você conhece aquela passagem do Evangelho em que Jesus cura dez leprosos?

Sandro mal ouvira falar em Evangelho, de modo que desconhecia aquele memorável episódio da existência terrena de Jesus.

— Vou resumir para você. Certa vez, ao entrar numa aldeia, dez leprosos foram ao encontro de Jesus, parando à distância, pois, devido à lepra, não lhes era permitido aproximarem-se das outras pessoas. Foi em voz alta que disseram: "Jesus, Mestre, tem misericórdia de nós!". Vendo-os, Jesus lhes disse: "Ide e mostrai-vos aos sacerdotes". E, ao saírem, foram purificados. Um deles, ao notar que estava curado, voltou, glorificando a Deus em altas vozes. Mais que isso: ele ajoelhou-se aos pés de Jesus, agradecendo-o. Tratava-se de um samaritano. Em resposta, disse Jesus: "Não foram dez os que se curaram? Onde estão os outros nove? Ninguém voltou para dar glória a Deus, senão este estrangeiro?". E acrescentou: "Levanta-te e vai. A tua fé te salvou". O procedimento ingrato daquelas nove pessoas que foram curadas ficou registrado no Evangelho. Jesus teve compaixão do sofrimento daqueles dez doentes, porém, apenas um teve a atitude digna da gratidão e do reconhecimento pelo benefício recebido. Enfim, Sandro, a gratidão envolve os sentimentos que enobrecem a cada um de nós, elevando-nos além das misérias que habitam o coração de tantas pessoas, pois muitas delas ainda não sabem o que é ser verdadeiramente humano.

Sandro ficou boquiaberto. Como é que um simples morador de rua, como o próprio jovem fora, poderia encontrar palavras tão elevadas, cujo sentido íntimo ainda lhe escapava do coração?

♦ ♦ ♦

A nova qualidade de vida fez muito bem ao jovem, que não se poupava para apresentar um trabalho satisfatório. Voltar a morar na rua não passava pela sua cabeça. Jesuíno, um tanto adoentado, vivia da caridade do amigo. De vez em quando, o segurança Januário lhe dava alguma roupa seminova. Mas a grande surpresa para o idoso foi quando, no ano seguinte, em seu aniversário, Sandro e Januário fizeram uma pequena festa na pensão, com direito a bolo, velinhas e, de presente, um par de sapatos. Grossas lágrimas escorreram dos olhos de Jesuíno quando lhe pediram que apagasse as velas e cortasse a primeira fatia do bolo. Mais tarde, já no quarto, ele agradeceu pela milésima vez a surpresa do amigo.

— Você arranjou emprego pra mim, Jesuíno. Apenas retribuí com uma pequena festa. Ah! Ainda tenho mais um presente pra você — e lhe deu um embrulho com uma calça e uma camisa, compradas numa loja do largo do Cambuci. — Combinam com o par de sapatos, amigão.

No dia seguinte, Jesuíno passeou agradecido pelas ruas em novos trajes. Sandro foi ao trabalho e, à tarde, teve de levar algumas ferramentas a uma oficina de consertos. Quando voltava, notou um senhor de camisa branca e gravata com dificuldade para trocar o pneu furado de seu carro. Não teve dúvida: ofereceu-se para ajudar. Na verdade, trocou sozinho o pneu. Depois de colocar o macaco e o estepe no porta-malas, ainda pediu desculpa pela demora. O senhor, notando que ele usava roupa da fábrica de chapéus, perguntou-lhe:

— Você trabalha na Ramenzoni?
— Sim, senhor.
— Qual é o seu nome?
— Sandro Rinaldo. Sou ajudante geral.
— Muito obrigado, Sandro. Espero que haja outros ajudantes como você em nossa fábrica.

Sandro estranhou a expressão "nossa fábrica", mas, sem pensar muito nisso, voltou logo para o local de trabalho. Alguns dias depois, quando chegou à fábrica, o supervisor lhe deu o recado de que deveria ir imediatamente à sala do gerente de produção.

— O que você fez de errado?
— Nada, eu creio.
— Bem, vá conversar com o gerente e depois me diga o que aconteceu.

Ao entrar na sala do gerente, foi recebido com um largo sorriso:

— Eu não sabia que você tem "costa quente" aqui na fábrica.
— Como?
— Deixe pra lá. O nosso diretor de produção falou muito bem de você.
— Obrigado.
— Você trocou o pneu do carro dele?
— Eu troquei o pneu do carro de um senhor que estava com dificuldade por causa da roupa fina que usava.
— Pois bem, ele é o doutor Matteo. E quer que eu leve você até a Seção de Pessoal.
— Mas...
— Você vai ser promovido a contínuo da Diretoria de Produção, sortudo. E, com o novo posto, vai ter aumento salarial. Venha rápido.

Quando Sandro entrou na sala de Departamento de Pessoal, dr. Matteo acabava de conversar com o gerente. Ao notar a presença do jovem, abriu um sorriso e falou bem-humorado:

— Esse é o garoto de quem lhe falei.

Cumprimentou Sandro e trocou com ele algumas palavras, dando-lhe a primeira ordem:

— Quero você na Diretoria de Produção daqui a trinta minutos.

O gerente de pessoal preencheu a papelada necessária para a promoção e dispensou o novo contínuo, não sem antes dizer com as sobrancelhas ligeiramente arqueadas:

— Faça tudo certinho, o doutor Matteo é muito exigente.

Sandro, num misto de euforia e ansiedade, seguiu para a ampla sala da Diretoria de Produção.

— Entre, meu jovem. Precisamos conversar.

Acomodado na cadeira defronte à mesa do diretor, Sandro aguardou que ele iniciasse o diálogo.

— Você fez um gesto que poucas pessoas fariam hoje em dia: ajudar um homem a trocar o pneu do carro.

— Só fiz o que devia — respondeu Sandro em voz baixa.

— Eu sei, eu sei. Caso se tratasse de uma jovem bonita, não haveria mérito nenhum na sua atitude. Mesmo que fosse uma senhora idosa. Certamente nesses casos haveria muitas pessoas que se prontificariam a ajudar. Mas, ao fazer isso com um velho feio como eu, o caso é diferente — e deu uma forte risada.

— Você demonstrou uma das coisas que mais admiro no ser humano: a bondade de coração.

Sandro encolheu-se na cadeira. Nunca lhe haviam dito algo semelhante. Talvez a exceção fosse Jesuíno. Mas nunca havia acontecido de um estranho, e na posição do diretor, dizer-lhe algo parecido. O diretor agradeceu a conduta exemplar do jovem e, em seguida, mudando de tom, falou com veemência:

— Não pense que sou um ingênuo ou um sentimentalista. Tenho os pés no chão e é por isso que a nossa fábrica vai muito bem. Exijo que tudo aqui seja feito exatamente como determino. Em nossa diretoria não existe confraternização. Aqui trabalhamos duro para dar o sustento à nossa família. Você está disposto a trabalhar?

— Sim, doutor Matteo. O que mais quero é poder trabalhar.

— Ótimo. Sabe ler e escrever?
— Tenho um pouco de dificuldade por causa da língua portuguesa. Mas estou aprendendo rapidamente.
— Dificuldade eu também tenho e já estou no Brasil há muitos anos. Ninguém vai exigir que você seja um escritor ou um orador. Aprendendo o básico, é o suficiente. Você mora com seus pais?

Ao escutar essa pergunta, Sandro temeu estar perdendo o emprego. Foi obrigado a contar tudo pelo que passara, desde que seus pais tinham deixado Livorno e vindo para São Paulo. Dr. Matteo ouvia o relato de Sandro sem nada dizer. Somente ao final, confessou:

— A minha história é um pouco diferente da sua. Meus pais passaram por maus bocados quando vieram para o Brasil, de modo que tive de começar a trabalhar cedo. Mas Deus ajuda quem está disposto a vencer na vida. Se estou no topo desta organização não é porque fui agraciado com a fortuna de meus pais, mas porque suei muito para chegar aqui. Meu pai, depois de alguns tropeços, conseguiu enriquecer-se, mas a minha carreira seguiu paralelamente à dele. Não quis depender do seu dinheiro e construí o meu próprio destino. Pela narrativa que você me fez, vejo que nos assemelhamos quanto à vontade férrea de vencer na vida. Mas, afirmo mais uma vez, aqui não se faz piquenique. A minha diretoria se chama *trabalho*. Você quer mesmo ajudar a desenvolver a nossa empresa? Se estiver em dúvida, rasgo toda a papelada que você assinou e voltamos a como estávamos antes.

— Por favor, doutor. Eu quero trabalhar, sim. Prometo esforçar-me ao máximo para corresponder às suas expectativas.

— Está decidido. Agora me acompanhe. Você vai saber exatamente o que fará aqui.

Assim teve início uma nova etapa na aventura existencial de Sandro. Se a vida estivera tão difícil até ali, agora lhe parecia que começava a mudar para melhor.

2 – A estrela sobe

À noite, quando chegou à pensão, Sandro correu a contar para Jesuíno a grande novidade. O amigo abraçou-o, dizendo feliz:

— Eu lhe disse que você estava iniciando uma caminhada de sucesso. A confirmação da minha profecia já está se realizando. Mas ainda é o começo, Sandro. Ainda é o começo...

O trabalho como contínuo continha um conjunto de atribuições, entre elas: coletar e entregar documentos, mensagens, encomendas e volumes, tanto no interior da empresa como fora dela. Competia também ao contínuo coletar assinaturas de executivos em documentos empresariais, assim como auxiliar nos serviços simples de apoio administrativo. Com isto, além de conhecer os procedimentos da área de produção, Sandro foi aprendendo muito sobre as atividades administrativas e comerciais, passando igualmente a interagir com pessoas influentes dentro da empresa. Para cumprir tudo de acordo com as determinações recebidas, o jovem chegava cedo à fábrica e saía muito além do horário habitual dos funcionários. Sem reclamar, atendia muitas vezes a pedidos informais do chefe para realizar atividades extras aos domingos, sacrificando o seu passeio sem destino pelas ruas do bairro do Cambuci. Isto não deixava de ser notado por dr. Matteo, que passou a ter o contínuo em alta consideração.

Depois de um ano em seu novo posto de trabalho, Sandro, com o salário já aumentado, resolveu procurar uma pensão melhor. Encontrou uma, distante seis quadras da fábrica, que tinha um amplo quarto com banheiro e um pequeno restaurante com opções variadas. Apesar do aluguel mais caro, mudou-se para lá, levando consigo Jesuíno, que se queixava de ser um estorvo na vida do jovem.

— Não se esqueça, Jesuíno, de que somente consegui o meu emprego graças a você.

— Graças a Deus — corrigiu o amigo.

— Que seja. Mas foi por seu intermédio que cheguei à Ramenzoni.

— É verdade, porém vem me carregando nas costas, quando poderia estar muito melhor de vida.

— Deixe de bobagem. Onde mora um, moram dois.

Assim, lá se foram ambos para os novos aposentos. Entretanto, logo nos primeiros meses, Jesuíno contraiu uma forte gripe, que o deixou acamado. Sandro conseguiu que o médico da empresa fosse até a pensão para averiguar o estado de saúde do amigo idoso.

— Ele não está nada bem, Sandro. Vou interná-lo no hospital.

— Tenho notado, doutor, há muito tempo que ele respira com certa dificuldade e ultimamente tem tossido muito.

— O que ele tem é enfisema pulmonar, uma doença obstrutiva crônica que afeta a respiração. Mas ela está agora associada à pneumonia. O quadro é grave, Sandro.

O jovem, assim que saiu do trabalho, foi ao hospital e conseguiu permissão para pernoitar com Jesuíno. A noite foi complicada; além de respiração difícil, Jesuíno passou a ter febre e calafrios. Pela madrugada, foi transferido para a UTI, respirando apenas por aparelho. Antes, porém, que se retirasse do quarto, disse com dificuldade para Sandro:

— Meu grande amigo, obrigado por tudo. Seja feliz, pois você merece.

De manhã, Sandro foi ao trabalho com grande preocupação. Dispensado mais cedo, correu para o hospital. Quando lá chegou, recebeu da enfermeira a notícia que menos queria escutar:

— O paciente Jesuíno entrou em estado de óbito.

O enterro foi realizado com a ajuda dos colegas de Sandro, que se juntaram para pagar o caixão e providenciar o sepultamento.

Quando voltou para a pensão, Sandro sentiu um vazio no peito e chorou, com a cabeça enterrada no travesseiro. Jesuíno era como um pai para ele. Constituía a sua família. Agora, sentia-se um solitário. A vida perdia o seu colorido. Como compensação, Sandro começou a trabalhar ainda mais que antes. Dr. Matteo, notando o que ocorria com o jovem, chamou-o em sua sala e o aconselhou a se distrair um pouco nos fins de semana. Afinal, a parte administrativa da fábrica ficava fechada aos domingos.

— Eu quero você trabalhando duro, mas com saúde. Todos notam que emagreceu e está com os olhos encovados. Vamos mudar isso. Não posso perdê-lo. Você está proibido de vir aqui aos domingos, como tem feito regularmente.

— Mas doutor...

— Vá jogar futebol com seus colegas, vá jogar conversa fora na praça, vá namorar... Vá fazer o que quiser, menos trabalhar.

Se futebol não era o forte de Sandro, conversar ele sabia muito bem, e foi por causa disso que começou a namorar.

No primeiro domingo em que não pôde ir à fábrica, resolveu visitar os amigos da banca onde trabalhara tempos atrás.

— Tá mudado, hein, italianinho? Roupa "na estica", óculos escuros. Tá até parecendo Marcello Mastroianni.

Quem assim falava era Giovanni, seu antigo chefe na feira.

— Eu estou mudado, mas o senhor continua o mesmo, hein, seu Giovanni?

Enquanto falava, notou uma moça que nunca tinha visto. Com muito tato, perguntou ao feirante de quem se tratava. A resposta foi rápida:

— É minha sobrinha, malandro. Tire os olhos dela.

Todavia, Sandro notou que a garota também olhava disfarçadamente para ele. Resolveu comprar alguma coisa, só para poder falar com ela.

— Eu nunca vi você aqui.

— Só venho nas férias do colégio, para ajudar meu tio.

— Então você é estudante?

— Estou no segundo ano do ensino médio.

— Como se chama?

— Helena.

— Belo nome. Cabe muito bem em você.

Encabulada, a moça perguntou o que ele desejava.

— Ah! Sim. la até me esquecendo. Estão bonitos estes pés de alface. Separe para mim.

Na semana seguinte, Sandro ficou pensando em como convidar Helena para ir ao cinema e tomar um sorvete. Quando chegou o domingo, foi logo à feira para comprar alguma coisa e conversar com a jovem. Mas, quando lá chegou, para seu desencanto, ela não estava. Com muito jeito, perguntou por ela.

— E por que tá querendo saber, italianinho?

O tio de Helena gostava de Sandro e fazia sempre as suas brincadeiras, mas também protegia a sobrinha.

— Com o seu consentimento, eu ia convidá-la para tomar um sorvete.

— Só isso?

— E ir ao cinema.

— Não acha que tá muito avançadinho?

— Sou um moço respeitador, o senhor bem sabe.

— Aprendeu boas maneiras na fábrica?

— Aprendi na vida, mas a fábrica me obriga a ser muito educado, pois tenho relacionamento com supervisores, gerentes e até diretores.

— Até diretores? Bem, pode ir tomar sorvete com minha sobrinha. Cinema fica pra outra ocasião. Ela deve chegar daqui a meia hora. Dá pra esperar?

— Claro, seu Giovanni.

— Depois você a leva pra casa? Ela vivia com a mãe, que faleceu há alguns meses. Agora mora comigo, portanto, sou seu novo pai. E exijo todo respeito.

— Fique tranquilo, seu Giovanni. Prometo sempre respeitar Helena.

Quando conseguiu conversar com a jovem, Sandro a convidou para tomarem sorvete próximo dali, após o trabalho. Interessada que estava em conhecer o rapaz, Helena aceitou.

No domingo seguinte, Sandro conseguiu levá-la ao cinema do bairro. Começava aí o namoro entre os dois. Havia, porém, algo que preocupava Sandro: a falta de estudo. Era preciso dar um jeito nisso. Informou-se com colegas de trabalho e, juntando a papelada necessária com a ajuda de um advogado da empresa, matriculou-se num curso de madureza,[1] localizado na rua Quintino Bocaiúva, em pleno centro da cidade. Não foi nada fácil, pois Sandro não estava habituado a estudar. Mas o esforço valeu a pena, pois ele conseguiu o diploma do curso ginasial.[2] E, não satisfeito, cursou também o ensino médio, escolhendo o curso clássico.[3]

Na empresa, dr. Matteo notou a inteligência e a capacidade de Sandro, além da sua automotivação elevada. Resolveu promovê-lo a auxiliar de vendas e logo depois a vendedor. A confiança na competência do jovem não foi em vão. Sandro mostrou-se um excelente vendedor, dando muita alegria ao diretor, que dizia com entusiasmo ao presidente da Ramenzoni:

— Esse é o meu garoto!

◆ ◆ ◆

Giovanni, o tio de Helena, também notou a inteligência brilhante de Sandro e o respeito que tinha para com sua sobrinha. Consentiu com o namoro, não sem antes dizer ao moço, tentando mostrar convicção:

---

1 *Madureza* era o nome do curso de educação de jovens e adultos, que ministrava disciplinas dos antigos ginásio e colegial, hoje ensino médio. A duração do curso para cada estágio era mais breve que o do ensino comum. Após cada estágio (ginásio e colegial), o aluno prestava exame e, sendo aprovado, recebia o diploma correspondente.
2 O *ginásio*, até 1971, constituía o estágio educacional que se seguia ao ensino primário e que antecedia o ensino colegial. Correspondia aos quatro anos finais do atual ensino fundamental.
3 Até 1967, o ensino médio era dividido em três cursos, abrangendo o curso científico, o normal e o clássico. O curso clássico privilegiava as disciplinas correspondentes às ciências humanas, como Português, Latim, Francês, Inglês, Espanhol, História e Literatura Luso-Brasileira.

— Eu quero respeito, meu jovem, respeito — e, pegando uma grande faca que usava na feira —, ou corto-lhe o pescoço sem dó nem piedade.

Helena também era muito estudiosa e incentivava Sandro a prosseguir, cursando madureza. Quando ele recebeu o diploma do ensino médio, foi uma festa. Giovanni, pela primeira vez, ficou com os olhos marejados diante dele:

— Eu sabia que você iria vencer. Eu sabia.

Pouco tempo depois, quando Helena já começava a lecionar num grupo escolar do bairro do Cambuci, teve lugar o noivado. Giovanni, que já estava convencido da seriedade de Sandro, disse-lhe ao ouvido, com as bochechas avermelhadas pelo vinho:

— Não quero saber de enrolação. Vá logo pensando na data do casamento.

— Calma, seu Giovanni. Tudo tem o seu tempo. Estou juntando um dinheirinho e vou logo fazer uma loucura.

— E que loucura é essa? Posso saber?

— Vou comprar uma casa, seu Giovanni. Uma casinha simples, mas que será minha e de Helena.

Giovanni deu um largo sorriso, dizendo:

— Eu não sabia que vender chapéus dá tanto dinheiro.

— Como eu disse, seu Giovanni, é uma casa pequena, mas muito digna.

— Eu sou muito curioso. Posso saber onde fica?

— Por enquanto é um segredo, mas vou dar uma dica: fica perto da rua do Lavapés.

— Maravilha, meu jovem. Maravilha!

A essa altura, Sandro estava com uma ideia que achava no mínimo esquisita, mas que não lhe saía da cabeça. Queria montar um negócio próprio. Com seu tino comercial — agora ele era supervisor de vendas —, certamente teria sucesso. Mas montar o quê?

Certo dia, usando o carro da empresa, ele teve de ir até Santos. No caminho, precisou encher o tanque do automóvel. Enquanto o carro era abastecido, surgiu como um relâmpago uma ideia. Sim, era isso! E ele quase gritou: "Vou montar um posto de gasolina!". Ao voltar para casa, que agora alugava, pegou no lápis e começou a fazer os cálculos. Quase desanimou, pois precisaria de muito dinheiro. É claro que ele, disfarçadamente, perguntara ao dono do posto que abastecia os carros da Ramenzoni quanto seria necessário para montar um negócio como o dele. Ao escutar o valor, titubeou, mas logo depois teve outra ideia: pediria ao gerente do banco um empréstimo. "Afinal", pensou, "ele ganha muito com os investimentos que a fábrica faz em sua agência. Será uma troca de favores".

Sandro encontrou um posto de gasolina desativado nas imediações do Cambuci. Negociou com o proprietário e depois de algum tempo inaugurou o estabelecimento com uma inovação: uma pequena lanchonete, que servia café, lanches e sucos. Um amigo que deixara a fábrica de chapéus começou a gerenciar o negócio. Na Ramenzoni, foi promovido a gerente, com salário compensador, e dedicando-se muito para obter maiores ganhos a fim de investir no novo negócio. Por essa época, o jovem já morava nas imediações da rua do Lavapés, em casa própria. Um ano se passou e Sandro casou-se com Helena numa cerimônia bastante simples.

— Leninha, eu jamais iria imaginar que a minha vida daria uma guinada tão boa como aconteceu. Eu era um jovem perdido no mundo. Não fosse o saudoso Jesuíno, com o auxílio de Januário, não sei o que teria sido de mim. Sabe o que me disse um dia o velho amigo? "Você tem uma bela vida pela frente. Vai ganhar muito dinheiro. Muito dinheiro. Mas quero dar-lhe um conselho: ao se tornar rico, não se esqueça dos pobres, como você é agora".

— Isso é muito bonito, Sandro. Ele devia ter um coração enorme. E Januário? O que foi feito dele?

— Aposentou-se. Dei-lhe uma parte do dinheiro que tinha no banco. Ele também foi responsável pelo meu sucesso. Quando puder, dar-lhe-ei uma casa de presente.

— Você também tem bom coração. É grato com quem lhe deu ajuda. E Jesuíno sabia o que estava dizendo. Você vai crescer ainda muito mais.

"Obrigado por tudo, Jesuíno", pensou Sandro, emocionado.

O que o jovem casal não sabia era que Jesuíno, em espírito, estava presente a esse diálogo. Ele se tornara uma espécie de mentor de Sandro e Helena, fazendo tudo o que podia para ajudá-los. Na colônia espiritual em que vivia, pedia auxílio a superiores para amparar os seus amigos, pois sabia que eles teriam grande sucesso nos negócios, mas que também passariam por provações.

◆ ◆ ◆

O posto de gasolina deu tão certo que Sandro pensou em montar outro na região da Consolação. Encontrou o local exato para isso, mas as suas atividades como gerente comercial na fábrica de chapéus não lhe permitia tempo para concretizar seu projeto. Foi quando teve uma ideia: "Vou deixar a fábrica e tornar-me um empreendedor".

Conversou primeiro com a esposa, expondo-lhe seus planos. Mesmo um tanto temerosa, Helena concordou, dizendo:

— Se não tivermos coragem para mudar, permaneceremos sempre no ponto em que nos encontramos. Eu vou ajudá-lo, Sandro. Ficarei com a parte contábil do negócio, afinal já aprendi alguma coisa sobre as contas de uma empresa. Mas espero que você me ensine mais, para que eu possa colaborar efetivamente.

Foi difícil o diálogo com dr. Matteo, que não conseguia entender como ele iria deixar uma empresa tão rentável para montar um negócio duvidoso.

— Não é duvidoso, doutor Matteo. O meu primeiro posto de abastecimento já é um sucesso. O segundo também o será.

— Fico triste, meu jovem. Fico triste, mas não posso mais segurá-lo. Vá com Deus. E seja um homem de sucesso. Só uma coisa.

— Pois não, doutor Matteo.

— Não se esqueça deste seu velho amigo.

— Jamais eu faria isso. O senhor me deu a mão, e eu nunca me esquecerei do dia em que recebi a minha primeira promoção. É por causa do senhor que hoje eu posso andar com minhas próprias pernas. Muito obrigado, doutor Matteo.

O segundo posto foi também um sucesso. Chegou o dia de inaugurar o terceiro, que ficava em Higienópolis. Quando já tinha quatro postos de abastecimento, Sandro teve nova ideia:

— Helena, vamos montar uma revendedora de automóveis. É o negócio do momento.

Não demorou muito e os Jardins recebiam a nova revendedora das mãos de Sandro Rinaldo. Foi o negócio que mais rendeu, aumentando substancialmente as suas finanças. Nesse momento, ele se lembrou de Januário, que, aposentado da fábrica, trabalhava num de seus postos de gasolina. Deu-lhe de presente uma casa em São Bernardo, onde ele morava. Entre lágrimas, o antigo segurança falou, enquanto abraçava fortemente o amigo:

— Eu não sei como agradecer, Sandro. Não esperava por um presente tão maravilhoso.

— Espere um pouco — retrucou o jovem —, quem está agradecendo sou eu. Lembra-se de quem informou Jesuíno a respeito de uma vaga na produção da Ramenzoni? Lembra-se de quem me emprestou roupa, para que eu pudesse ir dignamente à entrevista? Diante de tudo que você fez por mim, Januário, devo dizer que o agradecimento é ainda pequeno.

Os anos corriam céleres, e Sandro aumentava os seus negócios. Inaugurou mais um posto de gasolina e conseguiu abrir, pelos lados da avenida Rebouças, uma concessionária de carros de luxo. Pouco tempo depois, mudou-se para uma ampla casa nos Jardins, próxima de uma das suas revendedoras de automóveis. A essa altura, ele já era um homem próspero, tão bem-sucedido financeiramente que um de seus funcionários mais próximos costumava dizer que ele era a reencarnação do lendário Midas.

Segundo a mitologia, Midas era rei da Frígia. Certo dia, recebeu a visita de alguns camponeses que lhe apresentaram um velho, completamente bêbado e perdido, encontrado pelo caminho. Midas reconheceu no ancião Sileno, mestre e pai de criação de Baco, deus do vinho e do prazer. Desse modo, cuidou muito bem dele e o levou ao deus, que, agradecido, concedeu-lhe um pedido. Sem nenhuma reflexão, Midas imediatamente pediu o dom de transformar em ouro tudo o que tocasse. Baco, apesar de reconhecer a ganância que o pedido continha, realizou-o. O rei Midas voltou para casa feliz. Ainda no caminho, transformou várias coisas em ouro, como árvores, frutos e pedras. Regressando à sua casa, ordenou aos criados que lhe servissem um banquete. Porém, ao pegar o pão, este se converteu em ouro. Ao tocar a taça e levá-la à boca, o vinho transformou-se em ouro líquido. Notando o erro do seu pedido a Baco, Midas ficou desesperado, pois já não poderia mais se alimentar. Sua filha Phebe, aflita, tentou socorrê-lo, mas, ao segurar-lhe o braço, converteu-se em uma estátua de ouro.

Completamente desesperado, Midas orou a Baco, implorando que o libertasse dos efeitos do seu pedido. Baco assentiu, dizendo-lhe que deveria banhar-se num riacho, de modo a acabar com o seu poder. Livrando-se daquilo que fora a sua maldição, Midas passou a viver como camponês, odiando as riquezas.

O que o funcionário queria dizer era simplesmente que Sandro tinha o dom de tirar ouro de todo negócio que empreendia. Mas, ao conhecer o mito, o negociante sentiu um certo desconforto, não sabendo bem por quê. Porém, com o passar do tempo, deixou de pensar no caso.

Quando inaugurou mais um posto de gasolina com lanchonete e um minimercado, um apelido já lhe fora dado por seus funcionários, que o admiravam, fosse por seu empreendedorismo, fosse pelo modo respeitoso de tratar cada pessoa com quem viesse a ter algum tipo de diálogo. Diziam alegremente quando o viam: "Lá vai o Magnata". Ele sabia a respeito do que falavam e até se envaidecia. Na verdade, não se considerava um magnata, mas o apelido, dizia, "dá boa sorte". E assim espalhou-se por todas as suas empresas o novo apelido de Sandro. A tristeza o assolou quando ele recebeu a notícia de que Januário havia desencarnado. De início, não entendeu bem o que lhe dizia o assistente:

— Desencarnou? O que é isso?

— Os espíritas costumam dizer, quando alguém morre, que ele desencarnou, isto é, deixou o corpo de carne e partiu para o mundo espiritual.

— Você quer dizer que Januário morreu?

— Recebi a notícia agora mesmo.

— Faça todos os preparativos para um enterro digno. E quero também uma boa ajuda financeira para a família, além do que manda a lei.

O desencarne de Januário fez com que Sandro fizesse uma autoanálise sobre toda a sua trajetória de vida. Lembrou-se da viagem da Itália para o Brasil, do negócio falido de seu pai, da ida para o bairro da Barra Funda, onde o pai logo veio a falecer. Lembrança carregada de tristeza profunda e consternação foi o suicídio da mãe. Não sabia como conseguira forças para dar prosseguimento à sua existência, mas algo mais forte que ele o havia impelido a procurar abrigo em outra localidade. Foi quando chegou ao Cambuci, acomodando-se como podia numa casa em ruínas. Foi também quando conheceu Jesuíno, o grande amigo que lhe indicou a vaga que ele ocupou na fábrica de chapéus. Recordou-se do macacão que Januário lhe cedeu para que pudesse ser entrevistado pela selecionadora da empresa e por seu futuro chefe. Nesse momento, a figura do dr. Matteo surgiu nítida em sua memória. Havia prometido que manteria contato, mas esquecera-se totalmente da promessa. Jurou a si mesmo que, passado o enterro, iria visitá-lo. O coração daquele homem, austero por fora e cordial por dentro, dera o impulso necessário para que ele pudesse depois montar o seu próprio negócio. Januário, mesmo aposentado, quis dar continuidade ao trabalho, tornando-se funcionário do próprio Sandro, que agora amargava a morte do amigo. "Tive almas generosas ao meu redor", pensou, "e devo ser-lhes grato sempre em minha vida. Ninguém cresce, como eu cresci, sem o apoio de almas devotadas que estendem a mão quando mais se precisa de apoio".

O enterro foi simples, mas repleto de parentes e de funcionários de Sandro, que conheciam o espírito puro de Januário. Tudo foi feito como ordenara Sandro. A viúva recebeu uma boa soma em dinheiro, que foi repartida com os dois filhos. Ao voltar para casa com a esposa, Sandro lembrou-se da promessa que fizera ao dr. Matteo e avisou que no dia seguinte iria à Ramenzoni honrar o seu compromisso.

Quando chegou diante da fábrica, Sandro emocionou-se.

— Há quanto tempo, meu caro. Esperei muito por esta visita — disse dr. Matteo, abraçando-o fortemente.

— Estou muito feliz por poder rever amigos — falou Sandro, notando que seu ex-chefe envelhecera muito.

Conversaram por longos minutos. Sandro fez uma visita pela fábrica e depois retornou à diretoria, onde dr. Matteo confessou:

— Aposento-me em um mês. Este é um momento difícil, pois vivi aqui por muitos anos. Meu desejo era continuar, mas é necessário deixar o posto para alguém mais jovem, que possa realizar mais que eu. Esse alguém poderia ser você, meu caro. Mas sei do seu sucesso empresarial. Fico honrado, pois reconheci naquele jovem de macacão que trocou o pneu do meu carro um profissional competente e um homem digno.

— O senhor me abriu as portas para que eu pudesse seguir pelo caminho do progresso, doutor. Sou eternamente agradecido por isso.

— Não fiz mais que cumprir o meu dever. O sucesso pertence apenas a você, que soube aproveitar as oportunidades. Estarei sempre torcendo por você.

O encontro durou mais alguns minutos, quando Sandro se despediu, com o endereço da residência do dr. Matteo no bolso. Na verdade, esse foi o último encontro com o diretor da fábrica. Passaram-se alguns meses sem que a visita prometida fosse realizada. Ao buscar agendar uma data para novo encontro, recebeu a notícia do falecimento do homem que o ajudara a crescer profissionalmente, quando ainda iniciava a sua caminhada vitoriosa.

O tempo foi seguindo o seu percurso com passos acelerados. Sandro aumentou os seus negócios, tornando-se ainda mais rico. Helena, a esposa, continuava a assessorá-lo na parte contábil das organizações, chefiando uma equipe de contadores. Sempre que uma nova ideia surgia na cabeça de Sandro, ela era consultada. Assim, os negócios foram prosperando ainda mais.

Certa tarde, quando se preparava para deixar a matriz de seus empreendimentos, Sandro se recordou das palavras de Jesuíno, ao dizer que ele iria ter muito sucesso na vida. Sentiu grande saudade do amigo que partira há tempos e pensou agradecido: "Realmente você tinha razão, Jesuíno. Hoje estou muito além do ponto em que me conheceu. Vejo-me como uma estrela que sobe nas alturas do céu. Obrigado, amigão. Muito obrigado".

3 – Turbulências

Com o passar do tempo, Helena começou a notar em Sandro um comportamento singular, estranho mesmo. Já se iam três ou quatro anos da morte do dr. Matteo. Até ali, Sandro era um homem entusiasmado pela vida e se mostrava grande empreendedor. Suas palavras eram sempre de otimismo, esperança e de grande expectativa. O amor entre os dois era sólido, expandindo-se para a família da esposa, à qual ele sempre ajudava com somas consideráveis, além do respeito e da amizade, principalmente em relação a seu Giovanni, que ele muito considerou até a morte. Não havia, pois, problemas referentes à esposa e à família dela. Quanto aos negócios, tudo ia de vento em popa, com abertura de mais postos de gasolina em diferentes bairros da cidade. As revendedoras de automóveis, também tendo se expandido, estavam em pleno sucesso. Mas, apesar disso, Sandro se mostrava um tanto taciturno. Suas palavras já não eram de ânimo e motivação, mas de temor e falta de esperança.

— Não sei não, Helena. O país está em crise e vai afetar os negócios. Reparou que algumas empresas fecharam as portas?

— É verdade que o país está em crise, mas, se algumas empresas fecharam as portas, outras estão abrindo.

— Concordo, mas é preciso ficar com o pé atrás. Tudo pode mudar para pior daqui pra frente.

— Não seja pessimista. Você foi sempre o maior divulgador de entusiasmo por todas as nossas empresas. Por que agora esse pessimismo, essa desesperança?

— Deixe-me ficar quieto. Prefiro que você esteja certa. Só quero dizer mais uma coisa: você conhece aquele célebre ditado espanhol: "*Yo no creo em brujas, pero que las hay, las hay*"?

— Sim, conheço. É de Cervantes e está no livro *Dom Quixote*. Mas e daí? Não tem nada a ver com a nossa situação. Deixe isso pra lá.

Sandro calava-se e ia tratar dos negócios, mas, passados alguns dias, lá estava ele se queixando da vida novamente. Helena começou a ficar preocupada. Afinal, o que estava acontecendo? E, para agravar mais o cenário, alguns meses mais tarde, a receita do conglomerado de Sandro diminuiu. Não chegou ao déficit, mas não alcançou o índice de lucro habitual.

— Eu não lhe disse, Helena? A resposta está aí no balancete que você mesma supervisionou.

— Sandro, meu querido, isto não é o fim do mundo. Tudo vai voltar aos eixos. Houve apenas uma diminuição do lucro. Não faça disso uma tragédia.

— Sei não. Eu avisei.

— Quer saber de uma coisa? Você está sendo o profeta do apocalipse.

— Profeta, eu? Do apocalipse?

— Tenho lido uns livros que me deixaram no mínimo curiosa.

— Posso saber do que se trata?

— Não pode, deve. São livros que falam da *lei de afinidade* ou *atração*.

— Já ouvi falar. Aliás, um de nossos funcionários tem o hábito de se referir a ela.

— Pois bem, segundo a lei de afinidade, atraímos para nós quem vibra em sintonia conosco, quem tem afinidade moral conosco. Sintonia é a identidade ou harmonia vibratória, isto é, o grau de semelhança de sentimentos, pensamentos e intenções entre duas ou mais pessoas. Há mesmo quem diga que, pela sintonia vibratória e afinidade moral, atraímos espíritos tanto encarnados como desencarnados. Isso dizia a minha vizinha, quando eu era jovem.

— Tudo bem, mas o que tem isso a ver com a minha vida? Não é por nada não, Helena, mas agora eu tenho de visitar um de nossos postos de gasolina. Outra hora conversamos sobre isso.

Com alegações desse tipo, Sandro fugia de assuntos que pudessem levá-lo a refletir sobre as suas escolhas na vida. O que lhe interessava era que as coisas não iam tão bem como antes e era preciso correr atrás do prejuízo. Helena ficava preocupada porque Sandro fora sempre alegre, seguro e otimista. Por que estaria agora excessivamente preocupado com a queda dos lucros, que nem era tão grande assim? A verdade é que o seu esposo a cada dia parecia fechar-se mais, diminuindo os diálogos prazerosos que sempre haviam tido. Em vez das confabulações amorosas, ele ficava sentado na cama a fazer cálculos e mais cálculos sobre o desempenho das empresas. E, no final, trincava os dentes, fechava a fisionomia e virava-se, tentando adormecer, o que quase sempre demorava muito. Durante o trabalho, também tornara-se taciturno, com um semblante sombrio e exigindo relatórios e mais relatórios extraordinários de cada gerente do conglomerado, o que os desgastava, pois já tinham os relatórios habituais para fazer.

Os dias foram passando e Sandro continuava com as mesmas preocupações exageradas, deixando de tudo o mais para pensar exclusivamente nos seus negócios e sempre enfatizando o lado negativo de todos os aspectos da sua vida.

— Sandro — disse Helena num início de semana —, nosso motorista particular irá nos levar na sexta-feira à noite a Serra Negra, a fim de descansarmos um pouco. Voltaremos no domingo à tarde.

— Impossível! No próximo fim de semana teremos uma grande promoção de automóveis em nossas concessionárias.

— Pensei nisso e entrei em contato com os gerentes. Tudo está sob controle.

— Mas o que eles farão sem mim?

— Você acha que não tem bons executivos?

— Não é isso, mas... se trata de uma promoção toda especial. Minha presença é obrigatória.

— Alguma vez você ouviu falar em delegação? Delegar é transferir poderes para assessores competentes. Ou estou errada?

— Não, não está, mas...

— Chega de "mas", meu amor. Converse com nossos executivos o que você quiser, mas sexta-feira à noite estaremos partindo para Serra Negra. O hotel já está reservado. E fim de conversa.

Sandro ficou transtornado, todavia tão grande era o seu amor pela esposa, que acabou concordando.

— Mas vou fazer uma ligação por dia, a fim de me informar sobre o andamento da promoção.

— Tudo bem, apenas uma vez por dia.

Na sexta-feira seguinte, Sandro se reuniu com os gerentes e supervisores das concessionárias, revisando todos os passos para o sucesso promocional dos seus automóveis. Depois de analisar detalhadamente cada item e despedir-se, desejando-lhes boa sorte, deu um suspiro de desânimo, pensando: "Estou me sentindo como um intruso barrado no baile".

Eram três horas da tarde quando Helena irrompeu na sala da presidência, dizendo alegremente:

— Vamos, vamos, presidente. Largue tudo. Temos de ir para casa nos trocar. O carro já está nos esperando.

Tudo seguiu de acordo com os planos de Helena. Já no hotel, Sandro foi se esquecendo do trabalho e entrou no ritmo da esposa. Houve à noite um baile comandado por grande orquestra, o que fez o casal relaxar ainda mais. No sábado pela manhã, Sandro fez algo de que muito gostava e que há muito não praticava: natação. Depois de muito nadar, foi descansar com Helena em cadeiras protegidas por guarda-sol.

— Como está se sentindo?

— Muito bem, Leninha. Muito bem mesmo. Eu estava precisando nadar um pouco.

— Se você quiser, à tarde praticaremos um pouco de tênis.

— Sei que você adora tênis, portanto, está combinado.

Depois da partida, o casal foi tomar um banho relaxante, descendo mais tarde para o jantar.

— Estou cansado, porém muito tranquilo. Há muito tempo não me sentia assim.

— Eu sabia que você estava precisando de um bom descanso.

Após um longo bate-papo com um casal que haviam conhecido no hotel, Sandro e Helena foram dormir, completamente exaustos. Eram três horas da madrugada quando Sandro esbugalhou os olhos, sentou-se na cama e disse desesperado:

— Esqueci-me de fazer a ligação para os gerentes!

— Ótimo — respondeu Helena, sonolenta. — Então, durma novamente.

Na manhã seguinte, Sandro telefonou para as concessionárias. O que escutou foi alentador. Seus funcionários haviam cumprido a meta estabelecida para o sábado. O domingo também foi de muita alegria e descontração. Às quatro horas da tarde, o motorista foi buscar o casal, que voltou para São Paulo com novo ânimo e motivação para retomar o trabalho.

Já em sua residência, Sandro entrou em contato com os gerentes das concessionárias e recebeu a notícia de que, se a meta do domingo não fora alcançada, pelo menos os resultados haviam se aproximado dela. Foi o suficiente para uma onda de desânimo abater-se sobre ele, apesar das palavras animadoras de Helena. Entretanto, para não magoar a esposa, ele não conversou muito sobre isso, deixando suas preocupações para a reunião que teria na segunda-feira na sede do conglomerado. Realmente, no conjunto, os resultados obtidos pelas equipes de venda haviam estado bem próximos da meta estabelecida. Sandro mostrou sua insatisfação, mas concluiu que, de fato, não fora uma catástrofe. A venda de combustíveis também caíra, mas não de modo assustador. Sustentado pelas palavras motivadoras de Helena, Sandro preferiu esperar o próximo mês para averiguar com mais precisão qual seria o desempenho global de suas empresas.

◆ ◆ ◆

Preocupado, Sandro vinha se interessando também pela análise psicológica dos funcionários. O novo foco de interesse acontecera quando, numa festa de casamento, encontrara-se com um psicólogo, que lhe falara a respeito do psiquiatra e psicoterapeuta Carl Jung, fundador da psicologia analítica e autor de um livro que descrevia oito tipos psicológicos básicos do ser humano.

— Quer dizer que podemos pertencer a algum desses oito tipos? — perguntara com curiosidade.

— Com certeza, tanto eu como você, ou sua esposa, pertencemos a um desses tipos.

Sandro pensou um pouco e depois perguntou interessado:

— Em termos de trabalho, qual é a utilidade disso? Existe alguma?

— Perfeitamente. Por exemplo, se você puder saber a que tipo psicológico pertence cada um dos seus principais clientes, mais fácil será envolver-se num diálogo que poderá auxiliar muito no processo de venda. Isto porque você estará se aproximando mais dele, falando a linguagem dele e apresentando os seus produtos de acordo com as características do tipo psicológico dele.

— Fantástico! — exclamou Sandro, pensando em resultados mágicos caso conhecesse os tais tipos de Jung. — Desculpe-me, o seu nome é...?

— Bruno. Bruno Pietro Gagliardi.

— Você é italiano?

— Sou descendente de italianos.

— Muito bem. E você domina bem esses tais tipos psicológicos?

— Já os conheço há alguns anos e aplico esse conhecimento na clínica e no processo de trabalho.

Olhando para Helena, que já estava prevendo o que iria acontecer, Sandro foi direto ao que lhe interessava:

— Aceitaria fazer alguns encontros, primeiramente comigo e minha esposa, para expor melhor tudo o que você me falou? Depois, se for o caso, faríamos também alguns encontros com os meus gerentes.

— Sem dúvida. Que dia você prefere?

Sandro riu e falou:

— Acho que vou é contratá-lo para ser meu vendedor. Você sabe vender muito bem, meu caro. O que acha de terça-feira às dez horas? Teríamos o dia todo para conversar.

Acertados os honorários do psicólogo, Sandro voltou feliz para casa. Helena, contudo, estava um tanto preocupada. O seu marido estava pensado numa fórmula mágica de vendas, mas a psicologia não se presta a isso. O assunto era mais sério do que ele pensava.

— Sandro, acho muito bom termos um encontro com um psicólogo que nos vai ensinar os tipos psicológicos, de acordo com Jung, mas isso não é mágica, não é brincadeira, não é...

— Calma, calma, meu amor. Eu só quero conhecer mais sobre o ser humano. Afinal, trabalho com seres humanos todos os dias.

Ainda com certa preocupação, Helena foi até uma sala da sede para o encontro com o psicólogo. Depois de algumas conversas introdutórias, Bruno iniciou a sua explanação:

— O intercâmbio entre as pessoas é algo fundamental em nossa vida, pois somos seres sociais. Como se costuma dizer, a presença do outro é um desafio constante, pois somos diferentes, o que muitas vezes propicia desentendimentos, desencontros e queixas. Ao deter-se nesse tema, Jung notou que há duas atitudes fundamentais: a introversão e a *extroversão*. Na *extroversão*, a energia psíquica é dirigida para o mundo exterior, ao qual atribui importância e valor essenciais. O *extrovertido* é o tipo de pessoa que se sente muito bem quando está em contato com outros indivíduos, sendo comunicativo e interessado no outro. Ele valoriza mais o mundo externo, objetivo, focando nele suas metas. Já o *introvertido* dá prioridade ao mundo interior, recuando diante do contato com o outro. Ele é introspectivo, mais preocupado com os próprios assuntos internos.

— Então é melhor sermos extrovertidos — falou Sandro, como se já tivesse dominado o assunto.

— Não é bem assim — respondeu o psicólogo. — Um tipo não é melhor que outro, são apenas diferentes. O extrovertido necessita do contato consigo mesmo, no silêncio, na meditação, o que nem sempre é fácil; ao passo que o introvertido precisa sair às vezes do seu mundo interno para estabelecer redes de contato com os outros.

— Cada tipo tem o seu lado positivo, mas também o seu ponto fraco, Sandro — argumentou Helena.

— Entendi. Mas é tão simples assim?

— A tipologia não termina por aí. Essas são as duas atitudes fundamentais. Jung, entretanto, foi além.

— Continue — disse Sandro, interessado.

— Há muitos introvertidos, o que significa que recuam diante dos objetos, permanecendo centrados em seu mundo interior. Porém, a maneira como cada um faz isso é diferente de acordo com a pessoa. Também no caso dos extrovertidos, sabemos que partem em busca do mundo exterior, estabelecendo comunicação com os outros; entretanto, a maneira como fazem isso difere entre eles. Após muita observação, Jung notou que essas diferenças dependiam da função psíquica mais usada pelo indivíduo em sua adaptação ao mundo exterior. Tais funções de adaptação resumem-se a quatro: sentimento, pensamento, intuição e sensação. Entendido até aqui?

Sandro riu e falou para Helena:

— Eu entendi, e você?

— Sim. Pode continuar, Bruno.

O psicólogo tomou fôlego e prosseguiu:

— Jung diz que há duas classes de funções, as racionais e as irracionais. As *racionais* são o sentimento e o pensamento. A função *sentimento* faz a estimativa dos objetos. É, pois, uma função de julgamento, de avaliação. Diz-se comumente que a sua lógica é, porém, toda especial. Trata-se da lógica do coração. A função *pensamento* elucida o que significam os objetos. Esclarecendo: as pessoas que utilizam mais o pensamento fazem uma análise lógica e racional dos fatos. Elas julgam, classificam e discriminam uma coisa da outra, despreocupadas com seu valor afetivo. Certo?

Helena respondeu afirmativamente; Sandro ficou um tanto confuso, mas respondeu também de modo afirmativo, tendo vergonha de falar a verdade. Bruno deu continuidade à sua explicação:

— As funções *irracionais* são a sensação e a intuição. Elas apreendem a situação diretamente, sem a mediação de um julgamento ou uma avaliação. A função *sensação* constata a presença dos objetos à nossa volta e é responsável pela adaptação da pessoa a realidade objetiva. Trata-se da função que traz as informações, as percepções do mundo por meio dos órgãos dos sentidos. Já a função *intuição* é a apreensão direta e imediata da realidade que nos cerca. É uma percepção que se expressa por meio do inconsciente. Ela apreende o ambiente por meio de pressentimentos, presságios ou inspiração. Os fatos são captados em conjunto.

Nesse momento, Sandro quase pediu mais esclarecimentos, pois já estava completamente perdido, mas o orgulho venceu e ele deu um sorriso, tentando demonstrar segurança. O psicólogo continuou fazendo a sua explanação, ciente de que Helena acompanhava-o bem, mas o marido não estava entendendo nada. Reformulou a explicação, pediu que Sandro a repetisse, mas ele gentilmente se recusou e solicitou que Bruno desse continuidade à sua "aula". Após uma pausa para um cafezinho, o psicólogo passou a falar sobre os oito tipos psicológicos de Jung, resultantes da combinação entre as atitudes fundamentais e as quatro funções psíquicas.

— Quer dizer que há oito tipos de pessoas com as quais entro em contato todos os dias? — perguntou Sandro.

— Exatamente. Cada pessoa tem a própria maneira de entrar em contato consigo mesma, em contato com os outros, enfim, em contato com a vida.

Outras explicações foram dadas, e Sandro ficou de pensar se implantaria um curso para os seus funcionários. Já em casa, perguntou à esposa:

— Você entendeu mesmo as explicações do psicólogo?

— Ele procurou tornar o ensinamento bastante simples para que entendêssemos. Creio que compreendi, sim.

— Eu só entendi o que é extrovertido e introvertido. Depois tudo foi ficando confuso. No entanto, se for bom para nossos funcionários, quando as coisas melhorarem, nós o contrataremos para ministrar o curso nas empresas.

— E por que não agora?

— Tenho medo, Leninha.

— Medo de quê?

— De precisarmos fechar uma concessionária. Para falar a verdade, receio perder tudo algum dia.

— Não diga isso. Você é um administrador hábil. O mercado está um tanto retraído, mas não é motivo para pensar que vai perder os seus negócios.

— Não sei por que, mas isso não me sai da cabeça. Os lucros caíram. Já não arrecado nem metade do que conseguia antes.

— Isso é exagero, Sandro.

— Sei não. Amanhã terei uma reunião com os gerentes. Tenho até medo do que vou dizer.

Helena procurou colocar o marido em dia com a realidade contábil da empresa, mas ele continuou cabisbaixo. Antes de dormir, chegou a pensar: "Não quero voltar a morar numa casa semidestruída. Não suportaria mais isso".

Passaram-se os meses e aumentara em Sandro o medo de perder sua riqueza, constituída com muito sacrifício. Ele chegou a fechar uma concessionária de automóveis e dois postos de gasolina. Passou a investir menos e a considerar que outras empresas seriam encerradas nos próximos meses, para que mantivesse o mínimo de seu patrimônio. Diminuiu os gastos familiares e até deixou de ir com a frequência de antes aos seus restaurantes preferidos. A austeridade começou a fazer parte de sua vida. E ele, uma pessoa extrovertida, passou a voltar-se mais para o próprio interior, pondo de lado os diálogos motivadores que costumava ter com os colaboradores.

Helena estava aflita. O que estava acontecendo com seu marido? Ele passava os dias falando em quedas de lucro, perdas e em possíveis fechamentos de suas empresas. À noite, repetia de modo angustiante que temia perder tudo o que possuía, voltando à miséria de sua vida na juventude.

— Helena, eu não aguentaria ver você na pobreza.

— Sandro, não pense dessa forma. Nós ainda temos negócios para administrar. A crise já está diminuindo. Vendemos razoavelmente bem na semana passada. Não é desse modo que você deve se portar. Tenha ânimo, esperança, confie em Deus. Quando o conheci você não era assim.

— Aqueles eram outros tempos, Helena. Corriam rios de mel e leite em nossa vida. Agora tudo secou. Não sei onde vamos parar.

Helena se esforçava para reanimar Sandro, mas ele a cada dia parecia caminhar mais rapidamente para o fundo do poço. Chegou a fechar mais dois postos de gasolina porque, segundo ele, não davam o lucro esperado. Mesmo sob os protestos da esposa, ele decidiu que fecharia outra concessionária. Chegou a dizer que poderia fechar as duas que restavam. Mas isso foi a gota d'água. Helena resolveu pedir ajuda a alguém. Já não dava para segurar o marido em suas decisões desastrosas. Lembrou-se nesse momento de uma amiga de adolescência com quem não falava havia muito tempo e que agora era médica psiquiatra. Procurou-a numa tarde, esperançosa de obter algum tipo de ajuda.

Depois de contar tudo o que vinha acontecendo com Sandro, esperou as palavras da amiga.

— Helena, o caso é preocupante, mas temos como ajudar Sandro, tanto por meio da psiquiatria quanto da psicoterapia. No tocante à psiquiatria, poderei atendê-lo; já quanto à psicoterapia, conheço um excelente psicólogo clínico que ele poderá consultar.

Helena voltou mais animada para casa, mas precisaria tocar no assunto com muito tato. Todavia, apesar de toda a precaução, assim que mencionou a psiquiatra, Sandro teve uma reação intempestiva:

— Está dizendo que fiquei louco? É isso que você está pensando de mim?

— Sandro, o psiquiatra não atende apenas loucos. Há várias modalidades de transtornos. No seu caso, o que você precisa é de mais tranquilidade. A sua tensão está exacerbada. É apenas por esse motivo que lhe peço que se consulte com a minha amiga.

Sandro relutou muito, mas a atitude equilibrada e compreensiva da esposa fez com que baixasse a guarda, permitindo que fosse marcada uma consulta. Helena, habilmente, não tocou no assunto da psicoterapia. Isso seria feito pela psiquiatra.

No dia aprazado, Sandro compareceu ao consultório da psiquiatra, dra. Larissa, acompanhado de Helena. Enquanto a esposa aguardava na sala de espera, ele contou à psiquiatra o que lhe vinha acontecendo e, em detalhes, o temor de perder tudo e voltar à indigência. Além dos conselhos que ouviu, saiu com uma receita e o cartão de visitas de um psicólogo. Já no carro, olhou para o cartão e disse, preocupado, para Helena:

— Leninha, você não me disse que eu teria de me consultar também com um psicólogo. Não acha que isso já é demais?

— Não, Sandro. A psiquiatra lhe receitou um tranquilizante, mas é preciso mais que um remédio para que você volte à paz de espírito que sempre teve. Acredite, o psicólogo vai ajudá-lo muito.

Sandro resistiu, mas, vencido pelas palavras amorosas da esposa, acabou por ceder. Assim, numa noite, após o trabalho, chegou — desta vez sozinho — ao consultório psicológico. Olhou para o cartão, onde estava escrito:

David Torres Pereira
Psicólogo Clínico

Titubeou, mas, criando coragem, apertou a campainha. Em pouco tempo já aguardava na sala de espera, folheando uma revista. O assunto que mais lhe chamou a atenção foi um artigo sobre serenidade. Após ler quase metade dele, ouviu a voz do psicólogo, convidando-o a entrar no consultório. Relutante a princípio, aos poucos foi se abrindo, contando a sua história desde a infância até o momento aflitivo que estava vivendo. Notou que o psicólogo quase nada falava, mantendo-se, entretanto, atento a cada palavra que ele dizia a respeito de sua vida. Após uns cinquenta minutos, deixava o consultório mais leve e guardando uma imagem positiva do psicólogo que o acolhera com atenção e genuíno interesse por seu sofrimento. Ele não sabia que justamente a partir daí uma nova luz brilharia em sua vida. A turbulência existencial parecia ceder à bonança que tomara conta de seu coração, tal como a manhã que principia depois de uma longa noite de tempestade.

4 – Caminho de volta

Quando chegou em casa, após o primeiro dia de atendimento psicológico, Sandro contou à esposa que se sentia muito melhor.

— Eu não sabia muito bem como era, mas, agora que passei pela primeira sessão, posso dizer que gostei muito. E David é uma pessoa bastante atenciosa e respeitadora das ideias alheias. Reconheço como ser humano superior quem tem essa conduta. Você é uma dessas pessoas, Leninha.

Helena riu, dizendo:

— Ainda bem que você me incluiu entre essas pessoas.

A semana transcorreu muito bem. Sandro voltou ao otimismo no trabalho, o que logo foi notado pelos gerentes. No fim de semana, quis almoçar com a esposa num restaurante fino de que muito gostava e aonde não ia há meses. Ele mostrava realmente melhora em seu modo de pensar e agir.

No dia da segunda sessão de psicoterapia, Sandro foi ao consultório com muito bom ânimo. A sessão transcorreu normalmente. Quando voltou para casa, estava bem; contudo, já no dia seguinte, voltou-lhe o medo de perder todos os seus haveres, e o pessimismo tomou o lugar da esperança. Chegou mesmo a pensar em fechar mais postos de combustível para tentar salvaguardar o restante. Foi a postura firme de Helena que o impediu.

Mais algumas sessões foram realizadas, sem que Sandro demonstrasse uma réstia sequer do bom ânimo que manifestara após a primeira. Chegou até a pensar em não rever mais o psicólogo. Novamente foi a esposa quem o incentivou a prosseguir.

Até que numa noite ele voltou dizendo que o psicólogo sugerira a presença de Helena na sessão seguinte. Sem pestanejar, ela aceitou. Seria uma oportunidade de conversar com o psicólogo sobre o desânimo e o temor do marido.

— Você diz mesmo a David sobre os seus temores infundados, Sandro?

— Infundados? Você acha que estou maluco, não é?

— Está bem, refaço a pergunta: você conversa com David sobre os seus temores?

— Sim, e digo que a situação econômica do país é crítica. Afirmo também que isto se reflete diretamente nos meus negócios, o que me obriga a diminuir cada vez mais os investimentos.

— Mas ele chegou a dar o parecer dele sobre essas suas conclusões?

— Quem mais fala sou eu, o que não significa que ele não escute ou que não se coloque também.

— Estou achando você muito evasivo, mas entendo o que está acontecendo. Irei com você à próxima sessão.

— Tudo bem. Não acho necessário, mas, uma vez que ele solicitou a sua presença, iremos nós dois.

Já no consultório, ambos participaram ativamente da sessão. Quando se preparavam para sair, o psicólogo perguntou:

— Vocês podem ficar mais alguns minutos?

— Claro — respondeu o casal em uníssono.

— Eu quero conversar com vocês sobre um assunto importante, mas antes gostaria de saber se vocês têm alguma religião.

Sandro olhou para Helena, sem saber o que responder. Foi ela quem primeiro falou:

— Quando eu era jovem e solteira, frequentava de vez em quando uma igreja católica que ficava próxima da minha casa. Depois fui me afastando e hoje não posso dizer que seja católica ou que siga qualquer denominação religiosa. Sou, no entanto, espiritualista.

— E você, Sandro?

— Meus pais diziam-se também católicos quando moravam em Livorno, na Itália. Mas, quando chegaram ao Brasil, parece que se esqueceram de tudo. Como você já sabe, a minha mãe até se suicidou quando entrou em profundo desespero. Quanto a mim, passei maus bocados lutando para sobreviver, de modo que não tive tempo nem ânimo para seguir qualquer tipo de religião.

— E hoje?

— Continuo alheio à religião. Nem posso dizer que seja espiritualista, como Helena se declarou. Mas qual é o motivo da sua pergunta?

David olhou firme para Sandro e Helena, dizendo claramente:

— Eu fiz a pergunta porque sou um psicólogo espiritualista. Qualquer pessoa que acredite ter em si alguma coisa além da matéria é espiritualista. De outra forma, podemos também dizer que o espiritualismo afirma a existência do espírito e a sua autonomia, diferença e preponderância em relação à matéria. Helena considera-se espiritualista, portanto, está inclusa nessa definição. Eu igualmente penso da mesma forma.

— Bem — disse Sandro, um tanto desconfiado do rumo da conversa —, eu não nego nada disso, embora não me considere um espiritualista convicto. Mas por que estamos tratando deste assunto?

— Sandro, eu disse que sou espiritualista, mas devo agora completar a minha resposta. Há dentro do espiritualismo várias religiões e filosofias, portanto, tenho de ser mais explícito: eu sou espírita. Isto quer dizer que, além de crer que somos essencialmente espíritos imortais, também estou convicto de que existem relações entre nós, que estamos no mundo material, e os espíritos, que habitam o mundo espiritual.

— David — disse Sandro intrigado —, não sei bem o que isso significa, mas não é por causa disso que deixarei a terapia. Pelo menos, é o que penso neste momento.

— O que estou dizendo, Sandro, é que recebemos em nosso cotidiano a influência dos espíritos, que interferem em nossos pensamentos.

— Tenho uma assistente — informou Helena — que é espírita. Ela já me falou algo semelhante ao que você está dizendo.

Sandro olhou hesitante para a esposa, perguntando:

— Por que você não me disse isso?

— Pensei que não se interessasse por este assunto. Mas desculpe-nos, David. Continue.

Com muito cuidado, o psicólogo prosseguiu:

— Os espíritos influenciam os nossos pensamentos e até mais do que imaginamos. Há mesmo situações em que eles chegam a dominar-nos. Entretanto, quando nos decidimos pela razão e pelo bem, os espíritos inferiores perdem a sua influência negativa sobre nós. Existe algo que se chama sintonia vibratória, isto é, o grau de semelhança de pensamentos, sentimentos e intenções entre dois ou mais espíritos, sejam encarnados ou desencarnados. Isto quer dizer que, quando pensamos, falamos ou expressamos alguma emoção, estamos vibrando e atraímos para nós espíritos que vibram em sintonia conosco.

Helena pensou um pouco e perguntou:

— Quer dizer que, no momento em que estou alegre, atraio espíritos que também estejam expressando essa emoção, e, se me acho envolvida pelo pessimismo, vou atrair espíritos que estejam vivendo esse mesmo estado de ânimo?

— Você entendeu. Falamos também na Doutrina Espírita de afinidade moral, ou seja, semelhança de valores éticos e conduta moral. Quando me porto com valores morais elevados, atraio para mim espíritos que também cultivam a moralidade superior. Todavia, se meus valores éticos forem baixos, são espíritos desse nível que serão por mim atraídos.

— Espere um pouco! — falou Sandro, um tanto aborrecido. — Você está querendo dizer que estou atraindo o que chama de "espíritos inferiores"? Então, a minha moralidade não está lá essas coisas, não é mesmo?

— Não é isso, Sandro. No seu caso, o que atrai espíritos inferiores é o seu medo de perder tudo o que construiu com o suor do seu rosto; é o desânimo diante da vida; é, enfim, a desesperança que vem alimentando. Como podemos atrair para nós espíritos elevados se o nosso ânimo está voltado para a desesperança, o desalento e o desconsolo?

— Mas é assim que estou sentindo a minha vida hoje.

— E é também assim que você entra em sintonia com espíritos sofredores.

— Tudo bem, David, mas já estou fazendo terapia, não é mesmo?

— Sem dúvida. E com isso você vem pouco a pouco solucionando seus problemas de ordem emocional, afetiva.

— Então, por que a preocupação que percebo em suas palavras?

— A verdade é que seus problemas são também de ordem espiritual, e isso não é abordado na psicoterapia.

— Está difícil de entender o que você pretende.

David olhou para Sandro e Helena e falou com vagar:

— Sandro, você está passando por um processo de obsessão.

— O quê? — Sandro olhou para Helena, como a pedir ajuda.

— David quer dizer que você está sendo influenciado por um espírito inferior, que tem uma visão de vida semelhante à sua. Estou certa?

— É possível. Mas, para termos certeza, gostaria que vocês fossem a um centro espírita. Posso indicar um que trabalha com desobsessão. Ali tudo será esclarecido.

— Só faltava essa — exclamou Sandro desalentado. — Primeiro me encaminham para uma psiquiatra, depois para um psicólogo e, agora, para um centro espírita?

David explicou que a obsessão tem graus que vão do simples ao complexo. Se o casal fosse ao centro espírita indicado, haveria um diagnóstico mais preciso do caso e a consequente terapia espiritual. Sandro relutou muito. Nunca tinha pretendido enveredar pelo caminho da espiritualidade. E respondeu que estava tudo muito bem assim.

— Muito bem? — perguntou Helena. — Você não está sofrendo todos os dias com o seu receio de perder tudo e cair na miséria? Como é que tudo está bem?

Não houve como retrucar. Era preciso ceder. E assim fez Sandro, com uma condição:

— Certo. Eu irei ao local indicado, mas, se notar que ali tudo não passa de mistificação, não volto mais e encerro também a psicoterapia.

David concordou, de modo compreensivo, e passou-lhes o endereço do centro espírita. Helena agradeceu e deixou o consultório esperançosa, enquanto Sandro achava que tinha tomado a decisão errada. Mas palavra empenhada tinha de ser cumprida.

Já no dia seguinte, após o expediente, o casal rumou para a casa espírita indicada à procura do médium que dirigia os trabalhos de desobsessão.

— Boa noite! Em que posso ajudá-los?

Sandro teve vontade de sair correndo para o carro, que havia deixado num estacionamento próximo.

— O meu nome é Oswaldo e trabalho com as equipes do passe.

Sandro ficou em silêncio, deixando que Helena falasse em seu lugar. O médium escutou atentamente a narrativa, fez algumas perguntas, inclusive a Sandro, que permanecera calado. Depois de certificar-se do que ocorria, perguntou se ele conhecia uma jovem senhora de cabelos loiros, olhos verdes, alta, vestida com simplicidade. Sandro titubeou, até que o médium completou:

— O nome dela é Diletta.

Nesse momento, Sandro explodiu num choro convulsivo, sem poder articular nenhuma palavra. Helena ficou perplexa, mas entendeu logo o que estava acontecendo. Assim que o choro diminuiu, Sandro falou emocionado:

— É a minha mãe! A minha querida mãe.

— Ela concordou, Sandro. É, de fato, sua mãe. Agora preciso explicar-lhe o que vem acontecendo com a sua vida.

— Por favor, diga. Estou completamente confuso.

— Sei, pela sua reação, que você ama a sua mãe. Ela também o ama. Entretanto, dada a maneira como terminou a sua estadia terrena, permaneceu muito tempo sem entender muito bem o que acontecera.

— Ela suicidou-se, ingerindo veneno para ratos.

— É verdade, assim diz um mentor espiritual que veio socorrê-la e foi o avô paterno dela em sua última reencarnação. Pois bem, após o desencarne, a sua mãe, completamente alheia ao que lhe acontecia, seguiu em estado lamentável para uma região umbralina. Região umbralina, Sandro e Helena, é uma parte do Umbral.

— E o que é Umbral? — perguntou Sandro, antes que Oswaldo tivesse tempo de explicar.

— É a zona espiritual que se estende pela superfície terrestre, sendo habitada por espíritos que se desviaram dos ensinamentos do Divino Mestre, Jesus Cristo; espíritos que não se dispuseram a cumprir a lei divina ou que se desesperançaram na vida, dando-lhe um fim prematuro. Os espíritos que habitam essa zona purgatorial são infelizes, sofredores, revoltados ou perversos, ainda envoltos no ódio que alimentam em seu coração. Trata-se de um ambiente depressivo, angustiante, onde prevalecem a vingança, o ódio, a inveja, o rancor, o orgulho, a soberba, a vaidade, o ciúme, o desespero, enfim, todas as emoções e sentimentos que os espíritos cultivaram no mundo terreno e levaram consigo para esse estágio de sofrimento, consternação e tortura. Todavia, a permanência nesse estado não é perene. Quando há verdadeiro arrependimento dos erros cometidos, desejo sincero de transformação, e se pede o socorro a Deus, Ele vem por meio de mensageiros divinos, prestes a levar cada espírito arrependido para um posto de socorro ou colônia espiritual, onde poderão aprender e trabalhar para o seu próprio desenvolvimento espiritual, preparando-se para nova reencarnação.

— E minha mãe viveu nesse Umbral? — perguntou Sandro.

— Por muitos anos ela ali esteve, até que, exausta de tanto padecer, pediu a proteção divina, sendo recolhida por uma equipe socorrista de que participava o avô paterno dela. Foi levada para um posto de socorro. Chamamos *postos de socorro* os locais em que os espíritos socorridos têm permanência temporária, sendo amparados e orientados, a fim de escolherem o caminho a seguir. No caso da sua mãe, estando decidida a desenvolver-se espiritualmente, foi levada a uma colônia espiritual que condizia com o seu nível evolutivo. Porém, depois de certo tempo, quis visitar você, Sandro, para saber de sua vida e poder ajudá-lo, caso fosse necessário. Mas, quando aqui chegou, ao visitar os locais arruinados onde habitara, envolveu-se novamente com os mesmos sentimentos de pessimismo e desesperança, chegando até você em estado lastimável, sem condições para entender que você vivia uma situação familiar e financeira equilibrada. Já sem energia, passou a acompanhá-lo, acoplando-se à sua aura e, como tal, infundindo-lhe todos os sentimentos de temor, dúvida e desesperança. Sem o saber, ela debilita você cada vez mais, aumentando igualmente o estado emocional negativo e destrutivo pelo qual você está passando.

Sandro ficou emudecido. Não sabia como reagir às informações que acabara de receber. Percebendo-lhe o estado catatônico em que permanecia, o médium completou:

— Entretanto, como já lhe disse, o avô paterno de sua mãe veio buscá-la. Ela receberá na colônia espiritual todo o tratamento de que ainda necessita. E nós, daqui, estaremos orando por ela. É o que também aconselho a você.

— Estou perplexo — balbuciou Sandro. — Eu não conhecia quase nada do que você está me dizendo, Oswaldo. Principalmente que a minha mãe pode estar atrapalhando os meus negócios. Ela sempre foi uma pessoa amável.

O médium pesou bem seus pensamentos e disse com muita sobriedade:

— Eu acredito em você, Sandro. Não é por vontade própria que a sua mãe está interferindo negativamente em sua vida pessoal e profissional. A situação em que ela se encontra faz com que se aproxime de você por sintonia vibratória. E, nessa aproximação, inconscientemente suga suas energias e interfere em seus sentimentos e pensamentos.

— E por que ela se acha em tal estado? — perguntou Helena.

— Ela buscou a morte pelo suicídio. Nesse momento, estava apenas focada na própria dor, no próprio sofrimento. Pensava, ingenuamente, que deixaria para trás a amargura e os tormentos pelos quais vinha passando. Todavia, o suicídio gera consequências negativas. Não há espírito suicida que afirme ter encontrado a paz, o alívio para suas aflições. O que eles nos relatam é que se arrependeram do seu gesto tresloucado, pois logo se acharam em situação tenebrosa, passando por locais horripilantes, sendo atacados por espíritos ingressos no mal; enfim, vivendo um momento muito mais aterrador do que aquele em que haviam estado antes.

Oswaldo fez uma pausa para escolher as palavras certas, pois poderia ferir os sentimentos de Sandro em relação à sua mãe.

— Vou esclarecê-los um pouco mais. O suicídio é uma infração gravíssima à lei divina, dado que o espírito põe fim à oportunidade concedida por Deus para o seu progresso intelectual, moral e espiritual nessa encarnação. A vida pertence a Deus, de modo que não podemos abreviá-la sem sofrer as consequências.

— E quais são essas consequências? — perguntou Sandro, demonstrando inquietação.

— Qualquer pessoa, quando desencarna, passa por momentos do que chamamos *perturbação espiritual*, isto é, a consciência do seu estado como desencarnado ainda é confusa. Ela não percebe muito bem o que está ocorrendo. A lucidez das ideias e a memória do passado retornam conforme vá cessando a influência da matéria que ela acaba de deixar e se elimina a ofuscação dos pensamentos. É necessário algum tempo para o espírito desencarnado tomar consciência de si mesmo. Esse tempo varia de espírito para espírito, podendo durar horas, dias, meses e até muitos anos. Para aqueles que, durante a sua existência corpórea, deram prioridade à dimensão espiritual de sua vida, mais breve é o período de perturbação espiritual. Com relação ao suicida, a perturbação é prolongada e sofrida. Ele pensava que, ao suicidar-se, todas as suas preocupações e toda a sua desesperança terminariam. Porém, ao tomar conhecimento de que a vida continua, de que o espírito não morre, o desequilíbrio que o levou à loucura do suicídio permanece, e ainda com mais vigor.

— E o que acontece depois? — perguntou Sandro, muito preocupado.

— Allan Kardec, codificador da Doutrina Espírita, recebeu dos espíritos superiores, por meio de vários médiuns, respostas a muitas perguntas, inclusive essa. Disseram os espíritos que as consequências do suicídio são muito diversas. Elas são relativas às causas que o produziram. Todavia, há uma consequência a que o suicida não pode escapar: o desapontamento, pois quem aguardava a paz nota que o sofrimento continua.

— Você quer dizer que não há como o suicida recuperar-se? Ele sofrerá por toda a eternidade?

— Não, Sandro. Mesmo demorando-se em seus tormentos, o espírito tem como sair dessa situação dolorosa. Um dia, cansado de tanto padecer, ergue a voz a Deus e seus mensageiros celestiais, arrependido dos atos tresloucados que cometeu, como é o caso do suicídio, deixando-se então acolher por equipes de resgate que estão permanentemente prontas a libertá-lo e encaminhá-lo para um posto de socorro, de onde seguirá depois para uma colônia espiritual, onde possa aprender e trabalhar, preparando-se condignamente para nova reencarnação.

— O que você me fala, em sendo verdadeiro, me deixa feliz, pois, se meu bisavô a está protegendo, é porque seus sofrimentos chegaram ao fim. Entretanto, fico perplexo por tomar conhecimento de tanta coisa que sempre ignorei e que é tão importante para a nossa vida.

— É verdade, Sandro. A expiação da falta cometida começa no mundo espiritual. Todavia, para completá-la, o suicida deve ter uma nova reencarnação, com a finalidade de recompor o perispírito lesado pelo tipo de suicídio cometido. Não existe um tempo predeterminado para o resgate da falta, tudo depende da conduta do espírito quando tem a oportunidade de nova reencarnação. Mas fique tranquilo, sua mãe já não estará a seu lado, influindo negativamente com seus sentimentos e pensamentos destrutivos, originários da situação econômica pela qual passou quando você era jovem.

— Minha mãe está perdoada, pois não me prejudicou por vontade própria.

— Isso é verdade. Foi o estado mental em que ela se encontrava, devido ao suicídio, que originou as ideias e os sentimentos danosos que você acolheu por sintonia vibratória.

— E o que eu devo fazer daqui para frente?

— Em primeiro lugar, ore pela sua mãe. Essa é uma ajuda valiosa de que ela necessita. Ore para que ela se perdoe e possa recomeçar o seu caminho de autorrealização e progresso.

— Oswaldo, há um problema: eu não sei orar. Não me lembro de ter feito qualquer prece durante toda a minha vida.

— Orar, Sandro, e isto vale também para você, Helena, é conversar com Deus. Se você sabe conversar, sabe também orar. Não há necessidade de decorar preces, basta que vocês se comuniquem com Deus, partindo as palavras do fundo do coração, do fundo da alma. Dizem os espíritos superiores que a Deus não importam as frases que ligamos maquinalmente umas às outras porque já nos habituamos a repeti-las. A prece deve ser feita com humildade, com profundeza, num impulso de reconhecimento por todos os benefícios recebidos até esse dia. Deve igualmente ser feita como agradecimento pela noite transcorrida, durante a qual lhe foi permitido, embora não guarde a lembrança, retornar junto aos amigos e guias, para nesse contato absorver novas forças e mais perseverança. A nossa oração deve elevar-se humilde aos pés do Senhor, pedindo o Seu amparo, a Sua indulgência, a Sua misericórdia. E deve ser profunda, porque é a nossa alma que deve elevar-se ao Criador, transfigurando-se, para chegar até Ele radiante de esperança e de amor.

— Para quem não tem o hábito de orar, isso parece muito difícil — disse Sandro com certo desânimo. — Eu sou um homem que passa o dia trabalhando e à noite precisa de descanso, a fim de conseguir forças para o dia seguinte.

— Se você puser amor no seu trabalho, já estará orando. Mas, independentemente disso, haverá pelo menos um momento à noite em que por alguns poucos minutos você poderá elevar o seu pensamento a Deus, agradecer por tudo o que conseguiu até agora e, se houver necessidade, fazer um pedido, convicto de que a resposta sempre virá. Deus não mede a oração pelo estudo que a pessoa tenha, pelo cargo que ocupe, pelo dinheiro que tenha no banco, nem mesmo pelo tempo de oração. Apenas seja sincero com Deus, dizendo-Lhe o que sair do seu coração. E, pela manhã, louve-O pelo dom da vida que recebeu e agradeça pelas oportunidades maravilhosas que terá durante o dia, pedindo-Lhe proteção. É o que basta.

— Isso, Oswaldo, eu penso que qualquer pessoa pode fazer — respondeu Sandro.

— Concordo — assentiu Helena.

— Bem, com relação à sua mãe, Sandro, peça a Deus e a seus mensageiros divinos que a protejam, a orientem e a conduzam para o local onde ela deverá aprender e trabalhar, preparando-se para uma nova reencarnação em que possa fazer desabrochar o seu potencial, de modo a viver produtiva e condignamente, com alegria, otimismo, esperança, sabedoria e amor. Assim agindo, você a estará ajudando, como um bom filho deve fazer.

Nesse momento, Sandro segurou uma lágrima, que quase lhe escorreu pelo rosto. Também Helena se emocionou ao lembrar-se de seus pais e do tio feirante, que a amparara quando mais havia necessitado de proteção.

— Não podemos desanimar — continuou Oswaldo. — Temos de confiar na Providência Divina, que a todos ampara. Deixe de lado as ideias de pobreza, miséria e insucesso. Lembre-se de que tudo o que existe à nossa volta é reflexo do que há em nossa mente. O que ocorre conosco no cotidiano é fruto do que estivemos pensando anteriormente. Se você fechou lojas é porque já as havia fechado em pensamento. Nossos sentimentos e pensamentos exteriorizam-se na forma daquilo que alimentamos em nossa mente. Você deseja sucesso ou insucesso? Bons empreendimentos ou fracasso?

Rapidamente Sandro respondeu:

— Sucesso e bons empreendimentos, é claro.

— E é nisso que você vem pensando? É sobre isso que vem refletindo?

Agora, Sandro demorou para responder, mas, com voz baixa, foi sincero:

— Não, não é assim que venho pensando.

— Semelhante atrai semelhante, Sandro. É a lei. Mude seus sentimentos de perda, transforme seus pensamentos em sucesso e bons empreendimentos, e veja o que vai acontecer.

— Helena chegou a falar-me um pouco sobre isso, mas não dei a atenção devida.

— Já se disse — continuou Oswaldo — que aquilo que nossa mente pode conceber ela também pode conseguir. Se você pensa constantemente em falta de dinheiro, em desastre financeiro, em necessidade de diminuir o seu negócio e até em perdê-lo um dia, é isso que vai acontecer. Seja o que for que pense, você está certo. Troque o medo da pobreza, o medo do fracasso pela certeza da vitória.

Sandro meditou um pouco sobre o que escutara e afirmou convicto:

— Oswaldo, a partir de agora, mudarei o meu pensamento. E, para provar isto, começarei reabrindo um dos postos de gasolina que fechei. Quanto à minha mãe, vou orar por ela todos os dias. E por meu pai também.

— Conte comigo — disse Helena, demonstrando a emoção que lhe ia na alma.

O médium olhou ternamente para ambos e concluiu:

— A sua mãe já está sendo amparada pelo avô dela e por uma equipe de mensageiros celestiais. Quanto a isso, fique tranquilo. Já quanto a você e Helena, sugiro que tomem passe por algum tempo, com a finalidade de reforçar a decisão a que chegaram. Comecem agora mesmo. Se ainda precisarem de mim, já sabem onde encontrar-me.

Após essa explicação e orientação fornecidas por Oswaldo, Sandro, acompanhado por Helena, começou a mudar seus sentimentos, pensamentos, palavras e conduta. Era preciso fazer o caminho de volta, retomando a trilha do sucesso e inaugurando a senda do viver em plenitude.

A mudança nem sempre foi fácil. Às vezes Sandro lia no jornal alguma notícia sobre aumento da taxa de juros, recessão ou retraimento do mercado, e pensamentos soturnos surgiam em sua cabeça, mas, lembrando as palavras do médium espírita, mudava imediatamente o conteúdo dos seus sentimentos e pensamentos, e voltava a falar com otimismo e motivação sobre grandes realizações. Após a decisão firme de mudar, e auxiliado pela esposa, conseguiu reabrir as empresas fechadas e inaugurou outras, duplicando o seu patrimônio e fazendo jus ao apelido de "Magnata".

Com o passar do tempo, quando alguém se achegava a ele cabisbaixo e alimentando ideias pessimistas, Sandro puxava uma cadeira para essa pessoa e dizia com convicção:

— Sente-se aí e escute uma história que poderá mudar a sua vida. — Limpava a garganta e continuava: — Eu vim de Livorno, na Itália central...

Geralmente o ouvinte que chegara abatido saía com outra postura e outras ideias, pensando seriamente em praticar o que escutara de Sandro. E, invariavelmente, quando começava a deixar o recinto, ouvia do empresário, em bom som:

— E não se esqueça: você precisa de passes também...

IV
A professora

Medo da solidão

Se notar que está só, que ninguém o procura, faça o inverso: procure você alguém que precise de ajuda.
C. Torres Pastorino *(Minutos de sabedoria)*

1 – Quando chega a morte

Desde que obteve o diploma em Letras, Teresa procurou viver intensamente a sua missão de ensinar. Aliás, ainda quando estudante, já dava aulas particulares em sua casa, sendo bastante procurada por alunos com dificuldade em Gramática ou Literatura. O seu modo particular de instruir os jovens que a procuravam conquistou-lhe a simpatia desses garotos e moças, que não se cansavam de elogiá-la pela competência com que ministrava as aulas e pela aura de simpatia que irradiava em todas as circunstâncias.

Pouco antes de desencarnar, Augusta, sua mãe, pedira-lhe duas coisas: que buscasse forças na oração e que procurasse inspiração para as suas aulas nos ensinamentos do Cristo, tendo-a presenteado com um exemplar de *O Evangelho segundo o Espiritismo*. Apesar do amor filial, Teresa estava naquele momento muito mais ligada à dimensão terrena que ao plano espiritual, de modo que os pedidos foram esquecidos e o livro permaneceu oculto numa gaveta. O amor ao magistério, entretanto, conservou-se no fundo de sua alma.

Teresa era uma pessoa que os psicólogos chamariam de *tipo sentimento extrovertido*, ou seja, aquele que subordina o pensamento ao sentimento. Ela era emocional, efusiva, disseminando calor comunicativo, o que atraía as pessoas com quem mantivesse qualquer tipo de diálogo. Esse era o seu lado positivo. Entretanto, nem sempre a razão contrabalançava os seus sentimentos, tornando-a vulnerável. Sem notar esse desajuste, havia quem se sentisse extremamente fascinado por ela, inclusive Luís, um jovem engenheiro que a conheceu no último ano do seu curso de Engenharia Mecânica. Equilibrado e tendo por ponto forte a racionalidade, poderia muito bem ser classificado, de acordo com Jung, como *tipo pensamento introvertido*, aquele cujo pensamento é dirigido para o próprio interior. Como representante desse tipo psicológico, mais valorizava o pensamento que os sentimentos. Entretanto, quando diante de Teresa, ele se tornava até bem falante, escolhendo as melhores palavras para impressioná-la. O seu lado negativo estava em se prender demasiadamente a teorias, esquecendo-se da prática. Era também um tanto teimoso e sem flexibilidade. Mas, mesmo assim, ambos sentiram atração um pelo outro, por isso começaram a namorar, tornaram-se noivos e vieram a casar-se.

Quando se casaram, Teresa tinha vinte e dois anos, e ele, vinte e três. Apesar das diferenças pessoais, conseguiam conviver harmoniosamente, mais pela tolerância de Teresa do que pela maleabilidade de Luís. As rusgas, inevitáveis, eram superadas pelo amor mútuo, que os unia indissoluvelmente. Um caso interessante que mostrou isso foi quando Teresa recebeu uma bolsa de estudos para cursar uma pós-graduação em Literatura Francesa na Sorbonne, em Paris. Ao receber a notícia, Luís ficou petrificado e, quando saiu de seu espanto, logo foi dizendo:

— Você não vai aceitar, não é mesmo? Afinal, seria um ano fora de casa.

— Vamos conversar, Luís.

— Conversar? Quer dizer que você está querendo me deixar?

— Você sabe que não é isso. Entenda que essa bolsa vai me abrir as portas da universidade. Poderei lecionar no ensino superior.

— E eu? O que vou fazer nesse ano todo?

— Sei que não vai ser fácil, tanto para você quanto para mim. Mas, ao final, a nossa vida vai melhorar. Fazemos um sacrifício agora para colher os bons frutos depois.

— Você acha que ganho pouco? É isso?

— Não, meu amor. Mas acho que vai valer a pena o sacrifício. Pela bolsa, eu virei duas vezes ao Brasil e...

— Não me faça rir. Duas vezes? E isso está bom para você?

— É claro que não. Mas...

— Então, diga que não aceita. Agradeça e esqueça-se disso.

Essa primeira tentativa de diálogo fracassou. Luís não conseguiu compreender o benefício da bolsa de estudos não só para a esposa, como para ele também. Centrado em si mesmo, não teve condições de analisar a proposta recebida por Teresa de uma grande instituição educacional. Amuado, deixou a sala onde ela se esforçara para apresentar os benefícios da anuência àquela bolsa de estudos. O ciúme falou mais alto e também o orgulho, pois ele nunca havia conseguido algo como a esposa agora conquistara. Na verdade, Luís sentiu-se inferiorizado, humilhado diante da vitória de Teresa por sua competência. Uma segunda tentativa de chegarem a um acordo também falhou. Na terceira, Teresa estava decidida a desistir da bolsa se não houvesse um entendimento mútuo.

— Luís, já lhe falei dos benefícios dessa bolsa de estudos. Você chegou a reconhecer que a minha vida profissional iria dar um grande salto.

— Você daria um grande salto e eu desceria ladeira abaixo.

— Por quê? O que o está incomodando? Eu também sentirei a sua falta, mas é o preço que teremos de pagar. Prometo que nunca mais aceitarei bolsa alguma fora de São Paulo por toda a minha vida.

— Só faltava continuar fazendo cursos fora, não é mesmo? O nosso casamento não significa nada para você? Está trocando a nossa união por um punhado de aulas, só para lecionar na universidade?

— Eu não estou trocando nada, Luís. Você não consegue entender que essa oportunidade não voltará jamais? É agora ou nunca.

— Pois que seja nunca. E não se fala mais nisso.

Totalmente decepcionada, Teresa ficou pensativa por alguns instantes. Depois, juntando vagarosamente os documentos que começara a reunir, a fim de iniciar o processo para validação da bolsa, disse com voz baixa, quase inaudível:

— Está bem. Desisto da bolsa. Renuncio ao sonho que acalentei durante alguns dias. Ainda prefiro manter meu casamento a quebrar os laços da nossa união. Não consigo compreender a sua atitude, mas, como você disse, não se fala mais nisso.

Assim falou e já se dirigia para o quarto, quando Luís, caindo em si, num lapso de segundo, chamou-a de volta, também com a voz apagada na garganta:

— Perdoe-me, Teresa. Eu não sabia o que estava dizendo. Volte aqui. Vamos planejar a sua estadia na Sorbonne.

A atração de um pelo outro acabou por prevalecer, sendo possível a Teresa cursar a pós-graduação. Aquele ano foi difícil para ambos, mas conseguiram passar por ele com o amor ampliado.

Outra situação a demonstrar que, apesar das diferenças, o casal conseguia manter um bom relacionamento aconteceu anos depois. Luís, que tinha um salário elevado numa grande empresa, resolveu desligar-se dela para montar uma pequena empresa de engenharia mecânica. Teresa achou um absurdo.

— Você tem um emprego que muitos engenheiros invejam. O seu salário está acima das condições de mercado. E quer largar tudo para arriscar-se numa aventura sem qualquer previsão de sucesso?

— Penso que chegou o momento de libertar-me, Teresa.

— Libertar-se de quê? A gente se liberta de algo negativo, mas, no seu caso, você quer libertar-se de algo que, com o seu salário, lhe dá sustento. Acha isso um gesto de sabedoria?

— Você fala como se montar um negócio próprio fosse uma temeridade. Pois o Monteiro, que também trabalhou na mesma empresa que eu, demitiu-se, criou uma microempresa e está se dando muito bem. Melhor do que no tempo em que era empregado.

— Será verdade mesmo? Ou você é que imagina que ele está em situação melhor agora?

— É fácil responder. Vou ligar para ele e marcar uma visita. Depois lhe digo.

Teresa não se convenceu. Para ela, que sempre fora empregada em alguma empresa, como agora, em que lecionava na universidade, isso era uma loucura. "É crise de meia-idade", pensou. "Luís perdeu o juízo. Como é que vai trocar o certo pelo duvidoso?"

Como havia dito, Luís foi visitar Monteiro.

— E então, como vai essa força?

— Bem, bem. E você?

— Meu amigo, estou vivendo uns tempos difíceis com a minha esposa. Decidi deixar a empresa e montar o meu próprio negócio, como você fez. Mas ela acha que isso é uma loucura.

— O profissional liberal tem as suas vantagens e desvantagens. Isso é verdade.

— E o que prevalece? Vantagens? Desvantagens?

— Depende de cada um, Luís. Quando a pessoa é empreendedora, tudo vai bem, mas, se não tem tino comercial, pode afundar no brejo.

— Como assim? E você?

— Eu sempre tive uma boa rede de relacionamentos. Trabalhei em duas grandes empresas e em cada uma delas criei muitos amigos e companheiros. Mas não foi somente dentro da empresa. Todos os clientes que visitei, procurei trazê-los para mim, isto é, procurei guardá-los a sete chaves, mais como amigos do que como clientes. Assim, quando pedi demissão, já possuía uma boa carteira de clientes potenciais. Para dizer a verdade, já estava com três ou quatro pedidos de serviço. Não comecei do nada. E você? Já preparou o terreno também?

— Na verdade, não. Mas eu tenho grande experiência na área de engenharia mecânica.

— Não tenho a menor dúvida. Você foi sempre dos mais competentes. Entretanto, isso não é suficiente. Como dizia meu chefe: "Não basta ser competente. É preciso que os outros saibam que você é competente".

— Em resumo, você acha que não devo abrir o meu negócio?

— Eu não disse isso. Apenas o estou alertando, para que não deixe o certo pelo duvidoso.

— Minha esposa falou exatamente isso.

— Vou ser franco: você tem de criar primeiro uma boa rede de relacionamentos. Ninguém sobrevive sozinho. É necessário visitar constantemente os outros departamentos da empresa, trocar experiências, fazer novas amizades. E, como eu já disse, não somente no interior da fábrica, mas também junto aos clientes. Não fosse isso, eu não teria sobrevivido. Afinal, quem iria solicitar os serviços de um tal de Monteiro, que ninguém saberia quem era?

Luís despediu-se do antigo colega cheio de dúvidas e com uma decepção encravada no fundo da alma. Quando chegou em casa, a esposa o esperava para o almoço.

— E então? Como foi a conversa com seu amigo?

— Conhecido, não amigo.

— Sim. Mas qual foi o resultado?

— Bom... bom.

— Não parece. Você está com uma cara de decepcionado. Diga a verdade: o que ele lhe disse?

— Bem, se você quer a verdade, lá vai: ele pensa como você. Acha que vou largar o certo pelo duvidoso.

— Mas ele não fez o mesmo?

— Fez e, pelo que pude ver, está muito bem de vida.

— Então...?

— Ele disse que sou muito fechado e que ninguém vai solicitar os meus serviços.

— Ele disse isso?

— Bem, ele não falou assim, mas foi o que li nas entrelinhas. Ele acha que devo primeiro intensificar os meus relacionamentos. Não existe empreendedor fechado em si mesmo. E, como sou assim, devo antes abrir-me para o mundo. Foi isso o que escutei.

Teresa condoeu-se diante do desapontamento do marido. Escolhendo bem as palavras, disse, tocando o seu rosto:

— Não desanime, Luís. Você não é do tipo extrovertido, mas isso não significa que não possa triunfar como empreendedor. Apenas tem de abrir-se um pouco mais diante das pessoas, estabelecendo contatos, como disse Monteiro.

Luís riu com deboche, dizendo de modo exagerado:

— Tenho de abrir-me para o mundo, Teresa. Para o mundo!

— Deixe o ressentimento de lado. Sei que você é competente no que faz, mas será que todos sabem disso? Quando você fizer o seu marketing pessoal, estabelecendo novos relacionamentos, com certeza terá chances com que nem sonha hoje.

Com grande dificuldade, Luís fez o que lhe sugeriram Monteiro e Teresa. Os resultados demoraram certo tempo para aparecer, mas, quando surgiram, ele não teve de que se queixar. Passou a ser mais respeitado na empresa e um ano depois foi promovido a gerente-geral da fábrica. Quando isso aconteceu, houve um novo diálogo com a esposa.

— Você tinha razão, Teresa. E Monteiro também. Não fosse a minha abertura para os outros, não teria sido promovido a gerente-geral. Como disse certa vez um de meus professores: "O ser humano não é uma ilha". Nós somos seres sociais e, como tal, temos de estabelecer contatos, relacionamentos.

— Temos de abrir-nos para o mundo — falou Teresa, rindo.

— É isso aí. Nesta semana, farei nova visita ao Monteiro. Tenho de agradecê-lo por ter impedido que eu escolhesse o caminho errado. E, primeiramente, devo agradecer a você.

— Era o mínimo que eu poderia fazer.

— Enfim, não penso mais em deixar a empresa para montar o meu próprio negócio. Cada um tem o seu caminho, e o meu está lá.

O caso encerrou-se por aí e demonstrou mais uma vez a união que havia entre Teresa e Luís, apesar das diferenças entre eles. Quanto a ela, já lecionava há alguns anos no ensino superior e fazia do magistério a sua missão na vida. Num dos diálogos que vez por outra trocava com o marido, ela foi clara a esse respeito:

— Quando ainda eu era estudante, certa vez o professor de Filosofia disse que Sócrates sentiu-se chamado pelo oráculo de Delfos a uma missão: incentivar os seres humanos a se ocuparem antes de tudo com os interesses da própria alma, buscando conquistar a sabedoria e a virtude. Pois isso ele fez por meio do ensinamento nas ruas de Atenas. A minha missão é semelhante. Eu a exerço em sala de aula. Somente deixarei de lecionar quando sentir que a minha grande tarefa chegou ao fim.

Dessa forma, a vida do casal prosseguiu sem muitas turbulências, de modo que cada um podia dar conta de seus afazeres profissionais com dedicação e competência. Teresa queria apenas lecionar, o que lhe proporcionava satisfação e contentamento. Luís procurava administrar e liderar, cumprindo metas de produção e, sempre que possível, ultrapassando-as.

Foi devido à dedicação de ambos ao trabalho que Teresa se tornou coordenadora do curso de Letras e Luís atingiu o patamar de diretor de produção. A vida do casal tornou-se mais atarefada, porém, mais gratificante. A união entre ambos solidificou-se. Eles eram vistos em quase todos os eventos, fosse da universidade, fosse da empresa, sempre com bom humor e palavras carinhosas. Receberam até mesmo o apelido de "casal de pombinhos" depois de muito aparecerem juntos na universidade. Todavia, um fato inesperado mudou o rumo dos acontecimentos.

Luís teve de fazer uma viagem ao Canadá, numa região muito próxima das famosas cataratas, que fazem a divisão natural entre esse país e os Estados Unidos. Aproveitando uma folga em sua agenda, foi levado por um cliente a visitar a cidade de Niagara Falls, de onde se pode admirar bem de perto o esplendor das cataratas.

Ao ver-se diante de um cenário natural imponente, Luís extasiou-se, permanecendo por vários minutos emudecido. O cliente que o acompanhava estava feliz por proporcionar ao diretor da empresa fornecedora um dia emocionante. Entretanto, de um momento para outro, Luís curvou-se com o semblante modificado, vindo a cair desacordado no solo. Socorrido imediatamente, foi levado a um hospital local e de lá para Toronto. A empresa, em São Paulo, logo foi notificada, repassando a notícia a Teresa, que partiu no mesmo instante para o Canadá.

Luís tivera um AVC, um acidente vascular cerebral. Quando a esposa chegou ao hospital, ele já se recobrara, mas tinha o lado esquerdo semiparalisado, quase não escutando com o ouvido esquerdo. Apesar da dificuldade para falar, fazia-se entender e demonstrou muita serenidade diante do ocorrido. Em poucos dias, voltou para São Paulo, onde permaneceu em repouso. Atendido por um médico local, ficou sabendo que permaneceria com essas sequelas. Sua volta ao trabalho foi descartada, pelo menos naquele momento.

Passaram-se algumas semanas, quando faria novo *check--up*. Entretanto, durante a madrugada que antecedia os exames, teve novo AVC, vindo a falecer. Teresa ficou completamente perdida. Além da tristeza natural por se ver agora sem a companhia do marido, passou a ter forte sentimento de culpa. Achava que não tinha cuidado e amado o marido como ele merecia. Apesar de os conhecidos lhe afirmarem o contrário, Teresa continuou com aquele sentimento deletério enraizado na alma.

Um pensamento que não lhe saía da mente era: "Talvez, se eu tivesse compreendido e amado mais Luís, ele vivesse com mais serenidade e nunca tivesse sido vítima do derrame. Eu não soube amá-lo e acabei contribuindo para a sua morte". Não era verdade, mas a crença, quando lança raízes, torna-se muito forte e é difícil dissuadir quem a alimentou.

Uma professora que lecionava na mesma universidade de cujo curso Teresa era coordenadora tentou ajudá-la, dizendo-lhe o que ouvira de um psicólogo:

— Teresa, tire esse pensamento da mente. Sentimento de culpa é reflexo de um delírio de grandeza.

— O quê? Eu não tenho delírio de grandeza.

— Não a estou ofendendo. Apenas quero dizer que em geral o sentimento de culpa é consequência de uma falsa sensação de poder, em que a pessoa pensa que pode impedir um acontecimento que, na realidade, não depende dela.

— Nunca ouvi isso.

— Teresa, quero apenas dizer-lhe que seu marido teve AVC por causas internas, e não por você tê-lo amado de menos ou de mais. Fazia parte do roteiro de vida dele. A prova de seu amor é que, logo ao saber do ocorrido, você voou para o Canadá, a fim de estar junto dele. E, quando voltou, cuidou extremamente dele até a ocorrência do segundo AVC. Você fez o que pôde. Chegou até o limite de suas possibilidades. Dali para frente, já não dependia de você, mas de Deus.

Mais foi conversado naquele dia, entretanto o que ficou registrado na memória de Teresa foi o conceito de *delírio de grandeza*, de que lhe falara a colega. Delírio de grandeza — leu posteriormente Teresa — é o sentimento de sentir-se com maior poder do que realmente se tem. Denomina-se também megalomania, isto é, a consideração exagerada e fantasiosa da própria importância.

Teresa parou de ler e ficou a comparar a definição lida com o que lhe dissera a professora na universidade. "Exagero é pensar que estou tendo ideias delirantes", pensou. Todavia, mais uma palavra havia no texto, que a deixou preocupada. "Ao se considerar o delírio de grandeza, fala-se também em *teomania*, isto é, o desejo oculto de ser tão poderoso como um deus. A mulher em tal estado pensa que é admirada por todos pelo simples fato de ser quem é. Exige assim ser venerada, valorizada e amada, não pelo que realiza, mas pelo que é ou pelo que julga ser, prendendo-se a um aspecto de sua pessoa, como a beleza, a sensualidade, a inteligência ou o poder de que desfrute."

A indignação cedeu lugar à tristeza. "Quer dizer que estão me vendo como alguém com megalomania ou mesmo teomania? Ninguém consegue identificar o desalento que tomou conta de mim?" Com esse pensamento, Teresa voltou-se mais para dentro de si mesma, afastando-se lentamente das pessoas que lhe eram mais próximas na universidade. Não deixou de coordenar o Departamento de Letras, mas passou a falar apenas o estritamente necessário, apartando-se das antigas companhias. Aos poucos, até mesmo suas conhecidas e amigas foram notando a ausência de Teresa, que vivia reclusa em seu apartamento, isolando-se do convívio social.

O falecimento de Luís foi o estopim de uma mudança jamais esperada por quem conhecesse Teresa, pois ela sempre fora muito aberta e sociável. Depois de algum tempo, perguntava-se, tanto na universidade como entre a vizinhança, o que estaria acontecendo com ela.

— É verdade que o seu marido veio a falecer — chegou a falar uma colega —, mas já passa de meio ano que isso aconteceu, e Teresa continua vivendo enclausurada. Isso não é nada bom. Temo pela sua saúde.

Teresa, porém, continuava culpando-se pela morte do marido. Se lhe houvesse dedicado mais amor e cuidado, talvez o derrame não tivesse ocorrido, pensava. Ele adiara a realização de um *check-up* solicitado pelo médico, e ela não se dera ao trabalho de persuadi-lo a fazer a bateria de exames. Por causa disso — concluía —, ele tivera agravada uma situação que começara anteriormente, vindo a falecer.

Cada vez que esse pensamento rondava a sua mente, ele aumentava a sua dor e o seu desespero, ampliando o sentimento de culpa.

2 – As agruras da culpa

O pesar de Teresa, em vez de diminuir com o tempo, somente aumentou. Depois do dia em que se lembrou de que nada fizera para convencer o marido a passar pelo *check-up*, a sua vida virou um verdadeiro inferno. "Foi isso que levou o meu amado Luís à morte", concluiu, de modo que o sentimento de culpa se intensificou. Quando, na universidade, conversava com alguém, invariavelmente dizia:

— Meu marido tinha ainda um belo futuro pela frente, mas, devido a meu descaso sobre o *check-up* que ele deveria fazer, a morte chegou certeira.

Se a pessoa discordasse, ela insistia, e assim seguia, interminavelmente.

— Cada pessoa é responsável pela própria vida, Teresa. Você não pode responder por seu marido.

— Não é bem assim. Afinal, eu era sua esposa.

— É verdade, mas esposa não é guardiã da vida do marido. Não se martirize por um sentimento de culpa equivocado.

— Esposa não é guardiã, mas tem de estar sempre ao lado do marido. E, quando ele é esquecido, como no caso de Luís, ela tem de fazer as vezes de sua memória.

— Não estou entendendo, Teresa.

— Deixe para lá. Só quem tem uma perda tão profunda sabe o que estou dizendo.

E, assim, ela acabava por afastar as pessoas, pois não aceitava o consolo que lhe era oferecido. Para Teresa, ser consolada era percebido como uma ofensa à memória do marido. Era preferível viver afogada num mar de sofrimento a buscar a consolação oferecida fraternalmente pelas colegas de universidade.

Junto à vizinhança ocorria o mesmo:

— Teresa, respeitar o esposo falecido é uma coisa, viver atolada na dor é completamente diferente. Tenha ânimo. Recupere a vivacidade que sempre teve. Tristeza demorada leva à depressão.

— Sabe de uma coisa, minha amiga? Para alguém que foi relapsa em relação ao marido tão atencioso, ficar deprimida é castigo pequeno.

— Você nunca foi relapsa. Lembro-me muito bem do grande carinho e do afeto que sempre demonstrou por Luís.

— Parece que não eram tão grandes assim. Se fossem, eu teria levado Luís para fazer o *check-up*.

— Você me disse certa vez que Luís detestava médicos.

— É verdade.

— Pois foi por isso que certamente ele negligenciou os exames que teria de fazer. Portanto, a responsabilidade foi dele, e não sua.

— Justamente por ele temer qualquer visita a médico é que eu deveria tê-lo incentivado e até empurrado para o laboratório, onde faria os exames.

Para qualquer frase que pudesse livrá-la do sentimento de culpa, Teresa conseguia uma outra que a lançava no remorso sem fim.

Com o passar do tempo, as pessoas mais chegadas foram desistindo de oferecer-lhe consolo, pois ela o rejeitava. Por fim, começaram a afastar-se e a fugir de sua presença, de modo que ela foi ficando isolada e solitária. Diante da situação que ela mesma criara, Teresa passou a sentir uma tristeza profunda, acompanhada de pessimismo diante da existência e baixa autoestima. "A vida não tem nada a me oferecer", pensava, "e eu nada tenho a oferecer à vida". Incapaz de sentir alegria e prazer diante do que mais amava, que era lecionar, ia à universidade a contragosto, já pensando em voltar para casa e deitar-se na cama sob o cobertor para alimentar o seu descaso pela vida e pelas pessoas. A pseudoculpa e o remorso não lhe saíam da memória, e o seu viver passou a ser insuportável. A vida tornou-se-lhe um peso, um peso avassalador. Apática, desesperançada e sentindo no íntimo um imenso desamparo, a ideia de morte começou a rondar-lhe a mente. "De que vale viver sem alegria?", pensava. "De que vale viver, se a vida já não me fascina mais? De que vale viver, se apenas a morte é meu consolo?" Com tais pensamentos, passou quase inconscientemente a planejar o seu suicídio. Depois de várias semanas hipnotizada pela ideia de aniquilar-se, tomou a decisão de pôr fim à sua existência, que já não significava mais nada para ela. Porém — o que ela desconhecia —, Augusta, sua mãe desencarnada, que fora espírita fervorosa e que deixara este mundo há muitos anos, estava buscando um meio de auxiliá-la, de modo a não perpetrar aquele gesto desvairado de consequências espirituais gravíssimas.

Numa tarde, ao voltar da universidade, Teresa chegou em casa determinada a praticar o suicídio. Sem saber por que, pensara muito na mãe durante o trajeto. E, assim pensativa, esqueceu a porta apenas encostada, seguindo rapidamente para o quarto, onde guardava um vidro com calmante, que lhe fora receitado há pouco tempo. Sem dar margem a qualquer pensamento salutar, tomou da garrafa de água que estava sobre a mesinha de cabeceira e colocou vários comprimidos na mão. "Que Deus me perdoe", pensou, "mas não aguento mais o remorso pelo meu descaso com Luís. Pelo menos, daqui a pouco estarei em paz para sempre".

◆ ◆ ◆

Maria do Carmo, secretária do curso de Letras na universidade onde Teresa lecionava, era médium vidente e audiente, atuando nos trabalhos de passe de um centro espírita. Falava pouco a respeito, mas frequentemente notava que professores e funcionários entravam e saíam acompanhados de um ou mais espíritos, nem sempre de boa índole ou de elevado nível evolutivo. Havia uma única professora que trocava ideias com Maria do Carmo a respeito de mediunidade, reencarnação ou livros espíritas, sendo os demais professores alheios ao assunto. Pois exatamente na manhã do dia em que Teresa optou pelo suicídio, essa professora, prestes a sair, parou na secretaria e comentou com a secretária:

— Você notou a fisionomia da professora Teresa hoje?

— Não. Eu não a vi. Mas sei que ela está passando por maus momentos por sentir-se culpada pelo desencarne do marido. Tenho orado por ela.

— Ela estava com o semblante carregado. Mais carregado que nos dias anteriores. Quando deixou a sala dos professores, olhou profundamente para os que ali se achavam e saiu, demonstrando imensa tristeza.

— Vou redobrar minhas preces por ela, pedindo também no centro espírita no qual trabalho que lhe sejam enviadas vibrações de amparo e paz de espírito.

— Ela está precisando. Também vou orar por ela.

A conversa terminou por aí, e Maria do Carmo voltou a seus afazeres. Como teria folga nessa tarde, preparou os documentos mais urgentes e se levantava para deixar a secretaria, quando viu uma senhora idosa que entrava. Pela vidência, logo notou tratar-se de um espírito desencarnado. Aguardou alguns segundos, e depois escutou:

— Maria do Carmo, sou Augusta, mãe da professora Teresa. Ela precisa muito da sua ajuda. Por favor, vá visitá-la agora.

A secretária quis saber mais:

— O que está acontecendo com ela?

Mas, quando notou, o espírito havia desaparecido tão instantaneamente como entrara na sala. Todavia, algo repercutia em sua mente. Era como uma voz a lhe dizer: "É urgente! A professora necessita da sua ajuda AGORA". Não se detendo por mais tempo na secretaria, Maria do Carmo foi despedir-se de alguns colegas e saiu rapidamente rumo à casa de Teresa, com o endereço anotado em uma folha de sulfite.

    O trânsito nesse início de tarde parecia estar mais lento que nos demais dias. Maria do Carmo, atenta ao volante, orava incessantemente, pedindo a Deus que tudo estivesse bem com a professora. Depois de um tempo, que lhe pareceu muito extenso, enfim ela se viu diante do edifício onde residia Teresa. Estacionou rapidamente o carro numa vaga próxima e saiu quase correndo. Ao chegar diante do apartamento, percebendo que a porta estava semiaberta, tocou a campainha duas vezes e, não obtendo resposta, entrou com cuidado.

— Professora Teresa! Professora Teresa! Sou eu, Maria do Carmo. Posso entrar?

◆ ◆ ◆

No momento em que a secretária entrava pela casa, Teresa acabara de encher a mão com os comprimidos. Ao ver a figura de Maria do Carmo entrando com rapidez pelo quarto, levou um grande susto, deixando cair todos os comprimidos no chão.

— Não faça isso, professora! Não faça isso!

Teresa, tomando melhor consciência do que acontecia, jogou-se sobre a cama e começou a chorar convulsivamente. A secretária pediu mentalmente ajuda divina e começou a orar. Nesse momento, viu Augusta, a mãe de Teresa, que lhe aplicava um passe, acompanhada de um espírito, de quem saía um jato de luz branco-azulada. Aos poucos, Teresa foi diminuindo o choro e, tomando força, sentou-se na beirada da cama, ainda com os olhos avermelhados. Depois de um longo silêncio, falou:

— Desconheço o modo pelo qual você entrou aqui, Maria do Carmo, assim como não sei se me ajudou ou se impediu o meu descanso eterno. De qualquer modo, agradeço a sua boa vontade.

— Esteja certa de que a ajudei, professora. O seu gesto suicida não lhe traria o descanso, mas sim sofrimentos muito maiores do que aqueles pelos quais tem passado. Se quer saber por que estou aqui, esclareço que foi pelo pedido de ajuda de sua mãe.

— Minha mãe? Ela está morta há muito tempo.

— Ela vive no mundo espiritual. O espírito não morre. A morte não passa de falência dos órgãos do corpo físico. O espírito, professora, é imortal.

— Já escutei você falando sobre isso, embora esteja totalmente fora dos meus conhecimentos, mas, por favor, explique-se melhor.

— A sua expressão desorientada foi percebida por alguns professores. E, pela mediunidade, sua mãe me pediu que viesse ajudá-la.

— Tudo isso me soa completamente estranho e irreal, mas não posso deixar de agradecê-la pelo bem que pensa ter feito por mim. Penso mesmo que deva colocá-la mais a par da minha situação, a fim de que você possa entender melhor por que optei pelo fim da minha vida.

— Por favor, fale.

— Maria do Carmo, eu sempre amei meu marido, apesar das nossas diferenças. Ele também me amava. Luís era um homem um tanto calado, mais voltado para o seu mundo interior do que para as outras pessoas. Mais voltado à reflexão do que ao diálogo social. Era capaz de passar todo um fim de semana fechado em casa, sem visitas, apenas lendo um livro que o estivesse agradando. Como dizem os psicólogos, ele era introvertido.

— Entendo.

— Eu sempre fui o oposto. Aberta, bem falante, sempre pronta para um bom bate-papo. Estudava os livros de que necessitava para o ensino, mas nos fins de semana queria sair, almoçar fora, ir ao cinema ou ao teatro, visitar amigos.

Enfim, eu sempre fui mais voltada para os outros do que para mim mesma. Extrovertido é o nome que se dá a esse tipo psicológico. Bem, como você vê, éramos muito diferentes.

— Mas mesmo assim conviviam bem?

— Conseguíamos nos relacionar muito bem porque o amor nos unia. É claro que às vezes tínhamos discussões, como ocorre com qualquer casal, mas o que predominava era o companheirismo, o respeito e o cuidado que um tinha para com o outro. Pois foi exatamente por causa do cuidado que Luís veio a falecer. Ou melhor, pelo meu descuido. Esse caso você conhece. Ele tinha de se submeter a uma bateria de testes, mas foi protelando indefinidamente. Ele detestava médicos. Fugia do consultório sempre que podia. Nesse caso, o que eu deveria ter feito?

Antes que Maria do Carmo pudesse responder, Teresa continuou:

— Eu deveria tê-lo forçado a cumprir a exigência médica. Era muito importante, e no entanto ignorei completamente a seriedade do caso. Antes de ter feito a visita à filial da empresa no Canadá, era imperioso que fosse feito o *check-up*. Mas o meu descuido, o meu desamor acabaram prevalecendo e... e aconteceu o que você já conhece.

Nesse momento, Teresa voltou a chorar copiosamente, pondo para fora todo o seu amargor e abatimento.

— Você acha que, depois disso tudo, ainda mereço viver? E viver para quê? Para passar o resto da vida me julgando e me condenando? Isso é vida? Pelo menos, pondo fim à existência, eu poderia, quem sabe, ter um pouco de sossego, um pouco de paz. E ainda houve quem tivesse a coragem de acusar-me de delírio de grandeza. Eu sofrendo pelo meu descaso e outros dizendo que isso era megalomania. Ainda bem que nunca escutei isso de você.

— Professora, você pergunta se merece viver. Se não o merecesse, não teria nascido nesta reencarnação. É claro que somos responsáveis pelo que fazemos ou pelo que deixamos de fazer em nossa vida. E, quando nossos atos ou a ausência deles pendem para o mal, acarretamos dívidas além daquelas que porventura tivéssemos ao renascer. Há quem passe pela existência apenas aumentando os seus débitos, em vez de reparar os que já possuía. Mas, apesar disso, é Deus quem determina o nosso período de vida em cada existência. Não somos os senhores da vida, ela nos é concedida pela compaixão divina. Não podemos simplesmente dizer num dado dia: "Agora chega! Não quero mais viver". Não sabemos quanto tempo nos resta ainda nesta existência. E esse tempo é uma oferta valiosa, a fim de que possamos cumprir a nossa missão terrena.

Teresa, ainda insatisfeita com a intervenção da secretária do curso de Letras, respondeu com certo grau de ironia:

— Você quer dizer então que, mesmo tendo causado a morte do meu marido, eu sou obrigada a conviver com o remorso e a dor? Nem dona da minha própria vida eu sou, para poder dar-lhe um fim?

— Em primeiro lugar, você não é a responsável pela desencarnação do seu marido. Quem pode comprovar que, se ele tivesse feito o *check-up*, estaria isento do derrame? Mesmo atendendo às orientações médicas, estando definido que a sua existência estava com o fim marcado para aquele momento, assim iria acontecer. Havia chegado a vez dele, como chegarão a minha e a sua algum dia. Por outro lado, o remorso é prejudicial, professora. Costuma-se dizer que a fixação mental do remorso provoca imenso complexo de culpa. E você vem sofrendo desse sentimento nefasto. Todavia, ainda assim, o remorso é a força que prepara o arrependimento.

— E qual é a diferença entre ambos? — perguntou Teresa com certo enfado.

— Quem sente remorso fica passivamente preso nele, provando do seu fel, sem forças para reagir. Já o arrependimento é a energia que precede o esforço de renovação. Quem se arrepende busca reparar a falta cometida valendo-se da prática do bem e da caridade. Quem se arrepende vê na reparação do erro um meio para dar continuidade a seu aprimoramento moral e espiritual. Neste sentido, o arrependimento é o início da reabilitação do espírito. Você ainda tem muito por fazer pelo bem do semelhante, professora, como sempre fez. Rompa as cadeias do remorso e recomece a viver.

    Ao escutar essas palavras, Teresa ficou sem possibilidade de resposta. Ou melhor, a resposta foi um silêncio prolongado. Temerosa de que, ficando só, Teresa pudesse retomar o gesto insano que fora interrompido, Maria do Carmo ofereceu-se para fazer-lhe companhia até a noite. Com isso, ainda houve muito diálogo sobre a vida e a morte.

    — Nunca admiti a continuidade da vida após a morte, Maria do Carmo. Meus pais eram espiritualizados, mas, quando comecei a fazer o meu curso superior, deixei a religiosidade. Admiro, entretanto, quem vive por um objetivo espiritualizado, buscando não apenas a sua própria evolução, como também o esclarecimento dos outros.

    — Nós, espíritas, Teresa, dizemos que a caridade é a maior das virtudes. Por meio dela, buscamos amar o próximo como a nós mesmos e procuramos fazer aos outros o que gostaríamos que os outros fizessem por nós. Esta é a expressão mais completa da caridade, pois resume todos os nossos deveres para com o próximo.

    — Lembro-me de que meus pais doaram várias vezes mantimentos e roupas a um centro espírita, que amparava moradores de rua.

    — Ajudar o próximo com alimentos, roupas e vestuário é o que chamamos caridade material e revela o bom coração de quem assim age em favor dos seus irmãos. É também muito importante. Há, entretanto, outro tipo de caridade, que denominamos caridade moral, aquela que qualquer pessoa pode fazer, pois não se trata de dinheiro ou de recursos materiais. É a mais difícil de ser praticada. Ela é expressa pela tolerância, por se ouvir aquele que precisa aliviar seu sofrimento, pela paciência diante de quem ainda não compreende nosso modo de ser, pelas palavras de bom ânimo àquele que se acha na amargura, pelo sorriso acolhedor e pelo abraço amigo, além de tantas outras maneiras de nos doarmos para quem de nós necessite. E você fez sempre isso, professora.

— Eu? — exclamou assombrada Teresa.

— Você é professora e tem dedicado toda a sua vida a favorecer o aprendizado de inúmeros jovens. Você não é uma professora burocrata, aquela que leciona de acordo com o salário que recebe. Os alunos sabem que você se dedica inteiramente, para que eles possam conquistar tudo aquilo que sonham ao ingressar num curso superior. Essa atenção, essa dedicação desinteressada e esse desprendimento também constituem a caridade moral. Isso, professora, você tem feito em todos os dias do seu abençoado magistério.

Teresa não sabia o que responder. Nunca refletira sobre isso, nunca pensara dessa forma. Antes que pudesse emitir qualquer juízo, a secretária continuou:

— Você já pensou como os alunos, que têm em você um modelo, iriam reagir caso a sua decisão tivesse sido realizada? Já cogitou o mal que poderia lhes levar, depois de ter feito tanto bem?

— Sinceramente, não. Fico chocada e até envergonhada.

— Os malefícios do suicídio são tanto para quem o pratica como para aqueles com os quais o suicida convivia. Sei que você não crê no Espiritismo, mas posso assegurar-lhe que o sofrimento não termina para quem se torna suicida. Pelo contrário, aumenta. Há muitos depoimentos de espíritos que cometeram esse gesto insano e passaram por longo sofrimento até poderem reequilibrar-se um pouco, pedir o auxílio divino e conseguir o resgate.

O diálogo prosseguiu por muito tempo. Teresa aceitou a oferta de Maria do Carmo, permitindo que ela pernoitasse em sua casa. Na manhã seguinte, notava-se na professora um semblante mais sereno. Parecia ter-se convencido de que o suicídio não era a melhor forma de solucionar o seu problema; todavia, ainda se achava culpada pela morte do marido e não sentia forças para retomar a vida habitual. Foram-lhe concedidos trinta dias de licença, a fim de que se recompusesse e pudesse voltar ao trabalho. Quanto a Maria do Carmo, prometeu fazer-lhe visitas, para colocá-la a par do que acontecia na universidade e, principalmente, para dar-lhe o apoio espiritual de que estava necessitando.

De fato, a ideia de suicídio saiu da mente de Teresa. Maria do Carmo, discreta, não comentou com ninguém o que presenciara. Porém, a professora foi se tornando muito fechada, não saindo de casa e não tendo condições de praticar atividades, como fazia antes. Duas dessas atividades eram a caminhada diária que sempre fizera e a leitura, um lazer que competia anteriormente com as visitas que fazia muitas vezes a casais amigos. Agora, inerte e reclusa em sua residência, passou a ter pensamentos constantes que a deixavam perturbada. A ideia central era: "Ninguém se importa comigo. Fui esquecida por todos. Não recebo mais visitas".

Teresa sempre se mostrara extrovertida, desinibida, comunicativa, interessada em pessoas e em diálogos que podiam perdurar por horas. Agora, na escuridão da casa, que ficava sempre com as janelas fechadas, ruminava pensamentos soturnos de abandono e solidão. O medo da solidão foi se tornando cada vez mais forte. "Onde estão meus amigos?", era uma pergunta frequente que ela se fazia. Todavia, se o telefone tocava, não atendia e chegou a recusar visitas de colegas da universidade, não abrindo a porta. "Não tenho condições de conversar", dizia angustiada. "Será que estou ficando louca?"

Deixou de cuidar da própria aparência, dispensou a empregada e passou a ficar quase o tempo todo deitada na cama, corroendo-se com pensamentos obscuros. "O meu maior medo aconteceu", dizia em prantos. "Estou abandonada por todos. Vivo na amargura da solidão. Sou o próprio temor da solidão consolidada."

Foi por essa época que, ao abrir a estante da sala, notou uma folha dobrada sob uma caneta. Abriu-a e lá estava a cópia do poema numero vinte e três do livro de poemas *Solombra*[1],

---

1 MEIRELES, Cecília. Solombra. 2.ed. São Paulo: Global Editora, 2013.

de Cecília Meireles. Ela bem o conhecia, mas fez questão de abrir a folha e ler pausadamente:

> "Entre mil dores palpitava a flor antiga,
> quando o tempo anunciava um suspiro do vento.
> Cada seta de sombra era um sinal de morte.
>
> Lento orvalho embebeu de um constante silêncio
> o manso labirinto em que abelha sussurra,
> o aroma de veludo em seus bosques perdido.
>
> Hoje um céu de cristal protege a flor imóvel.
> Não se sabe se é morta e parada em beleza,
> ou viva e acostumada às condições de morte.
>
> Mas o vento que passa é um passante longínquo:
> à flor antiga não perturba o exato rosto
> sem esperanças nem temores nem certezas.
>
> Pálido mundo só de memória".

Ao terminar a breve leitura, Teresa olhou para o nada e disse em voz quase alta: "Esta é a minha vida hoje. Não sei se sou morta ou viva acostumada às condições da morte. Vivo sem esperanças nem temores nem certezas. Vivo somente de memórias".

Uma tristeza infinda abateu-se sobre a sua alma. "O que eu mais temia me aconteceu: vivo na solidão", pensou, sem se dar conta de que a solidão era consequência do seu retraimento diante da vida e das pessoas. Com tal conclusão, ela se fechou mais e ficou ainda mais inerte na cama durante todo o dia.

Quando Maria do Carmo foi visitá-la, como fazia pelo menos uma vez por semana, notou que ela estava ainda mais decaída e presa em seus próprios pensamentos. Foi mesmo difícil tirar-lhe meia dúzia de palavras. Preocupada, ao voltar para casa, fez uma oração a Deus pedindo-Lhe socorro para aquela alma prostrada diante da vida. Quase imediatamente, ouviu uma voz: "Estou aplicando-lhe passes diariamente, mas é necessário que também ela mesma peça ajuda para receber o auxílio divino". Era a mãe de Teresa, Augusta, quem assim dizia, continuando: "Dê-lhe um cãozinho de presente. O animalzinho lhe fará muito bem".

Maria do Carmo notou o semblante dolorido do espírito que assim lhe falava e, mesmo achando estranho o pedido, prometeu que seria cumprido. Antes, porém, conversou com alguns amigos do centro espírita onde era voluntária. Os trabalhadores da casa espírita foram unânimes em reconhecer o especial relacionamento entre animais de estimação e pessoas como um meio salutar de auxílio na cura de doenças.

— Mas — disse o presidente do centro — é urgente proceder ao trabalho de desobsessão. Com certeza, além do aspecto psicopatológico, há também uma interferência de ordem espiritual.

Maria do Carmo concordou e pediu que fosse promovida uma sessão de desobsessão, tendo em vista o alívio espiritual da professora. Por outro lado, foi a uma feira de doação de animais e escolheu um lindo vira-lata preto, ainda jovem. Todavia, não tinha certeza de se fizera a coisa certa. Caso Teresa não aceitasse o presente, ela ficaria com o cãozinho. Foi assim, temerosa, que ela entrou na casa da professora, levando o cachorrinho pela coleira.

Como de costume, Teresa abriu a porta, cumprimentou-a rapidamente e pediu que a seguisse até o dormitório, onde se jogou na cama e ficou estática, esperando por algumas palavras. Mas teve uma grande surpresa:

— Teresa, trouxe-lhe um presente.

Sem qualquer sorriso no rosto, ela olhou para o que estava agora nos braços da secretária. Nesse momento, os olhos se abriram e, estupefata, ela gritou:

— Bobby! Você voltou! Venha me abraçar, Bobby.

Sem nada entender, Maria do Carmo soltou o cãozinho na cama, que partiu para os braços de Teresa, abanando a cauda.

— Bobby, meu amor. Você voltou!

Em seguida, depois de longo e afetuoso abraço, Teresa perguntou:

— Como você conseguiu um cão igualzinho ao meu Bobby?

— Você já teve algum cachorro?

— Eu tinha um cãozinho preto chamado Bobby. Era igualzinho a este sapeca. Pois um dia, quando eu deixava o edifício, ele saiu em disparada e foi atropelado, morrendo logo depois numa clínica veterinária. Após esse acontecimento terrível, julgando-me culpada por sua morte, nunca mais quis ter nenhum bichinho de estimação. Mas rendi-me imediatamente por este novo Bobby, que me cativou ao primeiro olhar.

Maria do Carmo suspirou aliviada. A mãe de Teresa sabia muito bem por que um cãozinho poderia ajudar sua filha a sair do lastimável estado em que se encontrava.

3 – Quando a vida começa a mudar

Bobby passou a ser a grande alegria na vida de Teresa. No mesmo dia em que o recebeu de presente, ela se levantou, arrumou-se bem e foi a um *pet shop* comprar uma caminha e ração para o cãozinho de estimação. Ao voltar, abriu as janelas, que permaneciam há muito tempo fechadas, e deixou entrar um novo ar em sua vida.

Sabe-se que o contato diário com animais é mais amplo do que o divertimento, a distração e a companhia que eles oferecem, chegando a ser uma verdadeira terapia. Quando conversamos e brincamos com eles, diminuímos o estresse e deixamos de nos fixar em nós mesmos, em nossas doenças, dores e sofrimentos. E sentimos o carinho que eles nos oferecem incondicionalmente. Quando estamos alegres — e os animais nos dão alegria —, o cérebro libera endorfinas. A endorfina é uma substância natural que deixa a mente e o corpo relaxados, melhora o humor e aumenta a segurança e a autoestima, entre outros benefícios.

Tudo isso foi percebido inconscientemente por Teresa, que fez uma faxina completa na casa, deixando-a limpa, cheirosa e iluminada. Em seguida, recontratou a empregada, que fora anteriormente demitida, e passou a sair com Bobby, ainda jovem, duas vezes por dia.

Maria do Carmo ficara animada com a reação da professora, mas não estava certa de se a vida de Teresa mudaria para melhor ou se tudo voltaria a ser como antes. Assim, resolveu visitá-la três dias depois. Quando chegou ao apartamento, apertou a campainha e ninguém apareceu para abrir a porta. Tudo permanecia em um profundo silêncio. Depois de tocar a campainha por três vezes, ficou preocupada. O que estaria acontecendo? Nem mesmo o cãozinho latira com o som estridente da campainha. Chamou por Teresa em voz alta e aguardava algum tipo de reação, quando ouviu uma voz alegre atrás de si:

— Obrigada pela visita, Maria do Carmo. Vamos entrar.

Olhou para trás e não acreditou no que viu. Teresa, toda sorridente, estava segurando Bobby por uma coleira. Vestia-se esportivamente e estava bem penteada, cheirando a perfume. De tão feliz que ficou, deu até um grito ao dizer:

— Professora, você ressuscitou!

— Sinto-me exatamente assim: ressuscitada dentre os mortos.

O que Teresa ainda não sabia é que no centro espírita fora realizada uma sessão de desobsessão em seu nome. No momento oportuno, ela tomaria conhecimento desse fato.

◆ ◆ ◆

Quando conseguem, os maus espíritos agarram-se às pessoas de quem podem fazer suas presas. Na obsessão, um mau espírito atua deliberadamente sobre outro espírito (encarnado ou desencarnado) com a finalidade de prejudicá-lo de alguma forma. Entretanto, pode ocorrer de um espírito inferior aproximar-se de um encarnado por não ter noção de que já desencarnou. Ignorante de sua situação no mundo espiritual, ele age sobre o encarnado sem intenção de prejudicá-lo. Contudo, mesmo assim, acaba por afetá-lo de maneira negativa, embora não seja propriamente obsessão. Foi o caso de Luís, que fora esposo de Teresa.

A sessão de desobsessão teve início no centro espírita e, depois de um primeiro caso, foi a vez de se tratar a situação de Luís, que fora conduzido à sala pelo espírito de sua mãe na última reencarnação.

Cada casa espírita tem a sua equipe estruturada de acordo com as próprias orientações. Todavia, em geral, além do *dirigente*, que preside a reunião, administrando as tarefas de desobsessão, tem-se, em quantidade variável, um *médium psicofônico*, isto é, o médium por meio do qual o espírito obsessor irá falar. Esse médium "incorpora" o espírito, falando e se portando de acordo com as características do espírito obsessor. Ele dá voz para que o obsessor possa comunicar-se com o esclarecedor. Há também os *médiuns passistas*, que ministram passes a todos os participantes da sessão. Completam a equipe de desobsessão os *médiuns de sustentação*, cuja função é fazer a sustentação energética do trabalho, mantendo o padrão vibratório saudável por meio de pensamentos e sentimentos elevados. São eles que ajudam a garantir segurança, firmeza e proteção para o grupo e os trabalhos desenvolvidos.

Na noite em que foi tratado o caso de Teresa, o dialogador cumprimentou o espírito Luís e deu início aos trabalhos.

— Boa noite, Luís. Como você está?

Pela voz da médium psicofônica, que também era vidente, obteve a resposta:

— Muito mal. Muito mal.

— O que o aflige?

— Eu tive um AVC quando estava no Canadá e fui transportado para São Paulo. Mas, de uma hora para outra, todos passaram a me ignorar, inclusive minha própria esposa, com quem sempre estabeleci longos diálogos. Agora, eu falo alguma coisa e ela permanece completamente alheia, como se não houvesse ninguém próximo. Será isso alguma ilusão decorrente do derrame que tive? Mas, se for, quando isso irá passar? Ou ficarei assim até morrer? Quem poderia me explicar? O senhor é médico? Estou em um hospital? Às vezes, chego a pensar que estou internado em algum manicômio. O senhor é psiquiatra?

Luís falava com grande agitação e desconforto, quase implorando que lhe fosse dada uma explicação a respeito do seu caso. O dialogador respondeu, demonstrando grande serenidade:

— Luís, cada um de nós, quando reencarna, isto é, quando o espírito volta à vida corpórea, tem um tempo definido para que possa cumprir as tarefas a que veio. Na verdade, nós reencarnamos para dar continuidade ao nosso processo evolutivo, aprendendo, utilizando o aprendizado em nosso benefício e em benefício do próximo, assim como eliminando defeitos que ainda estejamos apresentando, incorporando em seu lugar as virtudes que lhes sejam contrárias. Enfim, cada um renasce para o próprio progresso. E, para isso, tem um tempo determinado de vida. Para uns pode ser muito longo, para outros mais breve, de acordo com o histórico de cada um.

Luís interrompeu as palavras do dialogador e disse com certa dose de ironia:

— E o senhor quer dizer que já morri?

— Eu quero dizer que o seu tempo já passou, de modo que deixou o corpo carnal e agora, em espírito, deve seguir para um posto de socorro.

— Como? Afinal, quem está louco aqui: eu ou o senhor? Desculpe-me, mas foi a coisa mais absurda que já ouvi em toda a minha vida.

— Nenhum de nós está louco, Luís.

— Tudo bem. Mas se eu, de fato, morri, como é que estou conversando com o senhor? Aliás, foi a primeira pessoa com quem consegui manter um diálogo, além da minha mãe, que me convenceu a vir até este local, nem sei bem para quê.

— Eu agradeço a sua presença. Você está aqui justamente para tomar conhecimento do que ocorre com o espírito ao desencarnar.

— Desencarnar? Então isto aqui não é um hospital, mas um centro espírita! O que é que tenho eu de fazer num local como este? E ainda mais para escutar o disparate de que já *desencarnei*? Ora, eu pensava estar num hospital psiquiátrico. Pensando bem, parece que é melhor estar aqui do que num manicômio. Mas, por favor, vamos conversar como adultos, como seres racionais, como sempre fui. O que o faz crer que eu já morri?

— Eu ia justamente explicar isso.

— Por favor, esteja à vontade. Não o interromperei.

— Você teve um acidente vascular cerebral, AVC ou derrame, como se diz. Permaneceu por algum tempo ainda com vida, porém, depois veio a desencarnar. O que significa isso? Em primeiro lugar, você, assim como todos nós, é um espírito imortal. Neste sentido, está certo, pois a vida continua depois da morte física. Como espírito, nós precisamos de um corpo físico para viver no plano terreno. O corpo físico é a vestimenta, o instrumento de que se vale o espírito para cumprir suas tarefas na Terra. Como nós temos um prazo de estágio neste mundo, vencido esse tempo, vem a morte. Devo esclarecer que morte é apenas a falência dos órgãos físicos do corpo. Quando isso ocorre, inicia-se o desencarne, isto é, o desligamento da alma em relação ao corpo físico. Você está acompanhando a explicação?

— Sim. Por favor, continue.

— Deixe-me, antes, explicar que o espírito, para utilizar-se do corpo físico, precisa de um intermediário, pois há uma grande diferença de teor vibratório entre um e outro. A vibração do espírito é muito mais sutil que a vibração do corpo.

O intermediário, chamado perispírito, vibra entre ambos, de modo a fazer a conexão entre eles. Simplificando, posso ainda dizer que, no momento em que o corpo já não tem mais vitalidade, ocorre a morte, que é puramente física. Quanto ao espírito, tem de desligar-se desse corpo que já não lhe serve mais. Esse desligamento faz-se célula a célula, iniciando pelos pés até a cabeça, onde acontece o desligamento total. O perispírito permanece com o espírito, de modo que apenas o corpo se decompõe.

— Estou entendendo.

— Quando acontece o desligamento total, podem ocorrer duas situações: ou o espírito segue para o mundo espiritual, acompanhado de familiares e amigos que já desencarnaram; ou, não dando ouvidos aos espíritos que vieram ajudá-lo, fecha-se em si mesmo e permanece junto ao corpo ou junto a familiares que lhe sejam caros. Enquanto esse espírito estiver no estado de fechamento ao exterior, mantendo-se preso em si mesmo, não terá noção de que já desencarnou e vagará pelos mesmos locais que costumava frequentar. Isto apenas terminará quando ele começar a notar que tudo está muito diferente do que era antes e pedir ajuda a mentores espirituais. Você mesmo disse que fala com sua esposa, mas não obtém resposta, não é mesmo?

— Sim, é verdade. Mas como é que estou conversando com o senhor?

— Você veio aqui trazido por sua mãe, também já desencarnada. Num momento em que você deve ter ficado tão confuso, chegando a pedir ajuda, ela pôde manifestar-se e dar-lhe a mão de que você necessitava.

— Eu estava mesmo muito confuso e desesperado, de modo que cheguei a fazer algo que não era meu hábito: pedi auxílio a Deus.

— Aí está a resposta. Nesse momento, você saiu de sua prisão interior e deu chance para que sua mãe, em nome de Deus, pudesse ajudá-lo.

— Mas, se ela me trouxe aqui, onde está?

— A seu lado, Luís, amparando-o.

Nesse momento, Luís, vendo o rosto sorridente de sua mãe, atirou-se a seus pés, chorando convulsivamente.

— Perdão, mãe, por tê-la ignorado.

— Levante-se, meu filho. Estarei ajudando-o sempre que precisar.

Após levantá-lo e abraçá-lo carinhosamente, sua mãe disse em tom sério:

— Agora, preste bem atenção no que nosso irmão tem a lhe dizer.

O dialogador, escolhendo as palavras, continuou:

— Você consegue conversar comigo, Luís, porque há um médium que está emprestando-lhe a voz, a fim de que isso se torne possível. Sua esposa não é médium vidente nem audiente, isto é, ela não vê espíritos nem ouve a voz deles. É por tal motivo que não responde ao que você lhe diz. Mas ela continua a amá-lo e até acabou por responsabilizar-se pelo seu desencarne, pois você não fez os exames que o médico havia pedido.

— Meu Deus! Ela não tem culpa nenhuma. Eu é que decidi que só os faria depois que retornasse de minha viagem. Diga-lhe isso, eu imploro. Ela não pode tomar para si o descaso que foi meu.

— Eu o farei, Luís. Esteja certo disso. Mas há ainda um fator muito importante que está afetando toda a saúde física e mental da sua esposa, ao mesmo tempo que também o prejudica. É preciso pôr imediatamente fim a tal situação.

— Por favor, explique melhor.

— Está havendo entre você e sua esposa o que chamamos de simbiose espiritual. Explicando: sem consciência de que já desencarnou, você apegou-se à sua esposa, colou-se nela, pois é o ser que ama. Você vem se mantendo ligado à casa em que morou, às situações do dia a dia que antes vivenciava e aos fluidos vitais de sua esposa. Com isto, a vampiriza, sugando-lhe energias. Na verdade, Luís, está havendo um vampirismo recíproco. Assim como sua esposa fica ligada a você, perdendo energia e se deteriorando física e mentalmente, você também fica preso a ela por meio do desespero profundo em que ela caiu. E você, igualmente, vem se debilitando. É preciso quebrar essa ligação vampírica. Se você a ama realmente, deixe que ela prossiga com a vida dela e siga para um posto de socorro com a sua mãe. Lá você entenderá melhor o que vem ocorrendo entre vocês.

Enquanto o esclarecedor falava, a mãe de Luís e outra entidade, com luminosidade resplandecente, aplicavam-lhe passes reequilibradores e reconfortantes.

Luís ficou em silêncio, meditando em tudo o que escutara. Depois, com emoção na voz, disse pausadamente:

— Eu amo a minha esposa, meu senhor, assim como amo a minha mãe, que aqui me trouxe. Eu não o conheço, mas conheço bem a minha genitora, portanto, concluo que, se ela me conduziu até aqui, era para que ouvisse as suas palavras e seguisse a sua orientação. Ainda tudo é muito confuso para mim, mas, com o braço da minha mãe a me apoiar, creio que terei condições de fazer o que o senhor me aconselha.

Outras orientações foram dadas pelo esclarecedor, que afirmou ao desencarnado que receberia muitas instruções e todo o apoio espiritual de que necessitava quando estivesse no posto de socorro para onde deveria ser transportado. A presença de sua mãe foi fundamental para que ele atendesse ao esclarecedor e se propusesse a acompanhá-la. Antes de deixar o centro espírita, ainda Luís falou:

— Muito obrigado, meu senhor. Noto que tudo o que aqui foi dito partiu de um nobre coração. Peço-lhe apenas que diga a Teresa que eu a amo e que ela não tem culpa nenhuma por eu ter negligenciado a medicina terrena. Assumo toda a responsabilidade. Muito obrigado.

E seguiu com sua mãe para o local que lhe fora destinado quando deixara o envoltório físico há algum tempo.

◆ ◆ ◆

Entrando em contato com Maria do Carmo, o esclarecedor pediu-lhe que orientasse Teresa sobre a conduta que deveria tomar dali para frente. A secretária respondeu que procuraria levar a esposa de Luís à casa espírita, a fim de que escutasse do próprio esclarecedor as suas orientações. Não foi fácil convencer Teresa, mas, por tudo o que Maria do Carmo lhe havia feito, ela acabou por concordar e, numa noite, foi ao centro espírita acompanhada da amiga. Clemente, o esclarecedor, já a esperava quando ela entrou numa saleta para conversar sobre o marido.

— Fico feliz por ter acatado o meu pedido, professora. Não tomarei muito do seu tempo.

— Esteja à vontade. Vim até aqui para escutá-lo.

— Muito bem. Fiquei sabendo a respeito dos maus momentos pelos quais a senhora tem passado. Maria do Carmo também me preveniu de que a senhora não é espírita e que não crê na vida espiritual, além da matéria.

— O que o senhor diz é verdade. Porém, devo informar que minha mãe era religiosa e costumava tomar passe pelo menos uma vez por mês num centro espírita. Assim, em minha infância e juventude, convivi com uma pessoa que era muito espiritualizada. Quando entrei para o mundo acadêmico é que me separei completamente da religião e da religiosidade. Assim, compreendo muito bem, por exemplo, a devoção religiosa de Maria do Carmo e respeito muito isso. Pode falar-me tudo o que for necessário, que estarei escutando com atenção.

— Ótimo. Começarei dizendo que, de acordo com a Doutrina Espírita, somos espíritos imortais. O corpo físico é apenas uma vestimenta, um instrumento de que se vale o espírito. Desse modo, quando ocorre o fenômeno da morte, não se trata da morte do espírito, mas do corpo. Em outras palavras, a morte não passa de falência dos órgãos corporais. O espírito continua a sua jornada evolutiva, indo para a dimensão espiritual, onde se habilita para uma nova reencarnação. Entretanto, quando se trata de uma pessoa muito apegada à sua família ou às atividades do dia a dia, por estar tão preso à matéria, pode permanecer por muito tempo naquilo que chamamos de perturbação espiritual, isto é, uma situação em que tudo se torna confuso, e o espírito não consegue ter ainda conhecimento de si mesmo nem das coisas que o rodeiam. Falta-lhe lucidez, o que pode fazer com que nem mesmo saiba que já desencarnou, ou seja, que se desligou do corpo físico. Por esse motivo, em vez de seguir para a pátria espiritual, permanece junto dos seus familiares ou em seu local de trabalho, como se ainda estivesse revestido do elemento material. Se amava muito a esposa, por exemplo, une-se a ela e acaba, involuntariamente, por sugar-lhe as energias e infundir-lhe confusão, tristeza, sofrimento exacerbado e depressão. Por outro lado, a esposa, se já se achava desesperançada, desesperada e com sentimento de culpa pela "perda" do marido, também infunde-lhe sentimentos de baixo nível energético, criando o que se chama de *parasitismo espiritual recíproco*. Um se imanta à organização psicofísica do outro, sugando-lhe a substância vital. Quero dizer: um sugando as energias do outro, e ambos debilitando-se, extenuando-se.

Clemente silenciou por algum tempo, a fim de que Teresa assimilasse claramente tudo o que lhe dissera. Esta fechou os olhos e pareceu meditar sobre todos os conceitos que lhe haviam sido expostos pelo esclarecedor. Ela já ouvira falar a respeito, mas nunca dera atenção. Agora, parecia-lhe que as palavras eram ditas com maior peso, de modo que considerou:

— Entendi. Não estou convencida, mas também não quero polemizar. Assim, eu lhe pergunto: o que devo fazer a fim de que a minha vida possa reequilibrar-se?

— A fim de que a simbiose espiritual cesse, um passo já foi dado. Seu marido partiu para um posto de socorro e passará por tratamento e orientação de espíritos elevados, com a finalidade de o ajudar a ter condições de prosseguir em sua jornada evolutiva. O outro passo quem pode dar é a senhora.

— Como?

Inspiradamente, o dialogador respondeu:

— Deixando de transformar tristeza em desespero e acalentando esperança em seu coração, assim como confiança na Providência Divina. Pelo que ouvi a seu respeito, a senhora sempre foi uma pessoa alegre, otimista e extrovertida. Mas, com o passar do tempo, foi se fechando num único tipo de relacionamento: o convívio conjugal. Com o desencarne de seu marido, a senhora fechou-se em si mesma e favoreceu nos outros a possibilidade de se afastarem de você. Daí ter ficado com um intenso medo da solidão. No entanto, quem buscou a solidão foi a senhora mesma. Basta voltar a abrir-se para o mundo exterior que as amizades voltarão a se fazer, bem como os bons relacionamentos sociais e profissionais.

Mais uma vez, Teresa parou para refletir. Depois, com um leve sorriso, comentou:

— Nunca escutei alguém falando tão claramente a respeito do problema que me vem assolando: o medo da solidão. Só posso agradecer por suas palavras. Não vai ser fácil voltar às atividades e aos bons relacionamentos interpessoais, mas farei todo o esforço para que isso aconteça.

— A senhora tem agora um pequeno aliado, que a ajudará a recuperar a alegria e o otimismo diante da vida.

Teresa logo entendeu e disse, agora com um sorriso mais aberto:

— Bobby! Sem dúvida, ele é um grande aliado. Veio para me ajudar a sair do fundo do poço.

Depois, tornando-se mais séria, completou:

— De que vale o desespero? Como se diz: "O show tem de continuar". Permanecerei atenta às suas palavras. Penso que já estou vendo a luz no fim do túnel.

— Apenas mais uma coisa: por que a senhora não aproveita para tomar passe? Trata-se de uma transfusão de energias. Se, neste período de readaptação à vida, a senhora fizer do passe um hábito semanal, encontrará mais forças para reequilibrar-se física e moralmente. As energias que a senhora receberá não serão apenas dos médiuns passistas, mas igualmente da Espiritualidade Superior, que, de forma abnegada, auxilia quem precisa de amparo.

Teresa ficou em dúvida. Todavia, lembrou-se de que sua mãe a levava, quando criança, a tomar passe numa casa espírita e nada de mal lhe acontecera. Portanto, agora também isso não aconteceria.

— Está bem. Em nome da minha mãe, farei isso.

Estava encerrada a reunião. Maria do Carmo, que acompanhara em silêncio o encontro, pôde ver a mãe de Teresa, em espírito, sorrindo e a acompanhando até o salão de espera para o passe.

4 – Um final feliz

Enquanto esperava a sua vez de se dirigir à sala do passe, Teresa lembrou-se de que, antigamente, a mãe, sentada como ela agora numa cadeira simples, prestava muita atenção ao que dizia o preletor. Depois, enquanto voltavam para casa, procurava explicar-lhe o que tinha sido dito. Assim, tentou assimilar as palavras do senhor que dizia com vagar palavras de orientação moral aos que aguardavam o passe:

— Não podemos enclausurar-nos em nossos sofrimentos, não podemos fechar-nos em nossa dor. Não somos seres isolados, alheios a tudo o que acontece à nossa volta. É verdade que nossos tormentos nos amarguram, que nossas dores nos ferem. Mas, do mesmo modo, há irmãos que padecem males até superiores aos nossos e que também precisam de mãos amigas a socorrê-los em suas angústias. Não há nada de mal em procurarmos reconforto para o que nos aflige. Não podemos, todavia, esquecer os irmãos que choram ao nosso lado, à espera de um socorro providencial. Seria uma forma nefasta de egoísmo trancar-nos em nós mesmos ou colocarmos uma venda, a fim de não tomar conhecimento do que ocorre com o próximo. Disse o Divino Mestre: "Tudo o que vós quereis que os homens vos façam, fazei também vós a eles".[2] Portanto, após o recebimento do passe, quando nos sentirmos fortalecidos pela energia renovada que recebemos, procuremos quem sabemos estar em aflição e levemos, seja materialmente, seja pela oração ou pela palavra fraterna, um alívio de seus padecimentos. Como diz o espírito Emmanuel: "Ouçamos a sugestão do amor, a cada passo, na senda evolutiva. Quem ama, compreende; e quem compreende trabalha pelo mundo melhor".[3] É certo que expressamos o nosso amor pela caridade fraterna. E socorrer o irmão que precisa de mãos amigas é agir com a caridade que nasce do fundo do coração. Como bem disse Kardec: "Fora da caridade não há salvação".[4]

Após ouvir essas palavras, Teresa primeiramente olhou para Maria do Carmo, que, sem nada esperar em troca, a socorrera, tirando-a do fundo do poço em que se encontrava. Depois, pensou em si mesma e na maneira como havia se fechado durante tanto tempo, cortando o contato com os outros filhos de Deus. "Só agora me dei conta", pensou. "Realmente, fui eu que me fechei em mim mesma, afastando-me de todos. O medo que tive de ficar na solidão fez com que, paralisada, me distanciasse dos demais. Não foram os amigos, os colegas, os alunos e tantas pessoas mais que se afastaram de mim; fui eu que, enclausurada em meu sofrimento, me afastei deles. Eu me coloquei como o centro de tudo e de todos. Não enxerguei mais ninguém à minha volta, ignorei a todos. Isso é egocentrismo ou, como disse Clemente, o esclarecedor, é egoísmo. Lembro-me bem de suas palavras num dos momentos da orientação: 'Não pode agradar a Deus uma vida pela qual o ser humano se condena a não ser útil a ninguém'. Mesmo sem ter dado atenção à religiosidade durante muitos

---

2 Mateus, 7:12.
3 XAVIER, Francisco Cândido. *Vinha de luz*. 23. ed. Rio de Janeiro: FEB, 2005, p. 22.
4 KARDEC, Allan. *O Evangelho segundo o Espiritismo*. São Paulo: Petit, 1997, cap. 15, n. 5.

anos, eu fui útil a muitas pessoas, particularmente professores, funcionários e alunos da universidade. Hoje, no entanto, estou transformada em um ser imprestável, que nada faz para o próprio benefício nem para o benefício dos outros. No entanto, a minha saúde física está perfeita. Basta que mude a minha mente, saindo da cápsula em que me enclausurei, para que volte a ser a pessoa expansiva, alegre, otimista e beneficente que fui no passado. E é isto que me decido a fazer!"

Nesse momento, uma mocinha chamava-a para se dirigir à sala do passe. Levantou-se, ao lado de Maria do Carmo, e acompanhou a voluntária da casa espírita.

Já na rua, Teresa agradeceu emotivamente a ajuda incondicional oferecida pela secretária da faculdade de Letras. Sentia-se mais leve. Todo o peso que desabara sobre seu corpo e sua alma agora já não mais existia. Sentia-se a pessoa entusiasmada de outrora.

— Continuarei a tomar o passe, de acordo com a orientação de Clemente — disse a Maria do Carmo.

— Isso é ótimo, Teresa. Noto em seu olhar um novo brilho, uma nova luz.

— Isso é verdade. E digo mais: voltarei a meus encargos na universidade. Amanhã mesmo procurarei o psiquiatra que me concedeu a licença. É hora de abandonar as lamentações e começar a reviver. O esclarecedor do centro espírita tem razão: fui muito egoísta. Agora estou rompendo o casulo em que me fechei durante os últimos tempos. Se tudo o que ele disse for verdade, Luís e minha mãe devem estar felizes com a minha decisão. Não deixarei de amar o meu marido, Maria do Carmo, pelo contrário, orarei muito por ele, coisa que nunca fiz até hoje. E, ao mesmo tempo, procurarei ajudar aqueles que estão sob a minha direção.

Teresa seguiu para seu apartamento ciente das decisões tomadas. Quando abria a porta, ouviu o latido de Bobby, que a saudava com muita alegria. A seu lado, sua mãe, em espírito, sorria alegremente, enquanto fazia uma prece em benefício da filha que tanto amava.

◆ ◆ ◆

A companhia de Bobby fez muito bem a Teresa, particularmente à noite, quando voltava para casa e sentia a ausência física de Luís, seu marido. Nesses momentos, a proximidade e a alegria do cãozinho impediam que sentimentos e pensamentos sombrios tivessem acolhimento em seu coração. Uma característica logo identificada por ela foi o amor incondicional que o cão demonstra, sempre disposto a dar afeto a quem dele se aproxime. Agradeceu a Maria do Carmo por ter-lhe estendido a mão quando mais precisava, e por tê-la presenteado com a nova maravilha de sua vida. Bobby foi aceito como um membro da família, de tal modo que Teresa não gostava de se ausentar muito, pois logo sentia a falta do novo amigo. O encontro entre ambos foi pleno e constituiu-se num novo e feliz capítulo da existência da professora.

Tendo conseguido reverter a licença, Teresa logo voltou a seus afazeres como coordenadora de curso e professora na universidade. Desta vez, procurou aproximar-se ainda mais dos professores, funcionários e alunos, buscando criar um clima de profissionalismo e solidariedade. O medo da solidão foi desaparecendo aos poucos, como a erva daninha que vai empalidecendo quando o ambiente já não lhe é favorável. Sua grande característica, a extroversão, foi novamente notada por todos. Teresa voltou a visitar os amigos, passando a ter uma vida social semelhante à que tivera anteriormente. Ia a festas, sempre que convidada, e tornou a assistir a peças de teatro e bons filmes. Ao mesmo tempo, continuava a ler bons livros sempre que se deitava à noite, retomando o hábito salutar da leitura e da reflexão. Seguiu o conselho de Clemente, o dialogador do centro espírita, tomando passes semanalmente e assistindo a algumas das palestras que eram ali realizadas.

Um fato que marcou a sua nova postura diante da vida e do próximo foi o desencarne do esposo de uma professora, alocada em outro departamento da universidade. Ao tomar conhecimento do acontecido, fez-lhe uma ligação, prometendo visitá-la durante a semana, o que ocorreu dois dias depois.

Chegando ao apartamento da colega, notou a escuridão predominante nos ambientes, a desordem e o desalinho em que se achava. Lembrou imediatamente que assim mesmo acontecera em sua vida algum tempo atrás. Nesse momento, condoeu-se ainda mais da situação vivida pela professora. Pedindo inspiração, iniciou o diálogo:

— E então, Marina, como está? O que lhe passa na alma?

— Estou péssima, Teresa. Não consigo pensar, não consigo trabalhar. Sabe de uma coisa? Nem viver eu consigo.

Teresa imediatamente pensou no que lhe ocorrera. Não fosse a intervenção amiga de Maria do Carmo e ela teria cometido o suicídio, sofrendo depois as amarguras que lhe fossem consequentes. Era preciso ajudar aquela professora, cujo abatimento diante da vida poderia levá-la ao gesto insano. Ela não era espírita como sua amiga, mas vinha bebendo das águas salutares da moral fundada no Evangelho. Pensou em que poderia dizer àquela mulher desesperançada. Pediu ajuda divina e disse resoluta:

— Marina, todos nós temos um caminho a percorrer e num tempo determinado. Vemos que há crianças que vivem apenas alguns dias, assim como outras morrem durante a infância ou juventude. Há também quem venha a falecer com cinquenta, setenta e até às vésperas dos cem anos.

— Isso é injustiça, Teresa. Dizem que Deus é justo, mas a uns concede apenas poucos dias de vida e a outros até mais de cem anos. Isso é injustiça. Meu Batista ainda tinha muito por realizar. Por que sua vida foi ceifada?

— Cada um tem suas tarefas a que veio nesta existência. Uns precisam de pouco tempo para desempenhá-las, já outros necessitam de um tempo bem maior. Você precisa de algumas horas para fazer um prato especial a convidados e requer mais de um ano para construir uma casa para sua moradia. Quem vive pouco tempo, Marina, é como aquele que apenas vai fazer um prato diferente, já quem vive muito é porque vai construir a sua casa de acordo com o projeto pensado anteriormente. O seu marido por certo não tinha necessidade do tempo para construir um edifício. A sua tarefa era outra e requeria exatamente o tempo que lhe foi destinado.

A professora ficou pensativa. Não sabia como rebater as palavras da colega, pois lhe pareceram coerentes e legítimas. Teresa aproveitou para dar sequência a seu pensamento:

— Ganhei de presente um livro,[5] Marina, que aborda justamente o tema de que estamos falando. Amanhã cedo, você o terá em mãos. Diz mais ou menos o seguinte: quando a morte leva pessoas mais jovens, em vez de mais velhas, não entendemos o porquê disso e frequentemente dizemos que Deus não é justo, pois sacrifica quem é forte, útil e tem um futuro esperançoso pela frente, em favor de quem já viveu longos anos e que já não pode prestar nenhum serviço a seus irmãos. No entanto, nada é feito sem uma finalidade inteligente. Nada acontece sem ter uma razão de ser. Muitas vezes, quem parte mais cedo está recebendo um benefício de Deus, pois fica protegido das misérias da vida ou das seduções que poderiam conduzi-lo à perdição. A conclusão deste pensamento, Marina, fecha a questão: quem morre ainda com a vitalidade da juventude não é vítima da fatalidade; Deus apenas considera não ser mais necessário que ele permaneça na Terra.

Mais uma pausa para a reflexão de Marina, que, após algum tempo, comentou:

— Nunca havia pensado dessa forma. Você me deixou confusa. Não sei o que dizer.

Teresa aproveitou a oportunidade para arrematar o pensamento que vinha desenvolvendo:

— Conheço bem o que estou lhe dizendo, porque reli inúmeras vezes essa passagem depois de meu esposo ter partido. Ela diz ainda que devemos alegrar-nos em vez de nos lamentarmos. E sugere que é egoísmo nosso querer que o ente querido aqui permaneça, sofrendo junto daqueles que ainda

---

5 KARDEC, Allan. *O Evangelho segundo o Espiritismo*, cap. 5.

precisam ficar. Lembra ainda que a separação não é eterna, mas apenas temporária. O que devemos é guardar as boas lembranças da nossa convivência, aquilo que nos cause alegria. O choro descontrolado e o desespero ocasionam muitas perturbações àquele que prosseguiu na sua caminhada, pois significam uma revolta contra a vontade divina. Em vez de nos desalentarmos, precisamos fazer vibrar o coração em benefício daquele ente querido que desencarnou. Devemos orar por ele, pedindo a Deus que o abençoe. Ao agirmos dessa forma, sentiremos um consolo tão grande que as lágrimas desaparecerão. Sentiremos igualmente uma fé tão grande que nos assegurará o futuro luminoso prometido por Deus.

Quando encerrou suas palavras, Teresa caiu em si. Como conseguira dizer tudo aquilo? Pareceu-lhe que as frases saíam de sua boca sem que as pronunciasse. O que ela não sabia era que sua mãe, em espírito, a inspirava a seu lado, a fim de que pudesse consolar tanto quanto fora consolada um dia.

À primeira conversa com Marina seguiram-se outras, de modo que o ânimo da professora foi se fortalecendo, a ponto de poder retornar às aulas, imbuída do mesmo entusiasmo que sempre tivera em relação a seu trabalho. Mas Teresa queria mais, e por esse motivo se tornou voluntária numa instituição de auxílio aos animais. Transformou-se ali em uma fervorosa palestrante, visitando escolas de ensino fundamental e médio, assim como faculdades e empresas, onde falava sobre a convivência fraterna entre os humanos e a solidariedade destes com seus irmãos menores.

No seu retorno à vida social, Teresa ainda aprendeu, na prática, duas importantes lições em particular: a primeira foi que a solidão é sanada quando abrimos os olhos e enxergamos os nossos irmãos que necessitam de amparo. Quem vive só tende a fechar-se egoisticamente em si mesmo se não quebrar a cápsula do egocentrismo para abrir-se às necessidades dos demais, como lhe dissera Clemente, o dialogador do centro espírita. A segunda lição foi um novo significado para a palavra *solidão*, que passou a ter o sentido de retiro de preparação em silêncio para o amadurecimento espiritual, necessário para servir o próximo. Afinal, é na solidão que encontramos o equilíbrio para nosso mundo interior, iluminação para seguirmos em segurança pelo caminho do amor, e a água da vida para aplacar a nossa sede de espiritualidade. Assim, quando, no silêncio da madrugada, lia, estudava e meditava isolada do mundo, na verdade estava aparelhando-se a fim de melhor trabalhar posteriormente em benefício do próximo.

O medo da solidão desapareceu por completo da alma de Teresa, agora sempre requerida para prestar ajuda, principalmente a pessoas que tivessem no seio da família algum ente querido que houvesse partido para o mundo espiritual. Isso a ajudou a extravasar alegria e otimismo por onde passasse, sendo sempre bem recebida por todos nas mais diversas circunstâncias.

Foi assim que, em certa madrugada, enquanto estudava uma aula que daria na noite seguinte, o telefone tocou com insistência. Ao atendê-lo, escutou a voz de uma aluna da universidade que, aos prantos, dizia que sua mãe falecera no hospital onde estava internada. Buscou, na medida do possível, tranquilizá-la e logo pela manhã dirigiu-se ao velório. A aluna, de nome Isadora, estava inconsolável. Havia uma ligação estreita entre ela e a mãe. Agora, sentia-se só e abandonada por Deus. Teresa consolou-a quanto pôde naquela situação e prometeu visitá-la após o enterro.

Cumprindo o prometido, logo em seguida Teresa entrou no prédio em que morava Isadora. Já no apartamento, ouviu a jovem dizer que fora duplamente abandonada: por Deus e pela mãe que partira. Embora não tivesse sido até ali uma pessoa religiosa, lembrando-se do que ouvira de sua mãe quando jovem, respondeu a Isadora:

— Quando meu marido partiu para o mundo espiritual, senti-me abandonada como você se reconhece hoje. Mas me lembrei de minha mãe, que invariavelmente me dizia, quando eu não me achava bem: "Teresa, não se esqueça nunca de que Deus é amor. E um Deus de amor nunca nos abandona. Abra o seu coração e converse com Ele, a quem Jesus chamava de Pai. Uma luz vai brilhar em sua alma e você voltará a viver em paz e harmonia". É o que lhe digo neste momento. Sei que é difícil para quem fica, mas sei igualmente que, se alguém parte, é porque teve tempo suficiente para cumprir as suas tarefas essenciais nesta existência. E quem fica tem agora uma nova incumbência: prosseguir com a sua vida, tornando-a o melhor possível e guardando na memória os bons momentos vividos com aquele que, no mundo espiritual, dá sequência à sua caminhada evolutiva.

A jovem estancou o choro, mas uma dúvida surgiu em sua alma:

— Não será tudo isso apenas um meio de apaziguar um coração sofredor? A vida prossegue mesmo ou é apenas um falso consolo?

Quase sem pausa, Teresa continuou:

— Eu também tive dúvida idêntica à sua, Isadora. E fui atrás de respostas. Nessa busca, fiquei sabendo de pesquisadores sérios que deixaram nas páginas de seus relatos a certeza da vida que não cessa, a convicção de que o espírito prossegue na sua caminhada depois que deixa na terra o corpo físico de que se revestia. Lembro-me de alguns: William Crookes, químico e físico inglês, descobridor do tálio, que também investigou os raios catódicos e foi inventor dos primeiros instrumentos para estudar a radioatividade nuclear. Ele fez uma série de pesquisas com a médium Florence Cook, quando materializava o espírito com o nome de Katie King. Depois de muitas pesquisas, Crookes tornou-se espírita e disse convicto que os casos que estudou eram verídicos. Lembro-me de outro pesquisador, o genovês Ernesto Bozzano, que fez pesquisas com mais de setenta médiuns e, em várias monografias, defendeu a Doutrina Espírita de seus detratores. Recordo-me também do russo Alexander Aksakof, que participou da investigação mediúnica junto a vários médiuns e contribuiu para a credibilidade do Espiritismo. Falarei ainda de um brasileiro, que legou ao movimento espírita diversas obras, entre elas, *Reencarnação no Brasil*, na qual analisa casos de reencarnação em nosso país. Não a cansarei com outros nomes, apenas afirmo que a imortalidade da alma foi muito estudada por pesquisadores sérios, que atestaram a continuidade da vida após a morte do corpo físico. Não se trata, portanto, de um falso consolo.

A partir desse encontro, Isadora foi mudando a sua visão de mundo e voltando com motivação para o trabalho e as aulas na universidade. O contato com Teresa foi essencial para que ela se transformasse e passasse a ter grande amor à vida. Outros casos semelhantes aconteceram na vida nova da professora, que ficava perplexa por dizer tantas coisas que antes jamais teria afirmado diante de outras pessoas. E era exatamente devido a tais afirmações, carregadas de sentimento elevado, que ela conseguia levantar o ânimo de quem lhe pedia ajuda.

Foi numa noite em que seguiu para o centro espírita, a fim de tomar passe, que Teresa teve a explicação a respeito daquilo que lhe estava acontecendo. Já se preparava para deixar o local, quando se encontrou com Clemente, o esclarecedor dos trabalhos de desobsessão. Valendo-se da oportunidade, relatou que, por diversas vezes, quando consolava alguém que lhe pedira socorro, as palavras que lhe saíam da boca não pareciam suas. Era algo estranho, pois às vezes dizia com segurança coisas que nem sequer conhecia muito bem. Aquilo a estava intrigando.

Clemente sorriu e lhe respondeu confiante:

— É muito fácil explicar o que vem ocorrendo com a senhora. Posso afirmar-lhe que se trata de um caso de mediunidade. Quando a senhora diz algo que não parece ser de sua autoria, na verdade é um espírito que está falando através da sua voz. Esse é um caso de psicofonia, isto é, um espírito comunica-se através do médium por meio da palavra falada. Há casos em que o espírito atua diretamente nos órgãos vocais do médium, sendo a sua voz um instrumento de que o espírito se serve. E há também os casos em que o médium não recebe a influência direta sobre as cordas vocais, mas a mensagem do espírito comunicante é transmitida pela intuição ou inspiração, que se manifesta enquanto o médium vai dizendo as palavras. Posso afirmar-lhe que este é o seu caso.

— Como o senhor tem tanta certeza?

— Sou médium vidente e audiente, isto é, vejo espíritos e ouço o que eles dizem. E neste momento estou vendo a sua mãe, que me diz o que acabo de lhe explicar. Quando a senhora está consolando quem lhe pede socorro, consegue captar o pensamento dela, que tem um conhecimento maior da espiritualidade por estar num nível evolutivo superior. Por isso, são palavras de elevada inspiração.

Teresa ficou perplexa. Nunca se interessara por questões espiritualistas e muito menos por temas espíritas. No entanto, estava sentindo na própria alma aquilo que lhe era explicado tão claramente pelo médium. Quis conhecer melhor a doutrina que lhe dava esclarecimentos sobre a sua vida e que afirmava a veracidade da presença espiritual da sua mãe. Maria do Carmo já lhe dissera a mesma coisa, de modo que foi também consultá-la, recebendo as mesmas respostas.

A partir daí, passou a frequentar as reuniões de ensino do centro espírita e, alguns anos mais tarde, começou a trabalhar ali, fazendo uso da psicofonia para levar mensagens de consolo a pessoas aflitas que desejavam notícias de seus entes queridos, pois estes haviam partido para o mundo espiritual.

A contar daí, a vida de Teresa mudou muito. E ela, que, em tempos passados, chegara a temer a solidão, agora aumentara ainda mais o seu círculo de amizades e o contato com inúmeras pessoas que lhe pediam uma palavra de consolação. Às vezes, no silêncio da noite, ela fazia um retrospecto de sua existência e sorria feliz, convicta de que escolhera o caminho certo, e segura de que Luís, seu marido, a aguardava no mundo espiritual para retomarem em conjunto a jornada de autorrealização. Nesses momentos, olhava para Bobby, já velhinho, que abanava a cauda, como a confirmar a conclusão acertada a que chegara.

V
O remorso

Medo de castigo por um erro do passado

*Não percas mais tempo ainda,
simplesmente lamentando
o tempo que gastaste em vão!*
Irmão José *(Vigiai e orai)*

1 – A queda

Com a idade de oitenta e cinco anos, dr. Alvarenga, advogado bem-sucedido e respeitado pela defesa de causas de pessoas pobres, teve forte crise de pneumonia, sendo imediatamente hospitalizado. Rodrigo, seu filho, estava em viagem de trabalho na Espanha quando soube do ocorrido. Ligou para a irmã e, após certificar-se dos detalhes, pediu que cuidasse do seu pai da melhor forma possível. Ele teria de ficar ainda alguns dias em Madri, mas voltaria assim que possível. Na verdade, ele queria mesmo era desfrutar de seus dias de folga, pois o serviço a que fora já estava encerrado. "O meu pai vai se curar com rapidez", pensou. "O Velho é forte." E deu sequência às distrações que programara anteriormente. Sua última estada seria em Barcelona, onde pretendia visitar obras importantes do arquiteto catalão

Antonio Gaudí. "Não perderei por nada no mundo poder contemplar a igreja da Sagrada Família, o Parque Güell, a Casa Milà e a Casa Vicens. São obras-primas que sempre quis contemplar de perto. Meu pai, eu vejo em seguida."

Rodrigo era arquiteto, de modo que conhecer as obras tão singulares de Gaudí era para ele uma oportunidade rara que não podia ser desperdiçada. "O Velho não poderia escolher momento pior para ficar com pneumonia", pensou, enquanto ajeitava a bagagem para rumar a Barcelona.

No hospital, dr. Alvarenga teve uma melhora, animando bastante Alzira, sua filha, que logo comunicou o fato ao irmão. A essa altura, Rodrigo examinava em detalhes cada uma das cinco naves do Templo Expiatório da Sagrada Família. Totalmente despreocupado, foi ver também a Casa Battló, na Ilha da Discórdia, bairro da cidade.

Sabedor da melhora do pai, Rodrigo resolveu passar ainda algum tempo num balneário bastante conhecido. Nesse ínterim, o pai, prevendo que a melhora era apenas aparente, pediu que Rodrigo fosse visitá-lo, a fim de que tivessem um último encontro nesta existência.

— Não seja agourento, pai — disse Alzira, acariciando-lhe os últimos fios de cabelo branco.

Dr. Alvarenga sorriu levemente e respondeu:

— Eu sei o que estou dizendo, filha. O anjo da morte já está à minha espera.

A filha desconversou, mas, assim que pôde, entrou em contato com Rodrigo. Este, que ainda desejava ficar pelo menos mais um dia no balneário, a contragosto, mudou os planos, marcando viagem de retorno para o amanhecer do dia seguinte. Quando já se encontrava no avião, vendo pela janelinha a cidade que desaparecia, pensou com mau humor: "O Velho já está curado. Dizer que está à beira da morte é coisa de idoso. E o pior é que perdi parte das minhas férias por causa do seu capricho". Na verdade, Rodrigo desejava ainda passar por Paris antes de retornar para casa. Assim, mal-humorado, seguiu viagem de retorno para São Paulo.

Dr. Alvarenga sentiu que, desde o dia anterior, aparentemente estava melhor, mas tinha plena convicção de que era apenas o preparo para a passagem derradeira. Munido de um exemplar de O Evangelho segundo o Espiritismo, começou a leitura de um dos capítulos. Passados alguns minutos, retirou o olhar do texto e viu diante da cama Eugênia, sua esposa, que desencarnara alguns anos antes. Vestida de branco, um branco resplandecente, ela sorria para ele.

Sabia dr. Alvarenga que espíritos merecedores são recebidos em sua passagem para o plano espiritual por entes queridos que já se encontram naquela dimensão e por benfeitores, que passam a assisti-los. São as chamadas "visões no leito de morte". É quando tem início o processo de desligamento do perispírito, a fim de que a alma deixe no plano físico o seu corpo carnal e seu duplo etérico, partindo apenas revestida do corpo espiritual, o perispírito.

Dado o seu conhecimento prévio, dr. Alvarenga, ao ver a esposa desencarnada, fez uma breve oração e aguardou o rumo dos acontecimentos. Um espírito por ele desconhecido adiantou-se e, saudando-o, colocou as mãos diante da sua fronte, como a aplicar-lhe um passe tranquilizante. Eugênia aproximou-se mais e disse delicadamente:

— Alvarenga, chegou o momento de partir. Ainda hoje estaremos juntos numa colônia espiritual. Fique sereno. A passagem será amena.

Notou o moribundo também a presença de um amigo que desencarnara há muitos anos, de um irmão que partira muito jovem e de sua mãe. Nesse momento, uma paz indizível tomou conta de todo o seu ser. Não era possível dizer por quanto tempo a visão permanecera viva diante de si. Quando quis dizer alguma coisa, a filha entrou no quarto para saber de seu estado. Foi o suficiente para ele despedir-se com delicadeza e perguntar por Rodrigo.

— Rodrigo está chegando da Espanha, pai. Logo estará aqui com você.

— Não poderei esperá-lo, filha. Diga-lhe que eu parto deixando a você e a ele as minhas bênçãos e o meu amor.

Uma forte tosse interrompeu-lhe a fala. A partir daí, dr. Alvarenga permaneceu imóvel, como se estivesse num sono profundo. Na verdade, seu perispírito desligava-se lentamente do corpo frágil. Espíritos amigos auxiliavam o rompimento dos laços que retinham a alma unida ao corpo. Como haviam dito os espíritos superiores a Kardec, a alma se desprendia gradualmente, desatando os laços que a prendiam. O próprio codificador comentara que, no instante da morte, o desprendimento do perispírito não se completa de súbito, mas se opera de forma gradual. Assim vinha acontecendo com o dr. Alvarenga, que via nitidamente os espíritos que ali se achavam e escutava com clareza o que lhe diziam. Diante do temor por deixar os dois filhos, ouviu como resposta da sua esposa:

— Cada um deles tem a sua profissão, Alvarenga, e, mais que isso, um espírito a nortear-lhe os passos. Assim como você, durante toda a existência, teve a proteção divina por meio de seus mensageiros, também nossos filhos a terão. Agora, após tê-los abençoado, tranquilize-se e permita que espíritos amigos o ajudem a partir. A sua missão terrena já terminou. Você é esperado no mundo espiritual. Permaneça na paz do espírito.

Depois de escutar algumas orientações mais, enfim a alma estava livre dos liames que ainda a retinham na terra. Dr. Alvarenga partia serenamente, conduzido por seus auxiliares.

Alzira ouviu um resfolegar mais alto e se aproximou do leito. Notando a imobilidade do pai, chamou pelo médico, que, ao chegar ao quarto, constatou o falecimento de dr. Alvarenga. Alzira sabia que, de agora em diante, teria de conduzir-se na vida sem os conselhos paternos, que tanto a ajudavam quando se via num beco sem saída. Porém, espírita convicta, tinha conhecimento de que continuaria a receber a ajuda necessária do plano espiritual. Assim, permaneceu resignada, orando pelo pai que era conduzido para a colônia espiritual, onde sua esposa se preparava para uma futura reencarnação.

O velório transcorreu tranquilo até o momento de se fechar o caixão. Em seguida, o corpo foi levado para a cova, aberta numa das quadras do cemitério. Quando os coveiros já começavam a jogar terra no caixão, para completar o sepultamento, chegou Rodrigo espavorido. Seu rosto estava branco, lívido, suas mãos tremiam.

— Cheguei tarde, Alzira. Muito tarde. Meu pai já se foi.

Enquanto assim falava, Rodrigo começou a chorar agitadamente. Precisou ser amparado por parentes e retirado do local. Ele não escutava o que lhe falavam. Apenas repetia insistentemente:

— Cheguei tarde. Muito tarde. Meu pai já se foi.

Aos trinta e cinco anos, Rodrigo morava só. Durante o dia trabalhava como arquiteto em seu próprio escritório e no início da noite costumava jantar num pequeno restaurante próximo do condomínio onde morava. Em seguida, rumava a seu apartamento. Ali, a sua distração era ler e ver televisão. Assim fazia todas as noites da semana. Às sextas e sábados, costumava ir a bons restaurantes com amigos.

Egocêntrico e orgulhoso, Rodrigo não era pessoa de fácil relacionamento. Ciente de que se tornara um excelente profissional, tinha o nariz empinado, olhando os outros de cima para baixo. Ou seja, era arrogante, embora tivesse boas maneiras no trato profissional.

O espírito Ermance Dufaux[1] considera que o princípio de que se origina a arrogância foi instalado no ser humano para o bem. Trata-se do anseio de crescer e realizar-se ou do impulso para progredir. Faz parte do instinto de conservação, que pressupõe a proteção e a defesa, sendo fator de motivação para a coragem, a ousadia e o encanto com os desafios. Apoiados por tais impulsos é que se manifestam os líderes, o idealismo, assim como as grandes realizações, inspiradas em visões ampliadas do futuro. Todavia, quando há excesso

---

1 OLIVEIRA, Wanderley S. de. Pelo Espírito Ermance Dufaux. *Escutando sentimentos*: a atitude de amar-nos como merecemos. Belo Horizonte: Dufaux, 2006, p. 103-104.

de tudo isso, cria-se a paixão. A paixão gera o vício e o vício favorece o desequilíbrio.

É ainda o espírito Ermance Dufaux que, com grande lucidez, tece uma comparação entre o egoísmo e a arrogância: o egoísmo seria o vírus e a arrogância a doença, com seus efeitos nocivos e destruidores. Enfim, a arrogância gera "uma compulsiva necessidade de ser o primeiro, o melhor", expressa por meio de uma sequência de pensamentos, emoções, sensações e condutas que demonstram o meio espiritual em que transita o indivíduo.

Pois esse era o retrato sem retoques de Rodrigo. Colocava-se diante do outro instalado num degrau que, aparentemente, o posicionava como superior. Por isso, acabou por expressar também o desprezo e a indiferença diante dos outros. Qualquer pessoa com a qual tivesse de se relacionar era desqualificada por ele, fosse pelas suas palavras, fosse pela postura diante dela. Assim, desconsiderava o outro, numa atitude hostil de indiferença, dando-lhe a entender a insignificância que representava para a sua pessoa. Dois fatos mostram muito bem isto.

Certa vez, um experiente funcionário do escritório de Rodrigo teve de mostrar-lhe um pequeno erro de medida na planta que estivera analisando. O arquiteto olhou-o com desdém e mandou que voltasse ao trabalho, não admitindo que pudesse ter errado. Depois, sozinho, refez os cálculos e, notando que realmente se equivocara, chamou o desenhista que copiara o seu rascunho e repreendeu-o, dizendo que anotara a medida errada. Temeroso de perder o emprego, o desenhista desculpou-se, corrigiu o erro e deu sequência ao projeto.

Em outra ocasião, Rodrigo contratou um excelente profissional, que tinha ideias muito criativas em relação a um projeto do arquiteto. As sugestões de mudança propostas pelo profissional causaram um acesso de raiva em Rodrigo, pois ele percebeu que as ideias eram melhores que as suas. Não podendo admitir que um subordinado fosse mais criativo que ele, decidiu que o projeto ficaria como estava. Alguns dias depois, inventou uma desculpa qualquer e demitiu o colaborador. Assim que o profissional deixou a empresa, Rodrigo refez o projeto, seguindo exatamente as ideias que antes rejeitara por despeito.

Assim era Rodrigo, até o desencarne do seu pai. Ainda que nem sempre aceitasse os conselhos paternos e tratando-o às vezes com certo desrespeito, no fundo ele amava aquele a quem chamava, mesmo carinhosamente, de "Velho". Não ter estado diante do pai, que pedira a sua presença para a despedida, já que dr. Alvarenga pressentira o desenlace, foi para Rodrigo a pior coisa que lhe poderia ter acontecido na vida.

Tornou-se taciturno, calado e solitário. No escritório, às vezes era visto como que a divagar, olhando para o teto, completamente distraído em relação ao trabalho. Quando chegava ao apartamento, tomava banho e logo ia para a cama, onde ficava remoendo o acontecido. "Por que não voltei logo de Barcelona? Poderia retornar algum tempo depois para visitar as obras de Gaudí. Como é que fui deixar o Velho sozinho na cama a me esperar, sem nunca poder contar com a minha presença?" Repetia esse pensamento por muito tempo para, depois, sentir um grande medo, um verdadeiro pavor diante da possibilidade de poder ser castigado pelo gesto cometido. "Qual é o castigo que recairá sobre mim? Alguma doença terrível? O desprezo dos outros? A solidão sem fim? Qual é o castigo que, fatalmente, receberei?" Com tais pensamentos e sentimentos, Rodrigo perdia o sono, só conseguindo dormir em alta madrugada. Chegava ao escritório exausto e abatido. Fazia apenas o mínimo necessário e, muitas vezes, logo depois do almoço, deixava o local de trabalho e voltava ao apartamento, onde repetia as cenas de alheamento e temor.

Numa tarde, o arquiteto saiu atordoado pelas ruas próximas do escritório, andando sem rumo por entre os transeuntes. Ao passar defronte a uma livraria, leu maquinalmente o título de um clássico do escritor russo Fiódor Dostoiévski: *Crime e castigo*". Inicialmente não prestou atenção no que lera e continuou o seu trajeto incerto. Já dobrava a esquina, quando um raio pareceu abater-se sobre a sua mente. O título do livro assomou à sua mente com letras douradas e reluzentes: *Crime e castigo*!

Não precisou deter-se nesse pensamento. Fez meia-volta e rumou rapidamente para a livraria. Já conhecia de nome a obra-prima de Dostoiévski, mas nunca se interessara por sua leitura. Pela vitrina, olhou bastante para a capa do livro. Em seguida, entrou e o comprou.

Para Rodrigo, o título era uma referência à sua conduta em relação ao pai. O fato de tê-lo deixado desencarnar sem cumprir seu último desejo era como um crime. E, dado que todo crime exige uma punição, qual seria a sua? Esse era o seu grande temor, o seu pavor diário. Qual seria, afinal, o seu castigo?

Na verdade, Rodrigo não chegou a ler o livro, mas viu atentamente a sinopse na contracapa. Dizia que um jovem ex-estudante de Direito, chamado Rodion Raskolnikov, neurótico e decadente em plena juventude, passando por sérios problemas financeiros, resolve assassinar e roubar uma velha agiota, que simboliza o capitalismo detestado pelo autor. Em seu monólogo interior, ele acredita que a desagradável senhora mereça essa sorte, assim como crê que seja ele predestinado por uma força incontrolável a pôr em prática esse ato. Convencido disso, assassina a idosa e também a sua meia-irmã, que presenciara a cena.

Fortemente impressionado com o ato praticado, ele quase não furta nada e foge, tentando apagar qualquer vestígio. O crime torna-se conhecido em toda São Petersburgo e, cada vez que é mencionado, causa estranhas reações em Raskolnikov. Ele chega a conhecer o detetive que investiga o caso e, por apresentar um estranho estado psicológico diante das notícias sobre o crime, torna-se suspeito. À medida que mais se relaciona com o detetive, as suspeitas aumentam. Pressionado por outras fontes, Raskolnikov confessa o crime à polícia, sendo julgado e condenado a oito anos de prisão na Sibéria. O romance tem muito mais nuances, mostrando, por exemplo, a busca de redenção moral por parte do protagonista, entretanto foi isto que chocou Rodrigo. Se lesse a obra, talvez a reação do arquiteto fosse mais positiva, mas, como se fixou em uma simples resenha de contracapa, o seu olhar ficou pousado nas duas palavras-chave da obra: *crime e castigo*.

Embora o protagonista da história tenha uma conduta diversa daquela de Rodrigo, este, assim como o herói do romance, torna-se presa de um imenso sentimento de culpa, sendo perseguido e assombrado pela lembrança contínua do "crime" que praticou contra o pai, como ele pensa.

Depois de ler a sinopse da obra, Rodrigo tentou iniciar a leitura completa do livro, mas, a história apenas reforçava o seu pensamento de que cometera um crime contra o pai, de modo que logo abandonou o seu objetivo. Pensamentos soturnos afloravam-lhe à mente: "Meu pai, que só me fez o bem durante toda a vida, não pôde contar comigo quando mais necessitava de mim. Cometi um crime hediondo, sórdido, repugnante contra quem, ao lado de minha mãe, mais me amou neste mundo. Mereço castigo, um castigo exemplar, pois cometi um parricídio: assassinei meu pai".

Alzira, sua irmã, tentou dissuadi-lo várias vezes, mas a ideia fixa não saía da cabeça de Rodrigo.

— Você não matou nosso pai, nem mesmo chegou atrasado ao enterro porque quis. Em primeiro lugar, não imaginava que ele iria falecer; e, em segundo, só conseguiu passagem para o voo em que veio. Já lhe disse várias vezes que nosso pai nos abençoou antes de partir. Ele compreendeu a sua ausência. Portanto, não há de que se recriminar.

— Não, Alzira, eu sou culpado, e o culpado merece castigo. Qual será o meu? Morrer sozinho no deserto?

— Não fale bobagem, Rodrigo. Assim você parece criança.

— Alzira, me ajude. Não consigo mais fazer nada. Só penso no crime que cometi e na punição que mereço. Cheguei a perder um projeto de construção por atraso na entrega da planta para análise.

A irmã, com paciência, mais uma vez o isentava de culpa, orientando-o porém a orar pelo pai desencarnado. Todavia, quando ela acabava de dar-lhe a explicação, a ideia fixa voltava à mente de Rodrigo, levando-o ao desespero.

Na Doutrina Espírita, o fato de alguém estar dominado por uma ideia central é denominado *monoideísmo*. A pessoa passa a ter a centralização da atenção em uma única ideia, causada por desequilíbrio psíquico, podendo estar associada à obsessão. O monoideísmo é também chamado *fixação mental*. Como diz Marlene Nobre: "A ideia aflitiva ou obcecante nos corrói a vida mental, levando-nos à fixação. Assim, paixão ou desânimo, crueldade ou vingança, ciúme ou desespero, enfim qualquer grande perturbação interior pode imobilizar-nos por tempo indeterminado".[2]

No caso de Rodrigo, se não havia uma obsessão, fosse por encarnado ou desencarnado, estava havendo uma auto-obsessão, isto é, a obsessão provocada pela própria pessoa. Em outras palavras, é quando alguém obsidia a si próprio pela fixação em pensamentos improdutivos, egoístas, temerosos, orgulhosos, desesperados e outros semelhantes. Em tais casos, a pessoa é a própria obsessora.

A auto-obsessão acontece quando nos desqualificamos, cobrando exageradamente de nós mesmos; quando não conseguimos identificar nenhuma virtude em nossa conduta, nos fixando apenas nos próprios defeitos; quando temos uma falsa imagem de nós mesmos. Ainda que a ideia fixa não seja verdadeira, a sua continuidade na mente da pessoa faz com que se mantenha real para o auto-obsidiado. Na verdade, a pessoa torna-se vítima de si mesma. E ainda pode atrair a obsessão de um espírito desencarnado por sintonia de vibrações.

Em grande parte dos casos, a auto-obsessão é associada a sentimentos de culpa, de autocensura, de recriminação

---

[2] NOBRE, Marlene R. S. *A obsessão e suas máscaras*. 5. ed. São Paulo: Jornalística Fé, 1998, p. 82.

pessoal. Esses sentimentos destrutivos derivam de uma ideia que se enraíza na mente do indivíduo, a impedir a sua visão real de si mesmo e fornecendo-lhe apenas uma autoimagem deturpada, de acordo com a crença que tem sobre si. No caso de Rodrigo, embora se colocasse como superior diante dos outros, usando de orgulho e arrogância, no fundo ele tinha mesmo era um sentimento de inferioridade, como em geral acontece com os presunçosos e soberbos. Ouve-se, muitas vezes, que a arrogância disfarça-se de uma exagerada autoconfiança e autovalorização, mas isso não passa de um mecanismo de defesa. Na verdade, a pessoa arrogante carrega no seu íntimo uma grande insegurança, inadequação e medo. Por sentir-se tão pequeno, tão insignificante, o soberbo faz de tudo para aparentar a grandiosidade que não tem. Diante do fracasso de não ser bom o suficiente, o arrogante compara-se aos demais, colocando-se num pedestal de modo a vê-los de cima para baixo. Neste sentido, a arrogância é antagônica à humildade, que é também o seu antídoto. Como diz o espírito Ermance Dufaux: A humildade "é o estado da mente que se despe das comparações para fora e passa a comparar-se consigo própria, mensurando a realidade de si mesma".[3] O soberbo, o arrogante ainda não consegue agir desse modo, por isso coloca a máscara da superioridade e assim, falsamente, se relaciona com os seus irmãos. Todavia, Rodrigo acabara de ter a máscara arrancada da face pela situação angustiante que estava vivendo. Se estivera antes no extremo da arrogância e da soberba, caíra agora no nível oposto da desvalorização, do abatimento e do menosprezo de si mesmo. Ele passou a ter no presente os sentimentos de inferioridade, culpa e medo.

— Alzira, eu pequei mortalmente contra nosso pai e agora estou condenado a sofrer pela eternidade.

— Rodrigo, cada um faz o que pode no momento. Ninguém é capaz de fazer algo para o qual ainda não esteja preparado. E não existe condenação eterna. Foi Jesus quem disse que

---

3 OLIVEIRA, Wanderley S. de. Op. cit., p. 115.

nós, simples seres humanos, devemos perdoar não sete, mas setenta vezes sete, isto é, sempre. Agora pense bem: se nós devemos sempre perdoar, é porque Deus, nosso Pai, também nos perdoa qualquer falta. Por maior que seja, a falta recebe o perdão divino.

— Assim, gratuitamente, você crê que Deus nos perdoa?

— Não é assim. Quando caímos numa falta, nos tornamos devedores perante a lei divina. E, como todo devedor, temos de ressarcir o nosso erro, isto é, temos de reparar, temos de pagar a nossa dívida. Isso é feito na mesma reencarnação ou numa próxima. Mas sempre há reparação. Não se trata de castigo, mas de lição que devemos aprender, a fim de não voltarmos a cometer o mesmo erro.

— Para você que é espírita, isto é sem dúvida alentador. Mas eu não sou, Alzira. Portanto, só me resta sofrer até a morte. Depois, bem... sobre isso nada sei. Talvez em seguida venha o Nada, o Nada absoluto. Portanto, enquanto existo, a finalidade da minha vida passa a ser a dor, o sofrimento ininterrupto.

— Rodrigo, não é porque sou espírita que a lei se torna diferente para mim. A lei divina é eterna e irretocável, valendo para todos, não importa qual seja a sua filiação filosófica ou religiosa.

Não houve nenhuma palavra por parte do arquiteto, que apenas olhou desesperançado para a irmã. Alzira continuou:

— Outra coisa: a finalidade da existência não é, para ninguém, a dor, o sofrimento. Nós vivemos a nossa encarnação para aprender e usar o conhecimento adquirido em nosso próprio benefício e em favor do próximo. Nós estamos aqui, Rodrigo, para crescer, evoluir, progredir. Estamos aqui para a busca da perfeição. Esta é a finalidade básica da nossa existência. E posso dizer mais: nós estamos aqui para aprender a amar; amar a Deus e ao próximo, como a nós mesmos.

— Assim espero — disse Rodrigo, cabisbaixo.

— Você entrou num estado depressivo, caindo em desespero e sentindo remorso. O remorso representa a prostração, o abatimento de quem sente ter cometido um erro. O remorso faz com que a pessoa ouça uma voz interna que lhe assegura dever ser punido, castigado. É preciso, porém, que se converta em arrependimento, caso contrário, a pessoa cai em desequilíbrio moral, que leva ao sofrimento atroz, podendo gerar desequilíbrios físicos ou morais em reencarnações futuras. Quem apenas sente remorso não pensa em modificar-se, em redimir-se, isto é, em pagar a dívida que gerou. Já no arrependimento, o indivíduo toma consciência do mal praticado, compreende a sua imperfeição e procura reparar a falta, seja nesta, seja noutra reencarnação, tendo por objetivo o seu próprio progresso moral.

— Entendi.

— Mas não basta arrepender-se do mal praticado. O arrependimento apenas suaviza a expiação. Quando praticamos um mal, temos de expiá-lo. Expiação é o sofrimento que purifica e lava as manchas do passado. Quando expia a sua falta, a pessoa está reabilitada. Está livre das consequências resultantes do erro cometido, pois foram apagados os traços da sua falta.

— Agora entendo por que devo sair do estado de remorso para o de arrependimento.

— E, para finalizar, é importante saber que após a expiação da falta a pessoa deve chegar ao último estágio: a reparação. Podemos dizer que a reparação é a etapa final da expiação. Como já se disse, o arrependimento suaviza as dores da expiação, abrindo pela esperança o caminho da reabilitação; só a reparação, contudo, pode anular o efeito, destruindo-lhe a causa. A reparação expressa-se por fazer o bem a quem se tinha feito o mal. Somente por meio do bem se repara o mal. Devemos, Rodrigo, buscar o nosso aperfeiçoamento pela força da própria vontade. Talvez por isso o apóstolo Pedro, em sua primeira carta, tenha afirmado com convicção: "O amor cobre uma multidão de pecados". Isto significa, Rodrigo, que, ao praticarmos a caridade, apagamos os vestígios das faltas cometidas. Você entendeu?

— Você diz que, de agora em diante, em vez de ficar remoendo a minha culpa, devo repará-la, buscando agir com amor. Tentarei fazer isso no meu trabalho, embora não seja fácil, pois não é meu hábito. Sempre pensei em ser competente, exigindo competência dos meus colaboradores, mas nunca me comprometi com eles, apenas deles exigindo comprometimento comigo e com a empresa.

— Você pode mudar isso. E tenha certeza de que não só o ambiente psicológico vai tornar-se mais leve, como a qualidade do trabalho irá refinar-se.

O diálogo com Alzira foi ímpar na vida de Rodrigo, que nunca se abrira para um encontro verdadeiro com a irmã. Após a conversa, tudo pareceu mais suave, mais sereno, e, nessa noite, pela primeira vez depois do desencarne do pai, ele pôde dormir com a consciência tranquila.

2 – Dificuldades

Dias depois do diálogo com a irmã, Rodrigo procurou-a em seu apartamento, buscando meios para a manutenção dos novos conceitos que aprendera com ela.

— Não é fácil viver de acordo com a sua filosofia de vida, Alzira.

— A minha filosofia eu diria que é a Filosofia do Amor. Na verdade, ela não é minha, eu que dela me apropriei para ter uma vida produtiva.

— Como assim?

— Chamo de Filosofia do Amor o conjunto do pensamento expresso por Jesus Cristo em seu Evangelho. A Doutrina Espírita busca resgatar essa filosofia, colocando no centro de suas reflexões a caridade. Foi por tal motivo que Kardec escreveu no livro *O Evangelho segundo o Espiritismo*: "Fora da caridade não há salvação". Não se trata de mero lema repetido maquinalmente. A sua importância é tão grande que o espírito Paulo, o apóstolo, comentou no mesmo livro: "Meus filhos, *fora da caridade não há salvação* é o ensinamento moral que contém a destinação dos homens, tanto na Terra quanto no Céu. Na Terra, porque à sombra dessa bandeira viverão em paz; no Céu, porque aqueles que a tiverem praticado encontrarão graça diante do Senhor".[4]

— Entendi. Você já me falou muito sobre a caridade.

— Quando você põe amor em seu trabalho, está praticando a caridade, Rodrigo.

— Eu sei. Acontece que às vezes me levanto de mau humor e me esqueço do compromisso assumido com você.

— Não, Rodrigo, o compromisso deve ser assumido com você mesmo. Só assim você terá a possibilidade plena de cumpri-lo.

— Você está certa, Alzira. Vou encarar dessa forma daqui para frente.

— Estarei sempre pronta a ajudá-lo no que for possível.

— Disso eu tenho total certeza.

Mais se conversou durante a visita de Rodrigo ao apartamento de Alzira. A energia do ambiente era tão suave que ele, que entrara desencorajado, dali saiu completamente estimulado a pôr em prática o que aprendera com ela. "Também farei como Alzira", pensou já na rua. "Ela é o exemplo vivo de que a Filosofia do Amor transforma a nossa vida."

◆ ◆ ◆

Passaram-se os meses e Rodrigo voltou a trabalhar com empenho e dedicação, dirigindo o seu escritório minuciosamente, como fazia antes. Com isso, voltou também a sua conduta arrogante e autoritária, o que desagradou seus colaboradores, que só permaneciam com ele porque o mercado de trabalho entrara em retração. Por outro lado, aos poucos, foi voltando a ideia fixa de "crime" cometido contra o pai e o correspondente sentimento de culpa. "Por que não dei atenção

---

4 KARDEC, Allan. *O Evangelho segundo o Espiritismo.* São Paulo: Petit, 1997, cap. 15, n. 10.

à notícia recebida, que dizia claramente que meu pai estava à beira da morte?" Pensava e concluía: "Eu mereço mesmo um grande castigo. Mas tenho muito medo, pois não sei qual será. Apenas tenho certeza de que será muito pesado. Não sei se vou aguentar. Não sei".

Por essa época, leu a notícia sobre um filho que, sem piedade, assassinara o próprio pai. Os dois pareciam conviver muito bem, todavia, uma mudança foi se operando lentamente no comportamento do jovem, que começara a beber. De início, o fazia apenas ao deixar a empresa; depois, com o passar do tempo, invigilante, começou a perder o controle sobre a bebida. Deixou o emprego, e com o dinheiro recebido passou a consumir álcool em horários que antes eram destinados ao trabalho. Chegava em casa em plena madrugada, voltando às vezes dois ou três dias depois. Sempre que retornava, ouvia conselhos do pai, que se transformavam em longas discussões. Quando o dinheiro acabou, o jovem começou a pedir ao pai, porém, como era todo gasto com o mau hábito adquirido pelo jovem, o dinheiro foi negado. Numa noite em que, desesperado, o filho bradava por dinheiro, não o recebendo, tomou de uma faca de cozinha e assassinou o pai, que procurava acalmá-lo. Mais tarde, veio o arrependimento e, com ele, o desespero. Depois de alguns dias, completamente descontrolado, o rapaz suicidou-se sobre o túmulo do pai.

O caso, lido e relido várias vezes, chocou profundamente Rodrigo, já com a consciência abalada. "Não sou de embebedar-me", pensou, "mas causei desgosto a meu pai, assim como aquele jovem. Ele preferiu o álcool aos conselhos paternos. Eu decidi-me pelo prazer, ignorando o que seria meu último encontro com o Velho. O rapaz matou o pai com uma faca, eu assassinei o meu com meu desapreço e indiferença. Somos muito semelhantes. Ele recebeu o castigo das próprias mãos, dando um tiro na cabeça. E eu? Que punição me está reservada?".

Se depois de escutar as palavras de Alzira o seu julgamento do contexto que vivera em relação ao pai fora abrandado, agora, após a leitura da notícia policial, voltou triplicado, deixando-o desgostoso e deprimido. Rodrigo fechou-se de novo em seu mundo de pesadelos e alucinações.

Passou a ter sonhos constantes, ligados a seu progenitor. Certa noite, sonhou que andava pelas alamedas do cemitério, chegando à campa onde jazia o corpo do pai. Encontrou-o, porém, sentado sobre a laje, como a meditar. Ao ver o filho, falou tristemente:

— Gostou das obras de Gaudí, Rodrigo? E do balneário...?

Completamente envergonhado, ele se ajoelhou diante do sepulcro e, sem coragem de olhar a face do pai, pediu perdão pelo "crime" que cometera. O pai, impassível, escutou o discurso até o fim. Depois, olhando vagamente para o filho, falou:

— O crime já foi cometido. Quero saber se você tem conhecimento do castigo que lhe está reservado.

— Não, meu pai. Desconheço.

— Mas sabe que vai ser castigado, não é?

— Sim, com certeza. E qual será a punição?

Nesse momento, Rodrigo acordou com a testa molhada de suor. Sentou-se na cama e repetiu automaticamente:

— E qual será?

Nesse dia não foi trabalhar, pedindo a seu assistente que o representasse junto a um cliente de grande porte.

Outro sonho que o deixou abatido foi o seguinte: estava dirigindo o seu carro por uma rua pouco movimentada. Na saída de um banco, viu um assalto a um carro-forte. Um dos assaltantes, após receber um malote recheado de dinheiro, riu com sarcasmo e, com os comparsas, atirou no homem que lhe entregara pacificamente o volume. Este, antes de cair morto, falou em tom sofrido: "Até tu, Rodrigo, meu filho?".

Ao acordar, Rodrigo notou, assustado, que o assassino do pai tinha o mesmo nome que ele. Nesse momento, lembrou-se da frase similar a essa, que nos remete ao século I a.C., em Roma. O imperador romano Júlio César foi vítima de uma conspiração de senadores que pretendia destroná-lo. Entre os conspiradores estava o seu filho adotivo, Marco Bruto. O imperador foi assassinado a punhaladas pelos rebeldes. Nesse momento, Júlio César reconheceu o filho e disse a frase que se tornou célebre: "Até tu, Bruto, meu filho?".

"Como Bruto, eu também assassinei meu próprio pai", pensou o arquiteto. "Ele com um punhal, eu com o meu descaso, o meu desprezo. Não sei o que aconteceu a Bruto, também não sei o que me acontecerá. Tenho, porém, certeza de que mereço punição e, certamente, serei mesmo castigado."

Completamente esquecido da conversa que tivera com a irmã, Rodrigo envolveu-se mais uma vez com pensamentos soturnos de culpa e temor. Culpa pela morte do pai, e temor de ser duramente castigado pelo que ele considerava um crime.

◆ ◆ ◆

Alzira, a irmã de Rodrigo, notou a sua ausência incomum e resolveu passar em seu escritório para marcar um jantar em que poderiam conversar à vontade. Quando lá chegou, soube por Heitor, também arquiteto, que era o segundo dia em que Rodrigo, inventando uma desculpa, deixara de ir trabalhar.

— Foi muito bom você ter vindo aqui, Alzira. Preciso falar-lhe sobre o seu irmão.

— Esteja à vontade, Heitor. Quero mesmo saber o que está acontecendo.

O arquiteto pensou um pouco e iniciou a sua narrativa, pesando bem as palavras:

— Você sabe que gosto muito do Rodrigo. Quando eu estava desempregado, foi ele quem me trouxe para cá. Temos um relacionamento muito bom, de modo que aquilo que lhe vou dizer não é intriga ou maledicência, mas o desejo sincero de que ele volte a ser a pessoa equilibrada e amiga que sempre foi.

— Eu sei disso, Heitor.

— Pois bem, de uns tempos para cá, ele se tornou taciturno, distraído e pessimista. Quando está diante da sua escrivaninha, parece viver noutro mundo. É difícil falar sobre trabalho com ele. No meio da conversa, pega o paletó e diz que discutirá o assunto na manhã seguinte. Ato contínuo, vai embora.

— Rodrigo não era assim. Depois que nosso pai faleceu, ele passou a sentir-se culpado, pois estava de viagem na Espanha, não atendendo ao pedido paterno para que retornasse a fim de terem um último encontro.

— Ele repete isso mil vezes por dia, Alzira. Diz que cometeu um crime contra o pai e que receberá uma punição à altura do delito cometido. Mas ele não cometeu crime algum. Não sei por que enfiou isso na cabeça. Houve uma época em que melhorou, voltando a ser o amigo de sempre. No entanto, com o passar do tempo, a sua conduta tornou a apresentar as características que acabo de lhe dizer. E, para piorar, ele tem faltado muito ao trabalho. Sei que sou seu empregado e que ele, como proprietário do escritório de arquitetura, pode fazer o que bem entender. Mas já chegamos a perder contratos muito vantajosos devido à sua ausência. Não sei o que será da empresa se ele continuar assim.

Alzira ficou pensativa. Não disse nada. Apenas balançou a cabeça, como que lamentando a situação.

— Desculpe-me por lhe dizer tudo isto — falou Heitor, quase arrependido por ter-se aberto com a irmã de seu chefe.

— Não se desculpe, Heitor. Você fez a coisa certa. Eu só tenho a agradecer por suas palavras.

— Eu que agradeço a sua atenção, Alzira.

— Vou agora até o apartamento do meu irmão e, no caminho, pedirei inspiração a Deus para dizer apenas o que possa lhe fazer bem.

— Isso é muito bom.

— Mais alguns dias e você me dirá se o comportamento dele mudou para melhor.

— Combinado. Confio muito no seu bom senso e na sua sensibilidade.

— Obrigada. Farei o melhor que puder para o bem de Rodrigo.

Em seguida, Alzira rumou até o apartamento do irmão. Durante o trajeto, orou pedindo a Deus que a inspirasse, a fim de encontrar as palavras mais adequadas para dizer a Rodrigo. Encontrou-o bem-vestido, porém, com a fisionomia abatida.

— E então, Rodrigo, o que está acontecendo?

— Nada. Por quê?

— Há dois dias você não vai trabalhar. Encontro-o aqui debilitado e não há nada? Você sabe que a empresa está para perder um grande negócio por sua causa?

— Você vem aqui para me colocar mais sentimento de culpa?

Nesse momento, Alzira silenciou, buscando as palavras certas, pois o início não tinha sido como esperava.

— Você não precisa ter sentimento de culpa por nada, Rodrigo. Sei que voltou a remoer a ideia de que foi culpado pelo desencarne do nosso pai. Mas pense bem: em idade avançada, ele teve pneumonia em ambos os pulmões. Passou a ter dor torácica, que se agravou rapidamente. Sentiu náusea, teve falta de ar, enfim, ficou prostrado na cama, apenas aguardando o momento do desencarne. Ele mesmo previu que estava chegando ao final desta existência.

— Pois é por isso que eu deveria ter estado lá.

— Se você tivesse chegado a tempo, ele faria uma última reunião conosco, para nos dar alguns conselhos, mas principalmente para nos abençoar.

— E isso não foi possível pela minha ausência.

— Foi possível, sim. Ele abençoou a nós dois e depois não conseguiu mais falar. O que ele conseguiu fazer foi feito. Caso você estivesse lá, teria acontecido a mesma coisa. A sua ausência, Rodrigo, não mudou, como não mudaria, a ordem dos acontecimentos. Você está abençoado por seu pai, a quem sempre amou. E é isso o que importa. O resto é apenas delírio da sua mente em perturbação.

— Delírio? Mente em perturbação? Você sabe que delírio é um dos sintomas da esquizofrenia?

— Sei, meu irmão. Mas não estou aqui a dizer que você é esquizofrênico. Na esquizofrenia, que é uma doença mental crônica, a pessoa perde contato com a realidade. Um dos sintomas são os delírios, ou seja, o esquizofrênico faz má interpretação das suas experiências. Pelo delírio, a pessoa falseia a percepção da realidade.

— Bem, segundo você, parece que estou perdendo o contato com a realidade, vivendo as minhas fantasias sobre a morte do nosso querido Velho e fazendo má interpretação das minhas experiências em relação à morte dele.

— É verdade, mas não chega ainda à gravidade da esquizofrenia.

— Não chega *ainda*?

— Há tempo para você sair desse redemoinho mental.

— Quanto tempo?

— Agora!

— Sim... mas...

— Escolha, Rodrigo: sanidade, equilíbrio, paz ou transtorno mental, desequilíbrio e vida atormentada. A escolha é totalmente sua. Já lhe falei anteriormente tudo sobre a irrealidade das suas reflexões, portanto, decida-se. Filosofia do Amor ou caos íntimo, que leva à loucura.

Quando Alzira usou a expressão "Filosofia do Amor", Rodrigo se lembrou de que se comprometera algum tempo atrás a sair do seu casulo, a fim de doar-se ao próximo. Recordou-se igualmente de que, numa das conversas com seu assistente, Heitor, este lhe falara sobre a necessidade da *autotranscendência*, conceito bem trabalhado por Viktor Frankl, criador da logoterapia. Em síntese, Heitor lhe dissera:

— Você tem de sair da cápsula em que se fechou, Rodrigo. Sua irmã está certa, é preciso romper o casulo para poder alçar voo. Se a borboleta continuasse a viver como crisálida pelo resto da vida, não poderia entrar em contato com as flores que lhe fornecem o néctar como alimento. Um dos conceitos mais importantes da logoterapia de Viktor Frankl é a autotranscendência, que é a capacidade humana de sair de si mesmo, se superar, se ultrapassar. Quem age pela autotranscendência atua pelo bem de alguém ou por algo que está acima de si mesmo: um ideal. Apenas na medida em que o homem ultrapassa a si mesmo a serviço de uma causa ou no amor a uma pessoa é que consegue realizar-se. Você não pode passar o resto de sua vida no egocentrismo, no individualismo, enfim, no egoísmo. É preciso abrir a porta da própria alma e sair para a luz do sol.

Lembrando-se dessa conversa que tivera com Heitor, Rodrigo combinou-a com a Filosofia do Amor de que lhe falara Alzira. "Eles têm razão", pensou. "Não posso mais ficar fechado na casca de noz do meu pequeno ego. Além de ignorar os outros, estou destruindo o meu próprio trabalho. Só consegui vencer como arquiteto porque o Velho me deu todo o apoio, inclusive financeiro. Não fosse assim, nem conseguiria abraçar esta profissão que tanto adoro. O sonho da minha juventude era tornar-me arquiteto. Ajudado por meu pai, eu consegui. Agora, meu dever é fazer desta profissão a minha missão de vida." Assim cogitando, Rodrigo levantou-se da cama, em que se metera sob a coberta, e disse convicto para a irmã:

— Alzira, estou me levantando. Não, não digo apenas que estou me levantando da cama. Afirmo que estou despertando para a vida, para o meu trabalho. Chega de lamentações que me empurram cada vez mais para o fundo do poço. Se o Velho me apoiou para que conquistasse a profissão que hoje tenho, cabe-me agora mostrar-lhe que o seu auxílio não foi em vão.

A irmã, vendo-o mudar instantaneamente diante de seus olhos, sorriu e conseguiu apenas dizer:

— Você falou bonito, agora mostre que isso é mesmo verdade.

— É o que vou fazer, Alzira. Prometo.

Depois de tomar um banho energizante e vestir-se para o trabalho, Rodrigo, agradecendo muito a irmã, rumou para o escritório. Lá chegando, cumprimentou Heitor e brincou:

— E então? Não se trabalha mais nesta casa? Não temos uma reunião importante hoje à tarde? Vamos discutir a pauta.

Para o assistente de Rodrigo, vê-lo assim, completamente mudado, foi uma alegria imensa, pois ele já pensava que o escritório de arquitetura acabaria fechando as portas definitivamente.

— Você não está doente? — perguntou.

— Doente, eu? Você está diante de uma muralha de aço. Pegue os documentos para iniciarmos a nossa reunião.

A reunião com diretores de uma grande empreiteira foi vitoriosa para Rodrigo e Heitor. Conseguiram fechar um contrato importante. E voltaram felizes para o escritório.

Alzira, em casa, fez muitas vibrações para que a mudança de ânimo do irmão perdurasse, fazendo com que ele pudesse reaver o êxito de outrora. À noite, ligou para ele, a fim de obter informações sobre a reunião.

— Foi um sucesso total, Alzira. Fechamos o contrato. A participação de Heitor foi decisiva. Ele é muito competente.

— Você fez a escolha certa ao contratá-lo para seu escritório. Mas não se esqueça de que o bom êxito deve continuar. Daqui para frente, é importante que você mantenha o bom ânimo que está demonstrando.

— Buscarei fazer tudo com amor, Alzira. Tratarei muito bem clientes e colaboradores. Mostrarei competência e comprometimento, assim como já acontece com Heitor. Enfim, pretendo mesmo seguir a Filosofia do Amor de que você me falou.

Já na cama, Rodrigo, olhando para a pequena estante que havia no quarto, bateu com os olhos no livro *O Evangelho segundo o Espiritismo*, que havia ganhado da irmã. Levantou-se e foi buscá-lo. De novo na cama, folheou-o, parando no capítulo vinte, que tinha por título: "Os trabalhadores da última hora". Intrigado, começou a ler a parábola:

> O Reino dos Céus é semelhante a um pai de família, que, ao romper do dia, saiu a fim de assalariar trabalhadores para sua vinha; tendo combinado com os trabalhadores que eles teriam uma moeda por sua jornada de trabalho, enviou-os à vinha. Saiu ainda na terceira hora do dia, e, tendo visto outros que permaneciam na praça sem nada fazer, lhes disse: "Ide também vós outros à minha vinha, e vos darei o que for razoável"; e eles para lá se foram. Saiu ainda na sexta e na nona hora do dia, fez a mesma coisa. E, saindo na décima

primeira hora, encontrou outros que estavam sem nada fazer, aos quais disse: "Por que permaneceis aí durante todo o dia sem trabalhar?" "Foi porque ninguém nos assalariou", disseram. Ele lhes disse: "Ide também vós outros para a minha vinha".

    Chegada a noite, o senhor da vinha disse àquele que tomava conta de seus negócios: "Chamai os trabalhadores e pagai-lhes, começando pelos últimos até os primeiros". Aqueles, pois, que vieram para a vinha apenas na décima primeira hora, aproximando-se, receberam uma moeda cada um. Os que foram assalariados primeiro, vindo por sua vez, julgaram que deveriam receber mais, mas não receberam mais que uma moeda cada um; e, ao recebê-la, murmuraram contra o pai de família, dizendo: "Os últimos trabalharam apenas uma hora, e pagastes tanto quanto a nós, que suportamos o peso do dia e do calor". Mas, como resposta, disse a um deles: "Meu amigo, não cometi injustiça para convosco; não combinamos receberdes uma moeda por vossa jornada? Tomai o que vos pertence e ide; quanto a mim, quero dar a este último tanto quanto dei a vós. Não me é permitido fazer o que quero? Vosso olho é mau porque sou bom? Assim, os últimos serão os primeiros, e os primeiros serão os últimos, porque muitos são os chamados e poucos os escolhidos (Mateus, 20:1 a 16).

Rodrigo sentiu naquele momento que não fora por acaso que abrira o livro naquela página. Ainda olhando para o texto, começou a refletir: "A beleza desta parábola chega a ser poética, mas é também de difícil compreensão. O que Jesus quis dizer com a expressão 'trabalhadores de última hora'? E por que os que começaram a trabalhar pela manhã receberam o mesmo que aqueles que iniciaram o trabalho já pela tarde afora? Qual é, afinal, a mensagem dessa parábola? Sei que há aqui algo para mim. Sinto no meu coração que algo me toca, mas não sei o que é". Colocou o livro sobre a mesinha de cabeceira e adormeceu envolto em dúvidas. No dia seguinte, ligou para Alzira pedindo-lhe ajuda.

— Refleti sobre o ensinamento dessa parábola, mas não consegui chegar a qualquer entendimento. Você, como espírita, tem alguma interpretação?

— Há muito tempo, assisti a uma palestra que tinha por tema exatamente a parábola dos trabalhadores da última hora. Considerou o palestrante que, para o proprietário, ou seja, Deus, o importante não é o total de horas trabalhadas, mas a qualidade desse trabalho, e que importante também é o trabalhador, isto é, o ser humano, permanecer até o fim. O que vale, portanto, naquilo que fazemos não é a quantidade, mas a qualidade e também a persistência na elaboração do trabalho. Isto diz respeito à nossa tarefa de cumprir a missão para a qual viemos a este mundo, nesta reencarnação. Não importa se somos um espírito antigo, com inúmeras reencarnações realizadas, ou se somos um espírito mais jovem, engatinhando pela escala evolutiva. O foco está na maneira como estamos conduzindo a nossa reforma íntima, a nossa melhoria interior. Mesmo nesta reencarnação, há quem tenha encontrado a Boa Nova ainda jovem e hoje, em seus últimos anos de existência, não procurou ainda colocar os ensinamentos do Divino Mestre no seu cotidiano, ficando apenas com um conhecimento intelectual do Evangelho. Por outro lado, pessoas existem que há pouco tempo foram tocadas pelo chamamento do Senhor e, a partir daí, vêm realizando com esforço incomum o "bom combate", buscando eliminar os seus vícios e defeitos, e introduzindo virtudes que até esse momento não possuíam.

— Entendo.

— Outras interpretações foram feitas pelo palestrante, mas uma ainda guardo na memória. Quando o senhor da vinha perguntou aos últimos trabalhadores por que estavam ociosos, eles responderam que ninguém os havia contratado. Não se tratava de preguiça ou desperdício de tempo. Há, pois, uma diferença entre a pessoa que é convocada para o trabalho do Senhor, mas escolhe os prazeres fúteis da vida e a senda dos vícios ou da inatividade, e aquela que, mesmo no entardecer da existência, assume a tarefa, buscando com ousadia impregnar concretamente sua vida com os ensinamentos do Cristo, isto é, praticando o que o Senhor ensina no Evangelho.

— Agora você me abriu a mente, Alzira.

— Faço-lhe ainda uma sugestão: leia os comentários dos espíritos logo após a narração da parábola.

Nessa noite, Rodrigo foi mais cedo para a cama e logo buscou em *O Evangelho segundo o Espiritismo* a interpretação dos espíritos para a parábola que o deixara confuso.

De tudo que leu atentamente, um pensamento impregnou sua mente — a reflexão do Espírito de Verdade:

> *Vinde a mim, vós que sois os bons servidores, que calastes os vossos melindres e discórdias, para não deixar a obra prejudicada!*[5]

Lembrou-se de seu pai, que sempre lhe dissera para evitar escrúpulos, melindres e pretensões descabidas, que apenas levavam à divisão e ao desentendimento.

— Seja no lar, no trabalho ou entre amigos, Rodrigo, evite melindres, que apenas desfazem amizades e semeiam a discórdia, a dissensão. Sepulte no esquecimento as pretensões exageradas, que são filhas da soberba, do orgulho exacerbado.

Parecia escutar agora a voz do seu pai, repetindo os conselhos que mal ouvira na juventude. Voltando ao pensamento do Espírito de Verdade, considerou: "Com a conduta que adotei após o falecimento do meu pai, *paralisei a minha*

---

[5] KARDEC, Allan. *O Evangelho segundo o Espiritismo.* São Paulo: Petit, 1997, cap. 20, n. 5.

obra, deixei a obra prejudicada. É preciso mesmo que eu retorne com ânimo redobrado às tarefas que me cabem como arquiteto, que tenho o privilégio de ser. Chega de remorso, chega de inércia! Tenho muito ainda a fazer, e por que não em homenagem ao meu querido Velho?". E, com olhos lacrimejantes, concluiu: "O Velho merece. E é o que vou fazer".

Rodrigo não sabia que, enquanto raciocinava, ponderando sobre o que deveria ser feito por ele dali para frente, o seu pai, em espírito, o abençoava, vibrando paz, harmonia e amor.

Na manhã seguinte, ligou para Alzira contando sobre a leitura que fizera e a decisão que tomara. Recebendo um sincero elogio da irmã, esta ainda acrescentou:

— Rodrigo, um dos motivos pelos quais estamos aqui no mundo terreno é contribuir para que se estabeleça um padrão de vida mais elevado, uma qualidade de vida mais digna. Nós temos de contribuir para que reine a paz e o amor no mundo onde moramos. Estamos, como diz Jesus, na Vinha do Senhor e, embora sejamos trabalhadores da última hora, cabe-nos realizar um trabalho de qualidade elevada para recebermos o "salário" estipulado por Ele. Precisamos, pois, trabalhar para o bem geral com as nossas habilidades, com as nossas competências, enfim, com as virtudes que conseguimos expressar em nossa vida. Você tomou a decisão correta. Agora, saia da cápsula onde se encontrava fechado e pense no próximo, realizando o seu trabalho com sabedoria e amor. Sei que você reúne todas as condições para agir assim pelo resto da sua vida. Parabéns, meu irmão.

As palavras de Alzira calaram fundo no coração de Rodrigo, que se propôs mais uma vez a "realizar a obra", como dizia seu pai, que estivera paralisada por longo tempo. E concluiu: "Sei que fui abençoado pelo meu querido Velho, portanto, chega de lamentações e sentimentos de culpa. Agora, vamos ao trabalho. Com sabedoria e amor, como me disse Alzira, a quem respeito com carinho. Mãos à obra!".

3 – Um novo caminho

As mudanças de pensamento e conduta não acontecem da noite para o dia. Levam sempre o tempo necessário para se instalarem definitivamente em nossa vida. Rodrigo já tomara anteriormente a decisão de mudar, mas tropeçara no meio do caminho e caíra, permanecendo no chão por muito tempo. Agora retomara o propósito de mudança e estava ciente de que haveria dificuldade, mas conseguiria, ao final, sair vencedor.

Conhecedor do caminho nem sempre plano que deveria seguir, pensou num jovem que desejasse tornar-se artista plástico, escolhendo a pintura. Ele deverá ter aulas, começando dos esboços, dos desenhos, pintando obras bastante simples, enquanto aprende a trabalhar com os diversos tons de cores, com a diversidade de tintas e com tantos processos e recursos que tem a pintura. No começo, terá de fazer os retoques exigidos pelo professor, poderá até mesmo pôr a perder uma tela. Haverá momentos de desânimo, quando a sua pintura não for aprovada pelo mestre. Nesse momento, lembrou-se de Cândido Portinari, que começou como auxiliar de um grupo de artistas restauradores, depois cursou a Escola Nacional de Belas Artes, do Rio de Janeiro, e ainda viveu dois anos em Paris, antes de estar preparado para a carreira de sucesso que teve no Brasil e no exterior. "Não posso desanimar", pensou, "como Portinari não desanimou quando não conseguiu a medalha de ouro numa exposição. Com persistência, chegou o dia de ele receber a medalha, como chegou o dia de expor em Nova Iorque e até de pintar um mural na sede da ONU. Tudo levou tempo, mas a vitória sorriu para o mestre da pintura. Quanto a mim, não desejo medalha nem reconhecimento por parte de ninguém. Apenas quero vencer a mim mesmo e poder transformar a minha vida para melhor".

Assim começou a pensar e procurou colocar em prática a decisão tomada. Com o passar dos meses, tanto sua irmã como seus colaboradores no escritório de arquitetura notaram a diferença nas palavras, nas atitudes e na sua conduta geral. Entretanto, a prova maior de sua mudança aconteceu no contato com um novo cliente. Tratava-se de Goulart, um grande comerciante que desejava construir uma ampla residência, em estilo moderno, num bairro nobre de São Paulo. O projeto criado por Rodrigo e a forma serena de relacionar-se agradaram tanto o cliente, que um dia o convidou para um jantar após o trabalho.

Depois de conversas amenas sobre assuntos diversos, Goulart passou a falar sobre a sua vida particular, abrindo-se com o arquiteto.

— Minha vida, apesar do dinheiro, não é um mar de rosas — disse, olhando bem para Rodrigo. E continuou: — Como você bem sabe, sou um empresário bem-sucedido. A minha rede de lojas tem hoje quinze filiais, cada uma cumprindo as suas metas. Comecei como vendedor numa grande loja do centro de São Paulo, passei a supervisor e depois a gerente. Após adquirir grande experiência no ramo, abri a minha lojinha, também no centro da cidade. Ela cresceu tanto, que logo passei para um espaço maior. Abri depois a primeira filial e fui devagarzinho chegando à situação em que me encontro hoje. Neste sentido, sou um homem vitorioso.

— Certamente, Goulart. Tenho plena certeza disso.

— Pois é, se sou afortunado nos negócios, não o sou no amor.

O empresário suspirou, curvando a cabeça e parecendo pensar no que dizer a seguir. Depois, começou a falar em tom de voz mais baixo:

— Quando era supervisor de vendas, conheci Carmen, hoje minha esposa. Ela fora comprar uma panela de pressão. Eu mesmo fui atendê-la e logo notei tratar-se de uma moça inteligente e simpática. Fiz o possível para bem impressioná-la. Numa segunda vez em que ela foi à loja, chamei-a pelo nome, a fim de causar impacto. E realmente foi assim. Ela ficou surpresa por eu ter memorizado o seu nome, visto que muitas clientes passavam todos os dias pelo estabelecimento. Consegui, nesse dia, saber algumas pequenas coisas sobre a sua vida e procurei ser bastante afável no tratamento com ela. Bem, resumindo, depois de algum tempo, consegui que ela fosse ao cinema comigo e pouco mais tarde comecei a namorá-la. Nesse meio-tempo, fui promovido a gerente comercial, o que me propiciava um salário melhor. Foi quando celebramos o noivado. Um ano depois nos casamos. Eu me sentia o homem mais feliz do mundo. O meu amor era plenamente correspondido. E, assim, passamos muitos anos da nossa vida. Entretanto, de uns tempos para cá, ela se tornou presa de um egocentrismo exacerbado. Reclama de tudo, ficou azeda e é intolerante para comigo. Está difícil, Rodrigo. Muito difícil. Talvez até tenhamos de fazer o que jamais havia passado pela minha cabeça: separar-nos. A nossa vida está ficando um inferno. Passamos a discutir por qualquer coisa. Basta, todos os dias, eu chegar em casa para começar a discussão.

— Entendo.

— Encomendei a você o projeto da nova residência como um meio desesperado de conseguir melhorar o relacionamento com a Carmen. Mas até isso já levou a discussões. Não sei mais o que fazer. Parece mesmo que o divórcio é apenas questão de tempo.

Assim dizendo, Goulart apoiou a cabeça nas mãos e ficou estático, com os olhos desfocados, durante alguns segundos. Depois, olhando fixamente para Rodrigo, perguntou em tom de desespero:

— O que fazer num caso deste, meu amigo? O que fazer?

Rodrigo sentiu um tremor pelo corpo. Jamais pensara em orientar alguém. Sua regra sempre fora: "Cada um por si". Mas ele fora ajudado por Alzira com carinho e devotamento. Não podia agora, diante das aflições de uma pessoa perturbada como ele estivera, simplesmente dar-lhe as costas. Lembrou-se de imediato dos conselhos que o pai sempre lhe dera e que tinham sido desvalorizados por ele. "Se o Velho estivesse aqui, teria as palavras apropriadas para dizer nesta

ocasião. Que eu possa inspirar-me em seu exemplo, respondendo adequadamente à pergunta que me formulou Goulart."
Enquanto assim meditava, escutou mais uma vez:

— E então, Rodrigo? O que fazer num caso deste?

Juntando todas as forças da sua alma, e mesmo sem saber exatamente o que diria, Rodrigo fixou bem os olhos do comerciante e começou a sua fala:

— Goulart, eu não sou casado, de modo que quase nada posso dizer sobre o relacionamento conjugal. Mas sou um ser humano que teve o privilégio de nascer numa família muito equilibrada. Recebi primeiramente os conselhos da minha mãe, que cedo partiu deste mundo. Depois ouvi as orientações seguras que me transmitiu meu pai. E, ultimamente, quando estava desorientado diante da sua morte, tive a meu lado a minha irmã, que, apesar de jovem, detém grande sabedoria. Por tudo isto, creio que possa, despretensiosamente, dizer-lhe algumas das palavras que deles receberia nesta situação. Contudo, quero primeiro fazer-lhe uma pergunta.

— Fique à vontade. Estou aqui, pedindo ajuda.

— Você, durante muitos anos, amou a sua esposa, não é verdade?

— Totalmente, Rodrigo.

— Pois bem, peço-lhe que me responda: hoje, exatamente neste momento, você ainda a ama?

A resposta foi muito rápida:

— Sim, eu a amo. Separar-me dela seria entrar num caos de onde não sei se sairia vivo ou ileso.

— Ótimo. E ela, ainda o ama?

— Ninguém pode responder pelo outro, mas, ainda na semana passada, ela chegou a dizer-me no meio de uma discussão: "Nós sempre nos amamos, Goulart. Por que está acontecendo isto conosco?". Ela se referia às constantes discussões que temos travado nos últimos meses.

Ao dizer essas palavras, o empresário ficou alguns segundos em silêncio, respondendo em seguida:

— Sim, Rodrigo, eu creio que ela ainda me ama.

— Nesse caso, o que está faltando é a mudança, a transformação.

— Você acertou em cheio. Ela precisa mudar, tornando-se mais carinhosa, tolerante e compreensiva.

Com um sorriso significativo, Rodrigo fez mais algumas perguntas, que atingiram como um míssil o íntimo de Goulart:

— *Ela* precisa mudar? Somente ela? E você, Goulart? Será que não precisa mudar também? Vou contar-lhe uma história que escutei de um amigo há algum tempo: um mestre espiritual do islã relatou certa vez que, no ímpeto da juventude, orava a Deus, dizendo: "Dai-me energia, ó Deus, para mudar o mundo!". Porém, quando chegou à meia-idade, notou que já vivera muitos anos sem que tivesse conseguido mudar nenhuma pessoa. Nesse momento, modificou a sua oração, dizendo a Deus: "Dai-me a graça, Senhor, de transformar os que convivem comigo no dia a dia, como minha família e meus amigos. Conseguindo isto, já estarei contente". Mais tarde, quando já se tornara idoso e estava próximo da morte, percebeu como fora tolo assim orando e modificou mais uma vez a sua oração, pedindo apenas: "Dai-me a graça, Senhor, de mudar a mim mesmo". E notou que, se assim tivesse feito desde a juventude, não teria esbanjado a sua vida.

O empresário ficou paralisado, como se fizesse um grande esforço para aceitar o que lhe estava sendo dito. Depois, cabisbaixo, comentou:

— Talvez você tenha razão, Rodrigo. É difícil aceitar isso, mas chego mesmo a pensar que você tem razão.

Rodrigo deu um tempo para a assimilação de Goulart, depois continuou:

— Você já ouviu a história do centésimo macaco?

— Sim, mas confesso de que não me lembro.

— O biólogo Rupert Sheldrake criou a *teoria dos campos mórficos*, segundo a qual conteúdos mentais são difundidos imperceptivelmente, de ser a ser, sem que seja necessário pronunciar nenhuma palavra. Uma história exemplifica bem essa teoria: em um arquipélago do Pacífico, havia uma ilha cuja população, composta de determinada espécie de macacos, alimentava-se de batatas. Depois de muito tempo, um dos macacos começou a lavar as batatas antes de comê-las. Isto fez com que o sabor delas melhorasse. Nenhum dos macacos havia feito isso antes. Por imitação, logo os demais macacos da ilha começaram a lavar as batatas antes de saboreá-las. Após o centésimo macaco ter lavado suas batatas, todos os macacos da ilha vizinha também começaram espontaneamente a agir da mesma forma, ainda que nenhuma comunicação convencional entre as duas populações tivesse ocorrido. No entanto, o conhecimento foi incorporado aos hábitos da espécie. Com esta história, Sheldrake mostra que os campos mórficos, que seriam estruturas que se estendem no espaço-tempo, moldam a forma e a conduta de todos os sistemas do mundo material. Assim, toda vez que um ser de uma dada espécie aprende um comportamento novo, repetindo-o várias vezes, o campo é alterado, de modo a influenciar toda a espécie, sem que haja anteriormente comunicação convencional.

O comerciante ficou a olhar para Rodrigo com ar interrogativo. Este, sem o perceber, continuou:

— Goulart, conteúdos mentais se transmitem imperceptivelmente, de ser a ser, sem que uma só palavra precise ser pronunciada. Sheldrake afirma que a ressonância mórfica tende a reforçar qualquer padrão repetitivo, não importa que seja bom ou mau. Desse modo, nossas ações podem influenciar os outros e serem repetidas. Já pensou?

— Gostei da história — respondeu o comerciante —, aprendi uma nova teoria científica, mas pergunto: o que isso tem a ver comigo?

Rodrigo riu em voz alta, chamando a atenção de pessoas da mesa vizinha. Depois, em tom de voz baixo, replicou:

— Tem tudo a ver, Goulart. Tudo. Veja bem, você diz que sua esposa deve mudar de conduta, a fim de que o casamento volte a ter paz, harmonia e sobretudo amor, como antes, certo?

— Certo.

— Pois bem, ninguém consegue mudar ninguém.

— Parece que não.
— Mas consegue mudar a si mesmo. Lembre-se de que, segundo Sheldrake, conteúdos mentais se transmitem imperceptivelmente, de ser a ser, mesmo não sendo dita nenhuma palavra.
— E...?
— Se você modificar o seu comportamento, no devido tempo a sua esposa também mudará o dela.
— Mas...
— Seja, a partir de agora, mais atencioso, tolerante, compreensivo e amoroso. Trate-a com o carinho com o qual a tratava no passado e que foi esquecido com o passar dos anos. Seja um Homem Novo e..., com certeza, ela será uma Nova Mulher. A mudança tem de começar no seu íntimo. É aí que está o botão de *start*, a partida.

Goulart ficou reflexivo. Olhou inconscientemente para o casal que, entre sorrisos, confabulava na mesa ao lado. Depois, emudecido, pousou os olhos em Rodrigo, que concluiu:

— Toda vez que um ser de uma dada espécie aprende um novo comportamento e o mantém por certo tempo, o campo é alterado e influencia os demais, mesmo sem nenhum contato verbal. Não é assim que diz Rupert Sheldrake? Por que não tentar, não é mesmo?

— Penso que você tem razão. Era isso que eu precisava ouvir nesta noite. Vou tentar. Sim, vou tentar.

Essa foi a prova definitiva da mudança operada no íntimo de Rodrigo. Quando chegou a seu apartamento, ficou surpreso com tudo o que havia dito ao empresário. Afinal, ele nunca tinha pensado dessa forma. Como é que as palavras haviam nascido em sua boca com tanta naturalidade, como se ele sempre tivesse agido assim?

Resolveu conversar a esse respeito com Alzira. Mas, como estava com muito sono, deixou para visitá-la na noite seguinte. Durante o trabalho no escritório, esqueceu-se do que havia ocorrido e, somente ao cair da tarde, lembrou-se de telefonar para a irmã, avisando-a de que passaria por lá em seguida.

Eram oito e meia da noite quando foi recebido com um largo sorriso por Alzira.

— E então? Temos novidades?

— Novidades assustadoras — respondeu Rodrigo num misto de bom humor e intranquilidade.

— Conte-me. Mas antes deixe-me oferecer-lhe um suco bem gelado.

Já instalados à mesa, diante de um cafezinho e de suco de maracujá, a conversa teve início:

— Ontem me aconteceu algo intrigante. Um de meus clientes disse-me estar com problemas de relacionamento conjugal e quis confabular comigo. Fomos a um restaurante, onde ele se abriu, pondo às claras os seus problemas. Enquanto ele falava, eu pensava comigo mesmo que nunca havia orientado alguém e muito menos com relação a contratempos entre marido e esposa. Porém, quando ele olhou para mim e perguntou o que eu pensava de tudo aquilo, comecei a falar coisas que jamais teria conseguido dizer. As palavras saíam-me da boca sem necessidade de reflexão anterior.

— Entendo.

— Na verdade, eu não precisava fazer nada. Tudo vinha à mente com facilidade inusitada. Quando terminei a minha fala, ele ficou pasmo. Eu acertara em cheio qual era o seu problema e o que ele deveria fazer para solucioná-lo. Agradeceu-me, prometendo seguir as minhas orientações. Mas tenho certeza de que as palavras não foram minhas, pois eu não me sinto competente para orientar alguém como fiz ontem. E aí, Alzira? Alguma explicação para isso?

A irmã sorriu, pensou um pouco e respondeu com emoção no olhar:

— Rodrigo, sei que para você é difícil entender o que lhe vou dizer, pois quase nunca se interessou pelo lado espiritual da vida.

— É verdade.

— Pois bem, a explicação para o fenômeno ocorrido com você é bastante simples quando temos conhecimento da Doutrina Espírita.

Rodrigo mexeu-se desconfortavelmente na cadeira, mas não deixou de prestar atenção ao que lhe dizia Alzira.

— Você é médium, sem o saber. Isto é, você é capaz de servir de intermediário entre os espíritos e as outras pessoas. O que aconteceu ontem já deve ter ocorrido em outras oportunidades, sem você se dar conta.

— Sim, de outras vezes aconteceu algo semelhante. Isso é verdade.

— O que estou querendo dizer é que você é um médium psicofônico.

— Psicofônico?

— Posso explicar: trata-se de um médium que recebe a mensagem de um espírito comunicante e a repassa para outras pessoas. O que ele diz, na verdade, é o que o espírito lhe está transmitindo. Há mais de uma modalidade de psicofonia: pode ser aquela em que o espírito faz uso do aparelho fonador do médium e passa a sua mensagem sem que o próprio médium tome consciência do que está sendo dito, não se lembrando depois do que falou; pode ser aquela em que o médium recebe do espírito as ideias e as repassa com suas próprias palavras, estando, portanto, consciente; e aquela em que o espírito inspira o médium, sugerindo pensamentos que são reformulados pelo médium e repassados em seguida, sem que ele perceba que está sendo inspirado e permanecendo o tempo todo consciente.

— É fácil de entender, mas tenho de confessar que fico um pouco alheio a tudo isso que você me diz.

— Posso compreender, pois eu mesma me senti assim quando me falaram pela primeira vez a esse respeito. Neste momento, entretanto, posso dizer-lhe que, daqui para frente, você irá defrontar com novos momentos em que as palavras fluirão da sua boca sem esforço e premeditação. Mais uma coisa, Rodrigo: sabe quem o intuiu a dizer as palavras certeiras que caíram em terra fértil, como as sementes da parábola do semeador?

— Não, Alzira. Não faço a menor ideia.

— Nosso paizinho, assistido por um espírito superior.

— O Velho?

— Ele mesmo.

— Como você sabe?

— Estou sentindo a presença dele agora mesmo. É ele que me inspira a esclarecer-lhe o que está ocorrendo com você.

— Para dizer a verdade, também sinto uma energia diferente. Muito tranquila, muito serena, muito agradável.

— Pois a última coisa que tenho de dizer-lhe agora, Rodrigo, é que, ao surgir uma oportunidade de ajudar alguém, não deixe que ela passe em branco. Apenas coloque amor em seu coração e diga as palavras inspiradas que brotarem de sua alma. Um bom espírito cuida para que elas sejam aquilo que a pessoa precisa ouvir. Como já lhe disse, você tem mediunidade. O que falta é educá-la e usá-la em benefício do próximo.

Dr. Alvarenga, em espírito, olhava ternamente para os filhos e, acompanhado de um mentor espiritual, aplicava um passe de paz, amor e fraternidade sobre a cabeça deles.

Antes que Rodrigo deixasse o apartamento de Alzira, ainda ouviu dela as seguintes palavras:

— Não enxergo mais à minha frente um homem arrogante, como costumava ver noutros tempos. Você mudou, Rodrigo. Tornou-se humilde e solidário. E isso é motivo de orgulho para mim.

O arquiteto voltou para seu apartamento meditando sobre tudo o que escutara da irmã. Concluiu que ela estava com a razão. O que ele aconselhara ao empresário não havia partido dele, que jamais havia pensado daquela forma. A orientação tinha sido intuída ou inspirada, não tendo partido dele. "O conteúdo das recomendações era muito próprio de meu pai, do meu querido Velho. Certamente foi ele mesmo quem me orientou, a fim de que eu pudesse ajudar uma pessoa em estado de aflição." E concluiu: "Obrigado, Velho; obrigado, pai. A partir de agora, sempre que eu estiver diante de uma situação em que possa auxiliar alguém com um conselho, com palavras de conforto e com motivação para uma vida de realizações positivas, pedirei a sua ajuda. Tenho certeza de que as palavras virão na medida do necessário para levantar quem se acha caído, para amparar quem se encontra em desequilíbrio. Obrigado, pai".

◆ ◆ ◆

O tempo foi seguindo e Rodrigo conseguiu consolidar a sua conduta voltada para o trabalho e o bem ao próximo. Depois de alguns meses da conversa com a irmã, passou a fazer parte do corpo de voluntários de uma ONG que prestava socorro a idosos desamparados. E sentiu-se muito bem com esse tipo de trabalho isento de qualquer forma de retorno para o voluntário, a não ser a consciência tranquila por estar seguindo o imperativo cristão: "Amai a Deus sobre todas as coisas e ao próximo como a vós mesmos".

Quanto ao temor do castigo que sentia antes por um erro do passado, quando esteve longe do pai em seus momentos finais, já deixara de existir. A oração sobrepujara-se ao medo do castigo, assim como as boas obras suplantaram o remorso.

Em uma das conversas que teve com Alzira, escutou dela uma citação do apóstolo Pedro que o tranquilizou pelo resto de sua existência: "O amor cobre uma multidão de erros". E se propôs a continuar amando fraternalmente o próximo, sobretudo por meio das boas obras. Foi isto que fez até o dia em que também partiu para a pátria espiritual, tendo à beirada da cama o seu pai desencarnado e a sua irmã, que alguns anos antes também retornara ao mundo espiritual. Foram suas últimas palavras exatamente o pensamento do apóstolo:

— O amor cobre uma multidão de erros...

VI
A luz é para todos

Medo do escuro (do desconhecido)

*Quem carrega a própria luz
não teme a escuridão.*
Pensamento judaico

1 – A louca do décimo quinto

Alba, uma jovem senhora de trinta e cinco anos, sempre teve uma conduta moral positiva e apresentou um alto índice de inteligência. Desde os primeiros anos escolares, obteve nota máxima nas tarefas solicitadas pelos professores. Saudavelmente curiosa, com nove anos pediu de presente de Natal um microscópio, que fez a sua alegria durante muito tempo, até poder usar o aparelho mais sofisticado do laboratório da escola. Quando prestou vestibular para o ensino superior, tinha como certo o curso que desejava abraçar: Farmacologia. E assim foi. Ao terminar o curso, iniciou o mestrado e, logo depois, o doutorado, que concluiu com louvor. Nesse momento, já estava empregada num grande laboratório químico, onde brilhava com o seu trabalho exemplar.

Casada com um homem que a amava e mãe de duas filhas, Alba seria o exemplo da mulher quase perfeita, não fosse um grave problema que a atormentava de modo aterrador: o medo do escuro. Embora todos lhe falassem da irracionalidade desse medo, ela ouvia atenta, mas bastava queimar uma das lâmpadas do lustre da sala que ela se encolhia toda, fechava os olhos e começava a chorar. Até mesmo suas filhas, uma com onze, outra com nove anos, riam desse temor injustificado. Adalberto, seu marido, pensava que, com o passar do tempo e após tantos estudos, esse medo se desfizesse naturalmente. Mas isso não ocorreu. Pelo contrário, parecia ter-se intensificado nos últimos meses. Que fazer?

Uma de suas amigas sugeriu que ela fizesse análise. Alba respondeu com ironia:

— Mas eu já faço tantas análises no laboratório...

— Não estou brincando, Alba. Você é uma mulher tão inteligente e dá vexame por qualquer lâmpada que se apaga. Com a terapia, isso vai acabar.

Lourdes, a amiga, referia-se a uma festa de núpcias à qual Alba comparecera numa noite de temporal. Tudo ia bem até o momento em que faltou energia. A moça deu um grito angustiante, agarrou-se desesperadamente no paletó do marido e começou a chorar com altos soluços. Ao voltar a eletricidade, ela estava descabelada e com os olhos vermelhos e aterradores. A cena criou mal-estar e foi o principal comentário dos convidados naquela noite.

Mesmo tendo conhecimento da situação delicada em que se envolvia cada vez que ficava no escuro, ela achava uma afronta ter de fazer análise. Por isso, respondeu com mau humor à amiga:

— Lourdes, eu já sou grandinha e sei como lidar com meus problemas. Não se ofenda, mas acho um insulto aconselharem-me a fazer terapia.

A amiga, que bem a conhecia há muitos anos, não desistiu e continuou:

— Hoje em dia, ir a um psicólogo é a coisa mais normal. Por que ficar sofrendo com um problema para o qual pode muito bem encontrar solução? Aliás, eu não entendo uma coisa.

— O quê?

— Você aconselha tantos remédios às amigas para cuidarem do físico e rejeita um "remédio" para a mente, para a alma?

Alba nunca havia pensado nisso. Realmente era uma incongruência da sua parte, por isso prometeu pensar seriamente no assunto.

Os dias passaram-se e, assim que teve nova crise de temor da escuridão, ela tomou a decisão de procurar o socorro psicológico. A própria amiga Lourdes indicou-lhe um terapeuta considerado por ela um excelente profissional.

— Tenho certeza de que Heitor irá ajudá-la a se libertar desse medo que consome a sua alegria e a sua felicidade.

As sessões tiveram início na semana seguinte, e Alba, envergonhada a princípio, logo certificou-se de que a terapia era um auxiliar com poder de ampará-la na resolução do seu problema constrangedor. Todavia, não houve nenhuma mudança prática no início da análise. Dois casos ocorridos durante o primeiro mês comprovaram isso: uma de suas amigas resolveu fazer uma festa-surpresa para o marido às vésperas do aniversário dele. Reuniram-se no salão de festas do condomínio, onde moravam vários familiares e amigos do casal, entre eles, Alba. Enquanto o aniversariante não chegava, a alegria ruidosa era geral. Em dado momento, foram avisados de que ele estava a caminho, pensando tratar-se de uma reunião extraordinária do condomínio, e todos fizeram silêncio. Em seguida, apagaram as luzes, para acendê-las quando ele abrisse a porta. Porém, pega de surpresa, ao ver-se na escuridão total, Alba soltou um grito aterrador, que estragou a surpresa que havia sido preparada. Mesmo pedindo desculpas, com um copo d'água na mão e uma fisionomia de vergonha, Alba foi alvo de comentário geral durante toda a festa.

O segundo caso aconteceu quando, num início de noite, ela voltava do supermercado próximo, aonde havia ido comprar uns poucos itens. Já no elevador do prédio onde residia, pensava em preparar algo para o marido e as filhas, quando faltou energia, estabelecendo-se a escuridão. O grito angustiante que soltou foi ouvido nos andares próximos. O gerador do prédio restabeleceu quase imediatamente a energia, de modo que logo ela chegou ao seu apartamento. Mas, outra vez mais, foi alvo de risos e da ira de alguns moradores.

Assim que o elevador voltou a funcionar, ela escutou com clareza a voz de uma mulher que disse em alta voz:

— É a louca do décimo quinto!

Isso feriu profundamente Alba, que nunca tinha escutado essa expressão, embora fosse comum usarem tal sentença sempre que ocorria algum episódio similar. "Quer dizer que estão me chamando de louca?", pensou com tristeza. Quando entrou em seu apartamento, ela chorava convulsivamente. Diante do marido, falou com amargura na voz:

— Sabe do que estão me chamando, Adalberto? "A louca do décimo quinto." Você também acha que fiquei louca?

Os dois episódios foram relatados nas sessões que se seguiram. Depois de narrar o segundo evento, Heitor, o psicólogo, fez-lhe de imediato a pergunta:

— E o que você acha disso, Alba?

— Penso que eles dizem isso porque nunca tiveram nenhuma crise de medo, seja lá por que for. Se eles tivessem entrado em pânico uma vez apenas por causa da escuridão, jamais falariam assim.

— Se já tivessem passado por essa situação, não agiriam desse modo?

— Exatamente. A escuridão é assustadora, Heitor. É apavorante.

O psicólogo olhou bem para Alba e perguntou:

— A que você associa o medo do escuro?

Ela foi rápida na resposta:

— Ao temor pelo desconhecido.

— Quer dizer que você precisa estar sempre no domínio da situação? Precisa ter conhecimento do que vai ocorrer?
— É isso mesmo. Quando faço uma análise no laboratório, conheço todos os passos para poder chegar a uma conclusão satisfatória.
— Mas, na vida, nem sempre isso ocorre...
— Isso me deixa nervosa.
— Em que momento do dia você se sente melhor?
— Pela manhã e à tarde.
— E à noite?
— Geralmente não estou muito bem.
— Por causa do escuro?

Embora pudesse parecer óbvio, Alba nunca havia pensado nisso, de modo que ficou surpresa ao concluir que realmente a escuridão da noite a deixava tensa, ao passo que, pela manhã, sentia-se muito bem. O *insight* — descoberta psicológica súbita — contribuiu para que o desconforto sentido por Alba à noite desaparecesse. Na sessão posterior, ela relatou a Heitor que já não sentia ansiedade quando começava a anoitecer e nenhuma inquietação noite adentro.

Parecia que a queixa principal apresentada pela farmacêutica já estava se resolvendo, quando um novo fato a perturbou demais. Era dia 31 de outubro, e muitas crianças comemoravam a festa de Halloween. No condomínio onde Alba residia, as crianças costumavam vestir-se de preto, usando adereços de bruxas e bruxos, como vassouras, chapéus afunilados, abóboras esculpidas com caras fantasmagóricas e velas acesas no interior, coisas assim. À noite, passavam por todos os apartamentos pedindo guloseimas aos moradores. Alba se esquecera por completo desse fato e chegara em casa alegre com os bons resultados do dia de trabalho. Exatamente às oito da noite, as crianças fizeram uma traquinagem a mais: enquanto algumas batiam na porta do apartamento da farmacêutica, outras foram ao relógio de força e apagaram todas as luzes. Alba abriu a porta e, já na escuridão, viu alguns vultos que se movimentavam e começaram a gritar para fazer medo. Totalmente alheia ao que acontecia, ela começou a berrar e pedir socorro. Assim que a energia foi restabelecida, as crianças, assustadas, saíram correndo, e Alba, caindo em si, começou a chorar. Seu marido tentou consolá-la, mas a vergonha foi tão grande, que ela passou a dizer que teriam de mudar-se daquele prédio.

— Aqui já não tenho condições de morar. Serei sempre "a louca do décimo quinto".

Nesse ponto, o marido foi infeliz ao perguntar:

— Mas em outro condomínio não será a mesma coisa?

— O quê? Você também, Adalberto?

— Desculpe-me. Eu apenas quis dizer que, enquanto você não eliminar esse problema do seu comportamento, muitas pessoas vão achar que você tem alguma perturbação de ordem emocional.

— É. Você tem razão.

— E como está indo a análise?

— Houve melhora. Eu já não me sinto ansiosa quando chega a noite. Mas...

— O medo do escuro ainda permanece, não é mesmo?

— É verdade.

— Disseram-me que terapeutas há que em duas sessões ou três, no máximo, eliminam esse problema. Por que não está dando certo com Heitor?

— Não sei, Adalberto. Não sei.

Na sessão seguinte, Alba narrou em detalhes o que acontecera no dia 31 de outubro. O psicólogo escutou em silêncio.

— Estou tão envergonhada, Heitor, que evito, tanto quanto posso, encontrar-me com alguém no condomínio. Mas, quando isso acontece, noto o olhar de curiosidade e, às vezes, até de zombaria. Não sei mais o que fazer.

A sessão transcorreu como as outras, mas, ao final, o psicólogo pousou o olhar em Alba e lhe perguntou:

— Você já fez regressão alguma vez?

— Regressão? Como assim?

— Trata-se da regressão de memória. Ou seja, durante a sessão, o paciente consegue acessar lembranças antigas, tendo como finalidade identificar em que situação surgiu ou qual é a causa determinante de um dado trauma. Poderemos fazer um trabalho regressivo psicoterápico, buscando apenas desvendar situações de épocas anteriores da sua atual existência até a infância, chegando àquela circunstância que causou a sua fobia. Com a regressão, estaremos buscando uma integração plena da situação conflitante, que ainda possa estar influenciando negativamente a sua vida.

— Entendi. Mas será necessário que seja hipnotizada?

— Não, Alba. Você estará consciente de tudo que surgir durante a sessão.

Alba ficou de pensar e responder na sessão seguinte. Assim teria tempo de fazer algumas pesquisas a esse respeito. E assim procedeu.

Depois de já ter obtido algumas informações, encontrou-se com uma amiga, dizendo-lhe o que conseguira saber sobre a terapia regressiva.

— Guiomar, já sei alguma coisa sobre a regressão, mas tenho medo de ser hipnotizada. O meu terapeuta assegurou que não irá hipnotizar-me.

— Mesmo como leiga, conheço bem a terapia regressiva, Alba. Já passei por ela.

— Verdade?

— Faz três anos.

— Então, conte-me a respeito.

— Vou dizer-lhe tudo o que conheço. A terapia regressiva auxilia o paciente a libertar experiências esquecidas ou reprimidas, que contenham danos emocionais que estejam a provocar os sintomas. Há psicólogos que hipnotizam o paciente antes de fazer a regressão, ao passo que outros apenas o induzem a um relaxamento profundo. No entanto, os processos estão muito próximos, pois na hipnose o paciente também relaxa profundamente. E também se acha num estado de passividade semelhante ao da hipnose. Esqueça isso. O que interessa é o benefício que poderá levar à sua vida.

— Estou entendendo. E chegou a um bom resultado para você?

— Totalmente. Eu tinha um medo terrível de gatos.

— De gatos? São tão fofinhos.

— É verdade, mas eu não podia ver algum se aproximar de mim, que logo me encolhia e começava a gritar. Não importava o local onde eu estivesse, a reação era sempre a mesma. Eu ficava branca e trêmula, como se algo terrível fosse acontecer. Como hoje muitas famílias têm um gatinho de estimação, se eu chegasse numa casa onde se encontrasse algum bichano, voltava logo para a rua. Somente quando prendessem o gato em algum quarto é que me animava a entrar. E, ainda assim, ficava tensa, com temor de que ele escapasse e viesse até mim. Era um medo completamente irracional.

— Eu me comporto de modo semelhante diante da escuridão. Mas continue falando. Como é que se processou a terapia?

Guiomar, desejando incentivar Alba a fazer a terapia regressiva, contou o seu caso:

— Vou deixar claro para você como se realiza a terapia de regressão.

— Por favor, fale.

— No meu caso, foi feita anteriormente a terapia tradicional, tentando-se buscar na minha infância a origem dessa fobia. Nada foi encontrado. Desde que me conhecia por gente, sempre havia tido um medo irracional de gatos. Depois de inúteis tentativas, não chegamos a lugar nenhum. Foi quando o psicólogo resolveu fazer a regressão.

— Você foi hipnotizada?

— Poderia ter sido, sem problemas, mas não fui. Passei por um relaxamento profundo. E, quando estava no ponto, comecei a me recordar de momentos em que ainda me encontrava no ventre da minha mãe.

— E como foi?

Guiomar, incentivada pela amiga, falou da alegria que sua mãe sentiu quando soube que estava grávida, assim como da satisfação do seu pai. Foi uma época de muitas alegrias, mas não se chegou à causa do temor apresentado. Nessa altura, com muita prudência, o terapeuta conduziu a senhora em sua última reencarnação. Nada se encontrou na sua idade adulta, nem mesmo na juventude. Entretanto, quando chegou à infância, Guiomar recordou-se de um fato que a deixou assustada:

— Eu tinha por volta de quatro anos e brincava num quartinho que havia no quintal da minha casa. A porta estava encostada e a pequena janela, aberta. De repente, um gato grande pulou na janela e de lá para dentro do quartinho. Tentei pegá-lo, mas ele era arisco e miou de modo assustador para mim. Como a minha mão estava voltada para ele, recebi duas patadas violentas que me arranharam, fazendo sair sangue. Em seguida, recebi outra patada muito perto do olho direito. Tanto eu quanto o gato começamos a berrar. Preso no cubículo, talvez ele também tenha se assustado. Logo chegou a minha mãe. Quando abriu a porta, o gato saiu pelo pequeno vão para o quintal. Eu estava aterrorizada. Gritava e chorava. Vendo sair sangue perto do olho, a minha mãe disse apavorada: "Minha filha, o gato feriu o seu olho? Que horror! Valha-me Deus!". Isso me deixou ainda mais amedrontada e comecei a berrar tanto, que a vizinha, olhando por cima do muro, perguntou se eu ficara cega. Nesse momento, perdi os sentidos. Quando acordei, o médico da família já estava me atendendo. Mesmo dizendo não ter sido nada grave, o pavor que vivi, associado à presença e ao ataque do gato, foi suficiente para instalar em mim a fobia por gatos em geral, que é chamada de elurofobia.

— E em seguida, o que ocorreu?

— Perdi completamente a fobia.

— Que maravilha! Mas você não tem mesmo mais nenhum temor de gatos?

— Nenhum. Visito regularmente duas amigas que têm gatos no apartamento onde moram. Pois deixo até que eles subam no meu colo.

— Fantástico! Agora já estou segura de passar pela terapia regressiva.

Depois desse diálogo, de fato desvaneceram-se todas as dúvidas de Alba, que resolveu iniciar a regressão já na próxima sessão psicoterapêutica. Heitor começou a sessão com uma pergunta:

— Você acredita em vidas sucessivas? Isto é, em reencarnação?

— Os meus pais acreditavam. Mas eu, para dizer a verdade, nunca pensei no assunto. É preciso crer em reencarnação para fazer a terapia regressiva?

— Não, não é necessário. Fiz-lhe a pergunta porque as pessoas que são reencarnacionistas passam pelo processo sem maiores dificuldades. Já quem não crê na reencarnação pode apresentar resistência. Mas, é importante que eu diga, nem sempre a regressão passa para existências passadas. Às vezes a causa do problema se localiza na vida intrauterina.

— Entendi. Mas, quanto à resistência, não a terei. Gostaria, entretanto, que você me falasse um pouco sobre o que é, de fato, reencarnação.

Heitor fez um breve silêncio, como a procurar palavras, e, em seguida, explicou:

— Reencarnação é o que também se chama de doutrina da pluralidade das existências corpóreas ou doutrina do renascimento em existências sucessivas. Outros ainda a denominam palingênese, sendo este nome mais raro. Segundo a doutrina da reencarnação, necessitamos de muitas existências para atingir o grau máximo de perfeição possível à criatura divina. Isto significa que, no estágio evolutivo em que você se encontra, podemos afirmar que já teve muitas existências no passado e terá ainda muitas no futuro. O tema da reencarnação foi pesquisado por homens de ciência e cultura como Gabriel Delanne, Alexander Aksakof, Camille Flammarion e William Crookes, para citar uns poucos. Crookes, por exemplo, após fazer uma exaustiva pesquisa sobre o fenômeno da materialização, concluiu as suas observações afirmando: "Não digo que isto é possível; digo: isto é real!". Alba, a vida após a morte e a lei da reencarnação foram muito estudadas desde que Allan Kardec elaborou a Codificação espírita. Pesquisadores, como Crookes, duvidavam no início do seu estudo, mas convenceram-se após a aplicação do método científico em suas pesquisas.

— Os meus pais às vezes falavam a esse respeito, por isso o tema não me é totalmente estranho.

— O espírito André Luiz, em psicografia de Chico Xavier,[1] narra um exemplo de reencarnação. Trata-se de um espírito chamado Segismundo, que, depois de prolongado estágio nas regiões inferiores do mundo espiritual, faz os preparativos para o renascimento, com a finalidade de reparar profundos erros de existência passada. A sua reencarnação se dará no seio do casal Adelino e Raquel. Numa existência anterior, Segismundo manteve um romance com Raquel, também esposa de Adelino naquela situação. O caso foi descoberto e, num enfrentamento entre os dois rivais, Segismundo assassinou Adelino. Este, desencarnado, passou para o mundo espiritual carregando consigo vibrações tóxicas de ódio exacerbado e de insensata vingança. Raquel, abandonada e extremamente fragilizada, acabou por consumir-se nas sombras de um prostíbulo. Já Segismundo, após o homicídio, entregou-se aos sentimentos de culpa e à dor na consciência. No estado de erraticidade,[2] todos os três foram envolvidos pelas pesadas vibrações das densas zonas do mundo espiritual. Adelino e Raquel foram socorridos por amigos espirituais cultivados em outras existências. Também por intervenção desses benfeitores, reencarnaram com o compromisso de sublimar sua nova união matrimonial, refazendo-se dos erros do passado.

---

1 XAVIER, Francisco Cândido. Pelo espírito André Luiz. *Missionários da luz*. 29. ed. Rio de Janeiro: FEB, 1998, cap. 13.
2 *Erraticidade* é o período entre uma e outra reencarnação, isto é, trata-se de uma condição temporária em que o espírito permanece no plano espiritual esperando por uma oportunidade de reencarnar, a fim de que possa dar sequência a seu processo evolutivo.

Assumiram também a responsabilidade de reaproximar-se do antigo adversário, recebendo-o como filho. Mas, já no plano terreno, Adelino, em sono e mesmo na vigília, por meio de vibrações de desafeto, passou a ter intenso sentimento de repulsa. Somente por meio do auxílio de uma equipe espiritual e diante da aceitação plena da esposa Adelino teve a sua resistência emocional vencida e ocorreu o renascimento de Segismundo, agora acolhido por seu antigo rival como filho. Essa foi a oportunidade de ressarcimento das dívidas passadas de todos os participantes deste caso exemplar, a fim de que pudessem dar sequência a seu progresso espiritual.

— Interessante — exclamou Alba. — Nunca pensei na reencarnação dessa forma. Aliás, raramente cheguei a pensar nesse tema. Mas faz sentido.

— Pois bem, se for necessário, e apenas se for realmente necessário, poderemos ter acesso à reencarnação em que o seu problema de fobia de escuridão se deu para, pela catarse, isto é, pela libertação dos bloqueios emocionais relativos a esse problema, vir a ser solucionado o seu caso particular.

— Bem, Heitor, eu concordo em passar pela terapia regressiva. Quero intensamente livrar-me desse problema, que me vem fazendo passar por situações vexatórias e humilhantes em minha vida.

Desse modo, ficou acertado que a primeira sessão com o novo método psicoterápico seria realizada na semana seguinte. Antes, porém, que ela ocorresse, mais um fato abalou a estrutura emocional de Alba, já muito debilitada pelos acontecimentos anteriores. Ao final do expediente, quando o depósito da empresa estava vazio, Alba foi ali buscar um instrumento de trabalho. Ao entrar, fechou a porta e foi procurar o objeto de que precisava. Quando estava nos fundos do salão, a energia foi interrompida. Completamente transtornada, ela gritou:

— Pelo amor de Deus, acendam as luzes! Pelo amor de Deus... Estou morrendo! Abram a porta!

Nenhuma resposta se fez ouvir, ficando ela ainda mais transtornada. Largando o instrumento em qualquer lugar, iniciou o retorno, debatendo-se nas prateleiras, mesas e cadeiras que tinha diante de si na escuridão. Já com o cotovelo arranhado, conseguiu, apavorada, abrir a porta e lançar-se para o corredor ainda iluminado. Chegou a bater de frente com a parede, tal a rapidez com que deixou o local.

Depois de algum tempo, já mais calma, sentiu imensa vergonha. Para sua satisfação, não havia ninguém naquela ala, de modo que nenhum funcionário escutou os seus clamores desvairados. Depois de recompor-se totalmente, solicitou que um funcionário do turno da noite a acompanhasse, para que ela pudesse recolher o instrumento que largara em qualquer lugar durante a correria tresloucada.

Já em casa, contou a seu marido o que ocorrera, comentando desalentada:

— Adalberto, não dá mais para viver assim. Logo eu vou ficar louca de verdade. Se já não estiver...

— Alba, não fale bobagem. O que você tem é um tipo de fobia. O psicólogo já disse isso.

— Eu sei, mas tenho sofrido demais com esse temor desproporcional. Você não tem noção da vergonha que me acomete depois que passa o pavor.

— Eu posso fazer ideia, Alba. Mas isso não é motivo para desânimo. Esta semana vai ter início a terapia regressiva, não é mesmo?

— Sim. É minha última esperança de sanidade.

— Confie. Tenha plena convicção de que tudo vai dar certo.

— Está bem. Agirei assim daqui pra frente.

Para quebrar com a tensa energia que se formara pela emoção negativa de Alba durante a conversa, Adalberto falou com bastante tranquilidade:

— Você sabe qual é o nome que se dá à fobia pelo escuro?

— Nunca pensei nisso.

— Chama-se nictofobia.

— Nome tão esquisito quanto a própria fobia — disse Alba, já tranquilizada.

— Pois é. Vem do grego *nyctus*, que significa noite ou escuridão; e de *phobia*, que é temor.

Já rindo, Alba encerrou o assunto, afirmando em tom de deboche:

— Este é o Adalberto. Sabe de tudo. E, quando não sabe, corre a pesquisar...

Nesse momento, o pior já passara. Agora, era necessário percorrer o caminho da regressão terapêutica.

2 - Recordações

A terapia regressiva permite que se encontre a causa, ou causas, de problemas emocionais e psicológicos que as pessoas buscam resolver. Esse era o caso de Alba, que, completamente envolvida pelo temor irracional da escuridão, tentava encontrar uma saída para a paz de espírito. Na primeira sessão após o último caso que a deixara ainda mais embaraçada e humilhada, Alba se deixou levar pelo relaxamento aplicado por Heitor, sentindo-se leve e solta. Voltando-se para o passado, encontrou-se na idade de quatro anos, numa noite em que sua mãe, inadvertidamente, apagou a luz do quarto quando ela adormeceu no berço. O tempo passou e ela acordou na escuridão da madrugada. Desesperada, começou a chorar e gritar, retesando os bracinhos, enquanto se revirava entre as cobertas.

— Como você se sente, Alba? — perguntou o psicólogo.

— Apavorada, perdida, abandonada. Onde está minha mãe? Onde está minha mãe?

Todo o terror do escuro tomou conta da mente e do corpo de Alba, que começou a suar e a retorcer-se.

Depois da troca de alguns diálogos e de outra experiência, Heitor a fez retornar ao presente.

— Como você está?

— Agora melhor, mas me senti há pouco em completo abandono e tomada por um pavor tenebroso.

Heitor valeu-se da fala da paciente para buscar novas informações que pudessem levar à origem do seu sofrimento. A sessão foi considerada muito proveitosa para ambos, ainda que novas incursões ao passado de Alba precisassem ser feitas.

Já em casa, Adalberto perguntou-lhe, com interesse:

— E então, como foi a sessão de hoje?

— Foi muito boa.

— Mas me fale o que aconteceu. Você voltou ao passado mesmo?

— Sim. Me senti uma garotinha de seus quatro anos de idade.

— E como você se percebia nesse período?

— Passei por dois momentos de terror imenso quando me vi perdida no meio da escuridão total.

— Como agora? Quero dizer, como você ainda reage diante do escuro?

— Exatamente, Adalberto. Eu pensei que ia desfalecer. Comecei a suar e a ficar rígida, procurando ao mesmo tempo agarrar-me em alguma coisa, para sentir um pouco de segurança.

Adalberto riu ao perguntar:

— Quer dizer que agora você está pagando para sentir exatamente o que deseja eliminar da sua vida?

Alba também sorriu, mas respondeu com tranquilidade:

— Quando a sessão terminou, eu já estava mais serena. Sentia uma paz como há muito tempo não conseguia experimentar. E ainda permaneço assim. Quer saber de uma coisa? Valeu a pena.

Alba já havia escutado a palavra catarse, quando se referiu à terapia regressiva. No momento, não perguntou o seu significado, no entanto, mais tarde, quando se recordou, quis saber qual o sentido do vocábulo. Fez uma pesquisa e tomou conhecimento de que Aristóteles, o grande filósofo grego, afirmava que a tragédia, representada no palco, tinha a capacidade de libertar o ser humano e purificar a sua alma, pois quando assistia à representação das paixões podia libertar-se delas. A purificação da alma, segundo o filósofo, acontecia por meio de uma grande descarga de sentimentos e emoções, provocada pela visualização de obras encenadas no teatro. Captando as emoções e paixões das personagens trágicas, o espectador conseguia livrar-se das suas. A catarse, em termos psicológicos, expressa-se pela extinção de um complexo por meio da sua transferência para o consciente no decorrer da análise.

Já no final do século XIX e início do século XX, o jovem médico Sigmund Freud, durante quase catorze anos, colaborou com um dos mais renomados psiquiatras austríacos, Josef Breuer, e, em Paris, fez estágio com o eminente psiquiatra Jean-Martin Charcot, passando posteriormente a utilizar a catarse como método psicoterápico. A finalidade de tal método era eliminar transtornos mentais, oriundos de conflitos psíquicos, por meio da remoção de um complexo mediante a sua transferência para o consciente, recebendo então completa expressão. Foi o início da psicanálise, criada por ele. Pois bem, foi de posse de tais conhecimentos, novos para ela, que Alba seguiu para a próxima sessão de terapia regressiva. Rememorando fatos guardados no inconsciente, originários de sua fobia, ela poderia livrar-se do medo exacerbado do escuro. Estava, portanto, muito motivada a dar sequência ao tratamento.

Nessa nova sessão, Alba recordou o momento em que, com apenas dois anos, estava no colo da mãe, que a ninava docilmente. Pois nesse momento começou um temporal e, por precaução a mãe desligou o rádio e apagou as luzes da casa. Como precisasse fechar as janelas, deixou a criança acomodada no sofá e seguiu para os quartos.

— Como você está se sentindo, Alba?
— Um medo intenso começa a me dominar. Minha mãe está demorando. Onde ela está? Tudo aqui está escuro. Não enxergo nada. Agora estou apavorada. Perco a noção de tudo e apenas choro convulsivamente e lanço gritos de pavor.

— E sua mãe?

— Ouço passos apressados. É ela. Está chegando. Pega-me nos braços e me acaricia. Nem mesmo os trovões pavorosos me dão medo. Estou em segurança.

— Já não sente nenhum medo?

— Espere. A porta da cozinha bate com um estrondo assustador. Volto a chorar. Minha mãe vai até o interruptor da sala e acende novamente as luzes. Começo a acalmar-me.

Heitor continuou com a regressão, levando a paciente até a gravidez da mãe. Foi recordando-se da fase em que ainda estava no útero que Alba confessou:

— Estou aconchegada no ventre da minha mãe. Ela está conversando com uma vizinha. Falam sobre a educação dos filhos, e a vizinha diz: "Eu nunca vou querer ter filhos. Só dão trabalho quando são crianças. Mas, quando se tornam adolescentes, dão mais trabalho ainda. Tornam-se revoltados, afastam-se dos pais e se comportam como alucinados. Já quando se casam, ausentam-se definitivamente, não se lembrando mais de nós. E aí eu pergunto: ter filho para quê? Eu, hein!".

— Sua mãe responde alguma coisa?

— Sim. Ela diz que ter filhos é uma missão e que não devemos fugir dela. A vizinha ri e continua com o seu ponto de vista.

— E você, como se sente?

— Confusa. Não domino esse assunto, mas percebo que nem todos gostam de mim. Talvez eu seja um peso para os pais.

Mais alguns fatos foram recordados por Alba, mas não se mostraram significativos em relação à sua fobia. Ao término da sessão, o psicólogo teceu alguns comentários e marcou nova sessão para a semana seguinte.

Alba chegou em casa um tanto frustrada, pois acreditava que nesse dia seria revelada a causa do seu temor pela escuridão, o que não aconteceu. Ao ouvir o relato sobre o que acontecera durante a sessão, Adalberto considerou:

— Mas, com a idade de apenas dois anos, você não teria um vocabulário como esse que acaba de usar, não é mesmo?

— Sim, Adalberto, o que importa são os sentimentos gerados durante a lembrança dos fatos ocorridos na primeira infância, e não propriamente as palavras, que podem fazer parte do meu vocabulário atual.

— Agora estou entendendo.

Outros momentos surgiram durante a semana em que Alba se lembrou do diálogo que tivera com Heitor. Mesmo desapontada com os resultados da última sessão, Alba não desanimou e seguiu na semana seguinte para novas recordações do passado distante.

Para o psicólogo, chegara o momento de adentrar existências passadas de Alba, pois ali deveria estar a causa, ou causas, de sua atual fobia. Foi assim que, em dado momento, a paciente disse ser uma mulher de quarenta anos.

— Sou esposa de Lucrécio e moro numa casa modesta. Tenho quatro filhos: três meninos e uma menina. Me dou muito bem com toda a minha família. Meu marido é amoroso e compreensivo. Sou dona de casa zelosa e mãe dedicada.

Em pouco tempo, passou à idade de quarenta e cinco anos.

— Estou acamada. Um médico diagnosticou tísica. A doença está sendo um grande sofrimento para mim. Além da tosse, e de vômitos de sangue, a casa tem de ser cuidada por minhas duas filhas. Eu é que deveria estar cozinhando e fazendo a limpeza. Mesmo enquanto estou falando, a fronha do travesseiro teve de ser trocada por causa do sangue. Fico paralisada. Não sei o que fazer. Para piorar a situação, fico sabendo que minha vizinha, uma senhora de cinquenta anos, faleceu há dois dias dessa mesma doença. O que será de mim, meu Deus?

Avançando para mais um mês, Alba fala, entre lágrimas:

— Estou chegando ao fim. Ninguém mais acredita na minha recuperação. A doença avançou muito e com grande rapidez. Respiro com enorme dificuldade, não consigo falar, sinto dores terríveis no peito, além da tosse e dos vômitos de sangue constantes. Não consigo alimentar-me e sinto extrema fraqueza. Hoje minha febre está muito alta. Que Deus tenha piedade de mim.

Depois de um tempo de silêncio, Alba dá continuidade a seu relato:

— Acaba de chegar em meu quarto um padre que me veio dar a extrema-unção. Ele pede que me confesse. Como católica, inicio a confissão dos meus pecados, quase sem poder articular palavras. Com muito sacrifício, encerro a revelação dos meus deslizes na vida. Recebo, em seguida, a eucaristia. Continuam as fases desse sacramento. Agora está encerrado o ato. Ouço palavras de conforto e esperança, e o padre despede-se, sendo acompanhado à saída por meu marido, que volta lacrimejante. Escuto alguém dizer que são três horas da tarde. Lucrécio e meus filhos, olhando para a figura pálida e cadavérica sobre a cama, não contêm o choro. Não ouço nem sinto mais nada. Acabou...

Nesse ponto, Alba, emocionada, enxugou as lágrimas e voltou ao presente. Aqueles minutos intensos de lembranças passadas seriam, no futuro, significativos para a recomposição de sua vida.

Durante a semana, sentiu-se muito bem, tendo, inclusive, passado por uma experiência inédita, que a deixou ainda mais segura de que conseguiria libertar-se da fobia do escuro. O fato aconteceu quando ela, no início da semana, voltando do trabalho, tomou o elevador, que estava vazio. Ao chegar ao quinto andar, o elevador parou sem que ninguém houvesse acionado o botão de chamada. Ela esperou por alguns segundos, depois tentou conversar com o porteiro, mas o sistema de comunicação estava desligado. Uma onda de temor tomou conta do seu peito. Porém, ela respirou lenta e profundamente por três vezes e conseguiu manter-se tranquila. Foi o momento em que o elevador voltou a funcionar normalmente.

Chegando ao apartamento, Alba correu contar ao marido o que acontecera.

— O elevador parou?
— Totalmente.
— As luzes se apagaram?
— Não. As luzes continuaram acesas, mas não consegui falar com o porteiro.
— E o que você fez, Alba?
— Aquilo que Heitor me ensinou.
— Diga-me.
— Fechei os olhos, tomei uma posição descontraída e comecei a respirar lenta e profundamente, de modo natural. Concentrei-me no ar que entrava e saía pelas narinas, deixando qualquer pensamento que me acudisse passar da maneira como havia chegado à minha mente. Por incrível que pareça, fiquei tranquila. Depois de umas poucas respirações completas, o elevador voltou a funcionar e cá estou, falando calmamente sobre o ocorrido.
— Alba, você está mudando de fato. Lembro-me de que há alguns anos ocorreu a mesma coisa e você veio toda agitada contar-me o que acontecera. Seus lábios e mãos tremiam. Mas agora apenas vejo em você um sorriso de vitória. Parabéns, meu amor!

Uma de suas filhas, que estudava no dormitório e ouviu a conversa, entrou na sala, dizendo alegremente:
— Aqui está a Mulher-Maravilha, que não tem medo de nada neste mundo.

Todos riram e o caso foi esquecido até a próxima sessão psicoterápica, em que Alba narrou, com um sabor de vitória, o que se passara entre as quatro paredes do elevador. Depois, induzida pelo psicólogo, começou o seu retorno por uma outra existência passada. Era o início do século XVII.
— Sou uma noviça. Vivo enclausurada num convento, onde o silêncio vale mais que as palavras. A minha superiora não gosta muito de mim, de modo que sempre me cabem os piores serviços.
— O que você está fazendo agora?

— Estou fazendo a minha oração antes de dormir. Foi um dia cansativo. Limpei todas as celas das irmãs com quem convivo.

— E como se sente?

— Um tanto decepcionada. Sou ainda jovem e sempre acreditei que o convento fosse uma espécie de Jardim do Éden em que reinassem a paz e a harmonia. Mas aqui as coisas não acontecem dessa forma. Há fofocas e intrigas, como em qualquer outro lugar. As irmãs disputam as atenções da nossa mestra e, como eu não ajo assim, acabo por atrair o seu descaso. É assim que me sinto.

— Fale-me um pouco mais sobre isso.

— Percebo que sou evitada pelas noviças que recebem as maiores atenções da superiora. Noto também que a maior parte delas vem de famílias abastadas, o que não acontece comigo, e por isso não sou vista com bons olhos por elas. Tenho, entretanto, duas grandes amigas, uma de ascendência social bastante elevada e outra também originária de uma família modesta, como eu. Nos momentos em que a palavra é liberada, conversamos animadamente. Essas amizades me permitem viver com relativa tranquilidade entre os muros deste convento, um tanto assustador para mim.

Heitor levou-a a algum tempo mais tarde. Alba viu-se num colóquio com a madre superiora:

— Então, como se sente, irmã Brígida, depois destes meses no convento?

— Estou me sentindo muito bem, madre.

— É verdade, mesmo? Não é o que parece nem o que me dizem.

— Procuro seguir as regras à risca, madre. Se às vezes falho, procuro logo corrigir-me.

— Disso eu não tenho dúvida. Mas parece que você não gosta dos serviços que lhe cabem no dia a dia. Aceita-os com relutância, não é verdade?

— Eu nunca fui dada às comodidades da vida, madre. A minha família nunca pôde dar-se a esse privilégio, de modo que procuro cumprir da melhor maneira possível tudo o que me é ordenado.

— Irmã Brígida, você parece fugir às minhas perguntas. Perguntarei mais uma vez: você cumpre com relutância as suas tarefas diárias?

— Não, senhora. Aceito-as, como creio que as outras noviças também aceitam as suas.

— A vida neste convento está sendo difícil para você?

— Não mais difícil do que seria a vida lá fora, madre.

— Novamente, não respondeu à minha pergunta. O que está acontecendo? É tão difícil assim manter um diálogo com a sua superiora?

— Sinto-me pequena diante da senhora, mas procuro responder da maneira mais honesta às suas perguntas.

— Eu responderei por você. A sua vida aqui tem sido muito difícil, os trabalhos são pesados demais para você e o seu relacionamento com as outras noviças e com a mestra de noviças não tem sido satisfatório.

— Madre...

— Apenas escute. Eu havia decidido que você voltaria para sua família, pois não estou convencida de que tenha vocação para a vida reclusa num convento. Entretanto, fui persuadida a dar-lhe mais algum tempo. Assim farei, porém, quero sentir grande mudança em sua conduta para poder mantê-la aqui. Pense bem, irmã Brígida. Ainda você tem um pequeno tempo para demonstrar que é uma vocacionada. Se isso não acontecer, terá de deixar o convento. Fui clara?

— Sim, madre. Procurarei...

— Está encerrada a nossa conversa.

Alba chorou muito enquanto relatava essa passagem difícil da sua vida. Outros momentos foram recordados, até chegar àquele que seria crucial para a sua terapia.

— Onde você está agora?

— Ainda estou no convento. Faço uma leitura em minha cela. O ambiente é escuro, pois apenas um toco de vela ilumina o aposento. Ouço vozes lá fora. Ouço gritos. Fico agitada. A minha cela é a última do corredor, mas escuto com perfeição vozes de noviças que descem descontroladamente a escada de madeira que leva ao térreo. Tento abrir a porta, mas o toco de vela acabou e estou em plena escuridão. Deixei a chave em algum lugar, mas não consigo encontrá-la. Estou ficando desesperada.

Nesse momento, Alba sacolejou-se na cadeira, com o rosto crispado e as mãos agitando-se no ar. Completamente aterrorizada, continuou a sua narrativa:

— Alguém gritou: "Fogo!". A fumaça começa a entrar pela soleira da porta e por uma abertura na parte superior da parede. Estou na escuridão total e peço por socorro com todas as forças que me restam. O calor é muito forte e a fumaça começa a sufocar-me. Não consigo mesmo encontrar a chave da porta. Não enxergo absolutamente nada. Tudo é escuridão. Estou estarrecida. O pavor toma conta de mim. Diante do calor insuportável, desfaço-me do hábito, mas já não consigo respirar. Estou caindo no meio do escuro, no meio do nada, no meio da morte...

Nesse momento ela se agitou e disse em voz alta:

— Socorro! Meu Deus, socorro! Estou morrendo... Estou morrendo... — A sua voz desapareceu e ela ficou prostrada, sem nenhuma ação.

A sessão durou duas horas. Muito se comentou sobre as lembranças passadas de Alba, que, ao final, disse:

— Agora sinto-me aliviada, Heitor. Parece que um peso saiu dos meus ombros. Cheguei aqui um tanto apreensiva, mas deixo o consultório em estado de graça.

Quando se despediu do psicólogo, Alba sentia-se leve. Algo lhe dizia que o temor da escuridão tinha ficado para trás. Mas ainda era cedo para chegar a uma conclusão como essa. "Estou sendo apressada", pensou. "É preciso ter mais calma e paciência. Uma coisa, entretanto, é certa: já não sou mais a mesma. Começo a sentir a leveza da vida, o que me era desconhecido até entrar hoje no consultório."

Ao chegar em casa, correu a contar ao marido tudo o que vivenciara durante a sessão. Precisava narrar-lhe em detalhes tudo o que acontecera. Ao escutar o relato, Adalberto soltou uma larga risada e disse:

— Você, freira, Alba?

— Sim, e daí?

— A madre superiora estava certa. Você não tinha vocação — e riu novamente, dando um leve soco na mesa.

— Você leva tudo na brincadeira, Adalberto. Não consegue perceber que estou num momento decisivo na minha vida?

— Claro, claro. Desculpe-me. Mas me diga uma coisa: o que você acha de tudo isso?

Alba ficou pensativa e respondeu com vagar:

— De uma coisa estou certa: já não sou a mesma.

— Como assim?

— Antes eu vivia num estado de tensão. É difícil de explicar, mas parecia que estava esperando por uma nova situação em que me veria novamente no meio da escuridão apavorante. Agora, desde que a sessão terminou, me sinto leve, solta, como nunca em minha vida.

— E quando surgir uma outra situação em que você esteja no meio do escuro? O que vai acontecer, Alba?

— Não tenho bola de cristal. Não sei. Mas chego até a querer que isso aconteça, para pôr em prova a minha tranquilidade atual.

Heitor, depois de mais algum tempo, deu por encerrada a terapia, mas Alba insistiu em ir ainda uma vez mais. Assim, aguardou com calma o dia da derradeira sessão.

— Como se sente agora, Alba?

— Heitor, desde que saí daqui há duas semanas, tenho estado todos os dias com uma serenidade que desconhecia. É tão bom sentir-me assim. Até o trabalho flui com mais tranquilidade e segurança.

— E o que pretende fazer daqui para frente?

— Procurarei levar essa mesma serenidade aos meus relacionamentos, principalmente em família, com o meu marido e as minhas filhas. Mas também no trabalho e com as minhas amizades.

Quando voltou para casa, Alba estava segura de que não apenas iria melhorar sua vida, como também contribuiria para a melhoria da vida das pessoas com quem se relacionava no cotidiano. "A terapia foi muito boa para mim", pensou, enquanto estacionava o carro. E se corrigiu: "Não, não foi boa, mas sim excelente!". E, com a resolução de ter daí para frente uma vida nova, muito mais feliz, subiu pelo elevador à espera de um convívio harmonioso e abençoado com a sua família.

3 – Rota para o progresso

A terapia regressiva mudou o estado de ânimo de Alba. Ela passou a sentir-se mais leve, mais solta, mais tranquila. Todavia, uma espécie de temor oculto ainda vibrava no seu íntimo. Era uma ansiedade que às vezes se manifestava mais claramente e a deixava perturbada. Foi nesse clima que, certa noite Alba, cansada pelo dia de trabalho intenso, deitou-se mais cedo e logo adormeceu. Durante a noite, teve um sonho que lhe pareceu tão real que a fez suar, molhando o travesseiro. Eis o relato, feito pela própria sonhadora, na manhã seguinte:

> Estou no interior de um castelo medieval. Vejo-me lavando taças douradas, algumas ainda quase cheias de um vinho de forte aroma. Sou uma serva, como outras que estão na cozinha em que me encontro. Limpo com cuidado cada taça, enquanto flui o tempo sem nenhuma pressa. Porém, em dado momento, a cena muda. Há uma correria pelos aposentos. Homens e mulheres, trajados vistosamente, descem as escadas, uns empurrando os outros. A gritaria é geral. Os homens procuram por espadas e escudos. As mulheres pedem a ajuda divina.

As servas, que estavam na cozinha, agora correm atabalhoadamente, aos gritos. O silêncio anterior converte-se em alarido, clamores e confusão. Vejo uma mulher em prantos, carregando o filhinho no colo e bradando aos céus. Outra, desesperada, agarra-se a um homem que a puxa escada abaixo.

Parece que estou agora num aposento inferior do castelo, uma espécie de despensa, onde há de tudo espalhado pelo chão. Oculto-me ali, pois houve uma invasão. O senhor feudal foi atacado por inimigos mais bem aparelhados para a luta. Fico atrás de uma grande caixa de madeira, repleta de maçãs. Os soldados invasores sobem e descem rapidamente pelas escadas, muitos deles com pertences dos nobres.

Num dado momento, entram na despensa três ou quatro soldados. Vasculham-na por toda parte e me encontram, tremendo de medo. Soltam largas gargalhadas e me puxam pelas mãos. Zombam da minha situação e me despem com grande brutalidade. O maior deles se aproxima de mim e me puxa contra o seu corpo. Em seguida, sou estuprada. Logo após, os outros três também me seviciam sem nenhum respeito.

Já estavam para deixar a despensa, quando o mais forte deles me diz com ar de escárnio:

— Pensou que estava livre? Todos os pertences do inimigo têm de ser destruídos. Tirem as maçãs do caixão e coloquem a mulher aí dentro. Fechem bem, para ela não sair.

Imediatamente, sou empurrada para o interior da grande caixa. Colocam alguma coisa muito pesada por cima, de modo que não consigo removê-la, apesar das muitas tentativas. Às gargalhadas e dizendo palavrões, os soldados se retiram e passa a reinar um silêncio assustador.

A escuridão é total. Estou apavorada. Sinto cheiro de fumaça e um calor insuportável dentro da caixa. "Atearam fogo antes de sair", penso. E me desespero. Meus gritos não são ouvidos, pois parece não haver mais ninguém no castelo. Estou transtornada; minha agitação é muito grande. Estou chorando, soluçando, berrando e pedindo o auxílio divino. O fogo está destruindo a caixa e, sufocada, não tenho forças para sair.

Nesse momento, Alba ficou petrificada. Adalberto, assustado, puxou-a para si. Ela chorou desesperadamente por alguns minutos. Depois, ainda trêmula, concluiu:
— Não há mais nada a fazer. A fumaça já sufocou-me e o fogo consome o meu corpo. É o fim...
O relato pungente de Alba representou a decisiva catarse, a verdadeira purificação dos seus sentimentos e emoções. Depois de fazê-lo, juntou seus pertences e seguiu para o trabalho em companhia do marido. Foi em silêncio, mas extremamente serena. Algo lhe dizia, sem sombra de dúvida: as causas de sua fobia haviam desaparecido nesse mesmo dia.

À noite, ligou para Heitor e narrou novamente o sonho que tivera. Mas, durante a narrativa, estava calma. As emoções aterrorizantes já não acompanhavam as suas palavras. O psicólogo notou esse particular, concluindo que a terapia terminara ali, nas lembranças do velho castelo medieval, em existência passada de sua cliente. Por precaução, perguntou-lhe se queria estar em seu consultório no dia seguinte. Alba agradeceu, dizendo convicta que tudo se consumara. Dali para frente, a vida seria outra.

Realmente, Alba transformou-se a partir do sonho terapêutico que tivera. Mostrou-se de uma calma, de uma serenidade, de uma paciência, como nunca conseguira demonstrar. Suas filhas chegaram a perguntar, em tom de brincadeira:
— Você virou santa, mãe?
— Santa, não — ela respondeu —, mas feliz.

Adalberto, o esposo, quis saber a diferença entre ter a fobia do escuro e estar livre dela. Alba achou a pergunta interessante e respondeu:
— Em primeiro lugar, o medo que eu sentia é diferente da ansiedade que às vezes temos diante de uma situação perigosa.

Era muito mais forte, assustador, avassalador mesmo. Eu sentia um pânico incontrolável a cada vez que era exposta à escuridão, principalmente em ambiente apertado. Nesses momentos eu ficava aterrorizada, até que a situação voltasse ao normal. Eu suava, tinha taquicardia e até a minha respiração ficava difícil.

— Mas você não tinha consciência da irracionalidade do seu medo, Alba?

— Claro que sim. O ambiente em que nos encontramos é o mesmo, esteja iluminado ou não. Mas eu não conseguia perceber isso.

— Entendo. E agora, como é que está se sentindo? Qual é a diferença entre um estado e outro?

— Deixe-me dizer-lhe antes mais uma coisa. Eu fui iluminada por Deus ao encontrar-me um dia com a minha amiga Lourdes, que me indicou Heitor para fazer terapia. E agradeço também a Deus por Heitor ser reencarnacionista e ter feito a regressão até existências passadas, pois ali é que estava a origem da minha fobia.

— Felizmente você mudou muito, Alba. Para melhor.

— Bem, a diferença entre a minha situação interior à época em que tinha fobia e hoje é a mesma, creio, do escravo que, num belo dia, vê-se libertado dos grilhões que o aprisionavam. Meu estado habitual era de tensão, aflição, inquietude. Eu achava muitas vezes que estava louca, devido às minhas reações a qualquer ambiente que pudesse tornar-se escuro. E, quando soube que alguns moradores do condomínio me chamavam de "a louca do décimo quinto", passei a acreditar que realmente estava enlouquecendo. Hoje sei que nunca fui louca, que tenho sanidade mental, e respiro aliviada. Consigo usufruir da vida, Adalberto. Posso dizer que agora estou vivendo.

— Era isso que eu queria ouvir, Alba. Mas gostaria ainda de fazer-lhe uma pergunta. Você disse que o medo do escuro simboliza também o medo do nada, o medo da morte. Pois bem, como é que você está em relação a isso?

Alba sorriu significativamente antes de responder com tranquilidade:

— Penso que, no meu caso em particular, o escuro simbolizava o nada. O nada, por sua vez, representa o desconhecido. Daí o meu medo da morte igualmente, que para mim significava o nada, o desconhecido. Eu pendia para o materialismo. Hoje sou outra pessoa. Sou espiritualista. A escuridão nada mais é que a ausência de luz. Assim como o mal é a ausência do bem. Se eu acendo uma pequena vela, a escuridão vai cedendo lugar à luz. Se eu pratico um pequeno gesto de bondade, o mal cede sua vez ao bem. Depois das regressões a existências passadas, não pude mais concluir que após a morte vem o nada, como dizem os materialistas. O que vivi nas regressões foi real. Estou convicta da doutrina reencarnacionista. Depois da morte, sei que a vida continuará e eu terei nova oportunidade de viver outras experiências.

— E viver outras experiências para quê?

— Conversei muito com Heitor a esse respeito. E sei hoje que vivemos cada existência para conhecer e aplicar os conhecimentos adquiridos em nosso próprio favor e em benefício dos demais. Como ele disse: "Vivemos para progredir, vivemos para amar e alcançar um dia o estágio daqueles que equilibram em grau máximo a sabedoria e o amor". Quando aí chegarmos, Adalberto, não teremos mais necessidade de reencarnar e alcançaremos também a felicidade sem fim.

O marido de Alba permaneceu calado. Realmente a sua esposa vinha mudando, e mudando para melhor.

♦ ♦ ♦

A confirmação definitiva da cura de Alba em relação ao medo do escuro ainda estava por vir. Haviam se passado mais de dois meses quando um fato inesperado pôs à prova tudo o que houvera dito. Ela seguia de metrô para casa, tarde da noite. O vagão em que estava não tinha mais nenhum passageiro. E, num trecho em que o caminho era feito sob o solo, a energia foi interrompida, ficando tudo numa escuridão total. Nem luzes de emergência foram acesas. Parada a metros do solo e sem nada enxergar, subiu-lhe pela espinha um tremor. Era a maneira como sempre tivera início cada ataque de fobia em relação ao escuro. De início, ela ficou paralisada. Todavia, no mesmo instante, se deu conta de que não iria morrer por causa disso. Não havia necessidade de pânico. "É apenas uma parada forçada", pensou. "Logo a energia será restituída e seguirei em frente." Assim pensando e sem nenhum gesto tresloucado como os que tinha antes, ela aguardou em silêncio e com tranquilidade a sequência dos acontecimentos.

Em meio à escuridão que predominava no vagão, Alba, lembrando-se de um conselho de Heitor, o terapeuta, decidiu fazer uma prece, coisa em que nunca pensara antes. Foi assim que disse mentalmente: "Meu Deus e meu Pai, agradeço-Vos por estar aqui, no meio da escuridão, em segurança e com tranquilidade. Sei que a Vossa proteção me oferece a paz de que necessito para passar com serenidade por esta situação que antes tanto me afligia. Recebo de Vós toda a compreensão de que se trata apenas de uma prova, a fim de que demonstre a minha confiança em Vossa perene proteção. Aguardo sob Vossas bênçãos a volta da normalidade. Muito obrigada".

Tendo terminado a breve oração, Alba sentiu um frescor inusitado e uma serenidade incomuns. E permaneceu relaxada, eliminando toda a tensão. Passados alguns minutos, as luzes se acenderam e o vagão começou a movimentar-se. Completamente agradecida, ela abriu os olhos, seguindo normalmente o seu trajeto.

Esse foi um dos momentos mais felizes na vida daquela mulher que sempre se aterrorizara diante das mais variadas situações em que se vira no escuro total. Rindo, ela disse para si mesma: "Eu bem disse que, para acabar com a escuridão, basta acender uma luz". E seguiu exultante para seu lar.

Quando se viu diante das filhas e do marido, correu a narrar o que lhe sucedera naquela noite.

— Eu não acredito — disse uma de suas filhas. — Minha mãe tranquila na escuridão! É um milagre.

— Um milagre que vai sempre repetir-se, filha.

— Alba, você merece um beijo — disse Adalberto, abraçando-a. — Você venceu o medo. É uma vitoriosa.

A outra filha, beijando-a no rosto, falou rindo:

— Eu sempre achei que a minha mãe fosse a Mulher-Maravilha.

O ocorrido não deixou dúvida de que Alba realmente vencera o temor do escuro e com ele o temor da morte. Na manhã seguinte, ela ligou para Heitor, contando-lhe feliz sobre o acontecimento da noite passada.

— Com o medo da escuridão, eu também eliminei o medo do desconhecido e da morte. Li o texto que você me deu sobre o significado da morte e sei que tudo ali é verdadeiro.

Nesse momento, Heitor fez-lhe um convite inesperado:

— Por que você não faz um depoimento sobre tudo isso no centro espírita que frequento?

— Você está brincando?

— Não, Alba. Seria muito bom. Afinal, há pessoas que ainda têm medo do escuro e da morte, não é verdade? Seria bastante motivador se elas escutassem o que você tem para contar. Trata-se de uma reunião com uma média de cem pessoas. Posso anunciar a sua presença?

Inicialmente, Alba sentiu um certo receio, mas depois se lembrou de que na empresa estava habituada a participar ativamente de reuniões com os funcionários e executivos. Assim, respondeu convicta:

— Sim, Heitor. Aceito. Precisamos apenas falar sobre os detalhes.

Tudo acertado, Alba se preparou para, dali a três semanas, participar da reunião, expondo o seu próprio caso.

Chegado o dia, um domingo pela manhã, ela entrava no centro espírita com Adalberto e as filhas, certa de que estava prestando uma grande ajuda a pessoas que, como ela até pouco tempo, tinham a mesma fobia que a dominara por muitos anos. Foi assim que, após a apresentação e os agradecimentos, ela iniciou o seu depoimento:

> O medo do escuro, assim como o medo do desconhecido e o medo da morte, é um tipo de fobia que pode tolher a vida de uma pessoa, tirando-lhe a serenidade e o amor à vida, desde que não seja tratado. Posso assim dizer, pois fui uma presa desse mal apavorante que, no entanto pode ser vencido, quando buscamos em primeiro lugar o auxílio divino e, em segundo, a ajuda de um profissional competente...

Motivada pela atenção dos participantes, a farmacologista continuou o seu testemunho, abordando o tema, tanto na sua dimensão psicológica quanto espiritual, na medida em que foi orientada por Heitor. Falou até mesmo de vidas passadas, como numa passagem em que assim se expressou:

— Muitas vezes a causa da fobia se encontra nesta mesma existência, podendo ocultar-se numa passagem da primeira infância ou mesmo no período de gestação. Entretanto, como vocês sabem melhor do que eu, pode também achar-se numa existência passada, de acordo com a doutrina da reencarnação ou, mais justamente, a lei da reencarnação. Foi o que aconteceu comigo. Quando revivi passagens de outras existências, a dúvida ou a rejeição que tinha a respeito da reencarnação desapareceu, assim como desapareceu o meu pavor da escuridão.

A preleção continuou num clima de atenção e harmonia, até o momento em que Alba a encerrou com estas palavras:

— Precisamos da luz, meus amigos, da luz que clareia os nossos passos pelos caminhos da vida. Mas não devemos temer a escuridão, que é apenas ausência de luz. Uma pequena vela derrota o breu da escuridão mais tenebrosa. Costuma-se dizer que após a tempestade vem a bonança, e podemos acrescentar que após as trevas vem a luz. Também não podemos nos esquecer de que, noutro sentido, a luz esclarece, removendo a ignorância e dirigindo-nos para o caminho do nosso autodesenvolvimento. Foi Jesus quem disse: "Eu sou a luz do mundo; quem me segue não andará em trevas". Com seu Evangelho, ele nos retira do breu da ignorância e dos descaminhos da vida.

Orientada por Heitor, Alba ainda falou em termos psicológicos a respeito do medo do escuro e do incerto, oferecendo explicações fundamentais aos presentes à reunião. Respondeu igualmente a algumas perguntas, antes que se despedisse de todos agradecida, dizendo com emoção:

— Tenham, cada um de vocês, um dia muito luminoso hoje!

Adalberto e suas filhas estavam orgulhosos de Alba, que foi muito abraçada e elogiada pelos presentes. Tamanho foi o calor humano, que ela resolveu frequentar aquela casa espírita para aprender e servir ao semelhante, o que acabaram por fazer também o marido e as filhas.

Com o passar do tempo, a conduta de Alba se transformou tanto, que os moradores do condomínio em que habitava chegaram a notar. Mais de uma vez, com a cessação temporária de energia, ela foi vista saindo do elevador ou andando pelos corredores com segurança e tranquilidade. Isso fez com que, no correr dos anos, a pecha de "a louca do décimo quinto" fosse esquecida, restando em seu lugar a amizade e o carinho de muitos dos moradores.

Certa vez, quando foi questionada por uma vizinha de andar sobre como conseguira mudar tanto, respondeu com serenidade:

— Eu saí do desvio da escuridão e optei por entrar na rota do progresso, no caminho da luz.

E acrescentou:

— Da luz que clareia a nossa casa e as nossas ruas, e da Luz que ilumina a nossa alma, a nossa vida...

VII
A juventude é eterna

Medo da velhice

Os anos enrugam a pele,
mas renunciar ao entusiasmo faz enrugar a alma.
Albert Schweitzer

A juventude é a época de se estudar a sabedoria;
a velhice é a época de a praticar.
Jean-Jacques Rousseau

1 – Anos dourados

— A juventude é eterna — Aníbal respondeu com deboche certo dia a um amigo de seu pai, que lhe falara sobre a brevidade da existência.

Na época, ele tinha apenas vinte e oito anos e pensava unicamente em gozar a vida. Gostava de baile e de bebida alcoólica, que consumia em grandes quantidades. Era chamado de "pé de valsa" pela habilidade na arte de bailar com uma garota ao som de um bolero ou de um samba-canção, que eram muito executados nos salões que frequentava aos sábados, nos anos 1950. Geralmente, saía do baile alcoolizado, seguindo de carona para casa. Dadas sua liderança e simpatia, sempre havia quem o levasse ao apartamento de seus pais. Lá chegava na ponta dos pés e corria logo para a cama. Não queria demonstrar que se habituara ao consumo do álcool. Pela manhã, já recuperado, tomava café sem açúcar e, em seguida, enchia o estômago na tentativa de neutralizar o resultado do excesso de bebida. Lá pelo meio-dia, seguia ao encontro de amigos num barzinho das proximidades, onde bebia mais um pouco.

Laurindo, que lhe falara sobre a rapidez com que passa a existência humana, costumava almoçar no apartamento de seus pais todos os domingos, há uns dois anos, depois que sua esposa falecera. Célio, pai de Aníbal, era amigo de Laurindo desde a infância, quando moravam nas proximidades. Dona Rosália, esposa de Célio, se habituara a escutar os casos e os ensinamentos que Laurindo, pessoa de grande afabilidade, sempre tinha na ponta da língua, como resultado de seu hábito pela leitura e das palestras a que comparecia num centro espírita do bairro. Ele tentara se escusar algumas vezes, dizendo que não queria ser tachado de "fila-boia", mas Célio respondia sentir-se ofendido, afinal Laurindo era o grande amigo da família. Assim, a sua presença tornou-se uma constante aos domingos a partir do meio-dia, quando ele chegava, até por volta das dezesseis ou dezessete horas, quando voltava para casa.

— A juventude é eterna, Laurindo — disse zombeteiramente Aníbal.

— A juventude da alma pode ser, mas a do corpo segue as etapas da vida, meu caro jovem. Devo, no entanto, dizer uma coisa: é muito bom que você creia ser a juventude eterna. Afinal, juventude é sinônimo de vida, e a vida é mesmo eterna.

Aníbal, que intimamente gostava de Laurindo, riu mais uma vez e falou:

— Não entendi. Você acabou de dizer que a vida é breve e agora afirma que é eterna?

— Preciso explicar-me. Puxe uma cadeira. Não levo mais que cinco minutos para esclarecer. Seus amigos não vão fugir. Sente-se aí, rapaz.

Desta vez foi Laurindo quem riu, diante da indecisão do jovem.

— Está bem. Já estou sentado.

— Ótimo. Nós temos uma única vida, e esta é infinita. Mas vivemos muitas existências, e cada uma delas é breve, não importa quantos anos possamos viver. Você é agora um jovem saudável e inteligente. Entretanto, o tempo passa com rapidez e algum dia você despertará como um idoso, assim como sou agora. E ainda poderá ser saudável e inteligente. Quero apenas dizer que, paulatinamente, sem quase nos darmos conta, vamos envelhecendo, mas isto não é um mal. Se soubermos aproveitar bem a vida, será até um bem. O importante não é a quantidade de anos que possamos viver, mas como utilizamos esse tempo.

— Tudo bem. Mas por que vivemos muitas existências, como você disse?

— Nós estamos destinados ao progresso e à felicidade; estamos destinados à perfeição. Mas uma única existência não é suficiente para conseguirmos tudo isso. Assim, é importante que avancemos, passo a passo, em direção à perfeição possível à criatura humana. Cada passo, Aníbal, é uma nova existência.

— Que assim seja! — replicou o moço, num misto de galhofa e indecisão, seguindo para encontrar-se com seus amigos.

Breves foram os encontros entre o idoso e o jovem, pois este estava quase sempre de saída para encontros com amigos ou a namorada, que acabou por arranjar no bairro onde morava. No entanto, sempre Laurindo tinha uma palavra amiga, uma espécie de semente que ia lançando paulatinamente na alma do rapaz, que a guardava, sem perceber, no fundo do inconsciente. Um dia essas advertências poderiam ser-lhe úteis.

Eleonora, sua nova namorada, era uma jovem de vinte e quatro anos, recém-formada em Administração e com um emprego como auxiliar de administração em uma grande loja. Ajuizada e de boa formação moral, era uma espécie de oposto de Aníbal. Ninguém entendia como pessoas tão diferentes pudessem ter-se encontrado na vida.

— Isso não vai dar certo — falou uma amiga de Eleonora. — Aníbal não é para você.

Esse namoro vai terminar cedo. Não perca tempo com quem não presta — disse outra, mais exaltada. Mas, com muita calma, a jovem respondia:

— Ele parece o que vocês dizem, mas no fundo há uma alma precisando de amor.

— Seja o que Deus quiser — disse outra, inconformada.

A verdade é que Eleonora não sabia que Aníbal estava começando a trilhar o caminho da compulsão pela bebida alcoólica. Isso, porém, ficou patente quando, em certo domingo, marcaram um encontro para ir ao cinema. Depois de alguma espera, ele surgiu com um cheiro forte de álcool na boca e os passos um tanto cambaleantes.

— Você bebeu, Aníbal?

— Um pouquinho.

— Se fosse um pouquinho, você não estaria nesse estado.

— Qual estado?

— Você está falando arrastado. Desculpe-me, mas não dá para irmos ao cinema.

— Claro que dá!

— Vou embora. Amanhã conversaremos.

Não houve meio de convencer Eleonora, que se despediu e foi até a casa de uma amiga. Aníbal ficou totalmente envergonhado. Voltou ao apartamento e ficou remoendo o fato desagradável que ocorrera naquela tarde. Ele via em Eleonora a sua futura esposa, tal o afeto que sentia por ela. Perdê-la seria arruinar a sua vida. Seria deixar escapar por entre os dedos a motivação para o seu viver. "Tenho de pôr um fim na bebida", pensou, enquanto tomava um banho frio, "ou porei fim na minha própria felicidade".

Ele não esperou o dia seguinte. Ligou para Eleonora à tardezinha e conversou por muito tempo, pedindo-lhe perdão e prometendo deixar de beber. Não muito confiante, ela aceitou e remarcou o encontro para o fim de semana seguinte.

Aníbal, apesar de haver prometido largar a bebida, continuou a frequentar o barzinho na companhia dos amigos. Vendo que o namorado não havia cumprido a promessa, Eleonora desfez o namoro, o que chocou profundamente o jovem. A partir daí, ele se tornou calado, tristonho e sombrio. Seus amigos logo notaram a diferença em sua conduta e passaram mesmo a evitá-lo. Foi por essa ocasião que, pela primeira vez, lhe ocorreu que a juventude não é eterna. Todos chegam à idade madura e depois à velhice, quando conseguem chegar lá. "Não! Velhice, não!", pensou Aníbal. "Nunca serei um homem idoso. Nunca!" E, para não pensar mais nisso, afogou-se na bebida, sem a companhia dos amigos.

◆ ◆ ◆

O tempo foi passando. Um ano depois do rompimento do namoro, Aníbal conseguiu um novo emprego, tornando-se supervisor técnico, com um salário bem melhor que o anterior. Deixou o apartamento dos pais, indo morar num pequeno apartamento próximo da empresa. Como o trabalho fosse intenso, ao deixar a firma, não tinha ânimo para a costumeira "cervejinha". Assim, voltava direto para o apartamento e, depois de ter tomado banho, jantado e visto alguma coisa na televisão, caía sonolento na cama, logo adormecendo.

O que ele não sabia é que a sua mãe, que já tomara conhecimento do seu mau hábito, orava todas as noites, a fim de que deixasse o álcool e voltasse a ser um jovem alegre e expansivo. A seu pedido, Laurindo conseguiu, no centro espírita que frequentava, um tratamento à distância, que contribuiu decisivamente para que Aníbal, também impelido pelo trabalho, fosse perdendo o hábito de frequentar barzinhos e, com isso, largasse a bebida.

Um ano depois, o jovem voltou a ser aquele rapaz alegre e comunicativo, cativando os seus subordinados e sendo notado por seus superiores na empresa. Nesse momento, a bebida já era coisa do passado. Entretanto, persistia ainda aquele ímpeto de viver ao máximo a juventude, pois um medo terrível dominava os pensamentos de Aníbal: o da velhice. Ele detestava pensar que um dia poderia ser um idoso, como fora seu avô mais querido.

Tavinho, como era chamado pelos familiares e amigos, avô de Aníbal, fora um homem robusto e saudável durante a juventude e a vida adulta. Admirado por sua força e proporções físicas, Tavinho não sabia o que era médico, tamanha a qualidade de sua saúde. Todavia, depois que passou dos cinquenta, os problemas começaram. Aos cinquenta e dois anos, foi diagnosticada artrite reumatoide depois que ele passou a sentir dores incomuns nas articulações das mãos. Com o agravamento da doença, ele também passou a ter dores nas articulações dos pés e, mais tarde, nas articulações dos joelhos. A robustez foi, então, cedendo espaço para o emagrecimento, e a força, para a fragilidade. Tavinho passou a demonstrar no rosto grande abatimento e um envelhecimento além da sua idade. Com o passar do tempo, as dores migraram também para as regiões dos quadris e dos ombros, momento em que começou a ter rigidez matinal, que durava por algumas horas. O bom humor e o otimismo, característicos de Tavinho, transformaram-se em desânimo e esgotamento. Apesar dos cuidados médicos, chegou o momento em que teve de passar entre a cama e a cadeira de rodas.

Foi nessas circunstâncias que Aníbal conviveu por algum tempo com o avô, vendo no cotidiano a decadência paulatina por que passava aquele ente querido. O problema, sempre agravado, persistiu por alguns anos, quando, numa noite de muito frio, Tavinho teve um AVC e deixou o mundo terreno num estado físico e emocional lamentável. A presença constante da dor e da amargura calou fundo na mente e no coração da criança que amava profundamente o seu avô, e ele demorou a aceitar a sua ausência física, fazendo imediatamente uma ligação entre a velhice e o sofrimento, entre o sofrimento e a morte.

Apesar da sua gentileza, da sua cortesia, Aníbal guardava no fundo da alma a semente nociva do medo da velhice. Daí afirmar categoricamente que a juventude é eterna. Mas, pelo menos, livrara-se do álcool e voltara a sorrir, como sempre fizera. Talvez por isso mesmo tenha conseguido atrair de novo a presença de Eleonora. O encontro se deu dois anos após o rompimento do namoro. Era um domingo à tarde, e Aníbal resolveu ir ao *shopping* comprar um par de sapatos. Não encontrando numa loja o que desenhara em sua mente, notou na vitrina de outra exatamente o que tinha em vista. Entrou para experimentar. Pois foi nesse momento que esbarrou numa moça e, ao virar-se para pedir desculpas, ali estava Eleonora, que ficou à sua frente sem encontrar palavras.

— Desculpe-me, Eleonora. Você sabe que às vezes sou muito apressado.

Refeita da surpresa, a jovem o desculpou, trocou poucas palavras e sentou-se num banco para experimentar os sapatos que a haviam agradado. Depois que ambos fizeram as suas compras, saíram conversando um pouco mais, devido à expansividade de Aníbal. Quando começava a se despedir, Eleonora foi surpreendida com um convite para o almoço.

— Sei do que você gosta de comer e conheço o lugar certo para almoçarmos.

Sem conseguir desfazer-se da situação, a moça aceitou o convite, dizendo porém que estava com pressa, pois receberia a visita de uma amiga logo mais.

— Seremos breves, prometo.

Assim, entraram num restaurante bem conhecido de Aníbal. Quando o garçom perguntou quais bebidas desejavam, Eleonora estremeceu. Ainda estava gravado em sua memória o hábito de beber, demonstrado anteriormente pelo ex-namorado. Assim, foi com espanto que escutou a preferência de Aníbal:

— Você vai querer um suco de maracujá, não é mesmo?
— Sim, exatamente.
— Para mim, um suco de melão.

Eleonora esperava que ele pedisse qualquer tipo de bebida alcoólica, mas nunca imaginaria que a sua preferência fosse por suco, de modo que o olhou espantada.

— Sei que você não adivinharia a minha escolha, mas eu já não bebo, Eleonora. De certo modo, foi você que me deu força para que eu deixasse o álcool. E devo agradecê-la por isso.

Ainda descrente, a jovem almoçou com Aníbal, trocando muitas ideias, a ponto de permanecerem mais tempo no restaurante do que seria esperado pela pressa anterior de Eleonora.

— Minha amiga deve estar me esperando em casa. Tenho de ir.

— Por favor, deixe que a leve.

A impressão causada pelo ex-namorado foi completamente além da esperada por Eleonora. Ele se tornara mais refinado, mais gentil, enfim, mais simpático. "Se ele parou mesmo de beber", pensou, "só posso dizer que se transformou num homem extremamente atencioso e amável". Uma ponta de arrependimento surgiu em sua mente quando pensou que fora ela quem decidira pelo término do namoro. "Mas", concluiu, "foi ele que deu motivo para a minha decisão".

— Aqui estamos, Eleonora. Devo dizer que este encontro foi para mim uma das duas melhores coisas que me aconteceram desde que desfizemos o nosso namoro. A outra foi largar o hábito da bebida. Muito obrigado pela companhia e um bom domingo para você.

Eleonora agradeceu e saiu do carro do ex-namorado com uma dorzinha no coração. Mas, antes que fechasse a porta, escutou:

— Seria demais esperar que você almoçasse novamente comigo no próximo domingo?

Ela ia dizer que no domingo seguinte estaria fora, mas uma força maior a fez responder afirmativamente, com a ressalva de que Aníbal não tomasse bebida alcoólica.

— Creia, Eleonora, eu já me desfiz desse hábito.

Acertado o encontro, a jovem passou a semana questionando se havia agido corretamente ao aceitar o convite do ex-namorado. De qualquer modo, o encontro aconteceu, e mais outro, quando Aníbal a pediu em namoro. Nesse ponto, ela já estava encantada mais uma vez pelo jovem, e reiniciaram o namoro rompido há dois anos. Do namoro, passaram ao noivado, e, deste, ao casamento.

◆ ◆ ◆

Eleonora não se arrependeu da sua escolha, apesar de algumas amigas terem tachado de maluquice a sua decisão. Aníbal mostrou-se um marido respeitoso e cortês, cumprindo igualmente a sua promessa de nunca mais voltar a beber. E viveram relativamente bem, inclusive em termos financeiros. Todavia, quando Aníbal chegou aos cinquenta anos, começou a notar que tinha alguns fios de cabelo brancos, e isso o aterrorizou.

— Eleonora, estou ficando velho.

— Desde que nascemos, começamos a ficar velhos, Aníbal.

— Não brinque com coisa séria. Eu sempre disse que a juventude é eterna. E agora? O que posso fazer?

— Calma! Velhice não é doença.

— Não me fale essa palavra, pelo amor de Deus. Não, não estou ficando velho. Não posso ficar velho, não quero.

— A vida tem fases, você não sabe? Uma delas é a terceira idade. Dizem até alguns que é a melhor idade.

Mais tarde, nesse mesmo dia, Aníbal teve queda de pressão arterial e sentiu-se muito mal. Ligou para um médico, seu amigo há muitos anos, que foi até seu apartamento e, depois de muita conversa, receitou-lhe um remédio contra hipotensão, indicando também um remédio caseiro, que poderia ser tomado sem contraindicação.

Depois dessa ocorrência, porém, Aníbal começou a demonstrar sinais de ansiedade, como não haviam sido notados antes. Analisava-se frequentemente diante do espelho, procurando rugas e cabelos brancos. Foi quando percebeu que a sua esposa também já não era, fisicamente, a jovem com quem se casara anos atrás. Isso apenas duplicou a sua ansiedade. Sempre rejeitara o envelhecimento e agora, quando esse processo estava ainda em seu início, a fobia pela velhice começava a tomar conta de todo o seu ser.

— O que está acontecendo com você, Aníbal? — perguntou-lhe um amigo. — Você está com gerontofobia?

— Gerontofobia? Que coisa é essa?

— É o medo de envelhecer. Ou o pavor pela velhice.

— Eu penso que todos deveriam temer isso, Fernando. Envelhecer é definhar. É caminhar para o fim.

— Depende do ponto de vista, amigo.

— Como assim?

— Eu também posso dizer que velhice é o momento da reflexão; é para muitos a fase da expressão da sabedoria e da compreensão da vida.

— Muito bonito o que você disse, mas nada animador. Continuo achando que a velhice é uma prisão que nos tolhe a livre existência que tínhamos na juventude.

— Mas você tem apenas cinquenta anos e está falando como se tivesse oitenta e cinco ou noventa. Pois saiba que conheço um senhor de noventa e dois anos que vive alegre e jovialmente, sem se preocupar com a idade. Sempre tem na boca uma palavra amiga e um sorriso esperançoso. Nunca o vi preocupado com o passar dos anos ou com a morte. Tudo para ele é vida, meu caro.

Diálogos como esse passaram a ser uma constante na vida de Aníbal, fosse com Eleonora, em casa, ou com amigos, na rua. O temor da velhice passou a rondar os seus pensamentos e as suas emoções.

Aos sessenta e poucos anos, já aposentado, Aníbal ainda se queixava de que a velhice lhe estava tirando a vida. Para enganar a si mesmo, negava a idade, mentia sobre o próprio vigor, dizendo sentir-se como um jovem de dezoito anos. Evitava às vezes olhar-se no espelho e, de outras, analisava-se de modo exaustivo, sempre concluindo negativamente sobre a sua aparência. Eleonora procurava tirá-lo das reflexões pessimistas que rondavam a sua mente, buscando incutir-lhe a ideia de que a maturidade era apenas mais uma fase de vida e que devia ser vivida em toda a sua intensidade. Mas não havia jeito; Aníbal parecia fixar-se cada vez mais no temor excessivo da velhice, considerando-se por isso ora um velho imprestável, ora uma pessoa madura, que conservara a juventude como um dom permanente.

Para compensar o terror da velhice, que alimentava no fundo da alma, Aníbal passou a demonstrar uma conduta semelhante à dos jovens da época. Começou mudando o seu vocabulário, com o uso das gírias da juventude. Eleonora estranhou, mas não deu muita importância. Porém, com o passar do tempo, ele foi modificando o seu vestuário, somente comprando roupas usadas pelos jovens. Quando questionado pela esposa, respondeu:

— É preciso estar na moda, minha filha. Não quero ficar parecendo um velho rançoso, ou melhor, "careta".

Além da roupa, Aníbal também passou a ir ao cinema, apenas assistindo aos filmes aplaudidos pela juventude. Quanto ao teatro, só desejava assistir a peças de vanguarda. Quando Eleonora o convidou para assistirem a *Hamlet*, de Shakespeare, ele respondeu:

— Você está louca? Isso não passa de uma velharia. Prefiro algo mais moderno, mais atual, mais jovem. Nada de coisas retrógradas.

Mas a gota d'água aconteceu quando, certa noite, ele chegou em casa todo alvoroçado, dizendo sem mais nem menos:

— Na semana que vem, darei um salto de paraquedas.

— Eu não ouvi bem.

— Conheci um rapaz de seus trinta anos, se tanto, que costuma saltar de paraquedas.

— E daí?

— Bem, ele vai me ajudar a dar um salto no próximo domingo.

— Você está louco, Aníbal?

— Não, estou jovem. Quer ir comigo?

— Aníbal, enfie bem nessa cabeça o que lhe vou dizer: não há nada de mal em querer manter a mente jovem; também nada de mal há em querer exercitar o corpo, estar na moda ou mesmo em usar a linguagem do momento. Pelo contrário, isso é muito bom. Mas é preciso ter bom senso. Tudo que é extremado é mau. Você não tem vinte e cinco ou trinta anos. Já passou dos sessenta. Caminha para os setenta. Isto significa que não pode buscar ter um comportamento de um rapazola. Banhe-se nos ares da juventude, mas permaneça na sua faixa etária. No Oriente sempre se deu imenso valor a quem alcançou a maturidade. E sabe por quê? Pela sua experiência de vida e, muitas vezes, pela sua sabedoria. Lá não são os mais velhos que imitam os jovens, mas estes que procuram reproduzir a conduta daqueles.

Depois de olhar o marido nos olhos, Eleonora concluiu:

— E vem você dizendo que vai saltar de paraquedas? Ora, você já vem "saltando de paraquedas" há um bom tempo. E é bom mudar o seu rumo, está entendendo?

— Como assim?

— Você encontra alguém mais jovem e quer ser como ele, encontra outro e começa a imitá-lo. Até onde vai isso?

Aníbal ficou um tempo em silêncio e tentou depois justificar-se:

— Você sabe que eu conheço um homem de oitenta e dois anos que faz sete quilômetros de caminhada por dia?

— E quando ele começou?

— Quando era jovem.

— Aí está, meu caro teimoso. Ele faz isso há muito tempo. E você? Quando era jovem, saltava de paraquedas? Ora, não vejo você dar nem a volta no quarteirão...

Aníbal não gostou nada do comentário de Eleonora, mas acabou por desistir do seu plano. O medo da velhice e os mecanismos para driblá-la, porém, não terminaram aí.

Certo dia, o casal recebeu um convite para participar do baile de formatura da filha de um vizinho. Aníbal era amigo do pai da garota, de modo que logo convenceu a esposa de que iriam. Na noite da comemoração, preparou-se com todo esmero, comprando até mesmo um novo terno, "para combinar com a juventude do evento", segundo suas palavras. Eleonora, sem saber bem por que, estava apreensiva. "Algo nada agradável poderá acontecer", disse para si mesma, e, em seguida, procurou afastar esse pensamento, cuidando da roupa que usaria mais à noite.

Eram quase dez da noite quando o casal rumou para o clube onde se daria o baile de formatura. Já no local, procuraram a formanda e seus pais, dando-lhes calorosos cumprimentos.

— Como o tempo passa rápido — comentou Aníbal com Soares, o pai da nova bacharela em Direito.

— É verdade. Fico emocionado quando penso nisso.

— Ainda ontem, Edite passava em frente de casa com uma boneca nos braços.

— Estamos ficando velhos, Aníbal. Ou já ficamos, sem nos dar conta...

— Vire essa boca pra lá, Soares. Nós estamos mais em forma do que toda essa rapaziada aí na pista de dança.

E a conversa continuou nesse mesmo rumo, até que Aníbal resolveu dançar com Edite, a formanda, a fim de parabenizá-la mais uma vez pelo evento. Já em plena pista, Aníbal lhe disse em voz alta, devido ao som da orquestra:

— Você deu a maior alegria para seus pais, Edite. Daqui pra frente, será uma advogada de sucesso, com certeza.

— Sou apenas bacharela, seu Aníbal. Falta ainda um grande passo: ser aprovada nos exames da OAB.

— Isso você "tira de letra" — respondeu Aníbal, quando a orquestra começava uma nova rodada musical.

Tão animado estava e tão necessitado de mostrar a sua suposta juventude, que começou a dançar uma música agitada, fazendo algumas piruetas que não dominava bem. Alguns rapazes e moças, vendo as manobras "daquele senhor engraçado" — como disseram —, começaram a aplaudir, mais por brincadeira do que com sinceridade. Aníbal entusiasmou-se ainda mais e, quando deu um passo mais arriscado, tropeçou no próprio pé, caindo imediatamente de modo estrondoso no assoalho da pista.

Algumas pessoas apressaram-se em socorrê-lo. Com a queda, batera a cabeça no chão e estava desacordado. Com rapidez, Soares, o pai da formanda, prontificou-se a levá-lo a um atendimento de emergência. Em seguida, com a esposa e Eleonora, seguiu para o pronto-socorro mais próximo, transportando o amigo. Estava encerrada a "*performance* jovial" de Aníbal...

2 – A verdade que não queria calar

Aníbal chegou ao pronto-socorro já acordado. Passou por exames de rotina e foi conduzido a um hospital, onde novos exames foram realizados, ficando em observação.

— Eu já havia previsto que algo de anormal iria acontecer — disse Eleonora, olhando preocupada para o marido.

— Você tem esse dom. Eu deveria ter-me prevenido.

— O que você realmente sentiu ao cair, Aníbal? Só tropeçou?

— Eu poderia mentir, dizendo que foi apenas um erro no passo da dança. Mas, antes que isso acontecesse, eu senti tontura.

— É o que eu já imaginava. Deve ser por isso que você ficará até amanhã em estado de observação.

No começo da tarde, Aníbal seguiu para casa com Eleonora, sendo levado por Soares e a esposa.

— A que horas terminou o baile, Soares?

— Era para encerrar-se às quatro, mas eram cinco e meia quando a orquestra parou de tocar.

— E houve mais algum incidente?

— Felizmente, não. Mas as pessoas mais chegadas ficaram preocupadas com você. Minha filha irá vê-lo mais tarde em sua casa.

Em diálogo amigável, Aníbal chegou em casa, tomou um banho e foi para a cama.

— Quero você descansando o dia todo, inclusive amanhã. Vamos ver como realmente está — determinou com segurança a esposa. Aníbal não esboçou resposta. Estava envergonhado com o que ocorrera.

— Muita gente me viu desacordado, Eleonora?

— Não só muita gente acorreu para ver o que estava acontecendo, como até a orquestra parou de tocar.

— Estou humilhado, envergonhado. Nem sei como vou sair amanhã à rua.

— Depois de amanhã — corrigiu Eleonora.

— Sim, depois de amanhã.

— O que você precisa, Aníbal, é repensar a sua vida.

— Como assim?

— Você acha que a maturidade ou o princípio da velhice é algo afrontoso, humilhante. Mas isso não é verdade. Doutor Veloso, o dentista aposentado que mora na outra quadra, já chegou aos oitenta anos, vive de acordo com a sua idade e demonstra sempre um estado de ânimo muito positivo. Por que você, com apenas sessenta e oito, não pode ser assim?

Não houve resposta. Aníbal encolheu-se na cama e ficou num estado meditativo. À tarde, Edite, a nova bacharela em Direito e seu par na dança infeliz, foi visitá-lo com a mãe.

— Boa tarde, seu Aníbal. Como está?

O som da voz juvenil da moça foi como um espinho enterrado no corpo de Aníbal. A custo, conseguiu responder:

— Estou bem de saúde, Edite. Muito bem. Mas quero pedir-lhe desculpas pelo acontecido. Estou muito envergonhado. Fiz papel de palerma, pateta, paspalho, não foi mesmo?

— O que é isso, seu Aníbal. O senhor foi muito bacana. O que aconteceu foi uma fatalidade. Poderia ter acontecido a qualquer um.

Aníbal sabia que a garota tentava reanimá-lo, mas no fundo tinha certeza do ridículo por que passara no baile de formatura.

Mais tarde, a sós com Eleonora, Aníbal confessou, com ar de desalento:

— Se nem um passo de dança consigo dar, ao menos razoavelmente, que pensar de saltar de paraquedas? Se ainda havia uma pontinha desse desejo no meu íntimo, agora já se desfez completamente. Mas não consigo admitir que esteja me tornando velho. Isso, não. É revoltante demais.

— Aníbal, as coisas não são bem assim. Em primeiro lugar, antes de tropeçar no próprio pé, você teve um início de desmaio, o que ocasionou o tropeço. Foi isso que mais preocupou o médico que o atendeu. Ao que tudo parece, foi um problema de pressão. E teremos de marcar uma consulta ainda esta semana com o doutor Ranieri, para nos certificarmos melhor disso. Em segundo lugar, a maturidade é apenas uma fase natural da nossa existência. Temos de procurar viver bem em qualquer uma das fases, e não procurar estacionar numa delas. Você queria ser jovem, mas o seu físico não é mais como o de um garoto de dezoito anos. Você já ingressou na terceira idade. E é aí que deve buscar a melhor maneira de viver. Querer voltar à juventude é um grande equívoco que algumas pessoas alimentam. Mas descanse agora. Teremos muito tempo para dialogar. O médico recomendou-lhe repouso.

◆ ◆ ◆

Os dias transcorreram normalmente. Aníbal já parecia restabelecido, embora se sentisse emocionalmente abatido. Uma consulta fora agendada com o cardiologista de confiança de Eleonora para a segunda-feira da semana seguinte. Sem novidades, chegou o dia. Nada foi detectado. O médico deu-lhe vários conselhos sobre a idade e recomendou exercícios específicos, mas nada de exagero.

Se Aníbal deixou o consultório médico feliz por estar bem, uma ponta de desalento também habitava o seu coração, pois começava a se sentir um velho, ao mesmo tempo que procurava, a todo custo, negar a velhice. O medo de envelhecer constituía-se agora para ele um grande estorvo na vida. Mas um fato inusitado ocorreu quando ele já deixava o consultório. Um senhor que aparentava ter a sua idade perguntou-lhe inesperadamente:

— Por favor, você não é o Aníbal?

— Sim... — respondeu quase maquinalmente. No entanto, observando melhor, indagou com uma ponta de alegria:

— E você não é o Braga?
— Adivinhou! — disse o senhor, abraçando-o calorosamente.
— Esta é Eleonora, a minha esposa.

Feitas as apresentações, iniciou-se ali mesmo, no portão do consultório, uma breve conversa, cheia de risos e exclamações. Eleonora não se lembrava de ter ouvido falar nesse nome, mas ficou observando, entretida, o diálogo entre os dois amigos.

— Há quanto tempo, Aníbal. Fico feliz por reencontrá-lo.
— O mesmo digo eu. Pensei que nunca mais o veria, Braga. Quero convidá-lo para fazer-nos uma visita e colocarmos os assuntos em dia.
— Será um prazer, mas você virá a meu apartamento depois.
— Fechado! Que dia é melhor para você na próxima semana?
— Que tal quarta-feira?
— Combinado. Aqui está o meu cartão de visita. Estaremos esperando desde as sete horas da noite. Desculpe-me, você é casado? Se for, leve a sua esposa.
— Sou viúvo. Mas irei com todo prazer visitá-los.

Combinada a visita, Braga seguiu pela rua, e Aníbal começou a explicar para a esposa de quem se tratava.

— Braga foi um grande amigo de juventude. Você não o conheceu. Ele não fazia parte daqueles que frequentavam o bar. Penso que, dos meus amigos, era o único que não bebia. Como ele se mudou do bairro, acabei perdendo o contato. Encontrei-me com ele uma única vez, há uns dez anos, mas eu estava com tanta pressa, que não houve tempo de trocarmos telefone. Nem cheguei a comentar com você.

Em casa, Aníbal falou mais um pouco a respeito de Braga e ficou no aguardo da esperada visita.

Às sete e poucos minutos da noite de quarta-feira, Braga chegava à casa de Aníbal, feliz por ter reencontrado um dos melhores amigos da juventude. O afastamento deveu-se ao fato de, no passado, Aníbal somente frequentar barzinhos onde as conversas eram regadas a bebida alcoólica. Como

Braga era abstêmio, não se sentia à vontade em meio aos adeptos do álcool. Agora já não haveria mais esse inconveniente, pois também Aníbal se tornara avesso à bebida.

Os diálogos passaram por vários temas, até Braga perguntar sorridente:

— Quantos anos você tem, Aníbal?

A pergunta não agradou nada. Ele queria esconder ao máximo a sua idade. Na verdade, queria fugir dela, pois a temia tanto que procurava ocultá-la, esquecê-la. Todavia, não poderia fazer desfeita ao amigo. Juntou a coragem necessária para, após alguns segundos de indecisão, responder com ar taciturno:

— Sessenta e nove, Braga.

— Parece que fui indiscreto. Desculpe-me.

Eleonora foi rápida em desfazer a situação um tanto constrangedora:

— Não se desculpe. Todos nós devemos aceitar a nossa idade. Aníbal é que tem um verdadeiro pavor de tornar-se velho. Mas a terceira idade é um fato que precisa ser acolhido com alegria e destemor.

Buscando voltar à leveza anterior, Braga disse com amplo sorriso:

— Pois eu tenho setenta e três. E bem vividos, graças a Deus. Idade não é defeito. Ou estou errado?

Aníbal quis também voltar à animação anterior e respondeu:

— Está certo, meu amigo. Está certo.

— Não é o que você demonstra habitualmente — completou a esposa, procurando não deixar o novo tema da conversa desaparecer.

— Ser jovem é melhor; é bem melhor — deixou escapar Aníbal.

— Por quê?

— Porque a vida começa a definhar depois dos trinta, Braga.

— Você não está sendo pessimista demais? Afinal, a vida prossegue até o nosso último suspiro. Digo a vida do corpo, pois a da alma permanece; nunca morre.

— Gostaria de ser como você. Aliás, sempre o admirei: inteligência elevada, cultura refinada e muita pureza no coração. Você foi sempre "gente", amigo.

— Obrigado pelas considerações, mas creio que você também o seja. Tudo depende, Aníbal, do conhecimento que temos ou não sobre nós mesmos e sobre a vida.

— Gostei — aparteou Eleonora, que começava a esperar de Braga uma lição de vida para o marido.

— Você pode explicar melhor? — perguntou Aníbal interessado.

Braga pensou um pouco nas palavras que iria dizer dali para frente e buscou explicar melhor o que afirmara:

— Para vivermos bem, não importa em que idade, é necessário que tenhamos um conhecimento de nós mesmos. Quem é que somos? Este corpo em que estamos vivendo? Somos apenas matéria? O corpo físico realmente envelhece, chegando um dia à morte. Talvez seja isto que você pense e, vendo o corpo não ter a mesma elasticidade e destreza da juventude, alimente receios a respeito da velhice. No entanto, caro amigo, nós somos mais que nosso corpo. Somos um espírito imortal, que não envelhece, mas, pelo contrário, se renova. Quem possui esse conhecimento não pode ter medo da velhice nem da morte, pois a vida continua, além da própria morte corporal.

— Sempre otimista, hein, Braga?!

— É mais que simples otimismo. Trata-se de convicção. Continuo estudando muito e cada vez me convenço mais da verdade de que somos filhos de Deus, criados à Sua imagem e semelhança.

— E sempre religioso também...

Eleonora olhou feio para o marido, dizendo em tom ríspido:

— Você está recebendo uma lição, Aníbal. Não se trata de brincadeira, mas da sua vida, do seu destino. Escute com a seriedade que Braga merece.

Aníbal fechou o sorriso e olhou atentamente para Braga, que logo amenizou o ambiente:

— Aníbal sempre foi brincalhão. Não está me ofendendo.

Depois, tornando-se mais sério, concluiu:

— Há, todavia, assuntos que não podemos pôr simplesmente de lado. Os assuntos essenciais da vida têm de ser meditados com a profundidade que merecem e a continuidade que exigem. Um deles é: o conhecimento de nós mesmos e do nosso destino após a morte.

Mais algumas palavras e Braga mudou de assunto para não aborrecer o amigo. A conversa prosseguiu por duas ou três horas, quando, antes de deixar a residência do casal, Braga fez questão de agendar uma visita a seu apartamento. Ficou combinado que seria dali a dez dias, um sábado.

Durante esse tempo, Eleonora por várias vezes entrou no assunto iniciado por Braga: quem somos.

— Braga falou uma coisa muito séria, Aníbal. Precisamos meditar sobre a nossa essência, pois nem sabemos ao certo o que é que somos. É por isso que vem o medo da velhice e da morte. Aliás, ele mesmo disse isso.

— Braga foi sempre dado à filosofia. Ainda jovem, lá vinha ele falando sobre o pensamento de algum filósofo. Eu nunca gostei desse assunto.

— Agora sei por que ficou assim.

— Assim como?

— Um homem da terceira idade com medo da própria terceira idade. Não é esquisito isso? Você acha normal?

Demorou para Aníbal encontrar uma resposta. Foi com desprazer que falou:

— Pensando assim, parece que você está certa.

Eleonora insistiu:

— E há outra maneira de pensar?

Sentindo-se acuado, Aníbal mudou de ideia, falando de um boleto que deveria ser pago até o dia seguinte, e dali passou para outro assunto qualquer. Percebendo a fuga do marido, Eleonora encerrou o assunto, esperando, porém, nova oportunidade para voltar a ele. Com a retomada de contato com o amigo, era o momento propício de procurar fazer com que Aníbal tivesse uma nova visão de si mesmo e da vida em geral, para seu próprio benefício.

◆ ◆ ◆

Não demorou a chegar o sábado em que iriam visitar o apartamento de Braga. Na hora combinada, lá estava o casal esperando por uma noite agradável de boa conversa.

— Sejam bem-vindos — falou sorridente o amigo, abraçando-os.

No apartamento simples e bem-arrumado de Braga, teve início uma sequência de diálogos leves e bem-humorados. Em seguida, um jantar muito apreciado por Eleonora e Aníbal. Voltaram depois para o sofá e a poltrona, iniciando um novo colóquio que, em pouco tempo, chegou ao tema esperado por Eleonora: a terceira idade. A mudança de assunto ocorreu porque Aníbal, ao ouvir falar de um amigo comum que estava adoentado há bastante tempo, comentou:

— Velhice, meu amigo, não faz a felicidade de ninguém.

Braga, que aguardava o momento certo de entrar no assunto, perguntou:

— E por que, Aníbal?

— A verdadeira idade é a da juventude. Passou da juventude, surgem os problemas e com eles a doença.

— Há tantos jovens problemáticos, como há tantas pessoas maduras saudáveis, não é mesmo?

— Com certeza — respondeu Eleonora, para animar Braga a continuar.

— Tenho um vizinho — continuou Aníbal — que tem a minha idade e está preso ao leito há mais de seis meses. Isso lá é vida?

Braga sorriu e respondeu com tranquilidade:

— Você sabe que a doença nos traz sempre uma mensagem muito importante?

Aníbal aproveitou a deixa e disse com ironia:

— E por acaso é a mensagem de que logo vamos "bater as botas"?

— Não, Aníbal, a mensagem é de que não nos temos amado o suficiente e não nos temos tratado com o carinho que merecemos, a fim de que expressemos o que há de melhor em nós. A doença representa nosso desvio em relação à lei divina.

O sorriso debochado desapareceu dos lábios de Aníbal, que, no entanto, não se deu por vencido:

— Doença é algo que ataca o nosso físico. Não tem a ver com espiritualidade nem com religiosidade.

Eleonora, achando o marido agressivo, lançou-lhe um olhar de reprovação.

Mas Braga não se alterou. Apenas continuou com a mesma serenidade:

— A doença começa na alma, meu amigo. Quando nosso corpo apresenta alguma enfermidade, isso deve ser interpretado como um sinal de que algo não vai bem com a alma. Entendo que a doença deva ser encarada como uma oportunidade de revermos e avaliarmos a nossa conduta perante a vida.

— Dá para explicar melhor?

— Claro! Em primeiro lugar, devo dizer que a minha explicação é fundamentada na Doutrina Espírita codificada por Allan Kardec.

— Já na mocidade eu sabia que você frequentava casas espíritas, só não sabia que ainda era filiado ao Espiritismo. Mas, por favor, continue.

— Segundo a visão espírita, o ser humano é um conjunto tríplice, constituído de corpo físico, perispírito e alma, sendo a diretora desse conjunto a alma. O que chamamos de alma é o espírito quando encarnado. Perispírito é uma espécie de envoltório semimaterial que une o corpo e o espírito. Pois bem, nossos pensamentos, emoções, sentimentos e desejos negativos, que são energias, tornam o perispírito mais denso e com uma cor escura, em virtude da absorção de tais energias nocivas. Em momentos de desequilíbrio moral e emocional, mobilizamos e atraímos fluidos grosseiros, que se convertem em resíduo denso e tóxico. Essas energias prejudiciais acumulam-se no perispírito e, quando não dissipadas, danificam o seu funcionamento.

— Estou entendendo.

— A cada célula física do nosso corpo corresponde uma célula hiperfísica do perispírito. Há, portanto, uma estreita conexão entre o corpo físico e o perispírito, de tal modo que, estando este em desequilíbrio, o outro sofre as consequências. Assim, as energias nocivas provenientes do perispírito criam no corpo físico um campo energético favorável à instalação da doença. Eis por que devemos cuidar dos pensamentos que criamos e das expressões emocionais que lhes correspondem. O desequilíbrio começa aí. É por isso que nós, espíritas, dizemos que a doença começa com o desequilíbrio da alma.

— E é por isso que precisamos ter cuidado com o que pensamos e com o que sentimos, certo?

— Você entendeu perfeitamente. Sabe o que dizia Jesus a esse respeito?

— Não.

— "Vigiai e orai." Vigiai vossos pensamentos e sentimentos, para que apenas representem o bem; e orai para manterdes nesse nível as vossas atitudes, vencendo as tentações para o descaminho do mal." Aníbal, estamos aqui falando sobre doença para mostrar que, no passado, seu avô desencarnou devido a algum tipo de doença contraída, e não porque tivesse envelhecido.

— Ele era um homem robusto, porém, teve artrite reumatoide, chegando ao ponto de precisar usar uma cadeira de rodas. Mas morreu mesmo foi de AVC.

— Há pessoas jovens que têm acidente vascular cerebral. Coloque em sua mente que velhice não é doença. É apenas mais uma etapa da nossa existência e pode ser vivida com prazer, sabedoria e amor.

— Noto a sua convicção ao falar. Isso me anima a mudar de ideia.

— Eu teria mais a dizer, no entanto, o que falei é o suficiente para você pensar profundamente sobre a sua situação, assim como cada um deve fazer com a sua.

Eleonora sorriu satisfeita. Era o que seu marido precisava escutar. A conversa prosseguiu ainda por alguns minutos, quando Aníbal e Eleonora se despediram. Encerrada a visita, Eleonora perguntou a Aníbal:

— E então? O que você me diz das palavras do nosso amigo Braga?

— Vou pensar, querida, vou pensar.

— Que não fiquem apenas palavras em sua boca, mas que você medite muito bem sobre o assunto.

O casal foi deitar-se e Aníbal já estava quase dormindo, quando se lembrou de um amigo da família, o velho Laurindo. "Deveria tê-lo respeitado mais", pensou saudoso. "Ele conseguia compreender-me, mas eu achava que ele era um tanto ingênuo, um tanto bobo. Quando falou da brevidade da existência, retruquei-lhe que a juventude é eterna. Se entendermos juventude simbolicamente, como sinônimo de vida, aí sim ela pode ser eterna, mas a do corpo passa, como passam todas as etapas da vida. Isso me falou Laurindo. E explicou a diferença entre existência, que é efêmera, e vida, que é eterna. Falou-me das múltiplas existências através de inúmeras reencarnações. E agora escuto a mesma coisa do Braga, que também demonstra muitos conhecimentos, como o velho Laurindo. Preciso conversar mais a esse respeito." E adormeceu com a convicção de que tiraria suas dúvidas a limpo num próximo encontro.

A data marcada não tardou a chegar. A recepção foi calorosa. Os abraços, efusivos. E logo se iniciou uma conversa amena sobre os velhos tempos. Mas Aníbal tinha uma pergunta que não podia esperar:

— Diga-me uma coisa, Braga: Laurindo, que foi amigo do meu pai, era espírita?

— Que bela lembrança, amigo. Como era bom escutar aquele senhor de voz baixa e suave. Ele era um sábio. Quando partiu para o plano espiritual, deixou muita saudade.

— Mas ele era espírita? — insistiu Aníbal, sob o olhar atento de Eleonora.

— Ele era palestrante no mesmo centro espírita que ainda frequento. Sim, ele era espírita. E dos bons. Por que a pergunta?

— É que a mesma coisa que você me disse ele já afirmara há tantos anos atrás, quando ainda eu era jovem. Eu lhe havia dito que a juventude é eterna.

— A juventude como etapa de vida tem uma curta duração. É como a bela flor que murcha em poucos dias. A cada nova reencarnação, passamos tanto pela juventude como pela velhice, se conseguirmos chegar até lá. Todavia, quando nos tornamos espíritos puros, Aníbal, já não existe a passagem do tempo; podemos manter a juventude por toda a eternidade, se posso dizer assim.

— Então, eu estava mesmo errado ao afirmar que a juventude é eterna, porque pensava apenas no corpo. Estaria certo, se pensasse na juventude da alma.

— É verdade.

— Mas me diga mais uma coisa, Braga: como é que você se sente estando em plena terceira idade? Não tem medo da velhice?

— Eu diria que não tenho idade. Ou melhor, sou um espírito que já viveu muitas existências, que já passou tanto pela velhice como pela infância e juventude, por incontáveis vezes. E as viverei ainda muitas outras. Então, por que temer esta velhice, que é apenas uma das tantas que já vivi? Não penso na velhice ou na juventude, penso na vida, meu caro amigo. Sinto-me com energia para continuar a minha caminhada evolutiva, até Deus me chamar novamente, como já o fez em épocas distantes. Quem crê com convicção que é um espírito imortal não precisa temer doença nem velhice, pois sabe que a vida prossegue... sempre.

Aníbal ficou calado por alguns segundos. Estava tentando assimilar tudo o que escutara do amigo de velhos tempos. Braga encerrou a sua fala dizendo:

— Não precisamos temer a doença nem a velhice. Esta é apenas uma parte natural da vida; a outra podemos evitá-la, bastando que sigamos a lei divina, cumprindo-a com justeza. O que precisamos é disciplinar e dominar as nossas emoções e sentimentos, não nos deixando subjugar por paixões desenfreadas, como o ódio, a inveja, o ciúme, o medo, a ira, o egoísmo, o orgulho e as ideias de vingança, que nos abrem as portas do desequilíbrio e da instabilidade, deixando caminho propício à instalação das doenças da alma e do corpo.

Quando se levantou para deixar o apartamento de Braga, Eleonora estava feliz, pois notara a ruga de reflexão na fronte de Aníbal. Na volta para casa, ele falou apenas sobre as recordações da juventude que trocara com o amigo. Ela respeitou o silêncio no tocante à velhice, pois sabia que ele iria pensar muito nos próximos dias e, no momento oportuno, iria procurá-la para trocar ideias.

A semana seguinte foi tranquila. Não se falou muito sobre a visita, predominando os assuntos do dia a dia. Entretanto, já na quinta-feira à noite, o noticiário da televisão anunciou a morte de um escritor conhecido, que deixara esta existência com mais de oitenta anos. Aníbal virou-se para Eleonora e apenas comentou:

— Esse parece não ter temido a velhice. Pelo que se disse a seu respeito, soube viver bem até o último momento.

Em seguida, olhou bem para a esposa e declarou com muita convicção:

— Vou lhe dizer uma verdade que não quer calar, Eleonora: é assim que pretendo viver o restante da minha vida. Sem temores... e com muito amor.

3 – Quando chega a velhice

Aníbal não apenas falou o que lhe ia na alma, mas procurou colocar em prática a conclusão a que chegara, depois de muitos tropeços.

— Sabe, Eleonora — disse dias depois, com um sorriso nos lábios —, eu tenho meditado seriamente nas palavras do meu amigo Braga e nas do velho Laurindo, amigo do meu pai, quando eu era jovem. Posso dizer-lhe que a velhice ou, se preferir, a terceira idade não me assusta mais como antes. Parece que venho tirando um peso das costas. Anteriormente, a minha estratégia era querer agir com os modos próprios da juventude, buscando enganar-me quanto à idade que tinha. Mas cada etapa da vida é diferente da anterior, de modo que o jovem não precisa, nem deve, imitar a criança, assim como o idoso não tem de imitar o jovem. Em nossa idade, temos a nossa própria maneira de ser, como os jovens têm a deles. Daqui para frente, viverei não como um homem morto, que nada mais espera do mundo, nem como o garoto que ainda se abre para a vida, mas como um homem experiente que vive o presente, buscando construir um futuro melhor.

Eleonora riu satisfeita, perguntando com alegria:

— Aníbal, foi você mesmo quem disse isso? Era o que mais eu queria escutar da sua boca. E lembre-se de que velhice não é doença. Mantenha-se emocionalmente equilibrado, com amor no coração e seguindo a lei divina. Assim agindo, estará impedindo que a doença se instale em você.

— Vou precisar, porém, de muito incentivo, pois você sabe que às vezes a gente escorrega e cai.

— Se você cair, não permaneça no chão, mas busque logo levantar-se. O desânimo e o desalento costumam pegar-nos quando estamos com a nossa guarda baixa. Todos nós temos os nossos momentos de fraqueza, mas precisamos manter-nos firmes nas ideias que acalentamos em nosso coração. Durante a nossa conversa com o Braga, ele disse algo muito importante. Foi quando nos repetiu as palavras de Jesus: "Orai e vigiai, para não cairdes em tentação". Ele explicou muito bem: "Isto significa que devemos cuidar dos nossos pensamentos, sentimentos e das palavras que dizemos. Quando bater o desânimo, isto é, a tentação de abatimento, é preciso enfrentá-la com pensamentos elevados, sentimentos nobres e palavras edificantes. Ao portar-nos dessa maneira, o desânimo, o desalento e a tristeza não têm lugar em nossa alma". E ele ainda completou: "A oração diária fortalece-nos o coração e nos mantém no caminho do amor".

— Devo confessar que, nesse momento, achei Braga um tanto carola. Depois, meditando sobre as palavras que ele disse, mudei de ideia. É por agir assim que ele vive com ânimo, alegria, saúde e disposição. Ele está certo. Errado estava eu.

Os dias passaram-se e Aníbal meditou muito sobre tudo o que escutara do amigo, assimilando pouco a pouco a verdade das palavras que lhe tinham sido dirigidas. Num dos encontros que tiveram, Braga lhe disse:

— Quando mudamos a nossa mente, também o nosso corpo recebe os benefícios da mudança positiva. Procure viver da melhor forma o seu presente, praticando o bem, não só para si, mas também para os outros. Isto faz com que a sua energia aumente e a sua saúde permaneça estável. É preciso envelhecer com autoestima elevada e gratidão a Deus por tudo o que possuímos. Há quem não goste da palavra "velhice", pois a identifica com decrepitude e senilidade. Que se diga, então, "terceira idade". Essa expressão indica uma fase de vida em que há prudência, discernimento, bom senso e bom aproveitamento da existência.

— É verdade, Braga.

— A terceira idade contém em seu interior o significado de anos de experiência e de saber encontrar o lado positivo da vida, retirando de todas as situações as lições que permitem uma passagem produtiva e feliz pela existência. Amadurecer é atingir o estado de vida em plenitude. E viver em plenitude significa utilizar todas as faculdades, poderes e talentos que possuímos. Amadurecer, Aníbal, é saber viver. A vida é o mais excelente dom que recebemos de Deus. Temos de agradecê-Lo todos os dias, procurando ao mesmo tempo viver cada momento em toda a sua integridade, como se fosse o último da nossa vida. E você gastaria seus últimos momentos tentando ser quem você não é?

— Claro que não.

— Deixemos, então, que os jovens vivam esse belo período de sua existência e vivamos nós o nosso. Outro sentido de *viver em plenitude* é darmos o devido valor às duas grandes dimensões da nossa vida: a material e a espiritual. Somos um espírito imortal que se utiliza de um corpo físico para poder atuar sobre a realidade material. Assim, a dimensão material é importante, dado que nos permite viver adequadamente sobre a Terra para cumprir as tarefas que nos foram designadas para esta reencarnação, a fim de podermos continuar o nosso processo evolutivo. Temos de dar grande atenção aos aspectos concretos do dia a dia, afinal possuímos um corpo para cuidar, contas para pagar, compromissos a cumprir. Todavia, mais importante que o lado material é a dimensão espiritual da vida, pois somos, antes de tudo, espíritos. Temos de despender todos os esforços para crescer moral e espiritualmente, aplicando em nossa vida as palavras de Jesus: "Conhecereis a verdade e a verdade vos libertará". A verdade divina é superior a tudo que possa representar o lado material da nossa vida. Assim, é fundamental que nos perguntemos cotidianamente: estou conseguindo crescer tanto quanto posso? Tenho feito o melhor que posso? Venho multiplicando os talentos que recebi de Deus? Se viemos a este mundo para progredir, é nosso dever acelerar esse progresso, crescendo dia a dia paulatinamente, buscando eliminar defeitos e incorporar virtudes que ainda não possuímos. Que o nosso lema e a nossa realidade possam ser: "Hoje melhor que ontem, amanhã melhor que hoje, sempre".

Aníbal ficou maravilhado com a sabedoria expressa pela boca de Braga, seu amigo de juventude. Nunca pensara nesses termos a respeito da sua existência. Quis saber mais e recebeu de Braga um livro que abordava o tema. Após a leitura repetida de cada capítulo, já não havia mais o medo de envelhecer.

— Envelhecer, ou superar a maturidade, Eleonora — disse pensativo à esposa —, é uma bênção divina. Quando jovens, estamos ainda iniciando a caminhada progressiva pela vida e, ao alcançarmos a terceira idade, já possuímos a experiência necessária para vivê-la em plenitude e, mesmo, para orientar os moços que buscam apoio na sabedoria de quem já passou por todos os terrenos do caminho da vida. Vejo agora a minha idade com outros olhos, os olhos da experiência.

Outros encontros ocorreram entre os três amigos, e a crença de Aníbal sobre o real sentido da maturidade foi se fortalecendo. Novas leituras foram feitas, novos conhecimentos foram construídos, de modo a transformar a conduta habitual de Aníbal. Certa noite, quando conversavam, ele perguntou com muito interesse:

— Braga, qual é mesmo a casa espírita onde você trabalha?

Após receber a resposta, ainda continuou:

— Gostaria de conhecê-la.

Eleonora ficou surpresa, pois jamais pensara que o marido pudesse interessar-se pelo espiritualismo e menos ainda pelo Espiritismo. Combinada a data, Braga levou o casal ao centro espírita em que trabalhava na aplicação do passe. Aníbal prestou atenção a tudo que viu e a todas as explicações que escutou do amigo. Por fim, pediu:

— Posso tomar passe também? Nunca fiz isso. Gostaria de saber como é.

Braga atendeu ao pedido do amigo e, após conversar com um trabalhador da casa, encaminhou Aníbal para um salão, onde havia muitas pessoas aguardando a sua vez. Diante de todas, um senhor idoso iniciava uma breve preleção. Atento, ele ouviu as palavras do preletor:

> — Como disse Jesus no célebre sermão do monte: "Bem-aventurados os puros de coração, porque verão a Deus". Puras de coração, meus amigos, são as pessoas simples e humildes, que conservam na mente pensamentos elevados, que resguardam o coração com sentimentos nobres e pronunciam palavras edificantes. A nossa conduta diária é fruto dos nossos pensamentos, sentimentos e palavras. "Vigiai e orai", também disse Jesus. Isto é, monitoremos os nossos pensamentos, mantendo na mente apenas aqueles

que estejam isentos de qualquer maldade, de qualquer negatividade.

"Que nossos pensamentos sejam de bondade, de amor, de fraternidade e de respeito ao próximo. Disse ainda o Divino Mestre: 'O que contamina o homem não é o que entra pela boca, mas o que dela sai, isso é o que contamina o homem'. O que sai da nossa boca são os pensamentos convertidos em palavras. E cada palavra, por sua vez, é carregada de sentimento. Daí o cuidado que devemos ter com o que pensamos, sentimos e falamos. Se nós vigiarmos e orarmos todos os dias, não seremos contaminados pela maldade do mundo. Pelo contrário, levaremos ao mundo a paz e o amor de que ele tanto vem necessitando. E seremos bem-aventurados por sermos puros de coração.

"A nossa conduta diária — como dissemos — é determinada pelo que pensamos e sentimos, isto é, os nossos atos são o efeito dos nossos pensamentos e sentimentos. Para que a nossa conduta seja fraterna, é necessário, pois, que sejamos puros de coração. Podemos servir o próximo, isto é, podemos ajudá-lo com bons pensamentos e sentimentos. Como já se disse: 'Pensar é poder', dado que tudo nasce do pensamento. Eis aí o poder da oração, que é feita de pensamentos, sentimentos e palavras. Oremos por nós mesmos e também em favor do próximo. Oração também é poder. Bons pensamentos derramados sobre os outros soam como orações que elevamos a Deus em favor deles. Se temos esse poder, por que não utilizá-lo? Pensemos seriamente nisto: se podemos contribuir para a criação de um mundo melhor, por que ficar alimentando pensamentos baixos, sentimentos impuros e palavras demolidoras? Tornemo-nos puros de coração e cumpramos a nossa parte na construção do Reino de Deus em nosso íntimo e na elevação de vida do nosso próximo."

O preletor disse ainda outras palavras, enquanto Aníbal ficou refletindo sobre o que escutara e lhe causara grande impacto. Chamado a receber o passe, seguiu as outras pessoas que se dirigiam a uma pequena sala. Quando voltou a seu apartamento, ainda ressoava em sua alma a última sentença que ouvira: "Tornemo-nos puros de coração e cumpramos a nossa parte na construção do Reino de Deus em nosso íntimo e na elevação de vida do nosso próximo".

"Durante toda a minha vida", refletiu, "tenho pensado apenas na minha própria melhoria, sem nenhuma consideração pela vida dos outros. De tanto pensar somente em mim mesmo, acabei trilhando o caminho do medo, instalando em minha alma o temor da velhice. Felizmente, me livrei dessa fobia terrível, mas continuei plantado em meu próprio egoísmo. Creio que chegou o momento de pensar, sentir, falar, enfim, de agir com pureza no coração. Disse o preletor num dado momento que, ao purificarmos o nosso coração, identificamos a presença de Deus em cada ser. E pureza de coração significa simplicidade e humildade, excluindo todo pensamento de egoísmo e orgulho, e mantendo apenas as intenções fundadas no bem. Vou procurar agir desse modo daqui em diante. Esta é, a partir de agora, a minha proposta. Vejamos o que acontece".

Aníbal começou a aplicar o aprendizado em sua própria casa. Mesmo ainda com dificuldade, passou a sentir Deus no interior da sua esposa, de modo que a maneira de se dirigir a ela se tornou mais respeitosa, mais carinhosa. Eleonora logo sentiu a diferença. E concluiu que a mudança era fruto da preleção que o marido tinha ouvido no centro espírita. Assim, convidou-o a tomar passe novamente.

Aceito o convite, na noite seguinte partiu o casal rumo à casa espírita. Já no salão de espera e reflexão, viu Aníbal uma senhora, há pouco saída da juventude, que iniciava ainda a sua breve palestra.

— Lemos em Kardec uma pequena passagem em que se diz: "Deus nos criou com a certeza de sermos felizes na eternidade, por isso, a vida terrena deve servir exclusivamente para o aperfeiçoamento moral...".[1] O mais importante não é,

---

1 ESPÍRITO PROTETOR. *Apud*: KARDEC, Allan. *O Evangelho segundo o Espiritismo*. São Paulo: Petit, cap. 11, n. 13.

portanto, buscar a própria felicidade, mas empenhar-se no próprio aprimoramento moral, na reforma íntima. A felicidade terrena é fruto do dever bem cumprido. E é isto que gostaria de expor em breves palavras. *Reforma íntima* significa renovação de atitudes. É o fator essencial para o alcance do progresso moral e espiritual, visando à nossa felicidade relativa. Consiste na busca de superação das limitações do ser, como os defeitos e os vícios. Praticar a reforma íntima consiste em transformarmos o nosso modo de pensar, sentir, falar e agir em relação a nós mesmos e ao próximo.

"Se viemos a este mundo terreno para progredir e nos aproximar de Deus, só podemos cumprir essa tarefa elevando-nos intelectual e moralmente. Há quem passe por toda uma existência permanecendo no mesmo grau evolutivo em que reencarnou. Desse modo, quando volta ao mundo espiritual para aguardar nova oportunidade de reencarnação, percebe que nada ou quase nada fez para progredir, portanto esbanjou toda a sua última existência. Não nos conduzamos na vida como essas pessoas imprudentes. Ainda é tempo de agir. Ainda é tempo de nos transformarmos, melhorando-nos interiormente, isto é, promovendo a nossa reforma íntima. Que após o nosso desencarne possamos dizer no mundo espiritual, seja onde estivermos: 'Eu cumpri a minha missão'. A fim de que isso possa realmente acontecer, que seja o nosso lema: 'Hoje melhor que ontem; amanhã melhor que hoje'."

Nesse momento, Aníbal foi convidado a seguir para a sala de passe. Todavia, o lema ouvido da preletora, e que já fora dito pelo amigo Braga, ficou soando por muito tempo em sua memória. "Que esta seja a divisa para o restante da minha vida", pensou.

Dias depois, quando completou mais um ano de vida, Aníbal disse com tranquilidade a Eleonora:

— Como é bom estarmos certos de que somos espíritos utilizando um corpo material. O corpo, com o passar do tempo, perde a elasticidade da infância e da juventude, mas o espírito, não. Voltaremos ainda outras muitas vezes ao mundo terreno, mas cada vez com um novo corpo. Entretanto, o espírito permanece o mesmo. Ou melhor, se tivermos aproveitado bem a última reencarnação, o espírito estará também renovado e aprimorado. Sendo assim, por que temer a velhice, não é mesmo?

Eleonora já estava se acostumando à mudança interior realizada pelo marido. Mas, mesmo assim, se surpreendeu com como ele conseguira uma nova visão de mundo em tão pouco tempo. Foi por isso que respondeu:

— Concordo, Aníbal. Concordo mesmo. E o que me deixa feliz é notar que você vem se transformando dia a dia. Preciso esforçar-me para poder acompanhá-lo. Caso contrário, estarei ficando para trás.

— Atrás jamais — respondeu Aníbal, sorrindo. — Ao lado, sempre.

Num dos encontros habituais com Braga, no meio de uma conversa sobre a velhice, este falou para Aníbal:

— Mesmo que o espírito já tenha vivido por muitas encarnações, quando reencarna novamente, passa a ter a pureza da criança, que seu corpo apresenta. O corpo envelhece, Aníbal, isso faz parte da nossa natureza, mas o espírito não precisa necessariamente envelhecer. Com isto, não estou dizendo que devamos agir como jovens inexperientes, mas que continuemos a ter a sã curiosidade que eles têm de aprender mais, de conhecer melhor. E que aproveitemos esse conhecimento e experiência em nosso próprio benefício e em benefício do semelhante.

Aníbal continuou a tomar o passe e procurou assistir a várias palestras que o centro espírita apresentava, de acordo com o seu programa anual. E leu muito, como não fizera antes. Por sua vez, Eleonora ficou tranquila em relação à conduta do marido, que passou a ser-lhe um estímulo para aproveitar a vida da maneira como deve ser aproveitada, isto é, como oportunidade de autorrealização e progresso. A expressão "reforma íntima" passou a fazer parte do vocabulário corrente de Aníbal, que não perdia oportunidade de falar sobre esse tema central da Doutrina Espírita.

Certa feita, quando seguia para tomar passe, Eleonora escutou do marido algo que jamais lhe ocorrera que ele viesse a ter desejo de fazer:

— Eleonora, estou pensando em pedir para fazer parte da equipe que prepara e fornece sopa às pessoas carentes assistidas pelo centro. O que você acha?

— Aníbal, a cada dia você me surpreende. Eu nunca havia pensado nesse trabalho. Não só acho que você deve mesmo fazer isso, como eu também poderei participar, ajudando na cozinha.

— Excelente! Vamos, então, conversar com a responsável logo que tivermos tomado o passe.

E assim foi feito. Ambos foram recebidos de braços abertos. Eleonora ficou com o trabalho da cozinha e Aníbal passou a servir os pratos. Com isto, mais um degrau ele subia na escada da evolução. Ninguém imaginaria que aquele homem, antes afetado, vaidoso e fútil, chegaria a transformar-se, passando a servir o próximo com humildade e dedicação. Mas não só começou a trabalhar na equipe da sopa, como assim permaneceu, enquanto não teve encerrada a contagem dos seus dias na presente reencarnação.

◆ ◆ ◆

Alguns anos depois, quando Aníbal já conhecia bem a doutrina que abraçara e a buscava colocar em prática, ele encontrou-se com um dos seus antigos amigos de juventude, de nome Artur. Estavam ambos num restaurante. Artur fez questão de convidar Aníbal e Eleonora para sentarem-se à sua mesa, e uma animada conversa teve início. Depois de terem trocado algumas ideias e rememorarem o passado, Artur queixou-se:

— A vida é dura, Aníbal. Estou viúvo e adoentado. Sempre temi a velhice, mas agora ela caiu sobre mim como um piano de cauda despencado de um guindaste. Estou financeiramente estável, mas o peso da velhice se abate sobre mim todos os dias. Sempre tive medo de ficar velho e hoje o temor se tornou realidade. Não tenho mais o corpo que possuía aos vinte anos nem a mesma elasticidade e saúde. É triste, amigo.

Artur foi enumerando o que eram para ele as desvantagens da velhice, enquanto imagens do passado percorriam a memória de Aníbal. Também ele passara por esse temor irracional, todavia encontrara em Braga a mão amiga que o retirara do fundo do poço. Agora lhe caberia fazer o mesmo com esse amigo em desequilíbrio.

— Também tive um medo terrível de envelhecer, Artur. Fiz muitas bobagens por causa disso, mas encontrei um amigo que me fez ver a vida de modo diferente.

— Quem?

— Lembra-se do Braga? Aquele garoto que era o único a não nos acompanhar na bebedeira?

— O carola?

— Ele mesmo. Mas não era nem é carola, e sim uma pessoa espiritualizada e de bom coração. É um homem de bem.

— Você tem contato com ele?

— Muito. Encontramo-nos com certa regularidade, seja em minha casa ou na dele.

Aníbal contou toda a sua trajetória, desde os tempos em que temia a velhice até o seu encontro consigo mesmo pelas mãos e pelo coração do amigo. E concluiu:

— Não podemos ter o mesmo corpo que possuíamos aos vinte anos, Artur, mas a nossa alma é mais amadurecida e podemos hoje evitar os desvarios que cometemos naquela idade. Podemos manter a alegria, o otimismo, a satisfação pela vida. Isso ninguém tira de nós. E, se mudarmos o nosso modo de pensar e sentir, a saúde nos procurará novamente. Teremos, então, a oportunidade de viver com a plenitude de vida que não conseguimos ter quando éramos moços.

Artur olhou assombrado para o amigo, pensando em como ele mudara nesses anos todos. Era agora tranquilo, falando pausadamente e demonstrando conhecimentos que o próprio Braga não possuía. Nesse momento, não pôde refrear uma comparação: Aníbal se transformara em um homem de sabedoria, enquanto ele continuava praticamente o mesmo, com os mesmos defeitos e a mesma ignorância diante da vida. Assim refletia, quando Aníbal lhe propôs:

— O que você acha de nos encontrarmos os três em meu apartamento no próximo sábado?

— Os três?

— Você, Braga e eu.

— Ah, sim. Claro. Aceito. Poderemos trocar muitas lembranças e novos conhecimentos.

— Então, estamos combinados.

A semana custou a passar para Artur, que, curioso, pretendia saber por que Aníbal mudara tanto e, pelo que ouvira, também o Braga. Assim, quando finalmente chegou a noite de sábado, ele já estava pronto. Chamou um táxi e rumou para o endereço indicado. Ao chegar, foi recebido amavelmente por Eleonora.

— Que prazer, Artur. Entre, por favor. Aníbal e Braga já o esperam.

Com um leve tremor pelas lembranças suscitadas, Artur entrou e viu os rostos sorridentes dos amigos de outrora. Recebido calorosamente, sentou-se numa poltrona e teve início uma conversa animada, com muitas lembranças alegres do passado e alguns deslizes também cometidos naquela época longínqua da vida deles. Por fim, Braga, com interesse sincero, perguntou:

— E a sua vida hoje, como está, Artur?

Refletindo um pouco, ele respondeu:

— Mal, Braga, como sempre esteve: solidão, idade, doença, tudo...

— Comecemos pela solidão — disse o amigo com um interesse sincero. — Ela pode significar uma de duas coisas: castigo divino ou oportunidade de reflexão e trabalho.

— Não estou entendendo.

— Procurarei explicar: há quem se feche em si mesmo, cortando os vínculos com o próximo e tornando-se solitário. Quando assim se encontra, começa a sofrer, pois o homem é um ser social, um ser de relacionamentos. É quando passa a pensar que Deus o está castigando, embora isto não aconteça. Nesse momento, a solidão pesa e causa sofrimento interior. No entanto, quando alguém perde um ente querido, marido ou esposa, pode pensar na oportunidade que está tendo de refletir mais ajustadamente sobre a vida. Pode considerar que precisa estudar mais sobre o significado da existência humana. Pode buscar respostas apropriadas para as grandes interrogações da vida: "Quem sou eu?"; "De onde vim?"; "Para onde vou?"; "Qual é a minha missão?". A solidão, entendida desta forma, passa a ser uma oportunidade de crescimento espiritual.

— Tudo bem — respondeu Artur —, mas o que tem a ver isso com trabalho? Já trabalhei grande parte da minha vida. Você está dizendo que eu deveria procurar emprego novamente?

Braga sorriu sutilmente e, tocando o braço do amigo, respondeu:

— Não, não é a isso que me refiro. Falo do trabalho em prol dos semelhantes ou em favor dos animais, da natureza. Falo na doação de algumas horas por semana em proveito do próximo. Isso faz muito bem à alma, tira-nos da cápsula em que nos isolamos e nos põe em contato com o outro. Dá-nos paz de espírito e alegria de viver.

— Já ouvi isso. Tenho um amigo que se dedica com entusiasmo a uma instituição de proteção aos animais. Quando fala desse trabalho gratuito que realiza, seus olhos brilham e ele até parece mais jovem, recobrando parte do vigor da mocidade. Nesse ponto, você tem razão. Poderemos falar mais sobre isso. No entanto, sinto muita falta da esposa que amei e perdi há três anos. Quando a saudade brota no meu coração, bate o desespero e penso até... até em pôr fim à vida.

Braga notou na fisionomia transtornada de Artur quanto ele estaria sofrendo por ignorar a respeito da verdadeira essência do ser humano. Desse modo, com muito cuidado, perguntou:

— Você quer saber o que aprendi sobre a nossa real identidade? Creio que, com a ajuda de Eleonora e Aníbal, poderei aliviar o sofrimento que lhe vai na alma.

Artur pousou o olhar interrogador sobre todos e respondeu:

— Sem dúvida! Quero escutar tudo o que possa me dar algum alívio. Até hoje, nada ouvi que pudesse realmente me ajudar.

Aníbal e Eleonora pediram que Braga completasse a sua explanação, pois detinha maior conhecimento que ambos. Desfazendo-se de qualquer gesto de superioridade ou vaidade, ele continuou:

— Quando olhamos para uma pessoa, vemos a sua roupa, que pode ser um terno, uma calça *jeans* e blusa ou um vestido, não é mesmo? Não conseguimos ver todo o seu corpo, pelo fato de estar recoberto pela vestimenta. Mas nós não somos a calça, a camisa e o paletó, nem a saia e a blusa. Ninguém, ao ver o terno, pensa que se trate da pessoa que o veste. Todos sabemos distinguir o que é a vestimenta e quem a está vestindo. Todavia, com relação à alma e ao corpo, muitos fazem essa confusão. Pensam que a pessoa que estejam vendo é aquele corpo que ela está apresentando. No entanto, Artur, o corpo é apenas a vestimenta da alma. Nós não somos o corpo que temos. Somos um espírito ou alma imortal. Para poder atuar sobre a matéria, esse espírito faz uso de um corpo físico, mas essencialmente é um espírito imortal. Assim, sendo a sua esposa um espírito imortal, significa que ela não morreu, mas permanece viva. Portanto, você não a perdeu. Ela apenas partiu para o mundo espiritual, a fim de receber ensinamentos e trabalhar para o seu aperfeiçoamento. Como vocês se amam, ela o aguarda, podendo haver no futuro o reencontro entre esses dois espíritos entrelaçados pelo amor. Enquanto isso não acontece, cabe a você, tanto quanto a ela, trabalhar no sentido do próprio aprimoramento espiritual. Para isso, precisamos de estudo e trabalho. Estudo a respeito da verdade da vida e trabalho em favor do próximo. É por isso que eu lhe falava a tal respeito.

Artur ficou pensativo. Já escutara algo semelhante muito tempo atrás, mas, naquele momento, não lhe prestara atenção, pois estava interessado apenas em gozar a vida. Agora, porém, as palavras tiveram força suficiente para deixá-lo perplexo, pois até ali vivera a vida como se nenhum sentido ela tivesse e como se, após a morte, simplesmente o ser humano deixasse de existir.

— O que você me fala, Braga, é motivo de muita reflexão. Vocês, Aníbal e Eleonora, também pensam assim?

Aníbal balançou a cabeça positivamente e sua esposa falou:

— Estamos convictos disso, Artur. Temos lido muito a esse respeito e ouvido várias palestras que tratam desse tema de importância essencial para a nossa vida.

Artur, ainda tocado pelas palavras inspiradas de Braga, comentou:

— Pois eu jamais parei para fazer tal meditação. No entanto, sei que daqui para frente precisarei de outros diálogos como este para aprender agora o que poderia ter descoberto no passado. Vocês, pelas palavras de Braga, parecem ter derrubado dois de meus medos: o da velhice e o da perda de um ente amado. Como tal desaparece também o sofrimento da solidão. Estou aqui abismado com o que acabo de escutar de pessoas tão sérias e honestas como vocês.

A essa altura, comentou Aníbal:

— Fico feliz pela sua conclusão. Mas você parece ter dito que anda adoentado, não é mesmo?

— Sim, falei. Tenho cefaleia, uma dor de cabeça forte e constante. É difícil livrar-me dela, apesar dos medicamentos que tomo. Mas por isso muita gente também passa.

Aníbal olhou para Braga, como a pedir que dissesse alguma coisa sobre a doença. Todavia, este, com humildade, passou-lhe a incumbência, dizendo:

— Você já conhece muito bem sobre este assunto, Aníbal. Continue a sua explicação.

— Na verdade, Artur, eu passei igualmente pelos mesmos temores que você tem passado. E aprendi que a doença significa um desequilíbrio do espírito. Quando nos fixamos na negatividade, quando entramos em desarmonia, esse estado se reflete em nossas emoções e sentimentos, que se tornam vibrações nocivas a se refletirem sobre o nosso perispírito, isto é, sobre o envoltório semimaterial ou corpo fluídico que liga a alma ao corpo. Como o perispírito está ligado intimamente ao corpo físico, as vibrações prejudiciais transferem-se para ele como doença. Daí o cuidado que devemos ter com nossos pensamentos, sentimentos e as palavras que usamos frequentemente no cotidiano. Estão aí energias que podem tanto nos manter saudáveis quanto nos tornar doentes. Examine bem os pensamentos que você mais mantém em seu dia a dia, assim como os sentimentos que expressa e as palavras que diz. É provável que aí esteja a causa da sua dor de cabeça constante.

— Confesso, Aníbal, que meus pensamentos não são nada bons e que reclamo constantemente da vida. Vou ser claro: queixo-me da vida que tenho hoje e da morte que nunca chega.

Aníbal fez um sinal com a cabeça, para que Eleonora também se expressasse. Olhando para Artur com suavidade, ela falou pausadamente:

— Você deve estar notando, Artur, que não há motivo para os seus três temores e decepções diante da vida: a *velhice ou terceira idade*, como alguns preferem, é uma fase da nossa existência que pode e deve ser vivida também com alegria e proveito. Não precisamos comparar-nos aos jovens, nem devemos invejar a idade que eles têm. Com nossos anos vividos, temos conhecimento suficiente para dar mais utilidade à vida, praticando o bem em nosso benefício e em benefício dos outros. Ainda é tempo igualmente de adquirirmos virtudes que até agora não possuímos. Quando partirmos para o mundo espiritual, o corpo permanecerá aqui, assim como nosso dinheiro, nossas posses e títulos. Levaremos conosco apenas o conhecimento que tivermos construído e as virtudes que tivermos incorporado em nossa alma. E, para isso, ainda temos tempo, pois estamos muito bem vivos. No tocante à *solidão*, Braga já explicou muito bem. Você não está só. A sua esposa não está perdida. Ela permanece viva, aprendendo e se preparando para uma futura reencarnação. Como existe amor entre vocês, ela o aguarda para um dia retomarem a vida em conjunto, com muito amor. Mas, agora, ela precisa de paz e tranquilidade, a fim de realizar o que lhe cabe na espiritualidade. Pense nela, mas com amor e harmonia. Pense nela com a esperança de um novo reencontro. E promova aqui, enquanto há tempo, a sua melhoria intelectual, moral e espiritual. Com relação à *doença*, Aníbal também foi bastante claro. Alimente pensamentos elevados, sentimentos nobres, palavras edificantes e mantenha uma conduta fraterna. Quando assim agimos, criamos à nossa volta uma aura protetora e, interiormente, a energia positiva gerada nos brinda com paz, harmonia e tranquilidade de consciência, o que nos possibilita a saúde permanente.

Realmente, Artur nunca estivera com pessoas de conhecimentos tão profundos, de modo que se sentiu pequeno e envergonhado diante delas. No fundo da sua alma brotou um arrependimento sincero pelo desperdício de vida em que havia se transformado sua existência. Tomou a decisão de buscar novos conhecimentos que pudessem orientá-lo sabiamente na vida. E, para iniciar a sua nova jornada, nada melhor que conversar com os amigos. Desse modo, tornou-se um assíduo frequentador do apartamento deles, oferecendo igualmente o seu para encontros alegres e repletos de bons ensinamentos. E, graças a eles, mudou o seu modo de vida e sua visão de mundo. Tornou-se um espiritualista convicto e, tal como acontecera com Aníbal, buscou novos esclarecimentos numa casa espírita, tornando-se com o tempo um de seus trabalhadores em favor dos assistidos. Como disse um dia Eleonora:

— A rede divina foi estendida e um novo peixe foi arrastado para a praia da Verdade, da Justiça e do Amor.

◆ ◆ ◆

No dia em que completou oitenta e dois anos, Aníbal, ainda na presença de Eleonora, pôde elaborar uma visão retrospectiva da sua vida. Lembrou-se dos pais, agradecendo-lhes o carinho e o cuidado que sempre tiveram em relação a ele.

Lembrou-se da sua juventude, quando vivia desorientado, buscando na bebida e nos prazeres fugazes o sentido equivocado da vida. E, particularmente, concentrou-se no momento da sua existência em que o vazio existencial foi decisivo para o seu pavor diante da velhice. Desconhecendo que a vida terrena é apenas um pequeno momento da caminhada infinda do espírito na busca do seu aperfeiçoamento e da consequente felicidade, que lhe é dada por acréscimo, a cada dia que a velhice se aproximava, maior era a sua tormenta. Nessa época, velhice significava para ele decadência, abatimento, derrocada. A sua visão materialista da vida fazia com que Aníbal enxergasse na velhice a proximidade da morte, e morte para ele era o nada, o fim. Não é de admirar que o temor da morte pairasse sobre a sua vida como ave de mau agouro. "Envelhecer não é degradante, não é humilhante", dissera-lhe certa vez Eleonora. E agora ele se lembrava claramente dessas palavras. "A passagem da maturidade para a velhice não é decadência, e sim transformação", acrescentara o seu amigo Braga, que agora, no aniversário de Aníbal, já se encontrava no mundo espiritual. "A velhice, hoje chamada por muitos 'terceira idade'", continuara Braga, "é apenas um fenômeno de desgaste físico. A alma, entretanto, que é a nossa essência divina, não se desgasta, podendo continuar no seu aprendizado para a eternidade, tanto quanto o jovem, que inicia o seu percurso na robustez da dimensão física. O idoso que tem medo da velhice, por pensar que ela configura o fim, na verdade tem medo da vida e se esquece ou desconhece que a vida é infinita. O estado de idoso deve representar a sabedoria, fruto de muito estudo e variadas experiências que o jovem ainda não tem. A chegada à velhice pode significar o início de uma vida produtiva e proveitosa. A velhice, em seu aspecto negativo, somente ocorre quando perdemos o interesse pela vida, quando deixamos de sonhar e de buscar novos conhecimentos. Enquanto estivermos abertos a Deus, à verdade, à vida e ao próximo, a juventude espiritual fará parte de nós".

Num outro encontro, lembrou-se Aníbal, Braga lhe dissera que Lao-Tsé, autor do célebre livro *Tao Te King*, afirmara que a velhice deve ser percebida como um momento supremo, de alcance espiritual máximo. Portanto, nada de decadência, mas sim de alcance do cume da montanha, aonde apenas os vitoriosos podem chegar. Nesse momento de recordação, Aníbal agradeceu a seu amigo, que o fizera enxergar a realidade, assim como à sua esposa, que sempre lhe mostrara o caminho da alegria e da felicidade.

— Oitenta e dois anos significam uma longa caminhada, Eleonora.

— Longa e abençoada por Deus. Mas a estrada continua, Aníbal. Continuemos orando, estudando e trabalhando pelo bem do próximo. É isto que significa progredir intelectual, moral e espiritualmente. É isto também que representa a nossa reformulação interior.

O casal, agora com a grande amizade de Artur, continuou o seu trabalho singelo no centro espírita que lhes abrira as portas para a compreensão da vida. Foi assim que, certa noite, quando se preparava para deixar o recinto com a esposa, Aníbal escutou a voz de Artur, que chegava com um senhor de meia-idade.

— Quero apresentar-lhes Orlando. Ele gostaria de escutar um pouco sobre o real significado da velhice. Afinal, ele está com um medo terrível de envelhecer, não é, amigo?

— Prazer em conhecê-los. Artur falou muito bem de vocês e da sabedoria com que tratam o tema do passar da idade. Gostaria de ouvi-los a esse respeito, se possível.

— O prazer é nosso, Orlando. A sabedoria é em nós ainda uma criança — disse Aníbal, sorrindo —, mas podemos sim conversar sobre esta bela passagem da vida. Eu fui uma pessoa que teve verdadeiro pavor da chamada "terceira idade", mas consegui vencê-lo, graças às palavras de um grande amigo e do estímulo desta companheira, que me deu a mão quando eu mais precisava.

Tendo sido feitas as apresentações, rumaram os quatro para uma saleta, onde Aníbal começou dizendo:

— Quando chega a velhice, uns agradecem a Deus as lições recebidas da vida e a oportunidade de usar os conhecimentos adquiridos em seu próprio benefício e em benefício do próximo. Outros, porém, ficam apavorados com a simples ideia do envelhecer corpóreo. Foi assim comigo e foi assim com Artur. Hoje, meu caro Orlando, pensamos muito diferente. Entendemos a velhice como uma oportunidade sagrada de completar a nossa jornada aqui na Terra. Isto porque no mundo espiritual continuamos a nossa caminhada para a perfeição, para a felicidade, enfim, para Deus...

Chegara mais uma ocasião de Aníbal iluminar a mente e o coração de um caminhante em busca de orientações para a realização de uma vida em plenitude. E assim foi até o momento de partir sereno para a pátria espiritual, onde se encontrou com o grande amigo Braga e aguardou pacientemente a chegada de Eleonora e de amigos que conquistara em meio à *jornada para o Pai...*

◆ ◆ ◆

Considerações finais

Após termos narrado sete casos sobre medos irracionais, que podem tolher a vida de uma pessoa, verificamos que a aplicação dos princípios da Doutrina Espírita é um perfeito antídoto à eclosão desses males.

Sabemos que medos irracionais ou neuróticos são aquelas emoções que bloqueiam o raciocínio e se sustentam sobre alicerces que contradizem o bom senso. Segundo o *Dicionário Técnico de Psicologia*, medo é o "estado emocional de agitação inspirado pela presença real ou pressentida, de um perigo concreto".[2] O medo gera apreensão, aflição e angústia quando

---

2 CABRAL, Álvaro; NICK, Eva. *Dicionário Técnico de Psicologia*. São Paulo: Cultrix, 1995, p. 227.

o indivíduo se põe diante de um perigo real ou imaginário. No caso do medo imaginário, costuma-se denominar fobia.

Krech e Crutchfield,[3] psicólogos norte-americanos, esclarecem que, em seu significado psicológico mais amplo, o termo *emoção* refere-se a um estado de excitação do organismo, apresentando-se sob três modos diferentes: 1) *experiência emocional*; por exemplo, a pessoa sente a invasão do medo; 2) *comportamento emocional*; por exemplo, encolhe-se e se deixa dominar pela inação diante de um perigo real ou imaginário; 3) *alterações fisiológicas do corpo*; por exemplo, o coração pode bater mais forte.

Como podemos deduzir, a amplitude da emoção do medo é grande e invasiva, passando a dominar os pensamentos, os sentimentos e a conduta habitual da pessoa. Além de tolher a liberdade e o discernimento, o medo dificulta a possibilidade de mudança, de transformação de quem passa por essa experiência. No livro *Nosso Lar*, a enfermeira Narcisa elucida sobre essa realidade, dizendo haver uma elevada porcentagem de indivíduos estrangulados pelas vibrações destrutivas do temor, que se mostra tão contagioso como qualquer moléstia de propagação perigosa. E conclui: "Classificamos o medo como dos piores inimigos da criatura, por alojar-se na cidadela da alma, atacando as forças mais profundas".[4]

Como existem tanto medos reais ou racionais quanto irreais ou irracionais, fica suficientemente claro, pela leitura desta obra, que estamos tratando dos medos irracionais ou neuróticos, que bloqueiam o raciocínio e se opõem ao bom senso, obstruindo igualmente a caminhada do espírito rumo ao progresso e à perfeição.

É de conhecimento comum que, em sua vida social cotidiana, o indivíduo humano pode tanto progredir como regredir. Assim, uma pessoa que hoje detém uma fortuna pode perdê-la

---

3 KRECH, David; CRUTCHFIELD, Richard. *Elementos de psicologia*. 5. ed. São Paulo: Pioneira, 1974, p. 265. v. 1.
4 XAVIER, Francisco Cândido. *Nosso Lar*. 60. ed. Rio de Janeiro: FEB, 2008, p. 275.

amanhã; uma pessoa que tenha grande poder, no futuro, poderá ver-se privado dele, o mesmo ocorrendo com as posses materiais. Todavia, sabemos, pela lei do progresso, que, enquanto espírito, não podemos regredir. Fomos criados simples e ignorantes, mas com uma qualidade especial: a perfectibilidade. E é por meio dela que estamos sempre caminhando rumo à perfeição possível ao Filho de Deus. O pensador francês Gabriel Marcel afirma que o ser humano é um *homo viator*, isto é, um viajante, um peregrino que marcha incessantemente para o encontro com Deus, que lhe dá o significado e a plenitude da vida. Outro pensador, Teilhard de Chardin, relembrava as palavras divinas contidas no Apocalipse (21:6): "Eu sou o Alfa e o Ômega, o princípio e o fim". Segundo Chardin, nós viemos de Deus (Alfa) e caminhamos incessantemente para Deus (Ômega).

Vemos assim, tanto por expoentes da filosofia como pela lei do progresso, que estamos fazendo o nosso percurso para Deus, que nos criou e nos aguarda com os braços abertos para a nossa felicidade.

Segundo o Espiritismo, os medos irracionais podem frear a nossa caminhada evolutiva, mas jamais impedirão que ela atinja o seu fim, pois isto equivaleria a sobrepujar e aniquilar uma lei divina. Desse modo, a presente obra, além de mostrar alguns dos medos que mais assolam o espírito humano, também demonstra que, pela aplicação dos ensinamentos de Jesus segundo a visão do Espiritismo, cada pessoa imobilizada pelas garras do medo pode livrar-se dele e prosseguir o seu percurso.

Conhecedores das lições ditadas pelos espíritos superiores a Allan Kardec, ser-nos-á possível promover nossa reforma íntima, de modo a libertar-nos de qualquer modalidade de medo irracional.

O importante é que não apenas estudemos os princípios cristãos do Espiritismo, mas que, diante da sua realidade, os introduzamos na conduta diária, a fim de que venhamos a nos precaver de medos irracionais ou, se já instalados, possamos nos libertar deles...

Levamos o livro espírita cada vez mais longe!

boanova editora

LÚMEN EDITORIAL

Av. Porto Ferreira, 1031 | Parque Iracema
CEP 15809-020 | Catanduva-SP

www.**lumeneditorial**.com.br
www.**boanova**.net

atendimento@lumeneditorial.com.br
boanova@boanova.net

17 3531.4444

17 99257.5523

Siga-nos em nossas redes sociais.

@boanovaed   boanovaeditora

CURTA, COMENTE, COMPARTILHE E SALVE.
utilize #boanovaeditora

Acesse nossa loja   Fale pelo whatsapp